李鸣生，当代著名作家。1956 年生于四川简阳。1974 年入伍。1991 年毕业于解放军艺术学院文学系。中国报告文学学会副会长。中国作家协会报告文学委员会委员。中国文字著作权协会常务理事。

1981 年发表第一首诗歌。1982 年发表第一篇小说。1984 年发表第一部中篇报告文学。1990 年创作第一部电视剧剧本（中央电视台播出）。1991 年发表第一部长篇报告文学。主要作品有：《李鸣生文集》（十六卷），李鸣生"航天七部曲"（七卷），李鸣生"走出地球村"系列丛书（七卷），中篇小说、电视剧、电视专题片、电影纪录片多部，共约九百万字。

作品曾获三届鲁迅文学奖、三届国家"五个一工程"奖、三届中国报告文学奖，以及中国图书奖、中国改革开放三十年优秀报告文学奖、中国长篇广播金奖、北京市优秀文学作品奖、上海重大文艺工程精品图书奖、《当代》文学奖、首届《中华文学选刊》奖、冯牧文学奖、徐迟报告文学奖、全军文学作品特等奖、全军文学作品一等奖、中国人民解放军文艺奖等二十二项。

有作品入选《21 世纪中国文学大系》《21 世纪中国最佳纪实文学》《中国报告文学精品文库》《共和国作家文库》《新中国 60 年文学大系》《30 年文学典藏》《中国优秀报告文学读本》《中国报告文学精选》及大中专院校教材等数十种文本。

李鸣生微信公众号：lms6668

博客中国李鸣生专栏：limingsheng.blogchina.com

李鸣生新浪微博：@ 李鸣生

作　者　采　访　手　迹

李鸣生文集

后地震时代

天地出版社

图书在版编目（CIP）数据

后地震时代/李鸣生著.—成都:天地出版社,
2017.2
（李鸣生文集）
ISBN 978-7-5455-2152-8

Ⅰ.①后… Ⅱ.①李… Ⅲ.①报告文学-中国-当代
Ⅳ.①I25

中国版本图书馆 CIP 数据核字（2016）第 179895 号

HOU DIZHEN SHIDAI

后地震时代 李鸣生 著

出 品 人 罗文琦

选题策划 张 京
选题组稿 谭清洁 漆秋香
责任编辑 谭清洁 漆秋香等（本书责任编辑：程 于）
装帧设计 冠腾文化
电脑制作 四川胜翔数码印务设计有限公司
责任印制 田东洋

出版发行 天地出版社
（成都市青羊区槐树街 2 号 邮政编码：610031）
网 址 http://www.tiandiph.com
http://www.天地出版社.com
电子邮箱 tiandicbs@vip.163.com

印 刷 四川经纬印务有限公司
版 次 2017 年 2 月第一版
印 次 2017 年 2 月第一次印刷
规 格 168mm×240mm 1/16
总 印 张 330（本书印张：21.75）
总 字 数 4700 千(本书字数：307 千)
总 定 价 698.00 元
书 号 ISBN 978-7-5455-2152-8

购书咨询热线：（028）87734632 87738671

天崩地裂那一刻过去之后

在十三万平方公里的废墟上

灾难留给我们的又是什么

——题　记

序

有思想的非虚构：李鸣生报告文学论

丁晓原

尽管我们有《左传》《史记》这样久远的文学纪实的传统，但具有特指性的报告文学还只是一种只有百余年历史的后起文体。建构晚近三十年中国报告文学史的优秀作家有许多，其中特别重要的是一批穿越上世纪70年代末至新世纪的资深报告文学家，我们称之为跨世纪报告文学作家。但真正具有文体史意义的，或其创作参与了文体建设的报告文学作家，并不是很多。李鸣生是其中不可或缺的一位，他的写作对报告文学文体具有典型意义。这位写作了《飞向太空港》《澳星风险发射》《走出地球村》《中国“长征号”》《远征三万六》《千古一梦》《发射将军》“航天七部曲”的“太史令”，以其独特的创作，为我们书写了新中国航天的悲壮历史。它们既是航天的壮美诗史，也是国志，是文学。作家的地位是由作品的品位决定的，作家的个人史由其创作史建构。李鸣生以其高水准、大规模的航天作品，铸就了他在文坛作为中国航天首席报告文学家、中国航天文学领军者的地位，即使在世界航天文学的书写中也可作如是观。此外，《走出地球村》《中国863》和《震中在人心》三部作品分别获得第一届、第二届和第五届鲁迅文学奖。获得三届鲁迅文学奖的作家很少，尽管获奖不是评价作家创作的唯一尺度，但李鸣生的这些作品摄取独特，叙事宏阔，思考深广，语言表达颇具个性意味，是完全配得上鲁迅文学奖这一荣誉的。

我们对作家的创作进行价值评估，需要超越作品某种应时而生的新闻性，获得必要的时间间距和空间背景。时间是最有信度的批评家，空间也为批评提供了更多的参数。基于这样的认知，我们将李鸣生个人的报告文学创作史，推置于晚近三十多年中国报告文学史中加以观照考察，解析作家创作的特质，探索其何以并在多大程度上实现了对报告文学文体的有效诠释，这应该是很有意义的。

一

我以为，报告文学是一种个人化的社会写作。从作者主体角色的存在视之，这是一种典型的知识分子写作方式。对此，李鸣生也是认同的。他在鲁迅文学院第二十届中青年作家高级研讨班的研讨会上，就明确地告诉他的青年同道："我认为，真正的报告文学作家是典型的知识分子。"①

知识分子的范畴具有多种义项。这里所说的知识分子不是"知识"的知识分子或者是"专业"的知识分子，而是公共知识分子。这种知识分子的基本特点是介入社会；作为社会良知，基于独立思想而向社会发言。因此，报告文学的写字间是整个社会，它拒绝一厢情愿的私人写作。并且从根本上说，作家的思想品位决定着报告文学作品的品质，而有品位的思想需要作家秉持独立的人格。在李鸣生看来，"知识分子最大的特点就是他的人格的独立，这点，作为一名优秀的报告文学作家必须具备"。由此李鸣生给出"报告文学作家和新闻记者的区别"的关键之处在于，"新闻记者是要在现场报道，要在第一时间内把最有价值的信息传达出去（深度报道另当别论）；报告文学作家是要在这些新闻事件的基础上作出自己的独立思考，最终传递和表达的是你对这个世界的思考，而你的思考要与众不同。所以，在所有的社会问

---

① 李鸣生：《报告文学作家要人格独立》，中国作家网2013年7月2日。

题上，作为报告文学作家必须建立起自己独立的思想体系，进行与众不同的思考，最终发出与众不同的声音”。[①] 由此可见，思考、思想之于报告文学作家李鸣生所具有的特别意义。“一个民族光有空间的高度是不够的，还必须要有思想的高度。唯有拥有了思想的高度，其眼光、胸襟、境界才大不一样，甚至说话的气派、分量也大不相同；而天天看到、想到的，就不仅仅是秦砖汉瓦巍峨长城、滔滔黄河滚滚长江，还有五洲四海辽阔世界、万里长空茫茫宇宙!”（《千古一梦·尾声》）这是李鸣生长篇报告文学《千古一梦》中一段具有主题性意义的表述。根据这一表述，结合体现作者追寻思想自觉的创作实践，我们可以获得观照、读取李鸣生报告文学特质与价值的一个优选的视角。在我看来，李鸣生的报告文学体现为一种有思想的非虚构写作范式。

思想为美是报告文学写作美学中的一条重要原则，这是这一文体作为知识分子写作方式的一种内在规定。著有《西部在移民》的麦天枢曾经说过：“当思想的深度构成读者对报告文学的普遍要求的时候，思想性就表现为一种美；思想性通过文学手段来承载，思想性就变成了文学性。”[②] 优秀的报告文学是作家卓异思想的产物，同时它又如思想的“发生器”，能够激活读者的关联思考与叩问。《哥德巴赫猜想》在新的历史时期首次正面叙写讴歌科学工作者的业绩和科学精神，在拨乱反正之初具有显然的思想先锋意义。《人妖之间》直击现实严重的腐败，开创了新时期以批判为价值取向的“问题报告文学”的先河。作者感于世相而提出的“人们啊，要警惕”的告诫，危言醒世，启人深思！李鸣生初入文坛，就浸润着新时期报告文学的文学精神。在其后的写作中，他奉持“独立人格、独立立场、独立思想、独立写作”的原则。这一原则来自他长期写作实践的真切体悟，也视为他对报告文学理想写作的一种诉求。出版文集时，这一原则被赫然印在文集的

---

① 李鸣生：《报告文学作家要人格独立》，中国作家网 2013 年 7 月 2 日。

② 参见《太行夜话——报告文学五人谈》，《光明日报》1988 年 9 月 23 日。

封面上，这充分说明作者对这诸多“独立”的特别看重。

我以为，四个“独立”的核心在于“独立思想”。“独立思想”是我们解读李鸣生报告文学的“文眼”。李鸣生是一位对思想有着执着认知的作家。他以为：“一个作家的思想非常重要，无论你是写什么的。思想决定作品的高度，决定作品的品质，甚至说思想决定一切。而这种思想，必须属于自己。”① “思想”在李鸣生报告文学写作中是一种整体性的存在，它涉及选题与格局、价值取向和叙事设置、思想表达和语言策略，等等。特别与众不同的是，思想于报告文学家李鸣生而言，更可贵的是体现为思考的方法、思维的智慧。我们读李鸣生的作品，很容易获得一种直观的感觉，就是大题材、大视野、大构架、大叙事、大主题、大气场。同样是科技题材的报告文学，徐迟的《地质之光》《哥德巴赫猜想》《生命之树长绿》等可谓是精致的诗，而李鸣生的《飞向太空港》《千古一梦》等作品是一种史诗的创制，即便是《发射将军》这样的人物报告文学，也注意将个人史与国史的叙事有机融合，体现出别有意味的史性。我以为李鸣生写作中显示出的种种大观，从根本上说是来自作家的大思维。其中具有李鸣生原创性新思维的，是其关于“星际文明”“宇宙文明”的发明与阐释。这是李鸣生卓然有成、自立于文坛的思想前提。

二

航天书写于李鸣生而言是一种宿命，一种天作之合的情缘，是个体生命史的建构，也是作者贡献天地文明的事业！“十五年的发射场生活，使我比一般人更有条件看到天空，也更有机会随着火箭卫星的一次次升腾，对我们居住的这个星球以及顽强地活在这个星球上的同类

① 参见杨鸥：《李鸣生：中国航天史诗的书写者》，《人民日报·海外版》2010年8月6日。

进行立体的思索，从而改变了我跪着看待人生的姿势，获得了一个与众不同的审视世界的角度。”（《**飞向太空港·后记〈天空让人想起使命**〉》）这位结缘于航天伟业的作家，是以航天人的姿态入轨报告文学天地的。从李鸣生的话中，我们可以获知作者不仅具有得天独厚的熟稔题材的条件，而且更重要的是由此衍生出的心理优势和写作智慧。“发射场成了我的精神牧场”（《**千古一梦**》）。在对象主体化的领悟之中，李鸣生开启了辽阔宽广的思维空间。这种思维空间早在写作《飞向太空港》时就已形成了。《飞向太空港》叙写的是中国“长征三号”火箭发射美国“亚洲一号”卫星的故事。这样的题材在当时极易写成高度意识形态化的主题，但李鸣生显然并没有为思维定式所囿。有作品“题记”可证：“谨以此书，献给创造空间文明、寻找人类新家园的航天勇士们！”这里所说的“空间文明”为李鸣生首先提出，在作品后记《天空让人想起使命》中，作者对此有具体的阐释。这篇后记中，作者从容地挥洒着沛然的才情，演绎着飞天想象的迷人：在宇宙文明的时代，“也许，宇宙公民们还会从各自的星球走来，手牵着手，肩并着肩，欢聚一堂，嬉笑打闹，谈天说地。而地球人回忆的话题一定是：在很久很久以前，我们如何艰难、痛苦地挣扎在地球上”。这不只是凌虚的想象，更有对科学逻辑的预知。李鸣生认为：“从区域文明到地球文明，从地球文明到星际文明，从星际文明再到地球文明，应该是一个无法抗拒的自然规律。航天时代带来的宇宙意识，导致了人类认识的飞跃，从而把人类的思想与情感引升到一个辽远而广阔的大境界。”这一表述中所包含的卓异的宏大思维，表明了作者思维的开阔与大气。而正是这样的思维建构，促成了《飞向太空港》得以大起高开，使李鸣生此后能以高水准的创作在充满竞争的报告文学领域中步履稳健地登堂入室。

《飞向太空港》的主题不只是此类题材通常会有的爱国主义精神。它的主题是复调式的。作者将中外航天合作置于中国改革开放的大背景之中，《周游列国的中国专家们》等章节极其真实地反映了开放之初始，人们在观念、能力、文化以及适应国际规则等方面所面临的种种问题。从这一点而言，这部作品可以说是为中国的开放史留存了一段生动而珍贵的侧影。而更富创意的是作者基于空间文明的思想，将不同文明的交流设置为一个叙写重点，以开放、包容的姿态，使作品超越政治叙事，建构起一个更为宏大的文明叙事。作品共六章，其中第四章《火箭，另一个伟大的文明》、第五章《我们都是地球人》和第六章《跨越国界的飞行》都直接关联了不同文明交流的叙事。正如作品中作者在与美方技术专家交流时所说，中美火箭与卫星的合作，“不单单是一次空间技术的合作，也是两个民族、两种文化、两种感情的一次交流与沟通；不光是发射一颗卫星，也是中美两国科学家在一起共同创造空间文明。因为开发宇宙，造福人类，是全人类的共同使命”。这里给出的正是《飞向太空港》的核心价值。李鸣生在《中国“长征号”》中有一段关于“长征号”意义的表述凝练而到位：“‘长征号’其实就是中华民族的一种象征，它象征着力量，象征着智慧，象征着精神！‘长征号’从封闭走向开放、从靶场走向市场的历史，就是中华民族从传统走向现代、从国内走向世界的历史；‘长征号’与世界接轨的历史，就是中华民族与世界融合的历史。”我想，这一表述用于对《飞向太空港》多维主题的解读，也是非常合适的。

如果按照“主旋律”作品的写作制式，李鸣生的《澳星风险发射》自然无法进入“主旋律”的“轨道”；而若是按照“问题报告文学”的写作要求，则这一作品需要设置为“批判”的模式。《澳星风险发射》由作品题目就可知晓所写重心，但这里的“风险”并不是作为一种“问题”来作否定性报告的。航天是一种高风险的科技，因此，失败也是航天史的一种真实。作者将 1992 年 3 月 22 日“澳星”发射失败视作一种客观存在，以一种中性的叙事立场，在中国航天文学中第一次直面失败，并对此作全展式的报告，“本来，人们对那个春天的夜晚寄予了再大不过的希望。结果，那个春天的夜晚回报给人们的却是天大的懊丧和无尽的遗憾；中华民族的自尊心受到了空前的刺激，火箭子孙的感情遭到了莫名的戏弄”，“失败似一道无形的阴影，笼罩在发射场的上空；失败像一个看不见的幽灵，潜伏在人们的心底”。作品以真实而很有故事性的叙写，凸显了极具中国特色的失败心理和失败文化。但显然，李鸣生并不是因为“懊丧”与“遗恨”而言说失败，而是因为真正领悟了诗人惠特曼所说的“当失败不可避免时，失败也是伟大的”的深意。作者以为：“一个民族，如果不光会欢呼成功，而且还能正视失败、接受失败、超越失败，甚至达到一种欣赏失败的境界，那这个民族该是多么地伟大而不可战胜啊!”由此，作品既展示“澳星”发射失败后种种中国式的反应，也不吝笔墨实写了中国航天人艰辛负重、超越失败的壮美精神。这样颠覆常规的写作，在当代中国报告文学史上也是少数的典型个例。作品这种有意义的立异，正是建立在作者独立思想、独立写作的基础之上的。从这个角度而言，《澳星风险发射》是有思想非虚构的一个典型样本。

如果我们仅仅关注创作了航天及其他高科技题材作品的李鸣生的存在价值，是不够的，也是不完整的。我们还应当关注他的另一部作品——《震中在人心》，关注这部作品的写作怎样“避免概念化，避免传统的主流叙事”，又怎样将“传统的‘主流’叙事转化为作家个性化的作品叙事”[①]。李鸣生的这一表达实际上涉及了公共的“主流叙事”和作家个人的“作品叙事”这个重要的话题。真正的报告文学需要作家在面对重大的公共写作题材时，善于将新闻写作常设的“主流叙事”有效地转化为文学创作别异的“作品叙事”。这里的“作品叙事”，就是基于主体独特感受、独立价值判断、独立思想的具有个人色彩的非虚构的文学叙事。在这一点上，《震中在人心》尤显其意义。这部取材于汶川特大地震的作品，在第五届鲁迅文学奖终评中以名列第一胜出。有意思的是，在初评时因为作品思想的某种“异调”、主题的非主旋律而差一点遭淘汰出局。这是很值得我们思考的。我们需要反思何为地

① 《李鸣生在〈千古一梦〉研讨会上的发言》，中国作家网 2009 年 5 月 22 日。

震非虚构作品的终极价值。我以为钱刚的《唐山大地震》和李鸣生的《震中在人心》，在某种角度上对此作了例说。《唐山大地震》就是一部具有多功能的皇皇之作，它“是作者为今天和明天的人类学家、社会学家、地震学家、心理学家……为我们整个星球上的人们留下的一部关于大毁灭的真实记录，一部蒙受了不可抵御的灾难的人的真实记录”①。《震中在人心》不仅有通常的对抗震救灾的感人场面的描写，而且更有对人类遭遇重大创伤的生命之痛的感悟，还有对地震灾害作出的深刻反思。作品不仅观照地震的视角独异，而且在情感与思考的深度上超越了同类作品。作者曾说，“面对灾难，作家不应缺席；面对死亡，文学不该沉默”。大地震的写作有很多可能性，应该有对一方有难、八方支援，以人为本、抢救生命等主题的表现。但大地震终究是对人类的重创，因此大悲悯应该是此类写作不可或缺的元素。“我只为真相，只为实情，只为血印，只为泪痕，只为记录，只为见证。我不想把废墟变成大厦，把悲剧变成喜剧；我不想把谎言变成真理，把哭泣变成歌声；我不想把反思变成庆典……公示汶川大地震灾难的真相，传递废墟的气息，留下亡灵的心声，定格人心的表情。”正是有了这样的思考，作者不仅独异地摄取地震的镜头，而且在叙事处理、情感书写和思考深度以及批判性等方面超越了同类题材的作品。

有思想的非虚构，需要达成报告客体的本真、呈现主体自我的元真，从而实现报告文学文体有自我且真实的文体性。真实是报告文学的生命，是其文体力量生成的支点。报告文学的真实说到底需要作家独立地思考和判断，不违心，不唯上，不唯书，不唯权威名家，而能唯实，尊重并敬畏叙写对象本身的历史存在。作为一个有思想的非虚构作家，李鸣生是严格持守这样的写作原则的。其作品里有一个关于钱学森的个例可以说明这一点。钱学森是名满世界的杰出科学家，“钱学森的脑袋比一般人的大，略呈方形；尤其是额头，非常宽阔，而且

① 徐怀中：《唐山大地震·代序》，《解放军文艺》1986 年第 3 期。

发亮。你很难说清他的脑袋具体哪点与众不同，但给你的印象就是与众不同，似乎藏有一座智慧的金山，又像装着一组成功的密码，满脑袋都长满了天才的花朵与知识的森林，甚至连每根头发丝都像是一棵智慧的大树”。（**《走出地球村》**）可是就是这样的科学家，当年却坚持航天飞船“五人舱”的设计主张。“钱学森解释说，这五个人的分工是：一个是指令长，一个是航天员，一个是随船工程师，一个是随船医生，再加上一个政委。”（**《千古一梦》**）就是“再加上一个政委”的极简叙说，意味无限地实写了当时中国航天发展的复杂的政治生态。尽管科学的“钥匙”可以开启政治的“后门”，但科技的研发需要盖上“政治的印章”。“再加上一个政委”并不是钱学森的非科学，而是政治异化下一种集体无意识的表达。这便是历史的真实，也是一个关于钱学森的真实的插曲。

三

研读李鸣生的报告文学，我以为他的最大优势，并不在于新闻性，而体现为作品思想性的整体生成和他对非虚构文学性的自觉追求。这是决定李鸣生报告文学写作能在较高水准上长期可持续发展的关键因素。而这对新常态语境中的报告文学写作，更具有切实的意义。所谓“新常态”，取自经济学界的一个热词，报告文学的“新常态”就是全媒体或融媒体的存在。全媒体时代的报告文学，它原有的“新闻性”红利大为减少，文体一般的新闻优势已不存在。这就需要报告文学基于非虚构原则，通过有深度有个性的思想表达和非虚构文学的美学建设，激发文体内在的活力，有效强化非虚构叙事的优势。

文学性不高，是制约报告文学作为审美文体而发展的一个重要因素，也是影响读者阅读的一个基本问题。尤其在全媒体时代，报告文学文体的新闻性优势已经失去，报告文学的写作并不能简单依赖新闻性，在此背景中，文学性的意义就显得特别重要。报告文学的文学性是什么？烦琐的学院派式的论证最终也许还是无解。在美国非虚构作家杰克·哈特的《故事技巧——叙事性非虚构文学写作指南》中，“叙事性非虚构文学”命题及其展开的思路，对于报告文学文学性的研究和达成，或许能给我们一些有意义的启发。

我以为作为一种叙事文学样式，将报告文学定义为“叙事性非虚构文学”，是符合这一文体逻辑的。报告文学是真实的叙事，小说是虚构的叙事，它们共同的要求是叙事。叙事构成报告文学写作的本体，它既承载着作品思想情感等价值表达，同时又是写作本身的重要目的。

李鸣生的作品具有强烈的叙事意识。《中国“长征号”》是中国火箭发射美国卫星的大叙事，作品以事件演化为叙事线索。这是作品建章的目录：第一章《怪圈》、第二章《变轨》、第三章《推销》、第四章《天机》、第五章《谈判》、第六章《碰撞》、第七章《发射》、第八章《草图》、第九章《保险》、第十章《贷款》、第十一章《合同》、第十二章《失败》、第十三章《检讨》、第十四章《发愤》、第十五章《官司》、第十六章《爆炸》、第十七章《阵痛》、第十八章《反省》、第十九章《雪耻》、第二十章《代价》。由章目设置可见，作者十分重视作品的叙事构篇，贯穿其中的线索主干清晰而又跌宕曲折，故事性很强，对读者别有一种牵引力。《发射将军》是一部人物报告，作品以“发射将军”与发射相关的人生历程为叙事线索，具有某种纪传体的特征。作品从第一章《军委令》将主人公由战场奉调至发射场作为故事的发端，以人物离休生活“晚年赋”作结，突出了“故事性”人物的叙事。吸引读者的是将军的传奇和在传奇中蕴含的伟大精神。

一个叙事优化的文本，首先需要建构一个与之适配的叙事结构。李鸣生能根据客体本身内在的逻辑和主题思想表达的需要来配置这样的结构。《走出地球村》写的是“东方红一号”卫星飞天的故事。卫星的研制动议于1958年，发射成功在1970年。这是一个具有特殊的政治生态的时期。根据这样一种特殊的存在，作品设置卫星叙事和政治叙事双线叙事结构。政治叙事在《走出地球村》中是充分的，从开篇

“苏联第一颗卫星上天，艾森豪威尔总统手中桥牌落地”，到“美国人造‘小月亮’挂到天上，周恩来午夜拿起直通毛泽东的电话”，一直贯穿到收结“卫星功臣登上天安门”。而“‘小弟弟’找‘老大哥’学放卫星”“忍着饥饿的肚子，中国从八公里起飞”“‘东方红一号’人造卫星方案诞生”“马灯前钱学森坐卧不安”“火箭司令神游戈壁”等则为卫星叙事。这种双线并置反映的正是“东方红一号”卫星的一种特殊的历史真实。这样的安排一方面强化了对科学家忍辱负重、刻苦创造、献身科学光辉形象的再现，另一方面对非科学的政治对于科学的干预、对于科学家的摧残，进行了深刻的反思和批判。

一般来说，李鸣生的报告文学叙事构架是宏大的，这是因为叙事对象具有先在的宏大性。但是单纯的宏大无法抵达文学叙事所需要的细部深层的景致，宏大叙事需要有具体叙事作坚实的支撑。李鸣生也有作品如《发射将军》，表面看不是宏大题材，书写的只是某个人物。但对于这样的作品作者并不就小写微，而是注意将人物推置时代与历史的宏大背景中加以表现。在历时演进的纵轴上融合将军的个人叙事、导弹部队的集体叙事和共和国历史的大叙事。作为文学的非虚构叙事，在李鸣生报告文学中大叙事与小叙事是相生的，而小叙事的核心则是具体的人物叙事。“叙事需要三大支柱：人物、动作和场景。排在第一位的是人物，因为人物能够推动动作和场景的发展。”[①] 对于人物叙事的意义，李鸣生是充分认知的。他说自己的作品“希望通过人物把我们的历史，一个非同寻常的历史写出来”[②]。李鸣生把人物作为历史叙事的要素，而在我看来人物就是历史的本身，作者笔下的许多人物，航天人、科学家等，正是他们创造了作者叙写的历史。不仅如此，作者再现的人物，许多是中国脊梁式的人物而又具有常人情怀。作品的感染力来自于这些走近读者的真实而感人的人物。

① 杰克·哈特：《故事技巧——叙事性非虚构文学写作指南》，第74页，叶青、曾铁峰译，中国人民大学出版社，2012年。

② 《李鸣生在〈千古一梦〉研讨会上的发言》，中国作家网2009年5月22日。

李鸣生报告文学的人物叙事，颇多性格叙事、精神叙事。《中国863》是一部题材重大的长篇，作品首章《悄悄发生的革命》格局甚大，由美国“星球大战计划”、欧洲“尤里卡计划”、日本“振兴科学技术政策大纲”叙述领起，导出中国的“863 计划”。这是典型的宏大叙事。以后的全部篇幅从第二章到第七章都为具体的人物叙事，其中第二章《科委来了个“厉害的老太婆”》，是作品重点写作的一章。“厉害的老太婆”是朱丽兰。“厉害”是其作为管理者的主导性格，改革创新，敢于担当。但作品没有将她写成一个单面的概念人物，而是运用细节集成的方法，还原朱丽兰既“厉害”又和蔼；既是工作狂，又会理发、织毛衣、弹钢琴的圆形立体的本真。而李鸣生航天系列中的航天人的形象，是最烙印在心底的、难忘感人的。作者叙写这些人物，不只写他们的科学智慧、科技才能，而更重于对他们作精神性叙事。赵廉清是创建西昌发射场的指挥者，在非常年代，知其不可为而为之，积劳成疾。他留给这个世界最后的镜头是：“他手上紧紧揣着一样东西。这样东西不是别的，就是他生前一直随身携带的那个军用挎包！而护士打开挎包后，只看见两样东西：一份皱巴巴的施工图纸，一个被啃了小半的冷馒头！”（《千古一梦》）从这样的细节中我们可以看到，一个瘦小羸弱的生命里，升华出一个伟大的精神形象。

四

故事是什么？乔恩·弗兰克林在《为故事而写作》中为我们给出了“定义”之一：“当人物遇到错综复杂的情况，而他又不得不面对和解决时，行动就发生了，故事正是由一连串这样的行动所构成的。”[①] 这一表述中关键词是冲突，是矛盾。故事存在于冲突、矛盾之中，冲

① 杰克·哈特：《故事技巧——叙事性非虚构文学写作指南》，第 6 页，叶青、曾轶峰译，中国人民大学出版社，2012 年。

突、矛盾推衍出故事。非虚构的报告文学作者无法依靠想象力制造故事，但是他可以从对真实客体冲突、矛盾的存在中，选择并呈现其中的故事。李鸣生说，在他的作品中，“我希望呈现大的矛盾”[①]。《走出地球村》中有极“左”政治与卫星科技的矛盾，《中国“长征号”》中有开放与保守、体制与市场、国力基础与航天发展、中外文化等之间的矛盾，航天人存在的价值就是“面对和解决”“错综复杂”的矛盾冲突。这些形成了李鸣生叙事的基本构架和基础。这样的矛盾构篇也决定了李鸣生报告文学叙事的丰富性和复杂性。在总体的矛盾叙事基础上，作者再相宜地采用悬念式叙事方法，就更有效地强化了作品叙事的故事性。悬念不是虚拟的，而是实际发生的状况，也是航天高风险的一种表征。作品一环扣一环的悬念叙写，渲染了其时其地其情的紧张感。而报告文学所需的现场感就在这紧张感之中，特别扣人心弦，使人身临其境，强化了故事性叙事对读者的吸附力。

李鸣生报告文学的叙事方法是富有变化的，他能根据不同的报告对象运用相应的方法。在他的作品中读者可以分享到多种叙事艺术所产生的叙事之美。在《千古一梦》中，作者设计了“双声叙事”，即作者（采访者）叙事和人物（被访者）叙事的结合，特别是导入当事人的自述，以人物的亲历亲验，真实地还原出特定时空中人物和事件的现场情状。这是一份珍贵的活的航天档案。《发射将军》则注意在“实体叙事”中有机地穿插“软性叙事”。所谓“实体叙事”是指与作品主人公“发射将军”直接关联的主干内容的记写，而“软性叙事”则如对导弹部队饥饿、文艺生活极度贫乏等的叙说。《震中在人心》则是一部运用镜头观察和叙事的作品，“用镜头定格真相，让文字留下思考”，大量的照片极具视觉冲击力和情思震撼力，不只是为文字的叙述提供了直观的背景，而且照片本身也成为作品的一种独特的叙事元素，生成了超越文字的叙述力量。

① 《李鸣生在〈千古一梦〉研讨会上的发言》，中国作家网 2009 年 5 月 22 日。

五

文学是语言的艺术，报告文学也是。语言是作品思想的现实，也是叙事生成的工具，还是作为审美的报告文学的要素。报告文学创作中语言的问题，主要是缺乏主体鲜明个性的语言新闻化，另一个是小说化的语言絮叨铺张。李鸣生的报告文学大多为长篇，但语言凝练具有表现力，诚朴简约不过度藻饰，并且具有自己鲜明的个性，许多语言表达有意味、情味、趣味，有效地增强了他作品的文学美感。在这里，我不打算对李鸣生报告文学的语言艺术进行全面的解析，只就他的“智慧语言”和“软语言”运用之美作一解读。

所谓“智慧语言”，是指形象生动、意含新异别致、具有特殊表现力的语言。比如“已经点火的火箭竟然无视天下众生，老练得如同一位千岁老人，打个盘腿坐在那儿，连动都懒得动弹一下”。(《澳星风险发射》) 写卫星发射的失败，作者用拟人化的手法形容，以独特的冷峻与幽默，写意地写出发射失败的状态和航天人的尴尬，用语非常新颖。作者以幽默笔法言说失败，正与作品正视失败、超越失败的主题相关。幽默的语言是典型的智慧语言。在李鸣生的作品中已不是偶尔为之，而是一种个性的语言景观。“在国际市场上，美国人早就大把大把地捞着美元，中国人为什么不能去弄点‘零花钱’? 在国际空间俱乐部里，美国人可以大口大口地喝着‘咖啡’，中国人为什么就不能去喝上一杯‘清茶’?”(《中国“长征号”》) 这一表达的语境是，对于中国航天进入国际市场，国内以为冒险，西方设置障碍。这里的美元与“零花钱”之喻，客观地表示中美航天科技实力和航天市场份额的差距，“清茶”之类意含走中国自己的航天发展之路。整体的表意是非常清晰的，就是中国应该进入国际航天市场进行竞争，只不过用“李式语言”表达，意味意趣就大不一样了。“已经欠着一屁股账的中国专家当然拿不出这笔钱来，他们只有一个价值连城的传家宝，这就是：自力更生!”(《中国“长征号”》）“一屁股账”与“价值连城”对举，极简地实写了中国航天发展的境况，高度凝练了中国航天的伟大精神。

李鸣生幽默的语言可分为“麻辣幽默”和“冷幽默”。“这一年，‘反右斗争’刚刚过去，‘大跃进’的旋风又骤然卷起，中国人像被灌了一桶大剂量的兴奋剂。”（《千古一梦》）“据说，两年前一所中学考试时，发生过这样一个故事——试卷问：爱因斯坦是谁？学生答：美国当代著名歌星。”（《飞向太空港》）这种幽默让我们无法轻松说笑，其间的麻辣唤起读者对非常年代的反思与批判；是对过度娱乐化，忽视科学世相的揭露和讽刺。“美国人把这条山沟称为‘神秘的峡谷’，而当地彝族老人则说：‘什么神秘不神秘，这山沟就是我们过去放羊的地方！’故此，当地人称‘赶羊沟’。”（《飞向太空港》）这样的文字可谓冷幽默，读起来会忍俊不禁。报告文学拒绝虚构，但它同样需要作家具有丰富的想象力。想象之翼可以飞扬智慧的语言。“世界各国许多中学的少男少女们，每晚相聚在迷人的星空下，像谈论童话似的，长时间不知疲倦地谈论着卫星、卫星、卫星。仿佛苏联的这颗人造卫星，成了他们嘴里一块永远嚼不够的口香糖。”（《走出地球村》）以“口香糖”喻说人类第一颗人造卫星发射后对各国学生的影响力，新颖生动，可意会，也可言说，体现了李鸣生语言表达的一种智慧。

软语可人，是我阅读李鸣生作品时的一种直觉。我这里无法给出“软语”的标准解释。所谓软语，是一种“闲语”，它不属于主干叙事，但与主干叙事有所关联；在表情表意方面偏于柔细，静安之中，可入情入心。“将军家的院门是双扇的大铁门，夕阳照在斑斑驳驳的门上，给人暖洋洋的感觉。每当这时，将军便坐在门外一张自制的小折椅上，像一位坐在长满颗粒饱满的庄稼地边的老农，静静地守候着儿孙们的归来。夕阳在他眼角的皱褶里绣着陈年旧事，时光在他花白的头上写着岁月沧桑。”（《发射将军》）将军从战场到发射场，军人形象刚硬，棱角分明。而此时进入晚景的将军没有了豪情、霸气，却有人间的亲情和慈祥。“夕阳在他眼角的皱褶里绣着陈年旧事，时光在他花白的头上写着岁月沧桑。”我们从诗一样的句子中，可以读出将军人生种种的况味。

李鸣生的报告文学有种种特点和优点，而我最为看重的是他的作品有思想，也很文学。有思想，也文学，这就是我所希望读到的报告文学。

2015年8月28日

目　录

上　部

下　部

引　言
六进灾区

近十多年来，久居闹市的我，对污染深重的北京似乎多了一种厌恶，而对空气清新的乡村反倒平添了一份眷恋，甚至有时还有一种莫名的向往；加上平时和朋友们聊天，谈到的话题不是在城里辛苦打工的农民工，便是留守在乡村的上千万的失学儿童和孤寡老人。于是去乡村走一走、看一看，了解一下当代农民真实的生存状况以及他们的内心诉求，便成了近几年来我的一个小小的愿望。

就在这时，四川汶川大地震突然爆发了！

于是，从 2008 年 5 月到 2010 年 12 月，我六次踏上家乡的土地，六次进入灾区走访。

我第一次进灾区，是 2008 年 5 月 19 日。此次耗时十天，总行程三千多公里。其间，我跑了都江堰、绵阳、什邡、绵竹、北川、汶川、安县、彭州、江油、平武等主要重灾区，走访人员上百人，笔记十多万字，录音一百多个小时，拍照四千余张。

我第二次进灾区，是 2008 年 5 月 30 日。此次耗时十二天，总行程两千多公里。其间，我四次进入儿童医院，五次进入精神病院，多次进入掩埋尸体的坟场。走访人员数十人，笔记十多万字，录音八十多个小时，拍照两千多张。

我第三次进灾区，是 2008 年 7 月 1 日。此次耗时半月，总行程两千多公里。其间，走访乡镇干部、受灾村民、救援官兵、医务人员、老师学生等上百人，笔记二十多万字，录音一百多个小时，拍照两千余张。这次我住在什邡红白镇的帐篷里，时值盛夏，酷热难熬。中午，帐篷气温高达四十二摄氏度；傍晚，倾盆暴雨，帐篷内潮湿无比，四周全是雨水；深夜，苍蝇蚊子，嗡嗡乱叫，眼前晃来晃去的，不是一片片血迹斑斑的废墟，便是一座座孤独悲凉的坟茔，根本无法入睡。由于劳累过度，我很快就病倒在帐篷里，打了整整一个星期的吊针……

上述三次走访，最苦、最累，也最危险。如果说第一次去灾区是危险与悲愤，第二次去灾区是伤痛与难过，那么第三次去灾区便是煎熬与折磨！因为大地震后，灾民逃难，部队救援，四面八方，一片混乱，余震时刻都在发生，危险随时都会出现。所以在废墟上奔波走访，不仅需要体力、耐力、毅力，更需要玩命儿！但为了记录下真实的灾情，倾听到灾民的声音，挖掘出废墟下的真相，拍摄到活生生的照片，我每天从早到晚，争分夺秒疯狂走访。当时只有一个想法：废墟与泪痕、血迹与尸体，稍纵即逝；若不及时保留下来，说不定我们很快便会失去对灾难的记忆。

结束三次走访，我用三个多月的时间，完成了我的第一部也是国内第一部长篇摄影报告文学《震中在人心》。但不知何故，自去了灾区后，内心不知不觉地便有了某些变化，对灾区不光多了一份忧虑，还添了一份牵挂。虽然在灾区的三次走访中，我的确感受到了家乡人民豁达开朗、诙谐幽默、临危不惧的顽强性格和压不垮、震不倒、敢于“雄起”的可贵精神，但灾区留给我最深的印象，依然是尸体、伤员、血污、泪水，依然是废墟、坟茔、断壁、破房，依然是数百万灾民的悲伤与凄苦、惊恐与战栗、绝望与迷茫。说实话，当时我沉痛的内心与灾区巨大的伤口一样，好像每天都在流着泪，滴着血；我既看不见灾区明天的希望，也找不到灾民们活下去的理由，心中唯有撕心裂肺的悲痛和回天无力的无奈。因此面对生我养我、惨不忍睹的故土，我心里始终横亘着一个巨大的问号：遭受如此重创的灾区老百姓，还能从血迹斑斑的废墟上爬起来吗？

于是，2009 年 5 月 12 日，即汶川大地震一周年之际，我第四次走进灾区。此次走访，耗时一周，行程一千多公里，走访的重点是北川。此时的北川和一年前的北川相比，已天翻地覆，大有不同。但废墟尚存，噩梦依然。因为我看见，刚从绝望中挣扎着爬起来的北川人民，眼里依然残留着复杂的困惑和浑浊的迷茫。换句话说，地震一年后的北川，并非所有人都是同一神情，也不是所有人的心里都抹去了阴影。比如有一天，我在北川老城的废墟上，遇见一个十二岁的小女孩。小女孩双膝跪在废墟上，目光呆滞，满脸忧郁，正默默地为遇难的父亲烧着纸钱。我问小女孩，你现在最发愁的是什么？小女孩告诉我说，自从爸爸去世后，妈妈就病倒在了板房里，一直卧床不起。她现在最发愁的就是家里要重新盖房子，还差好几万块钱！她很想到成都或者深圳去打工，挣点钱回来，早点为妈妈盖一间小房子。小女孩的话，像针尖麦芒样一下刺痛了我的心：大地震后的灾区老百姓，真的全都站起来了吗？站起来的灾区老百姓，又真的能冷静面对过去、坦然面对未来吗？

带着这样的疑问，2010 年 11 月 21 日，我第五次走进灾区。这次走访，耗时二十二天，总行程四千多公里。此次走访的重点是成都市所属的都江堰市、崇州市、彭州市、大邑县四个重灾市（县）。尽管来之前，我已经从广播、电视、报纸得知，四川灾区人民不仅已经从废墟上站了起来，而且还搬进了漂亮的小区，住进了高档楼房，日子过得舒服安逸，有滋有味。但我还是心存疑虑。因为当今中国，真的东西太少，假的东西太多，许多事情常常让你真假难辨，是非不清。所以我对某些媒体的报道，很难信以为真。但后来随着走访的深入，我的疑虑逐渐消失。我先与四个重灾市（县）的书记、市长等主要领导和部门主管作了坦诚的交流，而后又深入虹口、龙池、向峨、天马、三郎、坡子、小鱼洞、龙门山、红岩、磁峰、新兴等十多个镇和二十多个村以及若干个灾后安置点和学校，对数十个村镇的镇长、书记、村支书和村民、老师、学生一一进行了走访。一路下来，我在曾经见证过尸体与坟坑、残壁与破房、血污与泪水、新生与死亡的废墟上，既没有听见悲伤的哭泣、绝望的叫喊，也未见到无序的惊恐与满地的混乱。所到之处，无论是县委的官员，还是乡镇的村民，他们每天都是来去匆匆，挥汗如雨，加班加点。他们除了苦，就是累；除了累，便是苦。不少市区、乡村，几乎都是漂亮的小区、学校、医院，以及别具一格的别墅群、商业区、活动区和高档漂亮的生活区，甚至在一些偏远的村落，比如高原村、鹿池村、向荣村、三观村、凤鸣村、宝山村、花溪村、阳平村、茶坪村、会元村等安置点上，我还看到了一个个依山傍水、布局合理、漂亮实用、风格各异、基础设施配套完好、现代化设施一应俱全的新家园。灾区的巨大变化，令我震惊，也让我感动，如果用"天翻地覆"四个字来形容，我想一点也不过分。但是，从灾区返回北京后，不知何故，我依然会忍不住扪心自问：我在灾区亲眼看到的那些，究竟是梦幻还是事实？我真的看清了灾区废墟上和废墟下的真情实况吗？我真的看懂了灾区老百姓的真实内心吗？

2010 年 12 月 10 日，我第六次进入灾区。这次我决定不再四处奔波，而是定在一个点上，深入灾区内部和灾民内心，争取把灾区看个究竟，以此获得一个可靠的判断。于是，我选择了地震断裂带上一个非常偏远的乡镇——崇州的龙门山镇，而后在龙门山镇国坪村一个灾民家里住了下来，并与这家人同吃同住，一住就是半个月。在这半个月里，我印象最深的是龙门山那一个个孤独寒冷的夜晚。龙门山的冬季很冷，夜晚更冷，而且非常静，除了偶尔传来几声狗吠，满山遍野，黑灯瞎火，孤寂无声。尤其有时夜晚走访归来，山路上没有电灯，我只能靠手机微弱的光亮引领着在崎岖的山道上缓缓爬行。最难受的是凛冽的寒风一阵阵地紧贴着我的后背，冻得我瑟瑟发抖。每当这时，我总是情不自禁地想起都市里那些利用公权正在推杯把盏、左拥右抱、纸醉金迷的腐败官员。当然我想得最多的，还是长年生活在这里的山里人。在我的感觉中，他们就像上帝的弃儿，几乎与世隔绝，千百年来默默地存活在这片土地上，一边忍受着命运强加的苦难，一边追逐着自己梦想，而外界却知之甚少。

…………

有了六进灾区的经历，尤其是后三次，我对后地震时代的灾区，便有了一个基本的了解和判断。当然了，如何认识“5·12”汶川大地震，怎样看待四川灾后三年重建，肯定会有不同的观点、不同的看法、不同的角度；更何况，在灾后三年的重建过程中，也确实存在着这样那样的问题和缺点，甚至有的地方还有错误。但是，我认为一个最基本的事实毋庸置疑，这就是：在震惊世界的、前所未有的“5·12”大地震面前，四川灾区人民不但没有被吓倒，没有被吓趴下，反而从一片废墟中“雄”了起来，强忍悲痛，夜以继日，挥汗如雨，仅用不到三年的时间，便在满目疮痍、血迹未干的废墟上重新建起了自己的家园，这不能不说是一个壮举，也不能不说是一个奇迹！

因此，我愿意用我的笔，尽可能如实地记录下后地震时代灾区的所见所闻，点点滴滴。

上　部

第一章
血迹斑斑的数据

我第一次进灾区，最关心的是人的生死。

我第二次进灾区，最关心的是人的生存。

我第三次进灾区，最关心的是人的命运。

我第四次进灾区，最关心的是数据——与人有关的数据，与大地震有关的数据。

让我们先来看看汶川大地震发生后，国家地震局和国家民政部公布的一组数据：

> 汶川地震震中的烈度高达十一度，以汶川县映秀镇和北川县县城两个中心呈长条状分布，地震面积约为二千四百一十九平方公里。其中，映秀十一度区沿汶川—都江堰—彭州方向分布，北川十一度区沿安县—北川—平武方向扩展。
>
> 截至 2008 年 7 月 24 日 12 时，四川汶川地震已确认六万九千一百九十七人遇难，三十七万四千一百七十六人受伤，失踪一万八千二百零九人；解救和转移灾民累计一百四十八万五千六百九十七人，受伤住院治疗累计九万六千四百五十一人，救治伤病员累计三百二十万七千九百四十七人（次）。
>
> 截至 2008 年 9 月 4 日，汶川大地震造成的直接经济损失为八千四百五十二亿元人民币。其中，四川最严重，占总损

失的百分之九十一点三；甘肃次之，占总损失的百分之五点八；陕西再次之，占总损失的百分之二点九。

我注意到，国家统计局将损失指标分为三类：第一类，人员伤亡；第二类，财产损失；第三类，自然环境的破坏。

这三类损失比例最大，占总损失的百分之七十以上。在财产损失中，房屋的损失最大，民房和城市居民住房占总损失的百分之二十七点四，学校、医院及其他非住宅用房占总损失的百分之二十点四，基础设施及道路、桥梁等，占总损失的百分之二十一点九。

从成都市的情况来看，地震对成都市龙门山沿线的区（市、县）造成的损失相当惨重，其东西最大横距一百九十二公里，南北最大纵距一百六十六公里，辖区总面积一万二千三百九十平方公里，均遭受了不同程度的破坏毁损。全市遇难四千三百零七人，受灾二百八十二万人，房屋受损约六十七万户，基础设施、公共服务设施和产业设施等均受到严重破坏，直接经济损失达一千二百四十七亿元！其中，都江堰市、彭州市、崇州市和大邑县四个市（县）的约五百四十个村，受灾最严重，被国家确定为重灾市（县）。

先来看都江堰。

都江堰：全市面积一千二百零八平方公里，市域总人口六十三万，市区建成面积二十五平方公里，城市人口约三十万。由于紧靠震中，共造成全市三千零九十一人死亡，一万零五百六十人受伤，一百四十人失踪，直接经济损失约五百三十六亿六千五百万元！

各类损失，据不完全统计为：

城乡倒塌房屋面积四百六十一万平方米、受损四千一百二十六万平方米，中心城区百分之五十以上房屋不能使用，山区、沿山区百分之九十五以上房屋毁损；

城乡居民住房受损二十四万三千五百户，城市居民住房受损约十万九千户，城乡房屋直接经济损失二百五十一亿五千万元；

全市损毁公路七百六十六公里、桥梁二百零八座，直接经济损失十二亿八千万元；

学校受损九十二所，校舍损毁六十万平方米，教育系统直接经济损失十一亿二千万元；

医疗卫生单位房屋严重受损约十六万五千平方米，直接经济损失约三亿七千二百万元；

党政机关办公用房及办公设备等，直接经济损失十一亿七千万元；

全市受灾景区十个，旅游业直接经济损失一百零一亿六千万元；工业受灾企业五百三十五家、损毁仪器设备四万一千九百台（件），直接经济损失三十二亿五千万元；

农作物受灾面积四万零五百亩、林木损毁十八万五千亩，直接经济损失三十二亿四千万元；

服务业受灾单位一万零二百七十三家、损毁营业房三十万平方米，直接经济损失十四亿四千万元；

…………

而都江堰下属的各行各业，受损同样严重。

都江堰市教育局副局长刘加强跟我介绍说，全市教育系统教职工和学生遇难一千零二十一人，受伤四百七十八人，失踪四人。其中：公办学校教职工和学生遇难九百五十八人（教职工五十四人，学生九百零四人），受伤三百零五人（教职工二十一人，学生二百八十四人），失踪三人（教师一人，学生二人）；民办学校学生遇难十二人，教职工受伤四人，学生受伤二十四人；大专院校教职工和学生遇难五十人（教职工十一人，学生三十九人），受伤一百四十四人（教职工三十二人，学生一百一十二人），失踪学生一人。新建小学、聚源中学、向峨中学、龙池学校、虹口学校五所学校主体校舍倒塌，倒塌面积一万三千平方米；都江堰市职高、幸福中学、李冰中学、塔子坝中学、团结小学、太平街小学、蒲阳小学、天马小学等四十三所学校校舍严重破坏，损毁面积三十六万平方米；都江堰外国语实验学校、一中、四中、崇义合邦小学、蒲阳中学、都江堰市职高徐渡校区等二十九所学校校舍中度损坏或部分严重损坏，损坏面积十万七千平方米；北街小学、都江堰中学新校区、幸福小学、聚源小学、崇义小学、中兴学校等十五所学校轻微损坏，损坏面积十五万平方米。全市学校校舍、道路、围墙、绿化等附属设施损失估算九亿二千万元；技装、仪器、图书、电脑、课桌椅、学生床、办公用品等损失估算二亿元。全市教育系统直接经济损失，估算达十一亿二千万元！

都江堰市交通局局长高成军向我介绍说，“5·12”汶川大地震导致巨石挡路，路面坍塌，交通大面积瘫痪。损毁道路百分之六十点九六，严重损毁不能通行达百分之九点七八，交通安全设施损毁达百分之四十。特别是山区的道路、桥梁，损毁达百分之六十点九六，不能通行达百分之九点七八。其中青城山旅游道路、龙池旅游道路、虹口旅游道路、向峨至虹口道路均全部中断，塌方量达两百余万立方米；虹口高原大桥、青城山红岩桥等桥梁垮塌，省道106线沙沟河桥桥台沉陷；省道106线、县道沙街路等道路严重沉陷，路面断裂。

都江堰市卫生局副局长李自刚向我介绍说，都江堰全市卫生系统医务人员和职工遇难四十五人，受伤三十二人（其中重伤十九人），病员及家属在医院遇难一百三十四人。部分不同级别的医疗机构受到不同程度的损害，其中建筑严重损坏的医院十八所，总损毁面积约七万九千平方米；中度损坏的医院七所。市属医疗卫生机构业务用房受损总计约九万七千平方米，其中有四个医疗卫生机构房屋坍塌，面积约一万一千平方米；十四个医疗卫生机构主体房屋严重受损，面积约七万五千平方米；青城山公立卫生院、大观镇公立卫生院、石羊镇公立卫生院、柳街镇公立卫生院等十三个医疗卫生机构的房屋轻度受损，面积一万一千二百平方米。房屋受损直接经济损失达三亿四千三百万元；医疗器械设备毁损八百一十四台（件），直接经济损失达二千二百万元；药品直接经济损失达七百万元。全市卫生系统直接经济损失估算达三亿七千二百万元！

都江堰市文物局常务副局长徐军向我介绍说，都江堰市有各级文物保护单位九十六处。其中，国家级文物保护单位两处，保护点十个；四川省文物保护单位六处。在汶川大地震中，共有三十九处五万一千多平方米文物古建筑受到不同程度损坏；可移动文物受损二十八件，其中一级文物一件，三级文物六件。此次地震，还对遗产地都江堰古建筑群造成了严重损毁。如总建筑面积约六千一百平方米的二王庙古建筑群全部受损，二王庙大殿前的地坪严重拉裂、沉降，主要建筑戏楼、东西厢房、疏江亭及清代“川西水利全图”廊等全部垮塌。伏龙观总建筑面积一千八百多平方米的古建筑群同样损毁严重，部分建筑存在严重的结构安全隐患；而青城山古建筑群受损面积，达到约一万零六百平方米。此外，奎光塔、灵岩寺及千佛塔、城隍庙等省级文物保护单位和清真宝瓶寺、普照寺等成都市和都江堰市级文物保护单位，也都不同程度受损。

再看彭州市、崇州市和大邑县。

彭州市：彭州市处于青藏高原断裂带的龙门山腹地，位于成都市北部，素有“天府金盆宝地”之美称。其西北部与汶川、都江堰接壤，距离成都仅二十五公里，面积为一千四百二十平方公里。地震中，彭州市死亡九百五十六人，失踪三十六人，受灾五十九万七千人；重灾区涉及十四个镇三十七万四千人；群众房屋倒塌三十二万七千间，受损七十九万二千间；十八所学校整体损毁，二十一所部分损毁；六所镇卫生院、六十六所村卫生站整体损毁，九所市级医疗机构、十四所镇卫生院部分受损，四所农村敬老院损毁；十八个镇供排水设施受损，一百四十余公里干线道路、四百余公里农村公路、四十二座桥梁受损，八座桥梁垮塌；十二个镇政府办公楼、五十五幢机关办公楼受损；土地损毁三万五千亩，农作物受灾面积六万三千一百亩，畜禽死亡一百五十万头（只），部分森林和农业设施被毁；百分之七十以上工业企业受损，九十四家规模企业严重受损；旅游业受损尤为严重，主要景区、景点几乎全部遭到毁灭性破坏。全市直接经济损失达二百七十三亿元！

崇州市：崇州市人口总数为六十六万，共有二十五个乡镇发生灾情。其中死亡七十四人，受伤八千七百七十五人，失踪七人，受灾三十二万一千六百人。全市城镇和农村倒塌及严重受损房屋为二十一万三千五百间，面积达四百五十万九千一百平方米，直接经济损失三十六亿元。房屋总计损失五十四万二千七百间，面积一千零九十五万一千七百平方米，直接经济损失达四十六亿元。此外，教育、卫生、交通、通信、水利等设备和设施也遭到不同程度的破坏。其中文教系统损失四亿八千万元，卫生系统损失一亿五千万元；交通道路损毁三十七万六千七百米，损毁桥梁十八座、隧道一座，直接经济损失达十七亿元；旅游产业损失三十一亿一千七百万元；农作物受灾面积二万八千九百亩，直接经济损失一亿三千一百万元；畜牧业圈舍倒塌三十五万平方米，死亡畜禽五万余头（只），直接经济损失一亿一千万元；全市工业企业停产三百六十八家，减产七十五家，直接经济损失五亿三千万元！……总计全市直接经济损失一百零四亿八千万元。

大邑县：大邑县所有乡镇均有不同程度受灾，受灾总数为二十六万八千五百三十九人，死亡十三人（本县人数），轻重伤四百一十七人。全县城乡居民房屋受损分别为六万七千零八十七户和二十九万六千七百七十一间，倒塌分别为八千一百四十二户和三万一千八百七十一间，直接经济损失十九亿二千七百万元。其中，农村房屋直接经济损失六亿五千二百万元，城镇房屋直接经济损失十二亿七千五百万元。此外，交通系统八条公路受损一百九十九公里，三十四座桥梁受损一千二百九十二米，直接经济损失七亿二千六百万元；城建系统损毁城市供水管道六万二千米，燃气管道五万一千米，市政道路二万三千米，直接经济损失四亿三千六百万元；地质灾害一百五十三处，损毁耕地二千零三十五亩，直接经济损失八千一百四十万元！……总计全县直接经济损失七十亿元。

此外，我对十几个乡镇的受灾情况，也做了一个统计：

虹口乡：全乡六千余人，地处高山峡谷，紧邻震中。地震发生后，全乡断水、断电、断路，与外界中断通信联系长达七天，沦为名副其实的孤岛。全乡遇难七十人，失踪九人，受伤六百零八人；百分之九十八的房屋倒塌或严重损坏；五座桥梁、一百二十八公里的公路损毁；旅游、冷水鱼等支柱产业遭受重创，直接经济损失逾十亿元！

龙池镇：受灾总户为一千二百一十八户，死亡三十六人，失踪十七人，受伤一千五百五十八人，其中重伤三十三人；房屋倒塌六千五百四十七间，面积十五万六千五百六十一平方米，房屋受损二千一百间，面积约五万八千九百平方米；道路受损四十多公里，大小桥梁损毁二十七座，水、电、通信设施大面积损毁。

向峨乡：四百八十五人死亡，二千余人受伤；百分之九十五以上的房屋垮塌；通信、电力、交通、水利等基础设施严重损毁；十一家企业厂房全部垮塌；农作物受灾面积为六千二百亩，直接经济损失五亿二千万元！

龙门山镇：四百五十五人死亡，九百一十五人受伤；百分之九十五以上的农户房屋损毁，房屋倒塌六万三千四百七十四间；桥梁受损二十座，其中七座完全损毁；二十六家水电企业、十六家加工型企业全部瘫痪，直接经济损失四十九亿元！

文井江镇：三人死亡，一百六十多人受伤；三分之一的房屋倒塌，百分之八十五的建筑变成危房。

紫坪铺镇：农房倒塌二千一百零四户，农房严重受损五百一十三户，受损面积为百分之九十七，二十二家企业全部停产。

青城山镇：五十九人死亡，其中十一名为外地游客；五千九百余户房屋严重损坏、倒塌。

中兴镇：经济损失九亿八千九百八十八万五千九百元。全镇房屋受损七千六百六十六户，面积一百六十五万七千平方米，占全镇总户数百分之八十九点三五，房屋因受灾损失共计约八亿六千六百一十八万四千元；基础设施损失约为二千九百一十八万五千元；农业损失为一千万元，包括全镇六百七十八亩农作物受灾，一万三千六百八十九头（只）家禽、家畜死亡；旅游、服务业损失为六百一十六万九千元；镇内三十家企业受损停产，造成直接经济损失七千五百三十六万元。

街子镇：全镇九千七百多户农户有九千六百多户遭受不同程度灾情，房屋倒塌九千多间；桥梁垮塌一座、成为危桥三座，五座大型水塔严重倾斜；江城古街大量古建筑遭到严重损毁，省级文物保护单位下古寺房屋损毁严重，另有三人死亡、四十八人受伤。

怀远镇：十四人死亡，一百三十五人受伤，五万人受灾；受灾总面积五千七百五十亩，房屋完全损坏的二万三千四百五十五间，严重损坏的五万九千一百四十八间，直接经济损失十亿元！

…………

上述这些数据，仅仅是来自成都灾区。但仅仅是成都灾区这些像寒冬的落叶铺满大街小巷样的数据，就让我连连倒吸冷气！倘若对整个四川灾区的各市各县、各镇各村也做一个这样的数据统计，对当今中国的世道人心，又会是怎样一种触动呢？

我承认，这些数据非常枯燥，非常冷酷，但它却相当丰富，相当具体，既可证明事实，又能说明问题，且令人反思，促人警醒！我不知道其他人是何感受，反正每当我见到这一组组血迹斑斑的数据时，就像触碰到一把把冰冷的利剑，剑剑刺痛着我的心。于是便想，面对这些血迹斑斑的数据，难道我们还有不正视、不反省的理由吗？

第二章
极限考验

汶川大地震让山河破碎、世人震惊的同时，也给灾区人民出了一道非常棘手但又必须回答的考题，这就是：如何应对飞来横祸，怎样处置特殊危情？

走访中我了解到，大地震爆发后，从中央到市委，从市委到乡镇政府，各级部门几乎都在第一时间，以最快速度冲在了抗震救灾的最前线。

地震后不到两小时，即 5 月 12 日下午 4 点，国务院总理温家宝当即率领有关部门负责人，乘专机飞赴灾区。在飞机上，以温家宝为总指挥的全国抗震救灾指挥部正式宣布成立。晚 8 点 30 分，温家宝的车队抵达都江堰，紧接着一系列的会议开至翌日凌晨 1 点。

当晚，温家宝拒绝了回成都休息的建议，服下安眠药，住在了一辆中巴车上。夜里，雨很大，余震不断，车子反复剧烈晃动。凌晨 4 点，有特件等着要批，秘书不得不叫醒他。温家宝起床后，没地方洗脸，也顾不上刷牙，只用湿纸巾擦了把脸，便直奔指挥部。

然后，温家宝赶往紫坪铺大坝。途中道路塌方，车走到一半，又折了回来，改道去了小学生遇难最多的都江堰新建小学。在新建小学的废墟上，温家宝看到了许多小学生的书包、课本以及一只只学生们逃命时跑掉了的鞋。望着废墟上的书包、课本和鞋，温家宝流泪了。接着，流着泪的温家宝蹲在废墟上，用一双执掌国家大权的手，捡起了一只小学生的鞋……

5月17日，胡锦涛抵达灾区。

与此同时，国家各部委、解放军总参谋部、武警总部等，纷纷启动了紧急预案！紧接着，数万名解放军和武警部队官兵迅速抵达灾区；国家地震灾害紧急救援队和国家地震灾害现场工作队急赴灾区；民政部紧急调拨五千顶救灾帐篷支援灾区；公安部连夜发出三个紧急通知，迅速部署抗震抢险救灾；中国红十字会迅速调拨价值七十八万余元的救灾物资；卫生部紧急组织十多支卫生救援队赶赴灾区；电信、电力、交通等部门，也紧急启动了应急预案。而四川省委、四川省人民政府也迅即启动了应急预案，并成立了四川省“5·12”抗震救灾指挥部，对抗震救灾工作做出紧急部署，并把救人放在第一位。

接着，四川各市（州）、县（市）、区也迅速成立了抗震救灾指挥机构。全省上下，指挥体系、救援体系很快形成，并迅速投入抗震救灾之中——

地震发生后，成都市立即成立了抗震救灾指挥部，全面启动成都市地震应急预案，迅速展开全市抗震救灾工作，并连续发布了成都市人民政府第一号、第二号公告，呼吁广大市民支持配合抗震救灾工作。抗震救灾指挥部还设立了重灾地区前线指挥部，并迅速调集了一万四千多名消防官兵、一万三千多名民兵预备役人员、一万七千余名公安干警和数千名机关干部，以最快速度赶赴灾区，会同前来救援的解放军、武警官兵等，迅速展开抢险救援！指挥部还紧急调集了一千余台大型工程机械，以最快的速度打通了通往龙池、虹口、龙门山、小鱼洞、鸡冠山等重灾乡镇的通道；紧急派出八百余支急救医疗队奔赴灾区搭建临时医院，迅速开通全市医疗机构救生绿色通道，全力以赴抢救伤者生命；紧急动员各类车辆运送救灾人员、物资，转运受伤群众，全面启动交通管制措施，确保成—灌、成—汶、成—彭等道路紧急救生通道畅通，以最大限度减少人员伤亡。

地震发生后，都江堰市快速将抗震救灾指挥部设在公安局。然后紧急作了布置：一、查看紫坪铺水库的受灾情况；二、实行交通管制，保障道路畅通；三、武装巡逻，对银行、金库、水电气等重点部门进行重点保卫；四、尽快收集各方灾情信息。并且，当日下午不到4点，指挥中心就派出十支队伍，分片下到乡镇普查灾情。随后，对灾情最重的地方，首先展开救援！

地震发生后，崇州市委、市政府在第一时间启动了突发事件应急预案，并成立了市抗震救灾工作领导小组；而临时办公室，就设在市委的院坝里。走访中，有关人员告诉我说，当时，移动、联通手机都无法打通，工作人员想尽了各种办法，最后才了解到各乡镇的受灾情况：主要是沿山乡镇、怀远镇中学以及街子等地受灾严重。市抗震救灾工作领导小组立即分别带队赶赴各乡镇和重点地方，迅速组织抢救。但很快又传来新的信息：由于山体塌方，鸡冠山旅游公路文井江温泉段严重阻断，与外界失去联系；鸡冠山乡竹根村和岩峰村一千多村民音信全无；九龙沟游客被困；街子镇民房垮塌严重。由于事态严重，下午4点20分，市抗震救灾工作领导小组升格为市抗震救灾指挥部。指挥部下设综合协调组、抢险救灾组、后勤组、治安维护组、医疗救护组、宣传动员组等六个组，并再次公布指挥部电话，要求各乡镇与市委保持畅通，把乡、村、组干部召集起来，确保老百姓的安全，防止次生灾害发生。

地震发生后，彭州市领导便以最快的速度，在彭州城区的中学、油库、移动公司、中医院进行了查看。下午2点40分，彭州市抗震救灾指挥部成立。为尽快了解灾情，市委、市政府等各级领导还分头赶赴龙门山镇、白鹿镇、通济镇、蒙阳镇、九尺镇、三界镇等重灾乡镇，详细查看灾情，部署抗震救灾工作。

地震发生后，大邑县震感强烈，县城内，水电气管网多处受损，通信瞬间中断，道路交通堵塞。下午3点前，县委召开紧急会议，随后启动地震应急预案，并成立了县抗震救灾指挥部。指挥部下设安全保卫组、交通能源物资供应保障组、信息及技术组、医疗救治组、宣传报道组等五个组及九个小分队。震后不到四小时，就在体育场、大邑大道等地，搭建了五千平方米的救援帐篷，并调派五十辆大客车作为群众临时避震点。随后，县委、县政府分成八个小组，深入各乡镇坐镇指挥。

…………

在对各个乡镇和村的走访中，我还了解到一个情况，即在大震发生那一刻，处在重灾区的许多乡镇和村，由于通信中断，短时间内根本接不到上级的通知，同时也无法向上级报告。在这种情况下，这些乡镇和村不管当时是否接到上级通知，全都自发地动员一切力量，立即投入救援之中。

例如，虹口乡。在地震发生后的第一时间，虹口乡领导就迅速组织干部群众抢险救人。尤其是得知通往都江堰市的道路全部中断，虹口已成“孤岛”的消息后，乡党委一边集中存粮，准备持久自救；一边派规划办主任许云富翻越大山，外出求援！于是 5 月 14 日这天，四十岁的许云富靠着一把柴刀、一支手电筒，在一条掩埋了五十年的“天路”中步行了八个多个小时，最后才满身伤痕地走出了与外界隔绝约两天的虹口，送出了第一封“鸡毛信”。

后来无数事实证明，地震后最初一周时间里，灾区暴露出来的矛盾问题最多、最严重，盘根错节，千头万绪，远比外界想象的复杂得多，也棘手得多！

尤其是地震发生后的前三天，灾区连降大雨，天气条件十分恶劣；加上地震导致的山体滑坡和泥石流等灾害，致使交通、通信几乎全部中断。尽管救援部队在 5 月 13 日晚上，就已经到达汶川等重灾区，但救援部队所遇到的阻力与困难，巨大无比，完全超出了事先的各种预想；甚至部队人进去了，机具却是怎么也进不去。最后迫于无奈，只有用手刨，靠铁锹挖。这对于急于抢救生命的救援者来说，无疑是最痛苦、最残酷的事情。

走访中我了解到，地震后的头一个星期，灾区除了预防余震、应对天气、处置山体滑坡和泥石流等危机问题之外，主要干了七件大事情。

第一，抢救生命。

灾难发生后，第一时间最急需做的，就是抢救人的生命。由于各地救援的医疗队伍在短时间内无法赶到，平常抢救一个人的能力，一下子就要承担起抢救上万人的量！于是不管是领导，还是普通干部，抑或是普通百姓，都纷纷变成了冲锋陷阵的战士。他们中，很多人家里同样受了灾，不光是自家房子倒了，亲人还被压在了下面；有些人就在离家不到一两百米远的地方救援，也顾不上看一眼自己垮塌的家；有些人甚至只看了一眼自己亲人的遗体，又急忙去抢救别的伤员。在那段日子里，他们没有大家小家之分，没有上级下级之分，没有你我他之分，没有老人小孩之分，没有男女性别之分，没有行业地域之分，也没有白天黑夜之分；不知道吃，不知道累，不知道睡，人人都像上足了发条的机器人，时刻处于亢奋之中，哪里灾情最严重就往哪里跑，哪里最危险就往哪里冲！

我还听说，大地震的那个雨夜，上千名“的哥”冒着大雨连夜赶往都江堰，于是成灌高速路上便出现了一支一路打着应急灯，既看不到头也看不到尾的出租车救援车队。车队在成灌高速公路上行进，瓢泼大雨哗哗直下；而前方的都江堰停电、停气、停水，伸手不见五指，尽是一片黑暗。但出租车救援车队依然冒着大雨，迎着危险，克服种种困难，拼命往返运送伤员。路途中，凡是遇到灾区逃出来的灾民或者进去的救灾志愿者，一律免费接送。

在抢救生命的过程中，最让人揪心的是学生，是孩子！我不敢肯定，地震后第一时间所有身处一线的领导干部做出的决定，都是先救学生，先救孩子；但从我个人走访的情况来看，凡是身处一线的领导干部，当时做出的决定都是先救学生，先救孩子！

比如，地震发生后，都江堰向峨乡乡政府和学校同时被夷为平地。废墟里，一边是朝夕相处、情同手足的同事，一边是年幼无助、呻吟求救的学生娃娃，但当时救援能力有限，到底是先救同事，还是先救娃娃？乡党委书记罗鸿亮的决定是：先救娃娃！

比如，都江堰市教育局副局长刘加强，当听说新建小学垮了时，他脑子最先闪出的一个念头，就是快去救娃娃！刘加强说，我刚一听说新建小学垮了，就意识到事态的严重性。说实话，在整个救援中，我从来没有掉过泪，但当听说是学生娃儿们埋在废墟下了，我的眼泪马上就出来了，这是抗震救灾中我第一次掉泪。当时我流着泪冲着大家喊，是爷们是男人的，就跟我一起去救娃娃！喊完后，我就赶紧往新建小学跑，当时很多人都跟着我们一起跑。在跑的过程中，旁边有一个人，他说他是来旅游的，住在我们市委招待所里头，也跟着我们一起跑。我跑到新建小学一看，虽然有些人了，但还是不多。我想人太少了，救援力量不够，可身边没有喇叭，咋个喊人救助呢？我就跑到新建小学的一间平房里，想找一支毛笔写一幅大字，可找了半天，也没找到，最后只找了一支签字笔，顺便又找了张纸，拿起来一看，竟是一张学生的考试卷子。我管不了那么多，拿起笔来，就在卷子背面写了七个字："救救我们的孩子!!!"

比如，地震发生后，虹口乡乡党委书记马远见首先想到的，是虹口乡中心学校正在上课的四百五十多名学生和几十名教职员工。马远见立即赶到学校，当看到主教学楼中部垮塌，得知有五十多名师生被压在废墟中时，他立即组织干部、医护人员和群众展开营救。经连续九小时的抢救，救出师生四十多人，包括六个遇难的学生娃娃。

再比如，地震发生后，龙池镇抗震救灾指挥部在第一时间就下达了第一道命令："不惜一切代价，抢救学生娃娃!"接着指派副镇长甯佐昌带着六个身强力壮的机关干部，当即奔赴灾情最为严重的南岳村，对南岳小学一百四十多名被泥石流和洪水围困的师生实施了抢救和转移!

据统计，在汶川大地震中，成都灾区在第一时间抢救群众五千四百五十六名，解救转移受困群众十三万多名、境内外游客一万三千多名，及时救治两万八千名受伤人员。此外，还组织疏运阿坝州受灾群众一万三千多人，收治其他地区伤病员一万六千七百人、受灾群众五万六千人。

第二，寻求药品。

地震后，面对成千上万的伤员，药品成了灾区最紧俏的物品。像生理盐水、止血药、抗生素、双氧水、感冒药，以及口罩、橡胶手套、隔离衣和日常生活用品等，都是大量最急需的东西。为了尽快得到药品，都江堰、彭州、崇州、大邑等灾区政府想了很多办法。比如，通过成都交通台等媒体向社会求助，并告知需要的药品内容和联络方式。这个方法后来证明非常管用，本市很多企业、部队和其他兄弟省市的各企业、部队得知信息后，很快就将所需药品发放到了灾区。

与此同时，灾区红十字会也开始发挥自己的能量，他们及时利用仅有的通信手段，向各级红十字会通报灾情，并向全社会发出紧急呼吁，请求紧急援助！很快，社会各界捐赠款物，非常踊跃；报名志愿服务的蜂拥而至，络绎不绝；甚至港澳台地区和国外的医疗防疫救援队，也马不停蹄，拍马赶到。

走访中我了解到，地震后第三天，即 5 月 15 日，澳门红十字会便携带药品、器械等物资赶到了都江堰；地震后第四天，即 5 月 16 日，美国撒玛利亚国际救援团携带药品、器械等物资也赶到了都江堰。这两支队伍在都江堰市红十字会的指挥调度下，当即投入抗震救灾工作。据不完全统计，整个抗震救灾期间，经都江堰红十字会渠道募集的各种抗震救灾物资，高达四千余万元；而募集的捐赠款，则高达一亿三千多万元！

但是，当我得知这一情况后，对各地捐赠的这些药品，并不完全放心，持一种疑虑的态度。因为刚刚大地震后的灾区，惊慌失措，人心惶惶，情况错综复杂，防不胜防。那么在如此混乱的局面下，怎么可能保证所有捐赠的药品，都质量可靠、发放不乱呢？

带着这一疑问，我走访了时任都江堰市卫生局副局长、都江堰市红十字会常务副会长的曾岷。曾岷是位女性，年纪不大，个子很高，模样很文静。她告诉我说，其实当时她和我一样，也有过同样的担心，担心万一有些老板把过期的或是有问题的药品捐过来了，怎么办？如果真的出现了这种情况，那就不是天灾，而是人祸了！所以，为防止人祸的发生，曾岷并没有让捐赠的药品立即入库，而是马上打电话给质监局一位副局长，让他们赶快过来检测一下。她对这位副局长说，你们检测了我们才入库，没检测我们就暂时不入库。质监局的人带着一辆检测车，很快就赶了过来。他们的设备很先进，一次可抽查很多药品。由于当时现场太乱，曾岷找不到笔，也找不到纸，后来好不容易找到一支笔，却还是找不到纸。情急之下，她干脆就在药品的包装纸上做登记。登记内容包括每天收到多少药品，分发多少药品，等等。这个临时抱佛脚的办法虽然很不规范，但在当时那种紧急情况下，曾岷别无选择。听说后来中央有关部门来灾区检查工作时，看到这个记录材料后说，没想到灾区的干部在这种情况下，还把工作做得这么细致！

我问曾岷，你们当时有没有检测出不合格的药品？

曾岷说，有。但总的没超过百分之十。

我穷追不舍，继续问道，这百分之十具体都包括哪一类药品？你们对这些不合格药品，最后是怎么处理的？

曾岷说，有的药品是过期的，有的药品是不符合国家相关标准的。不合格的药品检查出来后，我们就放到一边，合格的才入库。

第三，解决吃饭喝水。

大地震过后，对无数灾民而言，最重要的，就是吃饭喝水问题；一旦吃饭喝水成为问题，必定引发更大的混乱，后果不堪设想。

我在虹口乡走访，乡干部告诉我说，为确保救灾物资到来之前不出现断炊情况，乡党委当即派出党员干部以村为单位，对粮食和饮水实行集中管理，统一供餐，定量分配。不管干部、官兵、学生，还是群众、志愿者，每天只吃两餐，每餐只有一碗稀饭。由于虹口乡在地震中损毁蓄水池五十四个，群众的饮水问题受到严重威胁。为及时获得“救命水”，乡党委做的第一件事，就是对已经废弃的蓄水池进行勘查，确定可以重新启用后，立即进行抢修，然后及时安装了引水设施，这才暂时解决了场镇受灾群众的饮水问题。

我在龙池镇走访，镇干部告诉我说，地震发生后，他们有八个机关干部迅速到机关食堂、附近商店、卫生院和部分倒塌农户家，搜集食品、药品、饮用水、彩条布、篷布等物资，分别集中放在已被砸坏的中巴车和越野车上，由指挥部根据各村临时安置点的实际需要，统一进行调配。主要食品分批送往学生集中点，部分食品分发到急需群众手中，乳品、营养品则集中发给婴儿和孕妇。这些应急救治和生存所需的药品、食品，在最初自救的日子里起到了重要的作用。

我还了解到，在乡村自救的同时，大量有社会责任感的食品企业也纷纷加入了捐钱捐物的救灾行列，都在第一时间对灾区发起捐助。全国食品界众志成城，救助成了主题，把一箱箱牛奶、饮用水、方便面、婴幼儿奶粉和饼干等，大批大批地运往灾区。

那么如此大批大批的食物、饮水、衣物等救灾款物——包括后来许多重建的援建款物——运到灾区后，是否完全都用在了灾区的抗震救灾和恢复重建上？是否全都真正做到了公开透明，让每个灾民完全放心呢？

要完全做到一件不落、一样不差，是不可能的。但走访中我了解到，灾区相关部门和相关工作人员在那样紧张、混乱、无序的情况下，对到达灾区的物资几乎都有严格的登记，大到一箱食品，小到一盒蚊香、一支手电筒，从而保证了绝大多数救灾物资及时用在了受灾群众身上。

第四，抢搭临时帐篷。

走访中我了解到，整个四川灾区，房屋一共倒塌一百五十多万户，受损者逾千万。房屋倒塌的灾民，无处可居；房屋受损的灾民，有家不能回；即使房屋没有受损的灾民，面对余震或是堰塞湖的威胁，同样居无定所。一时间里，成千上万的灾民离乡背井，流落街头。因此，地震后的最初几天，灾区最急需的，就是帐篷。有关人员告诉我说，当时整个四川灾区，急需帐篷多达三百多万顶！

这无疑是个可望而不可即的天文数字！但灾区各级部门，从上到下，绞尽脑汁，想方设法，全力以赴地解决这一难题。以成都灾区为例，他们采取了四个应急方案：一是接收各级发放的帐篷；二是接收各地捐赠的帐篷；三是联系救援官兵帮助搭建简易帐篷；四是发动民众，就地取材，帮助灾民搭建简易帐篷。

但问题是，无论是各级发放的帐篷，还是各地捐赠的帐篷，都很难在第一时间全部发放到每个灾民手中；特别是那些居住在偏僻地区、深山老林中的灾民，就更不可能在第一时间获得外援的帐篷。而解决急需落脚的最好办法，就是自己先想法抢搭临时帐篷。

所以，在地震后最初几天时间里，当许多村镇在尚未获得外援帐篷的情况下，都选择了自己抢搭简易帐篷的办法。他们先找到一片开阔地，将场地迅速平整好，再规划出临时安置区，然后让灾民们把自家的彩条布、棚布等集中起来，很快就抢搭起一顶顶临时帐篷，大多数灾民这才有了一个临时落脚的窝。

走访中，蒲阳镇长河村的村支书，给我的印象最深。长河村是个贫困村，2007 年全村人均年收入不到三千元。村支书肖万福的妻子在地震中遇难，但肖万福没有顾及自己的家，而是在震后第一时间，就带领村民进行自救安置。5 月 12 日那天，肖万福一看天马上就要黑了，又下起了小雨，于是他当机立断，组织村干部找来一些油布，在一块平地上，很快就搭建起一个十米长的简易帐篷。然后，他把妇女儿童，先安排住了进去。第二天，他又迅速组织村民，找来一些彩条布，再利用各家的废旧木料、竹竿等，又搭建起了几座简易帐篷；同时还在村民的临时集中地，搭建了十三个临时厕所。这样，长河村大多数的村民便有了一个落脚睡觉的窝。

第五，打通道路。

走访中我了解到，汶川大地震摧毁的四川交通路线长达两万多公里。其中包括：二十一条高速公路，十五条国省干线公路，两千七百五十六条农村公路，二十七座隧道，两千九百多座桥梁。

以都江堰为例，不仅国道 213 线中断，而且紫坪铺路、龙池路、虹口路、青城后山路等也全部中断，几乎是条条道路都有险情，条条道路都急需打通！比如虹口乡，当时所有通向外面的路都中断了，成了名副其实的“孤岛”，山里的消息两天之后才派人翻山越岭传递出去；而外面的救援人员为了进山，组织了两百多人的队伍，调集了十四台大型挖掘机和两台小型挖掘机，经五天五夜的艰苦鏖战和生死考验，才终于在 5 月 19 日打通道路。

而崇州市的交通人员，在灾后第一时间就赶赴道路垮塌最严重的鸡冠山公路，先是进行实地查勘，而后借来十二台挖掘机、装载机、推土机等抢险机械和爆破材料，连续奋战了八小时，才疏通道路，解救了五台被困车辆和二十多个灾民。

第六，恢复通信。

走访中我了解到，汶川大地震不仅造成道路塌方、电力中断，同时也对灾区的网络通信造成了极大破坏。在线缆中断、电力中断、网络拥塞等因素的影响下，网通、电信、移动和联通四大运营商，在灾区的互联网和通信线路全部中断！于是，外界无法与重灾区取得联系，政府相关部门和救助人员之间，既不能相互联系又无法获得受灾真实情况，而受灾群众更是无法获得余震预报等重要信息。特别是震中地区，在震后的数十小时内，居然传不出一条信息，打不通一个电话！不能不说，这是汶川大地震中上百万灾民的悲哀，也是 21 世纪的中国的悲哀！

于是，尽快恢复通信，抢通“空中桥梁”，成为灾后最为急迫的任务之一。

首先，公安部消防局紧急调集了十部海事卫星电话，直接送往地震灾区，这才确保了灾区消防部队与外界通信的联系；接着，几家电信运营商也开始启动应急预案，紧急部署受灾地区的应急通信和抢修工作。这样，地震后第二天，在都江堰等市区，开始出现了有着移动动感地带标志的“红色”便民服务点，一些穿着橘红色 T 恤的“移动”工作人员，逐渐开始在便民点服务。走访中有人告诉我说，在都江堰的便民服务点，有的移动手机加油站可以提供六十多个充电接口，同时为六十多部手机充电。由于使用免费电话报平安的人络绎不绝，为保证大家都能用上电话，每一个人只能有一分钟左右的通话时间。

然而尽管如此，这也是没有办法的办法，对策中的下策。危难之中的灾区的通信问题，在开始几天时间里，依然是最让人头痛的事情，也是最令人气愤的问题。

第七，预防瘟疫。

大灾之后必有大疫，这是一条规律。海地 2010 年初大地震后，阿蒂博尼特河沿岸暴发的霍乱疫情持续蔓延。据联合国相关统计，从 2010 年初至 2010 年 10 月，海地霍乱病例已升至三千七百六十九例，共造成二百八十四人死亡！据海地卫生部 12 月 17 日统计，海地已有十二万一千五百一十八人因感染霍乱接受治疗；而到了 2010 年 12 月 22 日，海地官方统计数字显示，海地因霍乱死亡的人数已经上升至两千五百九十一人！尤其 2010 年 12 月底，平均每天就有六七十人，甚至八十多人死亡！

然而，来自中国卫生部门的消息则显示：汶川特大地震，四川灾区没有发生一起与地震相关的传染病暴发疫情和突发公共卫生事件。

对此，很多人都持怀疑态度。在这些持怀疑态度的人当中，也包括最初和后来在灾区走访的我。

汶川特大地震发生时，正值极易引发流行疾病的夏季。开始几天是大暴雨，雨后又是毒太阳，满目疮痍，尸横遍野，酷热难熬，气味异常，因此很容易发生传染病，暴发疫情；尤其是灾民伤亡惨重的地方，暴发疫情的可能性就越大，形势也就越严峻！

此外，随着不少市民和灾民的离家出走，许多家养的宠物猫和宠物狗流离失所，开始在大街小巷、漫山遍野，四处乱窜，八方游走；再加上无数救援车辆和大量救援物资以及志愿者像潮水般纷纷涌入灾区，灾区的局面就变得愈加异常、复杂难控。因此，如何确保大灾之后无大疫，成为当时很多人担心的问题，也成为当时举世瞩目的焦点！

走访中我了解到，为严防灾后出现瘟疫，严防灾后瘟疫蔓延，当时灾区主要采取了如下五项措施：

其一，在严重污染的废墟划定禁区，并组织受灾群众撤到离废墟较远的地方，集中临时居住。

其二，国家从全国各地紧急调运防疫所需的消、杀、灭药品，以及资金和防疫人员，迅速抵达灾区。走访中我看到一份资料，这份资料显示：从全国各地抽调的防疫车多达数百辆；来自西藏、青海及全国各地的外援防疫人员，覆盖了灾区百分之九十五的乡镇。而且防疫人员进到哪里，药品和器械就跟到哪里。

其三，每个村（社区）都组建了两三人的专职消、杀、灭小组，并组织技术培训，统一配发消毒机具、药品，建立各村（社区）消、杀、灭工作日报制；同时全面开展疾病防控知识宣传，发动受灾群众及时清理生活垃圾、卫生死角，定期对固定和临时厕所的粪便进行无害化处理，保持环境清洁卫生。防疫工作督察组随时深入各村（社区）、各受灾群众临时安置点，督促检查工作。

其四，及时处理好遇难者遗体。这是灾区当地政府最难、最棘手的一项工作，也是当时引起矛盾冲突最大的一项工作！因为不少遇难学生的家长不愿马上埋掉自己的孩子，甚至有的要讨个说法！而若不及时掩埋遇难学生遗体，天气越来越热，遗体就会腐烂，瘟疫就容易发生，所以当地政府部门的领导们为此坐卧不安、心急如焚，有的地方甚至到了向遇难者亲属下跪的地步了。比如走访中我了解到，在都江堰的向峨乡，如果按当地的风俗，死者一般要在家里停放三天才能入土。但当时天气很热，而且一天比一天热。为防止疫情发生，向峨乡抗震救灾指挥部马上派出所有村组干部，挨家挨户上门劝说村民，让遇难者尽快入土为安；同时还特地请来疾控中心的专家，为遇难者亲属讲解卫生防疫知识。最终得到亲属们的理解后，乡政府才分别在十二个村选定了集中掩埋点。而且为了抢时间，防止遗体腐烂，不少地方都是三四个甚至五六个孩子埋在一个坟坑里。

其五，及时处理好动物尸体。汶川大地震后，废墟上不仅到处是遇难者的遗体，动物尸体也到处都是，有的地方甚至堆积如山。比如都江堰的虹口乡，走访中我了解到，四个占地百余亩的渔场，就有大约一百二十吨的冷水鱼地震中全部死亡。地震后的第三天、第四天，死鱼就开始发臭，若是再不及时处理，除了对环境造成极大污染外，很可能还会发生疫情！为确保成都市区的水源安全，乡党委决定对各大鱼场的死鱼做深埋处理，同时对鱼池也要进行消毒。于是5月17日一大早，乡里会同市里民兵应急分队，开始在观凤沟渔场处理死鱼。上午11点，从数千公里外赶来的灾区支援抗震救灾的济南军区某部装甲团官兵得知情况后，也火速赶到虹口，连续奋战了七个多小时，才对四个渔场腐烂的冷水鱼全部进行了深埋和无害化消毒处理。同时乡里还请武警黄金部队使用专用设备，对临时安置点、人员聚集区进行消毒杀菌，对全乡的畜牧站和畜禽圈舍也作了消毒处理。

有了上述五项措施，灾区的疫情的确得到了很好的控制，所以灾后没有发生传染病，更没有暴发疫情。

但是，我对此多少还是有点将信将疑。

2010年11月的一天，我决定打破砂锅问到底，专程赶到都江堰，就防疫有关问题，走访了都江堰市卫生局副局长李自刚。

李自刚曾经在都江堰市人民医院当过十年医生，对疫情方面的知识自然比较熟悉，而且“5·12”大地震期间，他一直都泡在第一线。

我问李自刚，地震发生后，都江堰遇难者不少，当时尸体的堆放、转移、火化、掩埋等，具体都是个什么情况？这些尸体对疫情会不会有影响？

李自刚说，地震发生后，当时沿途都有很多尸体，而这些尸体几乎全都散落在一个个的废墟上；甚至有的不但没有及时掩埋，反而还人为地被抬出来示众。比如，我们指挥部的边上就有亲属把一具尸体抬出来，放在街边上，要我们卫生局处理。这些尸体第一天没味，第二天、第三天就开始腐烂了，而且气味很浓。后来我们才知道，其实殡仪馆二十四小时都在不停地烧尸体，但还是烧不完。殡仪馆在平常肯定是没问题的，但地震后突然拉来一批批尸体，肯定就忙不过来了。所以，地震后的头几天，尸体拉不完，烧也烧不完，埋也埋不完。当时白天太阳暴晒，晚上下雨。一下雨，尸体被反复浸泡，就更容易腐烂了。尸体一腐烂，就容易引发疫情。

我问李自刚，容易引发疫情的，除了人的尸体，当时还有哪些因素？

李自刚说，厕所。地震后，到处都是废墟，马路和人行道上，很远才有一点草坪、一些树木，但唯独没有厕所。我们指挥部，还有二医院，以及外面来的游客，都拥挤在广场上，想走都走不了。都江堰的街上虽然也有些厕所，但很少。所以地震后，当大家都在露天广场的时候，都江堰街上的厕所就远远不够了。本来，我们单位的边上也是有移动厕所的，平常每天都有环卫工人清理，但地震后那些天厕所的循环系统瘫痪了，地震后的第二天就没法再进厕所了，甚至连移动厕所的旁边也全是粪便！也就是说，只要能背着点人的地方，全都变成了厕所。当时最为难的还是我们的女同志，想想看，她们到哪儿去上厕所啊？太难了！外面找不到厕所，随时有余震，楼房里面有厕所，又不敢去。所以当时我们感觉到，最急需解决的，就是厕所，全市都需要厕所！因为厕所问题解决不好，粪便问题就解决不了，粪便问题解决不了，就容易引起疫情问题。但都江堰是城市，到处都是钢筋水泥，想挖个厕所，根本挖不动；不像在农村，随便在哪儿挖个坑，就可以当厕所使了。直到后来在疾控中心的努力下，我们的厕所问题才得到解决。

我问李自刚，“5·12”大地震后，四川灾区没有发生传染性的流行病，没有发生腹泻，更没有暴发疫情，你认为根本的原因是什么？主要得力于什么？

李自刚说，主要是各级组织得力，及时意识到了解决这个问题的重要性，并及时、有效地进行了处理。比如我们都江堰，在第一时间抢救伤员的时候，卫生局就意识到防疫的重要性，立即让卫生监督执法大队和疾病预防控制中心启动了紧急预案！因为当时有大量的人和动物都被埋在了废墟下面，如果不及时处理消毒，肯定会发生传染病。卫生监督执法大队和疾病预防控制中心启动紧急预案后，还成立了很多个组，这些组的任务不是救人，而是到处搜集信息、了解情况，然后及时采取各种预防措施。比如尸体该转移的及时转移，该火化的及时火化，该掩埋的及时掩埋；同时对厕所、废墟等大量公共场所，进行大规模的消毒，这才避免了疫情的发生。

我问李自刚，具体点说，地震后，灾区绝大多数群众没有乱吃东西、没有乱喝水，比如井水、河水什么的，而所有的食品和饮水都是靠当地政府发放和外面的爱心人士奉送。这一点与世界其他一些地方发生地震后，因为不能及时获得食品和饮水而乱吃乱饮的情况有所不同。那么这一点，我们是不是也可以看成是没有出现疫情的一个原因呢？

李自刚说，对的，整个灾区没有发生瘟疫和传染病，除了得益于当地政府，再就是外地的爱心人士的帮助，他们无私地给我们送来了矿泉水和食品。我曾设想，如果这场地震发生在 20 世纪五六十年代，或是 1949 年前，没有矿泉水，没有成熟的食品，我们只能吃自己做的饭菜，只能喝河沟里的水，那肯定会出现大量的腹泻，出现大量的传染病。而且据我们统计，地震后，一般的传染病居然比震前还减少了，为什么呢？第一，我们全部喝的是矿泉水；第二，地震前我们烧的是煤、电和天然气，地震后电和天然气都关了，煤也不烧了，我们不可能去做饭炒菜，吃的全部是加工好的熟食，而且不是肉类，都是快餐食品，可能是消化道疾病没有发生的重要原因；第三，政府组织了社会各界人士，给我们送来了各种药品进行消毒，并且有军队参与消毒；第四，我们在极短时间内建立了帐篷区，集中居住，管理有序，既有规定的饮食区，还有公共厕所，并且每天定时消毒，保证了清洁卫生。

我问李自刚，我在灾区走访期间，几乎每到一处都要被消毒。有时消毒多了，心里会觉得有点烦，甚至对这样的消毒表示怀疑。你是卫生局的头儿，你实话告诉我，当初灾区大量重复使用的那些消毒水，真的能管用吗？

李自刚说，非常管用。特别是军队来了后，他们用防化设施进行消毒。凡是有垮塌的地方，有废墟的地方，有尸体的地方，有厕所的地方，就用药水、用防化设施进行消毒。这样的消毒，既有密度，又有深度。所以，告诉你吧，汶川大地震后，我们这里就连苍蝇、蚊子都比往年少了。为啥子呢？因为消毒后，苍蝇、蚊子没有了滋生的条件和环境。可见消毒的密度有多大，有多厉害！

结束对李自刚的走访，当晚我在一本由王聪先生主编的《都江堰站起来》的书中，看到了地震后，都江堰有关卫生防疫方面的一个小结。在这个小结中，有这样一组数据，引起了我的注意：

都江堰防疫人员三千一百四十三人；

外地支援防疫队伍二百四十一支；

出动消毒车辆四万零四百三十一台（次）；

防疫面积一亿五千五百九十平方米；

使用消毒药品三百余吨；

处理蚊蝇滋生地五十万六千二百九十八处；

灭蚊面积四千二百八十七万余平方米；

现场消毒处理尸体一千九百五十具；

发放药物四千三百余盒；

指导免疫点三百八十三次；

指导疫情报告医院五百三十四次；

指导建立宣传栏四百五十五个；

疾病预防性服药二十万八千零一十人（次）。

这组数据，我想是不是也很说明问题呢？

第三章
板房大战

汶川大地震后，不少房屋都垮了，而新房一时又建不起来，这就需要对大量的灾民进行过渡性的安置，好让他们暂时有个遮风避雨的窝。

走访中我了解到，汶川大地震后，光成都市灾区，就有二十八万户一百零九万人急需过渡性的安置。其中，有十万户选择了自建安置或投亲靠友，而剩下的十八万户二十一万四千套过渡安置房，则必须要由政府出面解决。此外，学校和医院，至少还急需两万套过渡安置房！

所谓“过渡安置房”，就是人们俗称的板房。板房虽说是过渡性的、临时性的，看似简单甚至简陋，但它却是灾民们一个亟待落脚的窝，一个遮风挡雨的港，也同样必须讲究科学性和技术性。比如说，板房首先要建在地质安全地区，不能有二次灾害发生的可能；要避开未来永久住宅建设区，保证水、电、公路三通，保证污水管、雨水管、自来水管、化粪池等主体配套设施完备。而且，据预算，整个成都市的板房建设，光需要平整的场地，就有近九百万平方米，需投入资金十三亿元！

因此，抢建板房，便成为四川灾区第二阶段一个迫在眉睫、压倒一切的重要而艰巨的任务！

灾区的临时和过渡安置规划，在最初展开救灾工作的同时，就已经开始了。以成都市为例，抢救伤员刚告一段落，成都市建委就牵头组织对全市城镇和农村房屋受损情况进行详细排查，并组织工作组深入灾区，进村入户，详细掌握全市房屋受损情况，为抢建板房奠定了基础。从2008年5月18日起，上海同济大学、华中科技大学、中国城市规划设计研究院、广东省规划院、山西省规划院等国内规划设计机构及志愿者近一百人也陆续赶到成都，开始协助成都市规划系统开展过渡安置房选址工作；与此同时，成都市规划系统也紧急抽调了四十二名技术骨干充实其中。接着，一百多人的规划队伍迅速分赴各个受灾城镇和乡村，白天走访相关点位，晚上研究讨论、绘制图纸。经过几个昼夜的奋战，终于在5月24日完成了可安置十四万户受灾群众的一百六十二个临时安置点和过渡安置点的选址和规划设计工作。

板房建设，事关灾民切身利益，涉及拆迁等诸多矛盾，所以看似很简单，实则复杂；加之灾区又是第一次抢建板房，环境恶劣，规模巨大，时间紧迫，所以出现这样那样的疏漏，在所难免。

我在走访中得知，都江堰抢建的首批板房，由于为了赶速度、抢进度，加上缺乏经验，施工就比较粗糙，存在少屋檐、地不平、部分屋内积水等问题；另外，板房成排，一旦出现火灾，容易引起连片燃烧，存在安全隐患问题。

最典型的一个例子，就是幸福镇的民主园小区。幸福镇的面积和人口，占都江堰市城区的一半。地震后，房屋倒塌一百二十三栋，严重损坏九百七十六栋，多达五万六千多人无家可归，急需板房安置。而民主园是都江堰幸福镇最大的一个板房安置小区，一共有二百四十亩地，可建三千多套板房，可安置六千多名受灾群众。但民主园本身是一片冬水田，地势较低，为了尽快安置好急需住处的受灾群众，要求在四十天之内，建起三千多套板房。所以为了抢进度，排水设施还没跟上，就动手开工了。2008年7月25日，民主园小区正式交付使用，一大批灾民迫不及待、高高兴兴地搬进了新居。不料第二天一大早，电闪雷鸣、瓢泼大雨，刚刚交付使用的民主园小区在暴风骤雨的

“检测”面前，很快就变成了一片泽国汪洋——大水将板房之间的间隔部分全部淹没，甚至小区内地势最高的道路，也有水漫了进去。于是板房周围很快聚集起上千名受灾群众，纷纷发起牢骚，提出抗议！镇党委书记付庆明得知这一消息后，立即匆匆赶到民主园。看到小区被大水淹没，听到群众满腹牢骚甚至骂爹骂娘，付庆明哑巴吃黄连——有苦难言。他赶紧和镇长彭继万一道，一边指挥群众撤离，一边安排工程人员清理积水，疏通水道，冒着大雨在小区颠来跑去，全身淋得像个落汤鸡，还逢人便气喘吁吁地说：“对不起！对不起！”灾民们见这位党委书记如此辛苦、狼狈、诚恳，这才少了牢骚怪话，不再骂爹骂娘。

当然，抢建板房，最难、最苦的，还是那些偏僻的小镇和乡村。

走访中，不少基层干部跟我说，在那么艰险的地方，冒着余震去抢建板房，不是所有的人都那么伟大的，也不是所有的人都能做到的。

比如虹口、龙池等山区，抢建板房就比其他地方的难度大得多。难就难在，人员、设备、材料进山难，进村更难。因为当时余震不断，到处塌方，头天刚抢修出来的路，第二天就被塌方给埋了，或者第三天就被山上滚下来的石头给砸了。进山者稍不小心，就会连人带车掉到悬崖下。

虹口是都江堰市受灾最严重的乡镇之一，要在短时间内抢建大量的板房，面临的困难更多。虹口地处山区，与平坝地区相比，建板房的场地很难找。他们原来选的很多点，由于既要考虑安全，又要错开永久性安置房建设用地，被地质专家先后否定了一部分。另一方面，滑坡使都江堰到虹口的道路损毁严重，从峡口往上大约二千五百米的道路，只能单向通行，大型运输车辆根本无法通过。所以很多材料只能二次转运，而且每辆车每次只能转运两套半板房所需的材料，每天只能跑两趟。到高原村，由于桥梁断裂，则需要三次转运。

虹口乡党委副书记高永强告诉我说，地震后，由于一直在塌方，非常危险，修建板房的都不愿意来，给钱都不愿来！为啥子呢？车子砸坏了不说，人还有生命危险，搞不好，命都丢在这里了。最后我们实在没办法，只有去找部队。后来部队派了几十辆车，拉了半个月，才把要建板房的材料拉进了山里。

再比如葛仙山镇。这个镇的安置点位多达三十三个，是彭州市安置点最多的一个镇。由于太过分散，多数安置点只能设在道路狭窄的支路上。这对当地人和外地援建者来说，都是一件极其艰难的事。生活、工作条件很差不说，最头疼的是运输问题。因为路面没有硬化，稍重一点的货车随时都可能将路碾烂。一旦道路碾烂，这条唯一的"运输生命线"马上就会再度中断。

在抢建板房的过程中，最惊心动魄的一幕，是"决战八一"！

什么叫"决战八一"？

地震后一个多月，即2008年6月18日晚，成都市委常委开了一个紧急会，专门研究受灾群众的过渡板房问题。会议一直开到深夜，摆在与会者面前的问题是：截至当天，成都已经建成七万多套过渡板房；但这七万多套过渡板房对于十八万户受灾居民来说，只够约三分之一的人住；不仅数量太少，而且速度太慢！因为从地震中死里逃生的人们，不少人失去了亲人、失去了家园、失去了财产，现在惊魂未定，流落街头，只能暂时住在仅能遮风挡雨的帐篷里，特别是偏远的山村，不少灾民还住在临时搭成的塑料棚里。而更为急切的现实是，酷暑已经初现端倪，汛期也即将接踵而至。若不尽快将受灾群众安置好，灾区的矛盾将会越来越大。何况，全世界的目光和灾区上百万受灾群众的眼睛，都在紧紧地盯着呢！因此灾区抢建板房的速度不是"要快"的问题，而必须是、也只能是"更快"的问题！

会议最后决定：所有急需过渡安置的受灾群众，必须在8月1日前全部入住板房！

而这时距离8月1日，只剩下四十三天了！

事实上，早在地震后第七天，即5月18日，面对汶川大地震近五百万受灾群众的住房需求，中央决策层就决定各省分领任务，三个月内迅速援建一百万套过渡板房。5月20日晚，国务院抗震救灾总指挥部向全国二十三个省（市）和计划单列市下达了对口支援灾区过渡安置房的建设任务。其中，省外援建成都的板房数量为十八万套。于是，5月25日前，来自重庆、江西、山西、福建、安徽、河北、山东、厦门、上海、海南的十支援建队伍全部到达地震灾区。5月25日，胡锦涛在河北廊坊考察救灾过渡安置房生产情况时，还亲自给各援建省（市）的党委书记一一去电，安排过渡安置房援建事宜。于是，抢建板房的工作在全中国争分夺秒地火速推进。

在这种情况下，作为地震中心的成都，除了硬着头皮上，别无选择。

于是，让所有需要过渡安置的受灾群众在8月1日前都入住板房的目标被公之于众后，“决战八一”这句口号便开始频频出现在政府的文件中，出现在媒体的报道中，出现在无数个安置点的现场。

但是，当时在许多人看来，这几乎是一个不可能完成的任务。随后，质疑的声音也很快出现了。

走访中，我查找到了2008年6月29日发的一条名为《8月1日前住进过渡板房，牛皮怕是吹大了》的网帖。发帖人是一名志愿者，他在网帖中这样写道：

> 截至2008年6月29日，都江堰、彭州、崇州三地已完工交付使用的过渡板房还是小部分，大量的板房还处于修建状态中，而高温和暴雨已经开始出现。因此，政府说，要在8月1日前让所有灾民都住进过渡板房，实在不太可能！

接着，这位志愿者列举了大量“不可能”的事实。最后，他直言不讳，做了结论：“要在8月1日让所有灾民住进板房，除非有神助，不然就是政府吹牛！”

通过对都江堰市的崇义镇、虹口乡以及彭州市的磁峰镇等地的实际走访，我感觉这位志愿者的质疑，是有一定道理的。从当时的实际情况来看，要在四十三天内完成如此大规模的板房抢建工作，无论从点位的选择、场地的平整，还是接着的材料的采购、运输、安装，再到配套设施的建设，都面临重重困难。这些困难概括起来，主要有如下七点：

一、时间紧。从开始算起，到板房抢建工程全部结束，只有六十天。

二、协调难。如此浩大的工程，上至中央省市政府部门，下到各兄弟援建单位，都必须要靠大兵团联合作战，任何单打独斗，绝无完成的可能。比如，十个援建的兄弟省（市），就有三万五千人；成都市十五个对口支援区（市、县）、五个国有投资公司和四个专业建设单位，就有六万多人；而其他参战的单位还有建设、民政、规划、国土、交通等一百多个部门。这么多单位、人马的衔接、统筹、协调等工作，千头万绪，难度可想而知。

三、运输险。在有限的时间内，要将大量的机械设备、建设物资按时运送到施工现场，困难极大。比如，从都江堰到虹口，路窄弯多不说，还时常有塌方、泥石流发生，仅二十六公里的路程，运送材料的汽车就得走上两个半小时，且一路险象环生。

四、环境差。抢建板房的地方，多为山区或者荒地，这就大大增加了场地平整和基础施工的难度。而在山区施工，面积狭小，环境复杂，点位分散，大的工程机械很难发挥作用；加上受灾地区的水、电、路和通信管网等，均在地震中遭受重创，导致施工效率降低。而且施工单位不仅要克服山地施工的困难，还要提防余震的频频侵袭。在施工中，数吨、数十吨的巨石从施工人员身边滚落，是常有的事情。因此很多时候，施工人员都是冒着生命危险在抢建板房。

五、气候恶劣。在板房抢建期间，灾区气温一直居高不下，地面温度有时高达四十二摄氏度，而板房上彩钢的温度，则超过了五十摄氏度。如此高温，使施工人员体能消耗极大。特别是 7 月中下旬，雨季来临，暴雨频发，直接对施工进度造成很大影响。

六、安装复杂。由于建板房所需的板材钢材等主要原材料，均从外省采购，而且涉及的厂家既多又杂，所以给采购造成很多困难。尤其是在施工过程中，各厂家供应的材料规格不一，安装操作方法不同，也直接影响了安装进度。

七、保障无力。由于大部分板房建设点地处山区，地震过后，缺水断电，不仅基本工作条件不具备，基本生活条件也无法保证，首批进入灾区抢建板房的人，甚至连吃饭都困难。比如，参加磁峰镇鹿坪村板房抢建的江西援建队，为了抢抓施工进度，他们两天两夜只能靠喝矿泉水和啃干粮充饥，直到后来才到三十多公里外的彭州市去订盒饭，雇人把盒饭送到山上。晚上没电，他们就用汽车灯光照明，坚持作业。山里缺水，他们就从江西省紧急调集两台洒水车和两台消防车，往各个工地巡回送水。

记得我第三次去灾区走访时，正值“决战八一”的高峰期，我就亲眼看见，都江堰、什邡、绵阳、德阳、彭州、崇州等地乃至整个灾区，到处都是抢建板房、热气腾腾的工地，到处都是挥汗如雨、玩命加班的援建大军。我还走进了位于都江堰二环路边的幸福家园园区，亲眼看见，整齐划一的活动板房一幢幢、一排排地矗立在废墟上，有条不紊，整洁有序。园区里不仅设立了社区管理办公室、警务室、医疗室、文化活动室，还有便民商场、集体食堂、家庭厨房、公共厕所和浴室，每个板房安置点都有防火、防水厨房，洗菜台，卫生间。为了保证洗澡间和厕所的私密性，还采用了一米八的防水隔断。有的还在屋里安了地砖或地板胶，在房前屋后种植了花草树木，在板房里接通了闭路光纤电视和宽带网络。

…………

就这样，成都灾区十万建设大军经过整整六十天的苦苦奋战，在 2008 年 7 月 25 日，终于让十九万八千五百七十六套过渡板房稳稳当当地矗立在了满目疮痍的废墟上！

据统计，在成都所有的板房安置点，一共建成公共卫生间一万一千五百八十五套，公用厨房一万四千七百四十九套，安置点管理用房及银行网点、警务室等一万二千六百五十九套，集中供水点二千一百九十五个，垃圾收集点二千九百一十一个，板房中小学二百八十四所，诊疗所一百二十三个，粮食和商品零售点一百余个！

本来，过渡板房一平方米的建设成本，一般约为七百元；但援建成都的各兄弟省市，为了让灾区的板房更扎实、更舒适，有些每一套的造价，竟超过了一万元！

2008年8月1日这天，全市上百万受灾群众，除去投亲靠友的、自己搭建临时窝棚的，全部搬进了新居——刚刚抢建出来的临时过渡板房！

短短六十天，便解决了上百万灾民的临时住宿问题，即便在全世界地震灾后的重建史上，恐怕也是一个奇迹！

在成都市建委的办公室，我走访了市建委副主任孙明。

孙明高高的个头，健实的身体，在灾后重建中，同事们送给她一个荣誉称号：“累不倒的铁女人！”

谈起当初的板房建设，孙明依然感慨颇深。她说，按正常进度，搭建这么多板房需要三个月时间，但当时必须要在六十天就完成，所以除了增加人力、加班加点，别无选择。为协调十万大军，成都市和各区（市、县）都成立了协调小组。同时，全市机关和下属事业单位还选派了十多名联络人员驻扎在各个重灾区，每天收集情况，遇到难题及时汇报。比如运输问题，由于灾区道路时常发生塌方、泥石流，为保证山路上运输设备、建材的安全，所以运输车一般都设有正、副两位司机，一人负责驾驶，一人负责观察地形——看前方和路边是否有石块松动或者泥石流。为了抢时间，有的建设单位提前十天就把天气预报资料拿到手了，二十四小时赶工期，最长工作时间达到了每天十七个小时。那真是大雨小干，小雨大干，没雨拼命干！大货车进不来，就用小货车代替；汽车去不了的地方，就用人背、马驮。由于天热、活重、时间紧，有的马都累得跳崖了！

“什么，马都累得跳崖了?!”听到这样的话，我不仅大吃一惊，而且难以置信，因为这完全超出了我的想象。

但后来我在走访中了解到，不仅马累得跳崖了，甚至有的人都累死了！为了尽快让灾民有一个临时的窝，无数的建设者不光是用自己的双手、汗水在抢建板房，甚至有的是用自己的鲜血和生命在抢建板房！

比如，有个年轻的战士，叫武文斌，1982 年 10 月出生，河南省邓州市张村镇人。武文斌 2002 年 12 月入伍到济南军区，2005 年 7 月考入解放军信息工程大学测绘学院，2007 年 7 月回到部队所在师炮兵指挥连实习，2008 年 5 月 12 日随部队紧急赶赴四川。本来，连队是安排武文斌留后的，可他主动请战，还是来了灾区。

来到灾区后，武文斌为了把食品和饮用水及时送到受灾群众手上，他和战友们翻越三座大山，走遍了都江堰市玉堂镇十二个村七千八百一十六户人家；为搜救失事直升机，他一直走在最前面探路，三次滚落山下，三次被树拦住；抢建板房中，他一人干几个人的活，身上多处被划伤。

2008 年 6 月 17 日傍晚，劳累了一天的武文斌和连队七十多名战友一起，冒雨执行卸载八车活动房板材的任务。板材卸完后，本来连队安排他歇息，可他又去帮助别的班排卸车。结果 9 点左右，武文斌因过度疲劳，累倒在胥家镇卸车现场。连队马上将他送到医院救治，但他由于过度劳累引发肺血管畸形破裂出血，最终因抢救无效，于 6 月 18 日凌晨 4 点 45 分，武文斌停止了呼吸，二十六岁的生命永远留在了四川灾区，留在了多灾多难的巴蜀大地。

武文斌的事迹不仅引起各级领导的高度重视，更是感动了数以千万的灾区人民。6 月 21 日，济南军区某集团军给武文斌追记一等功，并批准为革命烈士。6 月 24 日，武文斌遗体在四川省都江堰市火化。得知武文斌火化的消息后，当地两万多名群众从四面八方源源不断地赶到都江堰市殡仪馆，在馆外排起了数里长龙，自发为武文斌送行，哀悼的花圈摞了一层又一层。由于都江堰市殡仪馆被挤得水泄不通，参加送别的战友最后只好从告别厅退出去执勤。原定半小时的遗体告别，从 9 点开始，一直持续到中午时分。7 月，武文斌被中央军委授予“抗震救灾英雄战士”的荣誉称号。

后来，在“感动中国 2008 年度人物”的评选中，我注意到，武文斌以第二名的高票当选。我还听说，在很长时间内，武文斌生前所在的济南军区“铁军师”炮指连每天晚上点名时，第一个点的，就是武文斌的名字，而后全连战友集体答“到”，连里每周评出的学习标兵名单中，也有“武文斌”三个字。连里每次参加拉练或者某项大型任务前，战友们都会把武文斌的遗像拿出来摆在面前，向他宣誓、告别，等完成任务回来后，再面对他的遗像，道一声好。甚至就连武文斌的床铺，战友们也一直给他留着，并且每天都有人为他整理得齐齐整整，干干净净。武文斌的一位战友接受采访时说，武文斌在我们的心里，好像一天也没离开过，从来就没离开过。

还有一位援建者，名叫戎金亮。

戎金亮，一个忠厚诚朴的老实人，生在山西省忻州市一个普通的农民之家。戎金亮家境本来就很贫困，偏偏又从造纸厂下了岗。下岗后的他无路可走，只好借钱买了一辆农用车，利用农闲跑跑运输，勉强支撑着一个六口之家。

汶川大地震发生后，戎金亮寝食难安，他不仅捐出了身上仅有的一百元钱，还交了五十元的“特殊党费”。而后四处打听，天天想着、盼着，要去灾区做一名抗震救灾的志愿者。2008 年 6 月 6 日晚，戎金亮得知忻州市要组织援建队赴灾区承建过渡板房的消息后，马上跑到同村任文祥的家里，托他说情，帮忙到灾区。后经任文祥“开后门”，有关部门最终同意了戎金亮赴川建房的请求。

6月10日，戎金亮和十一名援建队友来到都江堰市崇义镇桂桥村。时值夏季，桂桥村不仅酷热、潮湿，而且蚊虫很多，晚上根本无法入睡，这让习惯了晋西北黄土高原生活的戎金亮很不习惯。但戎金亮是一个非常实在而又特别能吃苦的人，在抢建板房中，他总是挑最苦最累的活干，自己累了不说，一旦看见大伙儿累得东倒西歪时，他还总是打来热水，给大家泡茶。有一次，他在房顶拧螺栓时，发现一根地槽钢比规定标准长出了一寸多，竟忍不住扯着粗嗓门骂了起来：厂家生产出这样的螺栓，怎么对得起灾区百姓！

6月24日，是抢建板房又一个紧张的一天，戎金亮一人独揽了七八个人的封边、和灰任务。中午，休息吃饭时间到了，他却还在太阳底下埋头大干，累得气喘吁吁，满头大汗。援建队领导劝他吃了饭再干，他却坚持要干完再吃饭。直至晚上9点，他才把手中的活干完，回到工棚后，他倒下就睡。睡到半夜，他的队友王培明见他紧紧按着太阳穴，问他怎么了，他只说了一句"有点头疼"（这是戎金亮留在世上的最后一句话），接着便大口大口地吐了起来。队友们急忙将他送到镇上的医院，镇医院一看病情严重，又将他送到郫县人民医院，紧接着再转到四川省人民医院。省人民医院听说戎金亮是援川建房的志愿者，分文不收，立即给戎金亮实施手术。可惜，抢救无效，6月25日6时40分，四十四岁的戎金亮和武文斌一样，把自己宝贵的生命永远留在了四川灾区，留在多灾多难的巴蜀大地。

我听说，队友们在清理戎金亮的遗物时，发现戎金亮到灾区半个多月来仅有的遗物，就是一床浸满汗渍的凉席和一双沾满泥巴的旧胶鞋。崇义镇的村民们得知援建工人戎金亮因劳累过度而去世的消息后，纷纷自发捐款，在短短几天时间里，捐款数额就达十万余元。戎金亮的妻子赶到灾区后，崇义镇镇长代表乡亲把装有十万余元善款的捐款箱交到她的手上。但是，戎金亮的妻子——这位贫困的农村妇女，却将捐款箱塞回镇长的手上，她说："这些钱，我代表我丈夫戎金亮捐给镇上的受灾群众，他们比我们更需要这笔钱，请你们一定要收下！"而当戎金亮在湖北打工的儿子赶到灾区得知父亲的情况后，也坚决表示，要留在灾区，继续抢建板房，了却父亲的遗愿。

6月29日，戎金亮遗体告别仪式在都江堰市殡仪馆悼念大厅举行，近千名群众从各地自发赶来，汇集一起，胸戴白花，为戎金亮抹泪送行。

接着，一个来自戎金亮老家的消息，更让灾区人民震惊不已！

戎金亮的家位于山西省忻州市的旧城区，因住房破旧，多年来四周的墙面一直漏水、掉灰，但由于家境贫穷，一直没钱维修。

四川东正建设工程有限公司负责人得知戎金亮在灾区的事迹后，深受感动，主动表示，一定要为戎金亮重建一个新家！成都市委对此表示大力支持。9月2日，成都市建委负责人和东正公司副总经理周玉文一同走进了山西忻州戎金亮的家。当他们亲眼看到戎金亮四处掉灰、漏水的破旧老房，想起戎金亮在灾区舍命建房的情景时，感动得当场落下了热泪。周玉文说，戎金亮为灾区人民建房出力，而自己的家却每天漏着水、掉着灰，我们无论如何，也一定要为戎金亮的家人建一套好房子！

9月8日，成都市委、市政府还决定：除了为戎金亮家建一套新房外，由成都市第三人民医院为戎金亮患病的岳母免费手术，邀请戎金亮的小女儿戎慧到成都市最好的中学之一的第九中学上学，并免去她所有费用，同时还邀请戎金亮全家迁至成都定居！

9月11日，在成都市建委的安排下，戎金亮的新家由东正公司正式动工。一个多月后，戎金亮的新家顺利落成，面积一百三十平方米；而与此同时，戎金亮的老房子也被修缮一新：老的木门窗换成了铝合金门窗，并装上中空玻璃；屋内墙面全部粉刷一新；客厅铺了地砖，厨房铺了白色瓷砖。甚至考虑到北方天气寒冷，在保证通水、通电的同时，还特意安装了地暖设备！

…………

走访中得知武文斌、戎金亮的故事后，我被感动得热泪盈眶。我想，假若武文斌、戎金亮两人死前能看到他们死后发生的这一切，他们该是多么感动、多么高兴啊！

其实，在灾区抢建板房中，实实在在、埋头苦干、舍身忘我的建设者，不止武文斌、戎金亮两个，而是十个百个，千个万个，数不胜数！他们中，不少人都像武文斌、戎金亮一样，自己没有一个像样的窝，却千里迢迢来到灾区，挥汗如雨，加班加点，为灾区人民抢建新家园。当今中国，电视、电台、报纸等不是天天都在大谈特谈各种“精神”吗？我以为，重建人这种忘我助人的精神，正是真正的中国精神，也是我们这个社会最需要的精神。

如今，灾区人民虽然告别了板房，但我相信，灾区人民是不会轻易忘记那段心酸而苦涩的“板房日子”的。无论是年迈的老者，还是新婚宴尔的夫妇；不管是十月怀胎的孕妇，还是震后蹒跚学步的婴儿，当无情的命运将他们一起安排在了酷热、狭窄的板房后，他们便一同吃饭、一同睡觉，一同焦虑、一同忧愁，一同流泪、一同哭诉，甚至夜半三更还惊慌失措地从睡梦中爬起来，一同逃避随时来临的余震！然而，在灾后那段极其特殊的岁月里，在板房那个极其特殊的生存空间里，他们的生命犹如乱石中倔强的青草、废墟上不死的野花，始终向天而生，并顽强地抵抗着来自四边八方的风霜雪雨，不经意间“板房”二字便深深烙在了他们的心房里，刻骨铭心，永生难忘！

第四章
重建都江堰

激烈的抢建板房大战结束后，一场更为艰巨的战役又摆在了灾区各级政府的面前，这就是：在千疮百孔、一片狼藉的废墟上，如何为受灾群众重建一个长久居住的新家？

这是灾后重建工作中的重中之重，也是灾区面临的前所未有的大难题；它不光涉及成千上万老百姓的切身利益，还直接影响到灾区未来的生存与发展。可谓百年大计，举世瞩目！

众所周知，有房才有家，有家才有乐，有乐才有福。倘若没有家，即便活着，又有啥意思？所以，地震过后，从废墟中站起来的灾民们最急切盼望的，就是重建一个新家。

问题是，在满目疮痍、千疮百孔的废墟上，怎么重建新家？比如，钱从哪里来？财从何处找？宅基地怎么办？再说了，灾区急需重建的新家，不是一家两家、三家四家，也不是几百家、几千家，而是数以百万家！除了重建工程本身浩大，还有前所未有的各种社会矛盾和诸多现实问题，其中任何一个矛盾或问题处理不好，都将严重影响甚至阻碍灾后重建。尤其是城镇住房的重建，情况极其复杂，矛盾异常尖锐！更何况，党中央、国务院明确要求："三年重建任务，两年基本完成！"

据四川省统计，全省共有受灾县一百四十二个。其中，纳入国家规划的极重受灾县和重灾县三十九个；纳入省重建规划的重灾县十二个，一般受灾县九十一个。也就是说，全省一百四十二个县的房子基本都要重建或者维修。而在这一百四十二个受灾县中，共有五百四十多万户一千二百多万城乡居民！算算看，整个四川灾区总共得重建、维修多少房子啊？

我从《成都市房屋建筑受损情况调查评估报告》中看到：全市严重破坏、倒塌的城镇住宅和农村房屋共有二十八万三千七百户，面积约四千二百六十九万七千平方米。其中城市建筑集中连片的市区住宅四万四千一百户，面积约三百七十一万五千六百万平方米；场镇住宅一万七千五百户，面积约二百三十五万五千九百平方米！换句话说，光成都市下属的城镇乡村，就有近三十万户四千多万平方米的住房亟待重建！

如此艰巨繁重的灾后重建任务，怎么完成？又怎么可能按照中央的要求，在短短“两年基本完成”?！

带着这一疑问，我最先走进都江堰，想通过解剖都江堰这个“麻雀”，来看灾后重建的艰难。

都江堰的灾后重建，非常复杂，极其艰难！其复杂与艰难的过程，概括起来，主要经历了五个阶段。

第一个阶段，规划。

众所周知，都江堰不仅以其景致美丽闻名于世，还有绵延了两千多年的水利工程，这是成都平原之所以富饶、美丽的根本和起源。然而，很不幸的是，在汶川大地震中，都江堰的基础设施、旅游资源和旅游服务配套设施等，均遭受了前所未有的破坏，自然、人文遗产也惨遭浩劫。面对这样一座备受世人关注的城市，地震后怎么重新做出科学的规划，是必须首先解决的一个大问题。因为灾后重建，不单单是一个简单的重复性的建房问题，而是一个提升老百姓生活质量的工程，也是一个促进灾区城乡经济发展的工程。

都江堰的灾后重建规划工作，始于 2008 年 5 月 27 日。这天，成都市规划局、都江堰市政府联合发布了向国内外征集都江堰市灾后重建规划概念方案的公告，公开邀请有实力、有信誉、有社会责任感的规划设计机构参加本次方案的无偿征集活动。结果，国内外有四十七个单位参加了报名。后经有关各方评审，最终确定了北京、上海、台湾、成都以及法国、美国的国内外十家知名规划设计机构，作为都江堰灾后重建规划概念方案的编制单位。

于是，2008 年 7 月 12 日至 13 日，来自国内外的数十位专家汇集青城山镇，参加都江堰市灾后重建规划概念方案研讨会，就十家设计机构联合体提交的概念方案展开讨论，进行评审。十家设计机构联合体对都江堰市灾后重建的城市定位、产业布局、历史文化传承、城市生态环境与发展等，均提出了不少建设性的方案。如：台湾大学偏重于心理学，日本阪神大学结合东京大地震的经验偏重于建筑标准，马来西亚则偏重于具体建筑，等等。而在这众多规划概念方案中，上海同济城市规划设计研究院的规划方案最终独占鳌头，并于 9 月 24 日向社会作了公示。

都江堰在征集灾后重建规划概念方案的同时，永久性住房的规划也开始启动。老实说，永久性住房的规划，才是老百姓最关心的事情。因为它的好坏，直接关涉老百姓的切身利益。当时，来自同济大学的专家队伍在完成实地考察之后，与都江堰市规划局联合启动了一百万平方米的永久性住房安置规划工作。按照国家规定的每户三人、最低七十平方米的救助标准，一百万平方米的永久性住房，可满足约四万人的居住需求。

2008 年 5 月底前，都江堰完成了灾区城镇和乡村重建规划大纲；6 月底前，完成了城镇重建的总体规划。在这场规划设计大会战中，都江堰市不仅吸收了全球十家一流规划设计联合体的先进理念，汇集了五十余家国内外规划设计单位一千五百多位专业技术人员，而且为了让自己的家园更加易建宜居，还向全世界征集家园重建方案，并对其规划方案进行广泛公示。

走访中我了解到，参与都江堰灾后设计规划的专家们，都是国内有名的“大腕”，平时是很难请到的；但听说都江堰需要出谋划策，他们马上放下手头的工作，迅速云集都江堰灾区。是时，都江堰刚刚经历了大地震，满目疮痍，一片废墟，根本不可能有豪华的宾馆和丰盛的宴请来接待这些大专家。但是，这些大专家每天冒着余震，跋山涉水，风尘仆仆，奔波在都江堰的每个角落。中午饿了，他们就随便站在一个小饭馆跟前，捧着一盒盒饭就餐；晚上累了，他们就围坐在简陋的住房或者帐篷里讨论方案。他们非但不收一分钱的咨询费，还自己掏钱买飞机票，甚至住宿费和饭钱都是自己掏腰包。最后，每个人交出的，都是一份沉甸甸的调查报告。

比如，上海同济大学的副校长顾国维，接到来自都江堰的邀请后非常激动，迅速组织一批专家，连夜便登上飞往成都的飞机。当他知道所有的费用都要自己掏时，心里反而踏实了。他说，这样好，就算是我们对灾区人民另一种形式的捐献吧！而上海华东师范大学的吴永兴教授离开上海时，年迈的老父亲正生病住院，但他还是来到了都江堰。他每天从早到晚，默不作声，不是忙于实地考察、研究方案，就是做可行性论证，只在夜深人静时，才用手机悄悄给家里打个电话。五天后，他接到上海家人的电话，告诉他老父亲已经下了病危通知书。但一个高达五亿元的灾后投资重建项目，当时正处在论证的关键时刻，而他是论证这个项目的负责人。他只好给哈尔滨的大哥打去电话，请大哥赶回上海照顾老父亲，而他自己却继续留在了灾区。等他做完项目论证赶回上海后，第二天老父亲便去世了。

第二个阶段，选址。

规划好了，接下来就是选址。选址和规划一样，不仅需要科学，还需要民主。在灾后住房重建中，选址是关键，也是难题。

这是因为，一方面，山区地震诱发的地质次生灾害，一般都会持续十年以上，而前五年是高发期；另一方面，老百姓的房子到底是在原来的地方重建，还是另外找个地方重建，事关每家每户的长远利益，非常敏感，也非常艰难。而难就难在，人多嘴杂，众口难调，意见很难统一。这是灾区的干部们最头痛的事情！

都江堰一名干部告诉我说，灾后重建，我们首先考虑的是把学校、医院这些公共服务设施安置在安全的地方，然后再考虑把城乡居民安置在安全的地方。但学校、医院和城乡的普通居民，都希望把他们自己安置在最安全的地方。问题是，地震过后，不少山体垮塌了，不少地段损毁了，安置的人多，但土地有限。怎么办呢？在这种情况下，我们只有先把学校、医院等公共服务设施安置在相对开阔、方便、安全的地方。可这一来，矛盾、问题就出来了。有的老百姓说，政府把好的地方先占了，剩下的都是差的、不安全的，我们怎么住？还有人说，原来我们住在城里边，现在政府却把我安置在郊区，生活上很不方便，政府为什么不替我们着想，不为我们考虑？

出现这个矛盾，究其原因，我认为主要有三点：一、刚开始，政府与群众缺乏深入沟通与交流；二、政府与群众某些观念不同，存在差异；三、有的地方政府在考虑公共设施与普通百姓的问题上，对二者的利益权衡不够。

为解决这个矛盾，后来各级职能部门通力协作，积极展开选址调查，在尊重科学的前提下，充分尊重老百姓的意见，集中老百姓的智慧。比如，早在2008年5月19日，国土资源部就派出由四支专家小组和十二支地质调查小组组成的队伍前往都江堰，在灾区排查地质灾害的同时，也在学校、村庄、城镇展开选址调查，不仅分析“地上”，还分析“地下”。在选址的过程中，还考虑了四个方面的因素：一是地质灾害的影响；二是地区长远发展的要求；三是“就地就近”的原则；四是当地群众的意见。这才让矛盾得到缓解。

第三个阶段，拆房。

选址定下来，接下来就是拆房！拆房，既要拆危房，也要拆好房；既要拆旧房，也要拆新房；既要拆老百姓愿意拆的房，还要拆老百姓不愿意拆的房！

而要拆房，必然就有矛盾，而且是相当尖锐的矛盾，非常敏感的矛盾，甚至有些还是不可调和的矛盾。本来，在地震之前，有关房子的问题，老百姓就积累了一大堆的矛盾；汶川大地震后，旧矛盾未了，新矛盾又被引爆出来，且一个接一个，让灾区各级头头脑脑们伤透了脑筋。

想想吧，光都江堰中心城区，就有百分之九十以上的房屋受损，约十万八千九百个家庭三十余万居民住房不同程度受灾，三万多户房屋急需重建；此外，还有三万多户房屋本来是好的，却和危房交错在一起。这十多万个家庭的房子，是拆还是不拆？而哪些房子该拆，哪些房子又不该拆？如果要拆，不是哪个头头说了算，也不是哪个受灾户说了算，而必须由专业部门先对房子进行鉴定！

于是，为及时稳定人心，保证灾区群众早日有个家，地震后的第三天，即 5 月 14 日，来自全国各地的六百多名房屋安全鉴定专家就赶到了都江堰，对都江堰全市城镇所有的房屋展开了安全评估和危房鉴定；成都市规划系统也抽调了七十二名专业技术骨干参与其中。

这些专家冒着余震的危险，顶着大雨和烈日，走进一座座倾斜的危房，没日没夜地展开工作。5 月 17 日上午，负责都江堰市房屋安全性能鉴定的专家就拿出了第一份评估鉴定报告。这份报告显示：都江堰城区可以入住的楼房仅有二百七十多栋，可以使用的楼房仅有十多栋，需经检修后才能入住的房屋六十八栋，需经检修后才能使用的楼房六十五栋。

紧接着，专家组又对都江堰、彭州、崇州、大邑、邛崃的城镇、乡村数百万平方米的建筑进行了排查——仅彭州市，就累计完成危房排查评估二十二万多户。到 2008 年 12 月底，对都江堰城市受损房屋安全鉴定情况做出的结论是：住房毁损三万三千九百八十户，住房受损七万四千九百二十五户。其中，严重破坏可修复的一万五千三百七十一户，中度破坏的二万九千九百一十九户，轻微损坏的二万九千六百三十五户。

然而，鉴定归鉴定，结论归结论，受灾老百姓的意见很难统一。

城市房屋的重建，一般都是以一栋楼房为单位实施；但房屋重建的意愿，却要由上千栋楼房中的三万多个家庭十多万成员来共同决定。即便彼此同住一栋楼，还分楼上楼下、左邻右舍、商铺和居住。况且每个业主的重建意愿，总是反复摇摆，左右不定。一栋楼房或者一个小区，只要有几家几户甚至一家一户意见不合，就会导致一栋楼甚至一个小区无法重建。而且类似情况，比比皆是。再加上都江堰市中心的城镇房屋好坏参半，商铺和居住普遍混合在一起，城市居民中既有本市居民，又有近十万阿坝州籍的外地居民，有的业主产权不清，双证不齐，有的业主对住房重建期望值很高，具体诉求难以满足，等等。如此繁多而又相当尖锐的矛盾，致使都江堰房屋的重建清理工作十分困难，多重关系难以协调，利益博弈异常紧张激烈！

比如，走访中我了解到，都江堰有这么一栋楼，楼上楼下住了十一户人家，底楼还有商铺。这家商铺的业主认定这是个好地段，为了继续做生意，坚决要求对底楼实施加固，就是死活不同意搬走，甚至后来还干脆自己动手就把底楼给加固了；而楼上的住户呢，却强烈要求通过土地置换的方式，另外找个地方，重新建房。于是，楼上楼下持两种意见，吵得不可开交。最后，吵来吵去，吵到了重建办。重建办的人左右为难，咋办都不是人，最后实在没辙，只好对着两边的人说："你们自己说，我们听谁的？是听你们几个的，还是听他们几个的，还是听你们大家的？"最后，只有一个办法：大家举手表决，少数服从多数。

还有一个例子，都江堰有一栋六层楼的危房，开始时业主们协商的是集资联建，协商后头三天大家都很激动，可到了第四天，矛盾就钻出来了。什么矛盾呢？第一，六楼的住户提出来，六楼太危险了，不愿意再住六楼，要重新抓阄，但住楼下的不干了，说你原来住的是几楼，重建后就应该住几楼，凭什么要重新抓阄？万一这六楼的阄被我抓到了，我岂不倒霉死了？第二，有人说三楼的位置好，要贵些，应该多掏钱；但三楼的人又不愿意了，说地震前我住的就是三楼，地震前是多少钱就是多少钱，凭什么地震后我就要多掏钱？

怎么办呢？

最后，只有采取业主先自愿申请，然后三分之二业主签字认可，再经鉴定机构复验，房管局最后锁定的办法。

于是，都江堰重建办成立后，第一个文件，就是对所有房屋的安全发出一个鉴定结论通告。也就是说，用这个通告告诉业主，通过专家论证，政府对老百姓的房屋的受损情况，已经作了鉴定，作了结论，政府现在认定的就是这个结论。如果业主对自己房子的鉴定结论有异议，可以在规定的时间内，由三分之二以上的住户来举证。业主申请之后，政府重新鉴定。但有期限限定，过了期限，政府就不再受理，该拆还得拆。

然而，即便如此，也难以做到绝对公平。比如有的房子虽然三分之二的户数确定维修加固，但另外三分之一户数的户主却认为这房子已经坏了，不能加固，应该重修。还说，要是下次地震来了，我震死在房子里了，你负责呀？

于是通告刚一发出，业主们成群结队，男的女的、老的少的，纷纷找上门来，各种意见，像冰雹般砸来，要政府给个说法。

走访中，都江堰不少干部都对我说，当时他们看到大量的老百姓天天找上门来，心想完了，两年基本完成灾后重建的任务，肯定是没戏了！好在后来由于尊重了老百姓的利益诉求，加之方法得当，尽管依然阻力重重，甚至少数业主意见一直很大，但艰难的拆房工作最终还是得以展开。

而拆房工作之所以能够展开，主要是得益于在三个方面采取了措施：

一是照顾困难群众。全市城镇多数受灾家庭，都是一套住房，其中相当部分为危旧住房，面积大多在七十平方米以内。虽然国家给予了每户两万五千元的困难救助，但仅靠这点救助经费，多数经济条件较差的中低收入家庭根本无法重建，只能长期蜗居板房。基于这种情况，都江堰在确保政府资源能够承受、未来发展能够支撑的条件下，参照成都市经济适用房标准和满足三口之家实际居住需求，明确城镇毁损住房家庭，可用原毁损住房产权置换七十平方米的新居。这一政策出台后，就解决了全市一万三千八百五十七户的安居问题；而对另外三千户城市低保户，则用廉租房的形式统筹予以解决。

二是充分发挥群众的作用。由于房屋受损业主对居住点位、户型及重建方式的诉求各有不同，导致重建愿望五花八门，难以统一。尤其是选择自建的城镇居民家庭，分布在全市百分之八十的应拆除建筑中，几乎每栋楼都无法达到三分之二业主意愿统一。这个问题如不能有效解决，危房拆除和城市重建就无法推动，城市空间资源也就无法有效整合。为此，政府为老百姓提供了六种可供选择的方式：自建住房、置换土地自建、单位组织建房、购买安居房、租住廉租房、货币终结。为满足部分受灾户的需要，政府还规划安排了八十五至一百二十平方米的四种户型供选择，由政府提供房源，按市场价补交差价款。这样，截至2010年3月31日，都江堰建成区有四千一百二十七户选择了增加住房面积，二千三百九十七户选择了市场化安置，三百二十三户选择了购买住房，一千三百五十二户选择租住廉租房，六百二十四户选择了货币终结，八千三百户选择了自建。而在这个过程中，让老百姓自己做主。即是说，这栋楼房是拆还是不拆，这房子是维修加固还是危房拆除，都由业主说了算。但是，业主多意见多，各执己见，众口难调。比如，同一栋楼里，楼上的说要加固，楼下的却要求拆除；甚至同一单元里，住在左边的说要加固，住在右边的却坚持要拆除……凡此种种，不一而足。由此引发的种种矛盾，其复杂难度、尖锐程度，可想而知。

三是保护商铺的产权利益。都江堰老城区面积不足七平方公里，人口近十五万，行政、金融、商业、居住功能高度集中，地震中商铺毁损面积则多达十五万平方米。因此，绝大多数受损商铺业主都强烈要求保护自身利益，坚持原址重建。但以楼栋为单位，商铺业主和非商铺业主无法达成三分之二的多数，于是所有商铺的灾后重建工作都无法推动，从而成为都江堰灾后重建工作的一大阻力，当地政府的一大压力。针对这一难题，后来都江堰遵照自建面积与灾前等同、口岸与灾前价值相当的原则，出台了原址重建、异地重建、组合重建、置换商铺、货币终结等五种商铺重建模式，由商铺业主自己选择，这才保护了大多数商铺业主的利益，化解了这一矛盾。

第四个阶段，建房。

拆房结束后，接下来就是建房。建房最关键。因为建房数量大，数量越大，困难就越多，矛盾就越深，工作也就越难做。比如，仅是都江堰，急需重建的户数就有三万三千九百八十户，重建的面积就达三百七十七万平方米！

走访中我了解到，都江堰在建房中，主要面临四大难题：

一是缺乏重建资金。在地震中，都江堰城乡住房、道路、企业以及三次产业都遭到了不同程度的破坏，直接经济损失达五百多亿元！换句话说，都江堰的财政收入，在地震爆发的那几秒十几秒中，就完全归零了！因此，要想重建新家，建好新家，最缺的就是两个字：资金！

二是“经济余震”尚未消除。由于地震的严重影响，2008 年都江堰全市地区生产总值同比下降百分之三十七点六，社会消费品零售总额同比下降百分之四十点七，农民人均纯收入同比下降百分之五点九，城镇居民人均可支配收入同比下降百分之十九点六。

三是金融危机还未见底。2008 年，世界金融危机对经济社会健康发展形成强烈冲击，由此带来的影响是全球性的，中国自然也不例外。因此，许多企业经营困难增大，投资者的信心和个人消费信心也大大减弱。这对都江堰灾后的招商引资、灾后重建工作，造成较大的影响。

四是维稳的压力大。地震发生后，灾区矛盾尖锐，问题突出。而灾后重建工作，涉及千家万户的切身利益，特别是城镇住房重建、项目拆迁征地、安居房分配等工作，受灾民众高度敏感，社会上又高度关注。某个问题一旦处理不好，或者解决不当，都会引起纠纷，发生骚动，甚至会导致聚众抗议，示威游行！因此如何做好受灾群众的稳定工作，也是灾后重建中一项艰巨的任务，对此政府各级官员们都倍感压力。

但为了让受灾群众有一个家，一个满意的家，一个与地震前完全不一样的家，地方官员们压力再大，也得硬着头皮干！而且还必须干好，干利索，干漂亮！否则，无法向老百姓交代。

于是，在灾后重建中，都江堰千方百计寻找机遇和切入点，最终按群众的意愿，甚至在建房方式的选择上，也坚持群众自愿的原则，最终确定了重建的六大工程：

1. 城乡住房建设；
2. 基础设施建设；
3. 公共服务设施建设；
4. 产业设施建设；
5. 城镇体系建设；
6. 生态环境建设。

2008年11月，都江堰市政府第十一号文件出台，对城区住房毁损家庭给出了七种选择方案，并规定自方案公布之日起，三个月内自选其一。选择中，政府不作规定，更不强求，什么方案、多大面积，一切自己选择。

但是，走访中我了解到，虽然政府给出了七种选择，还是不能满足受灾民众的意愿，他们总有这样那样的要求。据统计，当时继续重建的，城区有五千多户，城镇有二千七百七十一户，加起来一共有八千三百多户。而这八千三百多户概括起来说，就是一家一个情况，一户一个愿望，一人一个梦想——都想在灾后重建中获得最大利益，都希望重建的新房比地震前更好、更好、再更好！

为了做好这八千三百多户业主的工作，都江堰重建办受理完业主们的意见后，第一步就是分析信息，看这些业主都作了哪些选择。比如有多少栋楼房、多少户人家选择了重建，有多少栋楼房、多少户人家选择了自建，等等。随后，重建办把业主们所有的信息输入系统。

重建办的人告诉我，即便是现在，只要打开重建办的系统，都能找到每家每户的信息。为了验证此话是否当真，在重建办有关人员的指导下，我亲自动手，点击打开了 3 号楼 1 单元 101 房。结果 101 房里住的是谁，老公是谁、老婆是谁，儿子是谁、女儿是谁；老公单位的领导是谁、老婆单位的领导是谁；这家人选择的是什么重建方案，领了多少救助资金、什么时候领的，房子是什么时候开工的；等等，全都一目了然，清清楚楚，有据可查。

而且我发现，这个信息系统还有一个功能，就是能清楚地表明每个户主到底符合什么样的政策，不符合什么样的政策，以及某一栋楼房或者某一间新房的具体情况。比如，某一套（户）被拆了的房子，在系统里就可以明显看到有一辆挖土机在里面。这就表示，这套（户）房子已经被拆掉了，要重建或自建，甚至建的是三层还是五层，都标示得清清楚楚。

不过，后来无论是政府还是老百姓，都意识到一个问题，即法律问题。所谓法律问题，就是说，一方面，政府担心，老百姓现在是同意按自己选择的方案建房了，但房子建好后，万一又要反悔，怎么办？另一方面，老百姓也害怕，尽管政府现在答应给他们建房了，万一到时候又不认账了，不给建了，咋办？于是双方都觉得，必须签订一个有法律效应的协议，让双方的意见和承诺在法律上得到保证。于是政府与受灾群众又专门签了一份有关建房问题的协议。

事实上，当时都江堰的老百姓包括整个四川灾区的老百姓，由于灾后人心惶惶，看不清前景，对政府跟他们承诺的“两年建好新房”几乎都不太相信，有的甚至坚决不信！比如，当时就有受灾群众明确告诉我说，要在两年内建这么多的房子，不可能，也不现实，政府也没有这个能力。万一政府不是真心建房，糊弄我们一下怎么办？难怪重建办的人对我说，几乎每天都有人跑到重建办去问：“你们到底能不能建得起新房子啊？如果到时候新房子建不起来，怎么说？咋个办？”

老百姓的这种不信任，或者说担心，从当时的实际情况来看，我个人认为是不难理解的。为什么呢？一是从老百姓的角度来看，两年建好新房很不现实；二是不少老百姓对当地政府并不信任，不相信“当官的”嘴里能说出真话来，怕被“当官的”给忽悠了。事实上，房子的确也还没有建起来，没见到实实在在的房子，凭什么让老百姓相信？另一方面，当时上面的政策还没有完全出台，房屋重建在政策上还缺乏正式的依据。所以当地政府部门对在两年内能否建完这么多新房子，自己都底气不足。而据我了解，还有一个实际情况是，都江堰当时每年只有十多个亿的财政收入，而重建安居房的经费却需要一百多个亿，还不算许多公共基础设施。因此，老百姓对政府的种种质疑和不信任并非无中生有，更不是无理取闹。

那么面对老百姓的种种质疑，都江堰政府采取的是什么招呢？

走访中我了解到，政府不是每天只唠唠叨叨地给老百姓讲什么规划什么政策，也不是每天只拍着胸脯跟老百姓说：“如果房子建不起来，我们是要负责任的！”而是把这种口头“责任”转换为一种实实在在的经济责任，即都江堰市政府在与老百姓签协议的时候，增加了一条经济赔偿条款：如果政府承诺的重建的房子没有如期建成，愿以每平方米二千八百元的计算成本，每天按万分之五的比例赔偿老百姓！

这个赔偿数目，可不是一家两家、一户两户，而是八千三百多户！如果把这八千三百多户全部累加起来，赔偿数目可是一笔了不得的天文数字！所以，当时就有人给市领导建议，最好按万分之三赔偿，万一到时房子真的建不起来，政府承受的风险就太大了，负担太重了！但最后政府给老百姓万分之五的赔偿比例，并未改变。

接着，都江堰四大班子、重建办领导、社区街区领导，每个人包一个片区，走下去，走到板房里去、走到老百姓中间去，召开“板房会”，听取老百姓的意见，把政府的政策和老百姓的意见进行零距离的沟通。比如告诉老百姓，政府要建多少个小区，在哪个点位建，基础配套是什么，装饰标准是什么，甚至使用什么瓷砖，瓷砖贴到什么高度等细节，全都透明、公开，让老百姓基本做到心中有数。

在都江堰的灾后重建中，除了多数人选择统规统建外，还有一部分人选择的是自己购房。重建办的人告诉我说，老百姓想自己购房，也是可以的，政府就把属于他的钱算给他，即把安居建房的建设成本和土地成本算上，合每平方米两千八百元；按每户七十平方米算，共十九万六千元。然后经有关部门的审核，再作公示。至于你买房的价格是三千八百元，还是四千八百元，买主你自己和开发商去商量。你想买别墅都可以，但每户政府总的只给你十九万六千元。最后，总计有两千多户选择了这种方式，相当于一个四万平方米的楼盘。

但是，为了确保老百姓一定要有房住，并且权益不受到伤害，这十九万六千元的房钱，政府不给老百姓现金，而是把钱支付给开发商：按开发商建房的进度分期支付；房子全部建好了，才付完尾款。

政府为什么要这么干呢？因为虽然多数人拿到这笔钱后，都会去建房子；而有的人一旦把这笔钱拿到自己手里后，就有可能不去建房，而是两下三下，就把这钱给胡乱花光了——比如用于抽烟、喝酒、炒股，甚至赌博什么的。等把这笔钱花完了，没房子住了，他再回过头来，找你政府要房住——你总不能让他天天蹲在废墟上吧。但有人不理解政府的这种做法，说钱是国家给我的，凭什么不放到我的腰包里，而要捏到你政府的手上？其实，政府这样做，是真正对他负责。

而另外还有一部分人，选择的则是自己建房。自己建房是允许的，也是符合国家政策的。但有一条，自建不等于乱建，不能打乱了城市的整体规划而自己想怎么建就怎么建。因为一座城市，要有统一规划，还要考虑今后的整体发展。所以对于这些自建者，政府的职责就是搞好服务保障，帮助他们规划如何建房。所有设计规划单位的技术人员，都深入每家每户，与老百姓反复商量；商量好了，再一户一户地在蓝图上确认。此外，政府还会提供很多优惠政策，比如免收行政事业费，免收土地出让金，等等。如果有低于七十平方米的，政府允许增加到七十平方米，但若是高于了七十平方米，政府就不允许。否则，想怎么建就怎么建，想建多少就建多少，岂不乱套！

同时，为了帮助老百姓自建，每个街区的工作组帮着老百姓跑相关的建房手续。地震前报建，审批时间至少要三个月；而地震后重建，则缩短到了十九天。等手续跑完，老百姓最后只需确认、签字、画押了。

可即使这样，还是有矛盾。比如不可能每一栋楼，都能完全组合如愿，总会剩下一部分业主。这剩下的部分，政府就陪着他们建。据了解，整个都江堰通过融资，贷款二十多个亿来陪着老百姓一起建房，解决居民自建问题。比如说这栋楼，二楼是老百姓的，老百姓就只出二楼的钱；三楼是政府的，政府就出三楼的钱。而且还给老百姓免费设计。但政府拿出钱陪着建，只是规划、设计免费，行政事业免费，提供最优质的服务，帮你协调各种矛盾，跟踪解决建房中的问题，给出种种优惠政策，而不是拿钱直接补贴老百姓。

此外，在灾后重建中，维修加固房的处理，也是个麻烦事。出于对老百姓安全的负责，都江堰政府规定，维修加固的质量必须达到抗震设防烈度七度，加固单位也必须有资质，有监理单位。当时，中央文件规定，维修加固的业主，每户有三千元的补助。但为了确保维修加固的质量，重建办不是先把这三千元钱发给老百姓，而是必须经专业部门鉴定合格后，才把钱发到老百姓手上。可开始老百姓不理解，认为都江堰政府太黑了，连中央救助的三千元钱都要扣起来，非要等到房子加固好了再给，不知道安的啥子心。这让重建办的人背了黑锅，还没法说，有苦难言，很委屈。

第五个阶段，分房。

拆房难，建房难，但最难的还是分房！房子建好后，怎么分，是灾后最敏感、最棘手的一个问题。因为这个问题直接关系到群众的切身利益，所以矛盾更多、更激烈，关注度也更高。为此，干部们绞尽脑汁，费尽心思。比如，有的干部在抗震救灾阶段没伤没病，可到了分新房子的时候，居然愁白了头，甚至不少人还落下了神经衰弱症。

毫无疑问，要想分好新房，只有一个办法，就是让民做主，最大限度地让群众满意，每个程序、每项操作，都做到公开、公平、公正。

这说起来容易，做起来却很难，而且是相当难！

对此，都江堰重建办公室副主任孙凌霞深有体会。孙凌霞快言快语，干脆利索，她刚一开口，我便感受到了一个川妹子的能耐与辣味。孙凌霞说，其实我这个急性子呀，都是灾后重建中的“九大战役”给搞的。我问什么叫“九大战役”，她说“九大战役”就是：规划大会战、政策大会战、安全鉴定结论锁定大会战、重建意愿锁定大会战、拆迁大会战、拆危大会战、建设大会战、维修加固大会战、分房大决战。

说起都江堰的分房大决战，孙凌霞滔滔不绝。她说，今天很多老百姓对我们的摇号分房很感兴趣，是因为它确实深入民心。您想想看，近两万户的房子，在分配中没有出现大的矛盾，这是很不容易的；虽说不满意的人也有，但大部分人是说自己运气不好，而不是说政策不好。

的确，怎么分房，千头万绪，光是制定分房程序的过程，就非常复杂。孙凌霞告诉我说，为了分好房子，都江堰市委托四川大学数学学院组织开发电脑摇号分配软件。据说，这套软件其实并不复杂，但四川大学数学学院的六人团队在设计编写的时候，却总是胆战心惊。因为都江堰一万七千五百九十户受灾群众，谁谁谁将住在哪个小区，住在几栋几楼，几层几号，都由这套软件说了算。这就不是一个纯粹的技术问题了，而更多的是一份沉甸甸的责任。所以为编写这套摇号程序，六人团队从 2009 年 8 月开始，连续苦战了四个月。

所谓摇号分配，就是按照设计的摇号分配系统，各种组合户都将按照其签署住房合同的时间顺序编成分房号，即协议编号。每种组合户只能以一个分房号进入摇号分配程序。如果中签，则可获得与组合户数相等的住房。在摇号时，按七十平方米、八十五平方米、九十至一百平方米、一百零五平方米、一百二十平方米五种户型分别分配，按照户型、小区、栋数、单元、楼层和房号等信息依次编号进入摇号分配。计算机每产生一个随机数，则对应一个分房号中签，获得与组合户数相等的住房。反复此过程，直至房源分配完毕。

2009 年 10 月，都江堰就把这套分配程序多次拿到板房开会，反复征求老百姓意见，并充分展开讨论。讨论中，众说纷纭，莫衷一是，什么样的意见都有。

比如，讨论到新居组合问题时，不少人都有一个担心：房子分了后，遇到不好的左邻右舍怎么办？有的说，我最怕跟吸毒的人分在一起，万一传染给我们家了，就麻烦了；有的说，我最怕跟卖菜的人分在一起，因为这些人早起晚睡，动静很大，会影响我睡觉；有的说，我最怕分到顶楼，因为我妈已经八十多岁了，走不动了，真分到了顶楼，我每天只有背着我妈上楼下楼了。

比如，讨论到照顾问题时，大家认为，有三种人应该照顾：残疾人、病人和老年人。

对于残疾人，大家认为应该照顾。但问题是，残疾人有很多种情况，什么样的残疾人应该照顾，什么样的残疾人不该照顾？最后大家认为，走不动的、看不见的、确实爬不了楼的，应该照顾。三级盲残的人，眼睛一般有光，看得见；三级肢残的，一般也可以一只脚走路。于是最后确定，一、二级肢残和一、二级盲残的人照顾，三级肢残和三级盲残就不照顾了。

对于病人，大家认为也应该照顾。但问题是，什么样的病人该照顾，什么样的病人不该照顾？有的说糖尿病该照顾，有的说心脏病该照顾，有的说痴呆的该照顾，有的说瘫痪的该照顾。但病人病情很杂，轻重不同，即便是同样的病，也有轻有重，比如糖尿病、心脏病、精神病。而病情轻重不同，生活能力大不一样。面对种种复杂的病人，怎么鉴定？如何衡量？还有，万一出现假证明、假病人怎么办？最后大家觉得，病人问题太复杂，不好办，就不照顾了。

至于老年人，大家认为应该照顾。但问题是，老年人的年龄段怎么划分，是六十岁的照顾、七十岁的照顾，还是八十岁、九十岁的才照顾？是地震时六十岁的照顾，还是分房时六十岁的照顾？是照顾产权人老人，还是照顾产权人的老人，或者是照顾产权人的老人的老人？比如爷爷、奶奶、公公、婆婆什么的。而且，家家户户都有老人，即便原来没有老人，现在也可以有老人。比如张三家地震前没有老人，现在分新房了，他可以让他的爸爸和他住一起；李四家地震前没有老人，现在分新房了，他也可以让他的妈妈或者爷爷、奶奶和他住一起。尽孝心，难道也有错吗？问题是，如果都这样的话，家家户户都可以找出老人来要求照顾，而且都有充分的理由要求照顾。最后吃亏的，就只有老实人、中年人和打光棍的人。

所以大家认为，如果照顾的人太多，反而就不公平了。最后决定，老年人就不照顾了。不过对有些老年人和残疾人，还必须照顾。于是，后来就有了团队优先、六户组合。

为什么是六户组合？由于所有的安居房，七层以上必须有电梯，六层和六层以下没有电梯，所以重建办首先推出一个六户组合摇号分配方式，就是让六户人自愿申请组合一起，用一个号进行捆绑式摇号，保证这六户人都在同一个单元，只是在不同的楼层。如果六户人中有想照顾父母或者残疾人的，由重建办提供一个互换平台，大家可以免费互换一次，通过内部协调解决。而残疾人则优先，虽然也参加摇号，但可以保证其住在一楼。

采用摇号方式分房，虽然该照顾的都照顾了，并选出群众代表参与监督，还请专家写了鉴定报告，写了承诺书，保证公平公正。但问题是，计算机的运作程序是虚拟的，老百姓看不见，所以对此仍然表示种种怀疑。有人说，我们怎么知道你们做没做手脚，有没有暗箱操作？还有人说，摇号时你们在那儿按，我们怎么知道你们是怎么按的？

客观地说，老百姓的怀疑有一定的道理，因为他们只相信自己的眼睛，只相信事实。那么怎样才让老百姓相信呢？

最后，都江堰搞了一个创举：两步摇号。就是说，每次摇号都摇两次，例如，第一次摇出五套，五套摇出来后进行公示，让老百姓看一看是不是每套房子都摇在了二楼，每套房子都摇在了某个单元。然后，再在五套中随机摇一种——乒乓球滚出来的是 3，就表示 3 号方案中选；乒乓球滚出来的是 4，就表示 4 号方案中选。每个方案对应的房子是谁，几楼几号，一清二楚。所以老百姓最关注的就是那个滚出来的乒乓球。

而且，摇号之前，所有分房数据全部封存在金库，谁也看不见，谁也动不了。摇号时，摇号系统现场安装，摇号数据现场导入；五百多个业主代表以及人大代表、政协委员、纪检人员、公证人员、新闻记者等，都在现场，实行全程监督；各个安置点，还进行电视直播，一旦摇出某个方案，第一时间就对外公布摇号结果；摇号结束后，所有程序、所有房源和所有分配对象，统统交上去，由武警押着存入金库，谁也拿不出来，也不可能拿出来。如此一来，杜绝了人为的干预，确保了摇号分房的公开、公正。

2010 年 11 月底，当我来到都江堰时，都江堰通过六个批次的电脑摇号，一万八千零五十八套安居房分配工作已全部结束，所有受灾群众都分到了自己的新房，搬进了新居。对于摇号分房的结果，实事求是地说，绝大多数人是满意的，当然也有少部分人不满意。在这不满意的人群中，分两类情况。一类是房子本身存在一定的问题。比如，上海最初援建的住房，是上海人设计、上海人监理的。由于上海人和都江堰人的居住习惯不同，上海人就设计了七十平方米的复式房，外观非常漂亮，室内有一小楼梯，洋气、时尚，价钱还不高，就是公摊面积稍多一点，年轻人非常喜欢。但都江堰老年人较多，有的老年人讲究实际，不喜欢现代，不喜欢形式。他们说，本来就住了楼房，进了屋还要爬楼梯，爬不上去掉下来怎么办？显然，这是上海和都江堰双方不小心留下的一个小小的疏忽。怎么办呢？总不能推翻了重建吧。都江堰重建办就想了一个办法，让业主们自己置换：年轻人喜欢现代风格的复式房，就和老年人置换；而不喜欢复式房的老年人，有的和别的年轻人置换，有的和自己的子女置换。

还有一类，不是对分房政策不满意，而是对自己的运气不满意。

比如，在都江堰的走访中，我就听到了这样一个故事，说有一位老人，年纪并不大，过去一直住平房，从来没有坐过电梯，也最怕坐电梯，所以他最大的愿望，就是希望能摇到一套底楼的新房。可很不幸，他摇号摇到了最高的一层，他当时就气晕了，还住进了医院。第二天，儿女去看他，一见面，儿女就埋怨说，这房子分得太倒霉了，都是那个摇号给摇的！没想到老人一下从病床上坐起来，反而指责儿女说，不是摇号不好，是我自己运气不好！没得关系，我已经想通了，住楼上，不就是多坐一会儿电梯吗？过去我不会坐电梯，以后学学坐电梯，不就行了！

看来，只要政府真正为老百姓着想，为老百姓做事，就会赢得老百姓的理解和信任。

都江堰重建办副主任孙凌霞对此也深有感触，她说，现在回过头去看，作为分房中的一个工作人员，我感到非常欣慰。为什么呢？因为无论过程多么辛苦，老百姓最后还是理解我们，信任我们。尤其让我特别感动的是，2010 年的 8 月间，灾区又发生了“8・13”“8・19”特大山洪泥石流，导致一批新房无法按期交付使用。我们就找这批业主商量，说暴雨来了，发生了泥石流，请你们理解一下，我们推迟一个月，推迟到 11 月份交房行不行？业主们说，这有什么行不行的呀！这个问题我们早就想到了，泥石流一来，我们就知道房子肯定不能按时修好。推迟一个月就推迟一个月吧，没关系！听了老百姓这话，我感动得眼泪都快流出来了。

的确，政府的任何政策，执行起来都不可能做到绝对公平；但如果政府给出的政策能让老百姓自主选择，不可能绝对公平的政策就会变得相对公平。尽管分房是个大难题，但各级政府只要恪守公开、公平、公正的原则，坚持以民做主，惠利于民，就能分出和谐，分出温馨，分出笑容。

2010 年 11 月下旬，我再次来到都江堰，眼前的都江堰与此前相比，已是真正的旧貌换新颜了。这座历史文化名城呈现给我的，不再是泪水与伤痕、悲痛与哭诉，而是雄健与美丽、和谐与安详。据介绍，此时由政府主导建设的二百六十万平方米一万八千零五十八套城市安居房全面完成，八千三百户城镇居民自建住房全部结束，七万四千九百二十五户住房维修加固也全都入住，而享受国家救助政策的三万四千四百四十七户农房重建也全部建成。

我随后来到都江堰商业区荷花池、壹街区和惠民雅居。荷花池虽然还是一个正在完善中的商业区，但街道比以前宽敞了，品位和档次也更高了。壹街区由上海援建，是一条旅游文化产业街区，显得流行时髦，宽敞大气。惠民雅居是一个完全现代化的幽静的小区。我刚进小区的大门，就碰到一位拎着包准备出门的大妈。我问大妈住进新房感觉如何，大妈拉着我的手乐呵呵地说，好啊，一分钱没交，还住了七十平方米的房子，天下哪有这样的好事哟！看着大妈脸上的笑容，望着一栋栋漂亮的新居，我想，灾区干部群众两年多的心血与汗水，看来总算没有白费。

此次走访中，我还了解到，两年多，四川省一百四十二个受灾县用于恢复重建和发展重建的资金，总共达到了一万七千万亿元！通过两年多来的灾后重建，灾区的城乡居民群众几乎都住进了新房，全省五百四十多万户一千二百多万城乡居民的受灾住房修建问题也得到了解决，提前一年实现了“家家有房住”；同时还建起了一大批高质量、高标准的医院、学校、文化中心等公共服务设施，并妥善解决了二十万失地农民异地安置问题。至于灾区城乡居民的收入和生活，可以肯定地说，也超过了地震前的水平。

第五章
我的房子我当家

说了灾后城镇的重建，再来说说灾后乡村的重建。

在灾区走访中，我跑得最多的地方是乡村，总共加起来有二三十个。

为什么？因为地震后的乡村，矛盾最多，问题最复杂，尤其是在灾后的重建中，矛盾更多，问题更复杂。

但是，地震后的乡村，变化也最大。

比如，鹿坪村、宝山村、向荣村、金陵村、三官村、凤鸣村、会元村、阳平村、高原村、龙马村、国坪村、鹿池村、集镇新村等，都是颇有特色的典型村，与2008年我在灾区看到的相比，完全是两个不同的世界——2008年是血迹斑斑的废墟，现在是拔地而起的楼群；或者干脆说，昨天是地狱，今天是天堂。

然而从地狱到天堂，并不容易。

因为乡村重建，绝不像外界有些人想象的那样，只要简单地把房子盖起来，就算完事了；而是必须转变设计理念，按照科学规划进行重建，力争把灾区打造成中国最美的现代化的乡村。

走访中我了解到，在汶川大地震中，灾区倒塌、受损严重的房屋，百分之八十都集中在农村地区和小城镇。为什么呢？这是因为，长期以来广大农村地区和小城镇的建设，从选址、布局到建设，缺乏科学的规划和设计，缺乏规范和标准；再加上监管不得力，所以就很难保证房子建设的基本安全。此外，房子的建设也缺乏特色，千村一面，千镇一面，没有基础设施，没有公共服务配套，垃圾遍地，污水横流。许多所谓的“新农村规划”，几乎都是照搬城市模式。而照搬的结果是，与农村的生产力结构、文化观念、生活方式等存在着很大的差异，并没有从根本上真正解决城乡的二元矛盾。

因此，乡村灾后重建的根本问题，是必须改变过去农村和小城镇的建设方式，而不能直接套用城市建设的模式。

成都市规划管理局副局长张佳告诉我说，成都市灾后农村住房重建规划设计大会战，有一百多个设计单位参加，从 2008 年 8 月中旬开始，至 9 月下旬结束，历时一月有余。最后，成都市规划局与市建委共同制定了《成都市农村地区规划建设技术导则》，印发至各区（市、县）广大农村地区。这个技术导则图文并茂，通过通俗易懂的文字、形象生动的图片，明确了选址、建筑布局、建筑环境、公共配套设施等方面的规划设计标准和要求，为农村地区灾后重建的规划建设提供了有力的技术指导。随后，成都市规划管理局于 9 月初，又抽调了二十四名专业技术骨干组成三个工作小组，与彭州市、崇州市政府以及在成都的一百多个规划设计单位对接，帮助确定永久安置点位，并对其规划设计方案进行了审查。10 月底，规划管理局又拟定了各种实施方案、管理规定和工作标准，并成立了四十人组成的督导组，而后奔赴灾区，对农村住房建设规划重建点进行实地踏勘和督导工作；同时对乡镇党政负责人，投资老板，规划、建设部门负责人以及管理人员、督导员、统规统建业主等，集中进行专项培训。

这当然就不易，当然就很难。

走访中我发现，彭州的鹿坪村鹿鸣荷畔社区，堪称乡村重建的一个典型。

据村干部介绍，鹿坪村共有十四个村民小组五百八十七户两千两百九十九人，土地面积六千一百一十二点七亩，其中农用地面积五千四百三十七点五亩，建设用地面积六百七十五点二亩。该村是传统的农业村，粮食作物以玉米、土豆、小麦、水稻等为主，经济作物以生漆、“三木”药材、油桐以及竹木等为主，特色产业有食用菌、猕猴桃、莲藕及牛蛙养殖等。地震前，鹿坪村人均纯收入四千二百九十八元五角；地震后，鹿坪村九人死亡，百分之九十八的房屋完全倒塌，剩下的百分之二的房屋也成危房，经济损失达一亿一千六百万元，村民们几十年的心血和汗水顷刻间化为乌有。全村共有五百六十二户二千一百二十三人急需建新房！

两年多时间要建这么多房，怎么建？

我们先来了解一下鹿坪村鹿鸣荷畔社区的设计过程。

按灾区有关规定，重建方式确定后，要根据群众意愿形成规划方案。鹿坪村最大的特点，就是拥有千亩荷塘。2008 年 8 月 10 日，成都市规划管理局委托四川三众建筑设计有限公司对鹿坪村鹿鸣荷畔社区重建点进行规划设计。按理说，对于曾经设计过动辄数十万平方米城市居民小区的三众设计师们来说，区区几万平方米的农房设计，自然不在话下。所以设计师们很快就凭着一张地形图拿出了鹿坪村鹿鸣荷畔社区的重建设计方案。该设计方案的最大特点，就是所有建筑，环绕着荷塘沿等高线均匀布局，以行列式布局为主，沿路建筑底层，均为商业房。总而言之，这套方案的整个设计思路，几乎就是按照商业地产的模式搞出来的。

但是当设计师们自信满满地向村民们展示鹿鸣荷畔社区未来新家园的设计图时，却遭到了村民们的坚决否决。因为这个设计图是集中建设三四层高的楼房，将五百多户村民“浓缩”在几幢楼房里，整齐划一，完全失去了农家的风情与味道。不少村民说，修这种房子，是存心要我们扛着锄头、抱着猪儿上楼啊？

第一个方案被否决后，设计师们又在两天之内拿出了第二个设计方案。第二个设计方案以节约土地为原则，选择地势最平坦的区域布置建筑，形成最为紧凑的行列式布局。此稿虽然将建筑融入了山水环境，但基本还是城市住宅区的形式，对于村民们的生计和发展，依然欠考虑。

闭门造车的设计，再次遭到村民的否决。

这一否决，不仅意味着规划人员没日没夜地加班等于白干，一切还得从头再来，更严重的是，受灾群众住进新家的时间，有可能会被推迟。

设计师们紧张了。

但紧张之后，仍无上策。

鹿坪村的重建，一时陷入僵局……

直到这个时候，习惯了城市规划的设计师们才意识到，灾后的乡村规划设计，并不是主观想象的那样美好，也不是主观想象的那么简单，于是他们开始反思：村民们到底想要什么样的新居？安置点的选择应考虑哪些因素？村民集中居住后，将来的生存和发展问题，究竟应该怎么考虑？村民们需要的公共配套设施与城里需要的公共配套设施，到底有何不同？

之后，设计师们又花了两天时间，亲自跑到鹿坪村实地踏勘，体验农村生活，了解村民的实际需求。

有的村民向他们反映说，楼层高，生活不方便；

有的村民向他们反映说，户型设计中没有粮仓、晒场，将来粮食没地方放；

有的村民向他们反映说，不能只想到房子，有了房子住，还得考虑今后的日子怎么过；

还有的村民向他们反映说，房子造价不能太高，高了好看是好看、漂亮是漂亮，但好看不能当饭吃、漂亮不能当衣穿，没有钱，再好看、再漂亮也等于零。

听了村民们的意见，设计师们深有感触，当晚就在村里一间小小的会议室里，和村里的干部群众凑在一起，一边讨论，一边画着草图，轻松自由地聊了一个多小时，最后才形成了基本的规划思路：不能把城市的小区简单克隆到农村来，灾后住房重建规划，应该与当地的生产发展相结合，与地形地貌、生态环境、文化民俗相协调，这样才能避免千村一面。

第二天，设计师们再次深入田间地头，展开了更为细致的走访调查。最后，又拿出了第三稿设计方案。

第三稿设计方案将原来的四层楼，改为两层楼；把原来院落之间的“绿地”，变成了菜地。其最大特点，概而言之就是：“一心、一带、两环、多聚落、发散式”。

所谓“一心”，指处于中心位置的千亩荷塘；所谓“一带”，指贯穿整个村落的手工艺和文化创意产业景观带；所谓“两环”，指千亩荷塘周围的旅游休闲环和外围的产业经济环；所谓“多聚落”，指采用“林盘”的空间形态形成三个集中居住聚落；所谓“发散式”，指建筑房沿荷塘布置散落在林盘田间，既有传统农村聚落的形式，又有质的变化。

这套方案，很快得到五百多户村民的认可。

2010 年 11 月 30 日上午，我来到传说中的鹿坪村鹿鸣荷畔社区，但见星罗棋布的田地上，散布着大小不一的林盘，林盘掩映着十多栋二层小楼。这些小楼聚集成若干个小院，每个小院都有一个小坝子，分别坐落于林盘之中。村民既可用小坝子来晒谷子、麦子和玉米，又可以集中堆放农具。至于鸡窝、猪圈等，也都统一设计安排其中。

难怪主设计师廖强说，如果你坐在飞机上，向下俯瞰鹿坪村，首先看到的是，农居与自然浑然一体的村落；但一旦接近地面后，你又会发现，在林木掩映中，是鸡犬之声相闻的农家院落。

面对眼前的“传奇”，我既惊喜又感叹。这一设计方案所体现的乡村重建主题，既不是传统中的乡村那样无序建筑，分居四处自由散漫，也不是简单地把村民凑合在一起共住高楼，更不是把城市小区的固定模式克隆到乡村；而是在集中建设基础设施的基础上，充分考虑到村民的生产方式和生活习惯，甚至生存、生活中的点点滴滴，重新打造了一个既实用又享受的别具一格的舒适新居。

张佳副局长说，这套规划设计方案是在节约土地、相对集中的前提下，兼顾了原汁原味的农村风貌、未来产业发展空间、城市公共服务功能，适度地分散了农户居住点，让农民既不改变生活习惯，又能享受到城市的生活标准。并且这套规划设计方案，充分利用了当地丰富的石材，规划了石材加工厂。林盘可以种植适宜当地气候条件的毛竹、桃树、核桃以及中药材，既可美化环境，又能增加收入。根据当地的荷塘和林盘资源，预留了核桃、猕猴桃、中药材、莲藕等的深加工区域。设计了乡村客栈、民俗博物馆、手工艺和文化创意产业景观走廊，以自助式旅游和乡村游为主打，吸引游客……总之这是一种规划设计理念的创新，这种创新不是简单的重建，而是结合统筹城乡综合配套改革试验区建设，让灾区在重建中得到提升和发展。

当然，鹿坪村只是灾后乡村重建中的一个“试验田”。

在我看来，乡村重建，除了规划设计必须科学合理，还有最重要的一点，就是必须尊重民意，体现民意，服从民意。一句话，不能霸权建房，而必须民主建房！

所谓民主建房，就是不能啥都是当官的说了算，更不能搞什么“政治形象工程”，而要让老百姓说了算，就像有的村民说的那样：“我的房子我当家！”如果老百姓不满意，住着不舒服、不自在，什么工程都是无用工程，什么工程都是豆腐渣工程！而所谓的重建“中国最美乡村”，最后也只能变成一句空话，一句大话，一句废话！

走访中我还了解到，都江堰的向峨乡，在民主建房这方面，就很有特点。比如，向峨乡的灾后重建安置点到底选在哪里比较合适，一开始也是大吼大叫，众说纷纭，争吵不休。后来乡里采取的办法是，村民充分行使民主权利，不少地方选择建房的地址，干脆让村民们自己考虑，自己说了算。

向峨乡党委书记付岷涛告诉我说，村民们在这里住了几十年，对这里的山山水水再熟悉不过了，习惯什么、不习惯什么，喜欢哪里、不喜欢哪里，他们自己比谁都清楚。因此，在选择安置点方位时，我们就先召开村民大会，让村民们自己先提意见，到底把房子建在哪里比较合适。但有一点，必须尊重科学。这样，我们先根据村民们的意见进行选址，然后再邀请地质勘探部门对安置点进行地质灾害评估。地质存在问题的、不适合居住的就否定掉，而安全的、适宜居住的就暂时保留。等到全乡所有的选址点基本清楚后，我们再优中选优。最后，我们选出了十六个既安全又舒适的永久性居住点，这才开始重建新家。

比如，向峨乡的鹿池村，采取的是“民主决策三步骤”的原则。其“三步骤”是：

第一，由村民提议。村民集中居住，不是简单地搬个家，它还涉及如何重建、如何服务、如何发展产业、如何管理小区等问题，千头万绪，非同小可。因此，为了保障村民的知情权和参与权，村干部通过小区的“院坝会”（即在村民院子里开会），先把政策统统告诉村民，再让村民以户为代表，反映村民最关心的切身利益和意愿，最后再酌情开展工作。

第二，由村民议事会审议。按照程序，村里先成立村民议事会，议事会成员由各村民小组选举产生。平时，议事会成员先负责收集汇总各小组的群众意见，再提交村民议事会审议。在议事会的讨论中，看哪些问题是内部矛盾，通过协调就能解决的；哪些是大家最关心、最迫切的事情，必须马上解决的；哪些办法是大家都赞成，可以马上实施的；哪有矛盾还不清楚，有待作进一步调查的……总之通过议事会审议这种形式，让很多矛盾、问题愈加清晰，解决起来更有把握，更有方向，也更有效率。

第三，由村民代表会决议。作为全村的最高决策机构，议事会将审议通过的意见和实施方案提交村民代表会表决。三分之二以上否决的事项，村委就不执行；三分之二以上通过的事项，村委马上组织实施。而且在实施过程中，还必须由监事会监督。

我问付岷涛书记，结果怎么样，老百姓满意吗？

付岷涛说，有个别的不满意，但大多数老百姓满意。

可见，群众的房子怎么建，政府单方面说了不算，只有群众说了才算；而只有群众自己说了算，才叫真正的民主建房。

事实上，民主建房始终贯穿于整个灾区的重建工作中。除了向峨乡，都江堰的天马镇，在灾后重建中也很有个性和特点。

天马，古称“金马”，位于都江堰的东南角，距成都四十公里，属三县交会地，东与彭州市接壤，南与郫县毗邻。因其特殊的地理位置、丰富的物产资源、厚重的文化底蕴，历来为商贾云集之地。“5·12”汶川大地震给天马镇广大群众的生命财产造成了重大损失，全镇受损面达到百分之八十以上，直接经济损失超过十亿元。

天马镇有十二个村，十二个村除了四个受灾较轻的村实行了原地自建外，其余八个村全部实行的是统规自建。面对灾后重建涉及的种种矛盾，镇党委、政府在充分走访群众、收集群众意见和建议的基础上，通过村民自治组织形式，让受灾群众积极参与灾后重建中的监督、管理、协调，并在各村民主选举出一些正派公道、威信较高、对建筑施工又有一定特长的人，分别组成灾后重建议事会、监事会和协调小组。这就真正捍卫了“村民自己建房、自己说了算”的原则，同时也化解了建房中的各种矛盾，有力、有序、有效地推动了灾后重建的速度。

比如，金华村的三组和五组，有部分村民开始对建房坡屋面要求不认可，觉得造价太高，不符合实际，要求修平屋面。镇上、村上干部多次给他们做工作，还是不同意。后来，协调小组成员凭着自己懂建房技术的优势，和村民们多次沟通，并帮他们一起算账，说坡屋面不仅美观大方、坚固耐用，而且造价也高不了多少。最后，通过协调小组成员耐心细致的讲解，村民们完全接受，还对协调人员表示感谢。还有金陵村的二组、十组，有不少村民都认为，设计单位提供的户型图不符合使用实际，要求重新更改。于是协调小组将群众好的建议、好的点子收集起来，与设计单位反复沟通，直至村民们认可了设计单位的户型图后，才开始施工建房。

天马镇在灾后重建中，除了坚持“村民自己建房、自己说了算”的原则外，还在广泛听取群众意见、充分发扬民主的基础上，根据自己乡镇的实际情况和特色，创造了各种不同的灾后重建的模式。这些模式形形色色，五花八门，多种多样。农村与城镇不同、镇与镇不同、乡与乡不同、村与村不同、组与组不同，甚至就是每家每户，也风格有异，各有千秋。

走访中我了解到，天马镇在灾后新居的重建中，主要打破了四个东西——

一是打破“火柴盒”，突出多样性。提高民居设计水平，着力彰显农房建筑特色，在空间布局、建筑形态和外观风貌等方面，体现多样性。

二是打破“军营式”，注重相融性。提高村落规划水平，保持川西院落风貌，将川西林盘保护与民居房屋建筑有机结合，相辅相融，彼此映衬，体现了田园风光与自然的和谐之美。

三是打破“夹皮沟”，体现共享性。提高村庄布局水平，一改过去农房建设夹道布局的现象，并配套完善安置点基础设施，实现水、电、气、光纤、电话五通，从而提高了农村的文明程度，转变了农民的生产和生活方式。

四是打破“老传统”，坚持发展性。提高农民收入水平，注重产业发展布局，做到农房重建与产业发展规划同步，并结合资源禀赋和产业特点，考虑如何增加农民收入。

向荣村，就是一个例子。

向荣村是一个传统的蔬菜种植专业村，2007 年底人均年收入约五千元。该村人多地少，老百姓惜地如金。在“5·12”汶川大地震中，该村农房受损严重，全村农户六百三十五户，仅有五户农房基本完好，其余全部受到重毁，故灾后重建量很大。于是重建资金哪里来，灾后重建怎么建，成了全村的主要难题。为此，村里成立了议事会、监事会，先后召开了三十多次社员代表大会、二十多次议事会，收集群众意见三百余条。在充分尊重群众意愿的基础上，最后决定，选择老鸦林、曾家院子、肖家院子三个院落作为永久性集中安置点，这样可以少占或不占耕地。之后，他们依托农村产权制度改革成果和建设用地指标增减挂钩项目政策，通过“指标换资金”，采用“拆小院并大院”的方式，又好又快地推进了灾后农房的重建工作。

因此，有人把天马镇这种“拆小院并大院，依托林盘搞重建，节约耕地谋发展”的重建模式，称为“天马模式”。

带领村民创造“天马模式”的这个人，叫竹柯。

竹柯，四十三岁，中等个头，面庞略显黝黑——典型的成都坝子沃土色，被人称为“土书记”。竹柯生在一个普通的农民之家，靠自学成才走上了领导岗位。我刚与他聊了几分钟，便明显感到，此人精明、能干，很有头脑。

竹柯原是崇义镇镇长，汶川大地震一年前才调到天马镇任书记。他来到天马镇的第一个感受，就是经济差——在都江堰市二十多个乡镇中，天马居中偏下；第二个感受，就是交通差——天马到都江堰，只有一条路可走；第三个感受，老百姓强烈渴望发展。

为此，竹柯一上任，就走访了不少村户。发现种菜的虽然很多，但规模化不够，基础设施配套也很差，没有天然气，没有污水处理。老百姓用电都得不到满足，稍一超负荷就断电，连电视都不能正常收看。于是，他带领大家首先对道路进行完善，鼓励百姓走产业发展的路子。但正搞得热火朝天时，汶川大地震爆发了，天马成了成都重灾区乡镇之一。全镇三十九人遇难，四十四人受伤（重伤十六人，轻伤二十八人），二十人异地失踪。五百二十七户房屋垮塌，七千七百零八户房屋严重受损；镇中学、中心小学教学楼均成严重危房。五十余家企业遭受重创，双孢菇、肉牛、无公害蔬菜等特色产品，也不同程度受到影响。

灾难过后，天马被迫探索如何重建家园的路。

竹柯告诉我说，他们没遇到过大地震，所以重建没有经验。在建板房中，他们看到很多乡镇、城区，选择耕地和良田来建板房，但他们没有这样做。为什么呢？第一，天马穷，选良田成本太高。当时是5 月底 6 月初，该插秧了，田里有水。在良田里建板房要先排水，把淤泥清走再整平，还要打混凝土、打螺丝钉，才能建板房。竹柯说，他是从农村里出来的，想想看，要把农田打二十厘米厚的混凝土，对良田能没破坏吗？第二，时间紧。他带着大家围着天马镇转了十多圈，最后把建板房的地点锁定在了柏条河畔的滨河路。滨河路长一千一百米、宽十六米，正在修建之中，地震前已经形成路基，现在只需铺上水泥，就完全具备建板房的条件。今后板房一拆，路也有了，一举两得。所以他动员全镇的人，到滨河路去建板房。但当时也有不同意见，有人找到竹柯说，现在用地控制很严，怎么不趁这个机会“固化”下来，增加建设空间？竹柯对此却无动于衷，他说，天马的土地本来就有限，我们应该惜土如金，能不占耕地的，就坚决不占。从政策来讲，占了也不等于就能一直占下去，还得复垦还耕；从现实来看，成都市这些年一直推进集中节约发展，工业项目都要进二十一个集中发展区，天马又不搞工业，占地干什么？天马的资源优势适宜搞现代农业，所以我们更要把土地、水、生态保护好。

于是，全镇规模最大的板房安置点，就在滨河路建起来了，最后共有六百五十户受灾群众获得安置。由于板房是顺着公路建的，板房之间还留有五至六米宽的通道，便形成了很独特的长方形板房格局。其余十二个板房安置点，也都参照这种建设方式，未占一分耕地。

这种方式可谓一举多得：一是保护了耕地，以后不存在还耕的问题；二是节约资金，援建方高兴。他们在双流的援助下，修建了十三个板房安置点，才用了四百八十七万元。如此规模的板房，要是通过新平整场地来建，保守估计要花掉一千多万元；三是节约了时间，省去了排水、平整场地、打地基等环节，从而让受灾群众比预期提前了二十五天入住；四是同时修好了公路，为下一步的全面重建和统筹城乡发展，打下了基础。

临时过渡板房抢建完之后，天马又面临一个新的问题：如何用好、用活灾后重建政策，进行永久性的住房重建？

竹柯算过一笔账，全镇有三千七百五十五户需要维修加固，而地震前他们全镇一年才修建两百多户房子，现在要在短短的一年多时间内完成地震前十五年的量，难度的确很大，压力也很大！

竹柯说，面对这么大的压力，我们也想到了联建。所谓联建，就是城里人和乡下人联手一起建房，利益共享。但当时有个很尴尬的事，我们鼓励城里人来和我们搞联建时，只有两户愿意来，还都是亲戚关系，其他人根本不想来。因为我们这里不像虹口、青城山，那儿有旅游资源，有利可图，愿意搞联建的就多。我们这里没有，人家就不愿意来。再有就是我们这里没有社会资金。大家知道，老板搞开发土地都必须有回报，天马没有旅游资源，交通又不方便，所以老板们也不愿意来。我当时十分难过，也动摇过、犹豫过，犹豫啥子呢？如果我想图轻松，就搞原地重建，政府不考虑配套，不考虑基础设施，要少操很多心。但我想来想去，觉得那样做自己是轻松了，但老百姓收益未必最大。由于天马自身条件有限，难以引进大笔的社会资金，要走“统规统建”的路，很难行得通。既然我们搞的板房模式受到了高度肯定，那么在永久性住房重建上，能不能再搞个新的模式呢？

就在这时，“农村集体建设用地减少和城镇建设用地增加相挂钩”的灾后重建政策出台了，为天马带来了希望。即是说，在自愿的前提下，天马可以通过“拆小院并大院”的方式，把农民集中安置居住，将腾出来的原居住地“小院”全部还原为耕地，减去安置点建设占用耕地面积的部分；而每腾出一亩建设用地指标，就可获得十五万元的项目资金。这十五万元并不是把土地的所有权和使用权买走（所有权照样归集体，使用权照样归农民），而只是把宅基地复垦节约的建设用地作为指标，调整到城市发展需要建设用地的地方。

这个新政策的出台，让天马顿时跳出了难筹社会资金的樊笼。因为从账面上测算，全镇如果通过这种方式将新增耕地一千七百多亩农村建设用地指标，按每亩十五万元的指标价格计算，天马可获得重建资金二亿六千万元，由此给每个人带来一万一千至一万八千元不等的建房补助。

竹柯说，地震前，我们的宅基地根本没有有效利用起来，现在我们鼓励农民，把小院子、小林盘还耕，用大林盘建安置点，改变了过去选耕地作为安置点的做法。土地没拿走，指标拿走，老百姓愿意。这种情况其他乡镇也有，只不过他们选择的是耕地作为建房点，而我们选用的是林盘。这样，我们把土地资源有效地利用起来，既保护了川西平原，也保护了耕地。

但走访中我了解到，在该政策实施前，如何确定每家每户的宅基地面积，是个很棘手的问题。地震前，天马是成都农村产改的第一批试点镇，全镇十二个村，三分之一的确权工作已经完成，通过产改确权办证，农民的生产要素就固化下来了。可当时并没有感到确权特别重要，地震后现在要搞重建了，这才发现，如果不事先确权办证，宅基地面积无论怎么算，都难以被各方认可。所以，村民宅基地的确权，是前提和关键。因为唯有产权，才是政策变资本的法宝。

竹柯说，随后不到一个半月的时间，天马镇就将剩余的三分之二土地全部测绘完毕，为农户一一办理了宅基地产权证，并测算出来，我们可以腾换一千七百多亩农村建设用地指标。由于灾后重建任务紧迫，成都市国土资源局很快就把天马镇腾出的建设用地指标转入了成都市温江区，温江区的预拨款也随之一笔笔划到了天马镇，保障了三十一个重建安置点的开工建设。

事实证明，农村产权改革的成果是天马灾后重建的基础，没有它，灾后重建要如期实现是不可能的。天马镇一共建了三十一个永久性住房点，走的是“拆小院并大院”的路子，老百姓高兴，靠的就是产权改革。天马的重建点位是最多的，腾出来的耕地面积也是最多的，全部基础配套设施相当完善，如自来水、天然气、排污等，从而使农民的居住环境得到了很大的改善。

竹柯告诉我说，天马镇的灾后重建工作完成后，他有三个没想到。

我问，是哪三个？

竹柯说，第一，我没想到，天马人集中智慧，通过农村产权改革，把灾后重建搞好了，老百姓发自内心的高兴。过去，我们从来没想过林盘还会接自来水、天然气。

第二，我没想到，天马能得到各级领导和社会各界的高度关注。天马镇历史上来过的最大的官，就是一个知府，相当于厅级干部。现在上至温总理、省委书记，下至我们成都市委书记，到天马来了几十次。另外还有外国友人、联合国的官员等。

第三，我没想到，我一个农民娃娃，竟然还和温家宝总理握了三次手。

我一听，很好奇，问竹柯，三次握手怎么回事，说来听听。

竹柯说，我第一次和温家宝总理握手是2009年9月25日下午3点40分左右，那天温总理来看我们的向荣村，一下车就与我和村民们握了手。

接着，我向温家宝总理汇报我们灾后重建的情况。我说，总理，我们在老百姓自愿的情况下，探索出了一条路子，拆小院并大院，依托林盘搞重建，结合耕地谋发展……我当时是用普通话说的，其实就是“川普话”，我把“宅基地”的“宅”字，说成了“窄”。总理就问我，什么叫“窄基地”呀？我们市领导的普通话比我标准，马上就给温总理解释说，他说的不是“窄基地”，是“宅基地”。温总理一听，就笑了。我接着说，这种模式不但不占耕地，而且我们全镇三十一个安置点还新增耕地一千七百多亩！温总理就拉着我的手说，你们辛苦了，如果都这样的话，全国十八亿亩耕地的保底红线就不会突破了。

这是我第二次与温总理握手。

后来，温总理走到我们安置点广场，我就想请温总理题个词。因为国家领导人能到我们天马这么一个小镇，很不容易，现在好不容易有了这个机会，我如果不提出来，就太遗憾了。我向总理说了这个想法后，总理说，我从来不题词的啊！我就说，总理，我们这里是灾区，我们这儿群众和基层干部很希望您能鼓舞我们一下。总理笑了笑说，那写什么呢？我说，我们这个村叫向荣村，您就题个“欣欣向荣”吧。总理说，行，就给我们题了“欣欣向荣”四个字。温总理上车的时候，又第三次和我握了手……

我后来听说，温家宝刚一离开，竹柯就迫不及待地跑去和在场的村民一一握手，一边握还一边兴奋地说，来来来，大家都来感受一下总理的温暖！

走访快结束时，竹柯还告诉我说，灾后重建，老百姓的住房水平至少提前了二十年，而且我们一年就完成了！天马能走到今天，能这么快完成任务，一是灾后政策用活用好了，和本地实际结合得很好；二是群众的积极性高，并且都是自愿的，没人强迫他们，不像有的报纸上说的增减挂钩老百姓是被逼的；三是我们有一支强有力的干部队伍。

我问竹柯，地震是灾难，肯定谁都不希望出现。地震前你们这里很穷，地震后反而变好了，而且确实变得很好，你怎么看待“5·12”地震？

竹柯说，的确，地震是谁也不愿意看到的，地震的时候，我们的生活全被打乱了，绝望的感觉都有了，但我们又必须要振作起来。记得当时有句话，说地震也是机遇。我当时并不完全理解，后来才理解了。因为我们如果对生活不充满希望，就只有死路一条。地震是灾难，但如果我们把它看成机遇，并抓住这机遇，就会促进发展，改善我们的居住和生活条件。

随后，我来到向荣村，见到了天马镇的纪委副书记周静。周静指着一幢幢漂亮的房子向我介绍说，现在村民的新房配套，完善了污水管网、化粪池、供水供电系统、天然气管道、区间道路、公共厕所、文化娱乐场地等公共基础设施，屋里不仅通电、通水、通气，有污水处理，家门前还有健身器和小花园，村民足不出户，就能共享城市文明，日子过得很舒服的。

我走进村民王道远家，王道远告诉我说，他家新修的房子有一百五十平方米，国家补助了两万元，土地整理获得七万元，自己只贷了三万元款。他家的房子通水、通电、通气，还通光纤。他有了新房住，感到日子过得踏实多了。过去没房住，心里是慌的。他感受最深的是地震后遇到了好政策，他说如果没有好政策，没有社会各界的关心支持，他们不可能这么快住进新房。

行走在向荣村幽静的小径上，我在想：汶川地震，让天马惨遭重创；灾后重建，又让天马浴火重生。“天马模式”的成功，到底证明了什么？在短短四十分钟里，竹柯就与温家宝有过三次握手，又说明了什么？今天的农村除了老老实实地弯着腰、弓着背拼命劳作的农民，是不是更需要一些像竹柯那样聪明与智慧的农民呢？

而尤其令我感到欣慰的是，在紧迫而艰辛的灾后重建中，灾区村民不仅用自己的心血和汗水，而且还用自己最难得的民主权利，把忧愁与绝望化作了梦想，将废墟与瓦砾变成了新房，这恐怕不仅仅是四川灾区的进步，也是中国乡村的进步吧。

第六章
想哭都哭不出来

汶川大地震，不仅摧毁了家园，同时也震坏了山体，震坏了保持水土的树木、野草等植被，为次生地质灾害的发生提供了条件。即是说，只要碰上强降雨，发生泥石流的概率，就比原来增加了一百倍！

“5·12”大地震后，成都理工大学地质灾害防治与地质环境保护国家重点实验室等，曾组织专家对汶川地质灾害进行过调查。2009年6月的一天，他们公布了这一调查报告：

> 地震后，汶川县地质灾害非常严重，以滑坡、泥石流、崩塌、不稳定斜坡为主要类型。仅汶川县地质灾害点就有七百零一处，比震前增加了近五倍，其中泥石流占百分之二十四点二五。

于是，乡村灾后重建面临的一大难题，和城镇一样，同样也是如何选址。

这让我想起2010年8月7日甘肃舟曲的特大泥石流。对于这场泥石流，有专家这样说道：

> 舟曲是汶川大地震的重灾区之一，因受地震影响，导致山体松动、岩石裂隙增加、破碎程度加大；加上这个地区属于半干旱区，从2009年入秋至2010年初夏，干旱持续不断。

在这种情况下，干裂的岩土遇水后更易形成崩塌、滑坡，增加了泥石流物源。所以，瞬时的暴雨和持续的降雨，引发了泥石流灾害。

我不是地质灾害方面的专家，对于这个分析是否完全科学、客观，不能确认。但我在灾区走访中了解到，属于地震重灾区的都江堰等地，在暴雨之后频频发生地质灾害，惨遭泥石流和山洪的袭击，却是事实。

比如，都江堰的虹口乡。

虹口乡在我看来，简直就是一个想哭都哭不出来的地方！

因为自“5·12”大地震之后，这儿乡亲们的眼泪，日日夜夜，反反复复，早就流干了，流尽了！如果有人真看见虹口乡有人在流泪，我想那流的一定是血，而不是泪。

2010年11月23日上午11点，我来到虹口乡政府。乡政府的办公楼十分简陋，倘若房前不是挂着一个牌子，我还以为是公路边上的厕所；更悬乎的是，办公楼就紧挨在白沙河的河边，一抬眼，便能见到一河滔滔滚滚、哗啦啦啦的水；一见到滔滔滚滚、哗啦啦啦的水，我的脑海立即便浮现出一泻千里的山洪暴发、呼啸而至的泥石流！

虹口乡的党委书记叫马远见。此前我就听说，这是一位汉子，在“5·12”抗震救灾中为虹口立下过汗马功劳。遗憾的是，马远见临时赶去市里参加一个重要会议，我们擦肩而过，失之交臂。于是我走进了副书记高永强的办公室。

高永强的办公室同样十分简陋，一张简易写字桌，桌上放着一个破水壶；一张单人床，床上搁了一床军用被，看上去像个临时民兵指挥部。

高永强对我说，灾后重建，虹口是非常特殊的一个乡。为啥子说它特殊呢？因为虹口与映秀非常近，仅一山之隔，直线距离才十公里。也就是说，事实上它就是汶川大地震的一个震中区。我记得2008年6

月，上面有领导来到虹口，当时就说了一句话，他说虹口是非常特殊的一个地方，这里也是烈度十一度，震级八级！所以“5·12”汶川大地震对虹口乡的摧毁，非常严重！当时八个村一共一千八百多户六千二百人，其中有一千五百多户的房子都严重损坏或者倒塌，我们当时上报的是百分之九十五的房子要重建。另外我们的道路桥梁，还有产业损坏，也十分惨重，损失总共超过了三十个亿！全乡遇难七十人，伤员约六百个。听起来我们的伤亡数比较少，但人口比例很大。

我说，受灾这么严重，怎么搞灾后重建呢？你们当时都面临哪些主要问题？

高永强说，我们当时主要面临四大难题。

我说，请问哪四大难题？

高永强说，第一是信心全失。当时政策不明朗，很困惑，很茫然，我们动员老百姓修房子的时候，他们说，还修啥子房子嘛，天天都在余震，说不定哪天又给震垮了！说实话，当时虹口何去何从，大家都没信心了。因为虹口和其他地方不一样，这儿以生态旅游闻名，十年前就开始发展乡村旅游了，并有了一定的积累。村民积累起来的钱，全都变成了“农家乐”。最早的农家乐是把自家多余的房子腾出来搞，后来标准越来越高，要修单间，要有洗手间，还要有淋浴。所以村民们就不断往里面投钱，原来的木板床，也变成了席梦思。没想到，地震一来，他们啥子都没有了，变成了穷光蛋，又回到了“解放前”。加上山区到处垮得很严重，资金政策又不明朗，这个地方的房子到底还能不能重建起来？谁都不敢拍胸脯。要重建，哪儿出钱？谁也不知道。所以那个时候老百姓的信心完全丧失，不仅老百姓没信心，连我们干部也没信心。当时我们还想，干脆全部从虹口迁出去算了！所以信心问题，是我们灾后重建首先面临的难关。

第二是交通全断。本来虹口只有一条出路，地震时全垮了，我们出去是翻山，走的是“天路”啊！我们走出去一趟要花八小时，我 14 日走过一次。另外我们到各村的路也都被阻断了，山体一垮，就全部中断了。路都没有了，还搞啥子建设嘛！我们乡上的这条路直到 2009 年 4 月 28 日才全线通车，之前一直在修。乡村公路垮了非常恼火，一般四五百块钱的水泥，到我们这儿要涨到一千多元。因为运水泥的车子原来是大车，现在进不来，大车只能运到山前，然后再用小车转运，成本自然就高多了。

第三是选址困难。山区和其他地区不一样，它的地质灾害特别多。当时既要抢建过渡板房，又要修建集中安置点，还要考虑未来的发展空间，所以搞得非常恼火！比如，你好不容易找到一个可以重建房子的地方，但必须经过专家评估之后，才能确定是否可建，也许你找的这个地方，根本就不行。因为专家组有严格标准，地质灾害易发带不能建，断裂带上不能建，还有什么什么地方不能建。所以说，选址非常困难。

第四是资金极缺。一句话，没得票子，说了不怕您笑话，当时我们连材料的运输费都给不起，你说咋个建？我们这儿另外有一个乡，叫向峨乡，它把节省出来的集体建设用地指标拿出去，换成了建房资金，用这种模式把全乡一万多老百姓全部作了安置。当时我们也想这么干，所以当成都市、都江堰市分管灾后重建的领导来到我们虹口的时候，我们在帐篷里就给他们讲，能不能像向峨乡一样，国家拿钱出来，把我们这儿修起来算了。领导说不行，当时就明确否定了我们的想法。他们说，示范只有一个，不能铺开。我们知道，上级也很困难，地震灾区那么大，不可能全面铺开。但我们很恼火，咋办呢？只有靠自己。于是我们就想办法引进社会资金。2008 年 7 月 30 日，我们召开了震后第一次投资商座谈会。我们认为，虹口的旅游产业还是要恢复，而且要尽快，如虹口漂流，一只皮划艇，漂一次一百七十元。8 月 23 日，我们第一家“联建超市”就开张了，当时还不叫联建，叫搞农家乐合作。就是城里好多人愿意到我们这个空气好的地方来，拿点多余的钱投个资，修建房子，有时间就在这儿住几天，不在的时候就把房子租赁出去，相当于共同建房。因为有钱的人没有地盘，有地盘的人又没钱，我们就把对这种模式有意愿的人的信息收集起来，然后合作建房，解决了老百姓建房没钱的问题，也满足了部分有钱人的需求。这种联建方式虽然国家是许可的，但我们只搞了一段时间，就出了不少问题，没法继续搞下去了，主要是技术配套这块代价太大。比如自来水怎么办？污水处理怎么办？天然气接不进去怎么办？成本太高了！后来，在马远见书记的带领下，我们重新调整了思路，从策划到规划，历时三个月，把虹口乡定位为“山地旅游度假区”，并请专家参与评审。接着，积极开展引进社会资金活动，开始全乡灾后重建，还提出了“家家有新房，户户有‘绿色银行’”的目标。由于当时国家每户只补助两万块钱，所以我们只有利用环境资源搞旅游发展。本来，地震后开始几个月，到虹口来察看灾情的人很多，来开会的也很多。但真正想投资的人却很少，因为当时的虹口还非常危险。有一个成都房地产投资商本来很想在虹口投资，可 2008 年 8 月的一天，当他开着奔驰跑到虹口一看，吓坏了，说，人都爬不上来，还投什么资哟！等房子建好了，没准哪天人都不在了！但这个老板后来还是看好虹口的旅游产业，花了几千万，把房子修好了，做得很成功。所以，住房重建完成后，虹口又拼命搞起了产业重建。因为产业重建关系到村民的生存问题，不搞，乡里几千号人等着吃饭，往后的日子怎么过？

高永强还对我说，到 2010 年上半年，虹口已经搞得很好了，5 月 8 日，还在虹口召开了全省灾后重建的现场会，省里的领导都分别带着队伍来了。当时我们在想，他们到虹口来到底看啥子呢？后来我们归纳了三句话：建设的市场化、经济的产业化、全部的景区化。建设的市场化，是指我们虹口的灾后重建是开放性的，更多的是以市场作为桥梁，基础设施建设、农房建设，绝大部分是社会资金，这是我们与其他地方的不同之处。经济的产业化，是指我们在灾后重建的同时，与自己的旅游产业相结合。全部的景区化，是指我们在重建中充分利用了自身的旅游资源。当时就有领导说了，虹口太美了，太漂亮了！虹口产业发展与灾后重建一起抓，路子走对了！而老百姓说得更有意思：为机为遇不如为人，争田争地不如争房子。因为虹口更多的是以第三产业为主，这个第三产业，就是乡村旅游！

然而，灾难似乎只有开始，没有结束。

就在虹口干部群众鼓足信心、拼着老命重建家园时，谁也没想到，泥石流等次生灾害，对刚刚复苏的虹口又接二连三、反反复复进行了极其残忍的摧残：2009 年 7 月 17 日，特大泥石流像受惊的巨龙，骤然发怒；2010 年 8 月 13 日，数十年不见的暴雨，倾盆而泻；2010 年 8 月 19 日，强降雨超过 200 毫米，百年不遇的特大山洪疯狂袭来，致使白沙河上游三个堰塞湖整体自然泄洪，由此引发的塌方、山洪、泥石流等严重的次生灾害，给刚刚基本完成灾后重建的虹口，再次带来几乎是毁灭性的一击！

这次的虹口，不仅住房严重损毁，基础配套设施、经济支柱产业等也遭重创，而且还导致一人遇难，三人受伤，三千六百人紧急转移，七千五百二十五人受灾，直接经济损失高达六亿四千七百三十万元！

就在白沙河的岸边，高永强掏出手机，让我看 8 月 19 日洪水突然到来那天，他用手机拍下的一段白沙河发怒的视频。视频中，滚滚滔滔的洪水，如同一个发疯的泼妇，蛮横无理、气势汹汹，肆无忌惮地突奔而来……

我看得两眼发直，心惊肉跳！

我问高永强，当时这么危险，你还拍，怎么没跑？

高永强反问我，跑？我们跑了，老百姓咋办？

接着，高永强对我说，说实话，在 2010 年 8 月 13 日前，虹口乡的旅游产业已经恢复得很好了，很兴旺了，甚至可以说是车水马龙，火得不得了！当时到虹口旅游的人，最多的一天约为五万人，每天上午 10 点钟，就得发布公告关门了。虹口为什么能吸引这么多人来？因为虹口自然景观好，离成都又近，所以外面的人都愿意来玩。但“8 · 13”“8 · 19”泥石流后，我们眼泪都流干了，当时真是欲哭无泪啊！但我们又别无选择，必须坚强，必须尽快再次重建我们的家园，恢复我们的旅游产业。所以，也就是第二次泥石流刚刚过去的第 4 天，我们的旅游重新开张了！

我被虹口人的精神深深感动，决定中午就在虹口乡政府的简易食堂吃饭。

饭桌上，我一边吃，一边继续和高永强聊天。

我说，看来在大灾面前，信心和精神太重要了！一旦信心和精神被摧毁了，就什么都完了。

高永强说，我们的马书记说了，灾后重建是干出来的，是累出来的，是熬出来的！在这么三番五次的大难面前，老百姓看什么？就看你干部的信心，看你干部的精神。我们信心要是都没了，精神都垮了，那老百姓就没主心骨了。

我说，在短短两年多的时间里，你们就经历了这么多次大的灾难，现在灾难降临时，你们是麻木了呢，还是说比原来更自信了？

高永强笑了笑，说，说麻木也麻木，说自信也自信。我们这儿大大小小的地震数不胜数，有时天天都在发生，像五级地震对我们这些山里人来说，都没什么感觉了。实话告诉您吧作家同志，有好几次余震的时候，至少有四五级吧，我正在床上睡觉，我看见桌子在晃，感觉床在摇，但我翻了一个身，眼睛一闭，又继续睡了。老实说，如果再让我像“5·12”大地震那样，穿着一条裤衩就跑到街上去，打死我也不会干了。

我说，看来汶川大地震，对你们这些村干部是一次很好的历练。

高永强说，这两年一连串的灾难，对我们这些基层干部确实是一次极大的锻炼，我们因此提高很快。而且，在灾难中我们逐渐形成了一整套应对灾难的机制。比如说，前不久几次泥石流来的时候，监测人员马上就发出报告，我们乡党委、乡政府以及各村按防洪应急预案，立即组织沿河群众两千多人，及时进行了有序的疏散转移。在这次转移中，我们没有一个人伤亡！

看来，灾难让人变得麻木，同时也让人变得成熟，变得聪明。

在灾区走访的日子里，不少村民都对我说，在灾区，无论是乡、村干部，还是普通老百姓，在经历了“5·12”后，他们的意志和思想都比原来坚定和成熟多了，特别是防止地质次生灾害的意识，非常强。在许多乡村，老百姓根据自己的经验，想了很多预警的土办法。比如，把报纸用水浸湿，贴在山崖上，检测山体是否崩裂；逃生时不能顺着河道跑，要往山上跑；发现山上滚大石头的时候不用怕，但看到飞石加细沙时，一定要快跑，等等。

而不少村镇还针对泥石流等地质灾害，专门进行避难实战演习。比如说南岳村，每个村民都有一张由政府制作的“明白卡”，卡上详细记录了每个村民居住地点附近的灾害点的名称、规模、位置，卡上还有监测人、责任人等信息，让每个村民都能在灾害面前做到“心中有数”。

此外，每个景点、每家农家乐，都要接受由政府组织的自然灾害应急演练，针对实际地形、地貌以及灾害地点，设计撤离路线、快速逃生方法，便于每个村民在灾难来临时都能做出快速反应。

比如紫坪村，进入汛期以来，村里每天都要收到来自成都市、都江堰市和紫坪铺镇三级的预警短信，高峰时期每天可达十条以上，而且天气、雨量等防汛数据，随时更新。村组干部必须做到对灾情变化了如指掌，心中有底，老百姓随时问起，马上就能回答。

我亲眼看见，在一些村委会办公室，放着锣鼓、雨具、手电筒以及便携式警报器，一旦发生险情，值班的村委会人员立马敲响锣鼓，通报村民，在第一时间，让村民们迅速离开，及时转移。

午饭后，我来到虹口刚刚建起来的集镇，而后又去了几个刚刚建起来的新村。

镇上、村里的人们在奔走，在忙碌；商店、饭馆，一片热热闹闹，火火红红，既充满现代气息，又不失文化传统。比如，那些高高挂在村民门前的一个个大红灯笼……

总之，在我的感觉中，大灾之后的虹口，深秋的景色迷人而美丽。但迷人的不是树木，美丽的不是花草，而是一排排刚刚建起来的犹如别墅般的新房，以及那些写在村民脸上的笑容。

当然，我的心里很清楚，这些笑容的背后，是心酸，是心血，是辛劳，是辛苦。

所幸的是，遭到灾难反复蹂躏、反复摧残的虹口老百姓，在一次次巨大灾难的面前，最终还是扛住了，雄起了，站直了！他们不仅有山的坚强，还有水的游刃。

我想，也许这就是四川人的性格，也是四川人的精神！

第七章
“反正老子都是穷光蛋”

我翻山越岭，来到同样备受地震摧残的龙池镇。

一路上，我见到最多的广告语是：

> 山水龙池，浪漫乡村。

然而，现实中的龙池并不浪漫。

与虹口一样，龙池的政府办公楼同样紧靠河边—— 一条叫龙溪河的河边。在一间同样极其简陋的办公室里，龙池镇人大主席胡涛等人，接受了我的来访。

龙池位于都江堰的西北面，与汶川接壤。镇的前方是一座山，以山为界，山这边是龙池，山那边是映秀，与映秀直线距离仅三公里。其实，龙池在地震中的受损程度，并不亚于映秀。因为龙池很多地方位于地震断裂带，所以“5・12”汶川大地震造成全镇三十六人死亡，百分之九十以上的农房垮塌或成危房，交通、通信、供电等全部被毁。整整三天时间，龙池所有村民，与世隔绝。而在这三天时间里，首先带领机关干部将村民安全转移的，就是龙池原党委书记王晋。

龙池在紧张的救援工作结束后，接着就是老百姓的临时过渡安置。按上级要求，龙池必须赶在八一前建好板房，安置好百姓。胡涛告诉我说，当时路非常烂，运器械都是重型车，也只能走便道，上了山就下不去；拉板材的车子也走不动，龙池人只好先把板材卸下来，再用农用车拖到工地上。材料好不容易从山外运到山里，搭建板房时，选址又遇到困难。因为地震过后的龙池，到处是断裂带，加上余震又不断，所以搭建异常艰难。后几经折腾，龙池人通过和援建省市单位的共同努力，才好不容易把板房全部抢建起来。

其实，抢建板房并不是最难的，当时最难的，还是恢复老百姓的信心。千年一遇的大地震，给龙池毁灭性的一击，让很多村民都丧失了信心。龙池和虹口一样，是著名的山区旅游乡镇，当地百姓多以经营旅游业为主。地震前，老百姓将毕生的心血和积蓄投入其中，大量进行房屋、设备等硬件更新。因为地震前各个乡镇的旅游竞争非常激烈，如果不从硬件设施上加大投资力度，就竞争不过虹口等其他乡镇。所以，地震前的龙池，不少人投资了几十万，甚至有的投资了几百万！致使沿途的农家乐层出不穷，五彩缤纷。但地震来了，龙池人辛辛苦苦经营的农家乐，一眨眼，说垮就垮了，说没了就没了，而且是全垮了，全没了！那个痛苦啊！

胡涛说，当时老百姓都没信心了，说重建太难了，甚至有的说根本就不可能了！因为不少村民为了办农家乐，贷了很多款，经济压力非常大。我们党委每天在帐篷里开会，开了很多次会，每次都开到深更半夜，又冷又饿，却连吃的都没有，条件非常艰苦。当时我们认为，必须先恢复老百姓的信心。于是我们第一步，开展地质灾害评估，请成都的专家对龙池进行评估；第二步，把干部发动起来，到每家每户动员，鼓励老百姓建房；第三步，在重建资金方面，给老百姓一些优惠条件，帮他们树立起重建的信心。到 2008 年 8 月，龙池的重建工作就启动了。

经过一年多的努力，即 2010 年 6 月前，龙池沿途的农家乐就全部重建起来了，并开始投入经营。龙池地震后的农家乐与地震前的农家乐，不是一个概念。龙池的旅游资源非常丰富，旅游条件也非常好——那可真是山清水秀啊！而且在省内外已有一定名气。所以重新建房时，龙池人就考虑到了将来的发展，在房子的设计方案、外观以及各方面的设施配套上，都做了大量文章，与都江堰其他地方多有不同。龙池其主要特色是，把羌族文化和汉族文化融合在一起，并赋予了茶马古道文化的底蕴。于是社会媒体和旅游界人士对此评价较高，其旅游业在2010年上半年便已初见成效。

然而，可恶的泥石流，说来就来了！

毋庸置疑，如果不是突袭而来的泥石流，2010年龙池的旅游业肯定是火爆的一年！可惜，“8·13”和“8·19”连续两次泥石流，对龙池的打击远远超过了“5·12”汶川大地震！因为泥石流是由连续的强降雨引发的，而且两次降雨，都是两百多毫米，都破了历史纪录。走访中，连当地七八十岁的老大爷都对我说，天哪，我们从来没见过那么大的雨，那么大的水！

的确，从这次泥石流的规模总量上讲，龙池比舟曲的泥石流还严重，因为总量已达到八百万立方米，远远大于舟曲。而且全镇都受到了泥石流的偷袭，用地质专家的话来说，所有的村，逢沟必出泥石流，不管是叫得出名的还是叫不出名的，不管是地震前受到影响的还是没有受到影响的，全都有泥石流。洪水将山上的泥沙全部冲下来，山光溜溜的，全都成了裸体。而那些刚刚修建起来的乡村酒店，瞬间便被埋在了泥浆中，场面相当恐怖！那天正好又是周末，龙池来了很多游客，总共有一千多人！万幸的是，这一千多名游客，全部安全转移，没一个死亡！

为什么？感谢善良纯朴的龙池老百姓，正是他们，在泥石流突袭之际，没有考虑自己的安危，纵然自己倾家荡产，也要确保上千游客的生命！

胡涛说，“8·13”泥石流来临时，我在受灾最重的南岳村，这个村基本上都毁了。当时，雨下得很大，感觉要出问题，我们就及时下到村上。从下午2点到第二天上午8点，我们把两百多名游客转移到地势较高的罗家大院。那天的雨太大了，很多旅客，包括我，连内衣内裤都湿透了，个个成了落汤鸡。而且游客们非常害怕，都是惊恐万状！因为他们从来没有见过这么大的洪水这么大的泥石流，不，别说见过了，就连听都没听说过。我们把他们安抚好后，就赶快生火烤衣服，然后找来点米，再找来点青菜，就地架起一口铁锅，熬了一锅粥。对于那些老弱病残，我们找了一间房，房子里有床，有干的棉被，又找了一些奶粉，先给他们吃。由于每条沟都有泥石流，我们处于包围之中，走也不敢走，走也走不出去，何况还有那么多游客，我们必须保证他们安全转移。所以我们非常着急，主要担心晚上的雨会下得更大，因为我们背后有三条沟，还有河道，公路也被淹了三十多米，已经变成一条大河了。大量的泥石流冲下来，堵塞了河道，导致河床整体抬升，抬升之后就把公路淹了，好多房子看着看着就垮了。更糟糕的是，我的电话打不通，与外界联系不上。汶川大地震时我受了点伤，这次又受了点伤。吃过晚饭后，游客们的情绪稍微稳定了些，但有部分人还是很焦躁，尤其一些年轻人很冲动，说，我们冲出去吧，不能在这里等死！我立即表明我的身份，说我是镇上的干部，对这里的情况非常熟悉，如果雨小了水退了，一定把大家安全送出去！只要我还在，就一定保证大家的安全。到了晚上 10 点多，有一个游客不停地给家里打电话，不停地换地方打，终于打通了。不知道他的是啥子手机，竟然打通了！我就借他的手机，给我们的书记打了个电话。书记他们在刚刚成立起来的临时指挥部，成都市的领导也在，包括都江堰市的领导，还有警察、救援者和医疗人员，有一两千人，全部集中在一起。但他们进不了山，暴雨和洪水太大！当时市委领导还接过电话，跟我通话。我把山里的情况向他报告后，他说，你们一定要坚持，救援人员已经过来了，等时机一到，就向你们靠拢！我挂了电话后，向每个游客转达了市领导的关心和救援力量的情况。然后，在游客临时避难点的周围，安排了很多小伙子，随时观察水情和山洪情况。第二天一早，雨小了，我们立即派村上的小伙子出去探路。随后我们又组织当地老百姓，逢山开路，遇水搭桥，先开一条路出来，把树木用锯子锯断，捆在一起再放倒，这样就架起一座简易的桥。直到 10 点左右，我们才终于打通了通往新集镇的路，把游客全部安全转移了出去。

我问胡涛，这次泥石流冲毁了南岳村多少间房子？

胡涛说，一半以上的房子都被冲垮了、淹没了，这些房子全是汶川大地震之后新修的；而剩下的都是严重损毁，有的还被埋在了大山下面；至于道路，全被上面冲下来的石头掩埋了，现在的路比原来提高了二十多米。

我问，汶川大地震，龙池镇总共损失多少？

胡涛说，五个多亿！

我问，这次泥石流，你们又损失了多少？

胡涛说，六个多亿！

六个多亿，比汶川大地震多了整整一个亿！

即是说，一个小小的龙池镇，两次灾难，就被生吞活剥地吃掉了十一个多亿！

这可是龙池人辛辛苦苦、分分厘厘挣来的血汗钱啊！这对祖祖辈辈都过着贫穷日子的龙池人来说，意味着什么呢？

走访中我得知，这次泥石流对龙池的打击，绝不只是经济上的打击，更是对村民信心的打击，特别是乡村旅游产业，几乎是灭顶之灾！

比如，辛辛苦苦建起来的乡村酒店和农家乐，第一次被汶川大地震给摧毁了；地震过后，通过贷款和跟亲戚朋友借钱，好不容易第二次建起来的乡村酒店和农家乐（有的六七月份才开张，开张才一两个月），刚刚看到一点点曙光，尝到一点点甜头，还没见到什么效益，第二次又被泥石流给冲走了！难怪走访中不少老百姓都对我说，我们刚从废墟上爬出来，本想吃口饱饭，没想到泥石流又把碗给打烂了！

胡涛也对我说，当时我的第一个感觉是痛心！为啥子呢？两年多的灾后重建，我们付出了多少心血啊，刚刚安定下来，却毁于一旦。第二个感觉是困难。为啥子这样说呢？一是我们无地可建，二是无钱可建，三是一部分人无心想建。即使再重建，也是困难重重。

我问胡涛，具体都有哪些困难？

胡涛说，第一，选址非常难。因为龙池经过两次重大灾难，特别是泥石流袭击后，老百姓好多原来可以建房的用地，都给毁了，全镇可以建房的安全地带很少了，而且很多老地方一旦遇到大雨，还会山洪暴发。现在地球气候变化这么频繁，谁知道明年后年还会不会再遇到山洪暴发？

第二，建房资金难。

第三，龙池的整个原始资源破坏极大。以前山清水秀，现在遍体鳞伤；以前植被非常茂盛，见不到裸露的泥巴和山体，现在漫山遍野都是赤裸裸的，而且安全也受到影响。游客外出旅游，第一个讲究的就是安全，可龙池的旅游旺季就是夏季，而夏季就是雨季，雨季就意味着会发生泥石流，所以对我们的旅游打击非常之大！虽说你可以再建，可等你建好了，游客不来了。

第四，好多老百姓没有啥子信心了。不少人都说，房子肯定是再修不起了，我也懒得再修了！甚至还有人说，干脆，找个地方把我们移民，移出去算了！

毫无疑问，人的信心是最重要的。信心比黄金重要，比任何东西都重要。若是老百姓连信心都没有了，你再给他多大的支持，他也站不起来。

好在龙池的老百姓确实很坚强。走访中我了解到，尽管龙池的老百姓的家，几乎全都被折腾得一塌糊涂，可他们依然不屈不挠，不弃不离；尤其是其中一部分人，好像越震越勇、越挫越强。他们对我说，反正老子都是个穷光蛋，还怕什么！

但为了安全，政府还是要强行将他们安置在都江堰。他们却不愿走，特别是一些上了年纪的老人，死活也不走。这些老人说，都震成这个样子了，还走啥子嘛？反正都是一把老骨头了，要死，就死在这儿算球！最后，还是部队的战士硬给扛着走的。

其实，他们哪里是不愿走，而是不甘心哪！

我问胡涛，泥石流过后，受灾的老百姓现在是怎么安排的？

胡涛说，现在灾后重建政策还没有出台，老百姓临时过渡的方式有两种，一种是选择政府集中安置，这部分人很少，也就三十几户一百多人；另一种是投亲靠友，这部分较多，有七百多人。但这是临时的，就是说，在永久性的灾后重建完成之前，他们暂时离开，投亲靠友，或去外面打工，自己养活自己，等重建好了后再返回。因为老百姓还要吃饭，现在物价这么高，仅靠政府每人一天十块钱、一斤粮的救济是不够的，他们必须自己出去打工找钱，买吃买穿。所以投亲靠友的比例比较大，占百分之八十还要多。

得知临时安置受灾群众的房子离镇政府不远，我执意要去看看，目的是想了解一下龙池的受灾民众现在的真实情况和真实心理。

路上，胡涛指着身边的山体向我介绍说，据一些科学家讲，灾区的这些山体，要经过三到六年才会稳定下来；在这三到六年里，山洪、泥石流等次生灾害，很容易发生。但我们现在的想法是，虽然这些灾害确实很可怕，很恐怖，但我们尊重自然，可以打泥石流这张牌，比如搞点“泥石流遗址”什么的，也会给我们的旅游带来点商机。

行走在多灾多难的故乡的土地上，我的心里好像堵得慌，想说什么，又不知从何开口。

很快，我们来到位于龙溪河边的临时安置点。安置点本来住有一百多人，此刻却冷冷清清，不见一个人影。大概是听见了我们的脚步声，一位大爷和一位大姐从屋里走了出来。大爷热情但话少，大姐开朗话多，见了人话更多，一下就让我想起鲁迅笔下的祥林嫂。我一打听，大爷的一条腿瘫痪了，大姐的一只手骨折了，其他能动的人，全都外出打工了。

像祥林嫂的大姐姓杨，婆家姓刘，五十七岁。杨大姐家在汶川大地震前就搞农家乐，农家乐的名字叫“龙溪苑”。我问她是不是草字头那个“苑”，她说不晓得，她没文化，是请一个有文化的人取的名。

胡涛忙给我解释说，是草字头那个“苑”、巨龙的“龙”、小溪的“溪”。可惜，地震一来，杨大姐的龙溪苑被震垮了，里面的房子、桌子、电视、沙发全震坏了，女婿也死在了虹口，一下损失了好几十万元！但日子还得过，钱还得挣，杨大姐重建龙溪苑，又贷了几十万元的款，她把所有心血所有积蓄，全投进去了，就一个想法：翻身过点好日子。没想到，“狗日的泥石流”一来，又把龙溪苑给埋了，损失至少两百多万元，弄得倾家荡产！

杨大姐对我说，你不知道，泥石流来的时候，我们好惨哟！石头和洪水一起往下滚，往下涌；山才垮得凶哟，桥也全被打垮了，比地震还吓人！我看见一座山，从河的这边，一下就跑到了河的那边！我们连清水都喝不上一口，喝的全是泥巴水，望着天，只有两个眼珠在转。本来，地震后好不容易把路都修好了，啥都恢复了，我们家的龙溪苑也刚刚恢复，电通了、水通了，气也通了，啥子都弄好了，没想到“狗日的泥石流”一来，又被冲了，你说恼火不恼火嘛！那天我家的客人是重庆过来的，是一个七十人的旅游团，但一个都没死。当时我一看泥石流来了，包没拿钱没要，啥子都不顾，穿着拖鞋，带着他们就往山上跑。我的脚都挂得稀烂了，也不管，因为我必须把我的客人救出去！

我问杨大姐下一步有啥打算，杨大姐说，我现在还是想，等条件具备了，再回到原来的老地方去，重新搞农家乐，但现在不敢回去。我想，要是国家管我们，把河理了，沟理了，路弄了，我还是想回去，重新建一次。如果让我们现在搬出去，咋个生存嘛？没办法，只有慢慢来。当然了，如果国家不管了，那我们也就没法活了。

眼下，杨大姐最牵挂的是女儿。女婿在地震中遇难，女儿成了寡妇。女儿三十五岁了，一个人带着儿子，在都江堰打工，供儿子上学，自己租房住。杨大姐还惦记的，是她家的猪。她告诉我说，地震前，她自己养了九头猪，地震后还剩下三头，泥石流一来，三头猪全压在了下面。她把游客安全带出去后，就急急忙忙往回跑，想回去看看她的猪儿还在不在。跑回家一看，她的龙溪苑还能看到一点房子顶顶。她一着急，踩在一块石头上，摔了一跤，把手给摔骨折了。之前她就遇到过车祸，把脚给弄骨折了，泥石流一来，又把手给弄骨折了。现在她成了个残疾人，啥事都做不了。不过，杨大姐说，我几次大难不死，能活到今天，不容易，也算是一个勇敢的人了。杨大姐刚一说完，自己就哈哈大笑起来。

与杨大姐挥手道别时，她的脸上依然挂着笑。我也笑着对她说，杨大姐，我下次来，就到你的龙溪苑去住上几天。杨大姐很实在，忙摆了摆手，说不行不行，明年千万别来！我说为什么呀？杨大姐说，起码还要过两三年，我的龙溪苑才能重新修起来。我笑了，说，还要修呀，你难道就不怕泥石流再给冲跑了？杨大姐又是一阵爽快的笑，笑声很大，像龙溪河哗哗流淌的水。她说，哎呀，大地震都经过了，泥石流也见过了，几次大灾大难我都躲过了，现在还怕什么吗？什么都不怕了！

望着杨大姐，我很欣慰，忽然有了一种踏实感。从这位最底层的普普通通的村民身上，我看到了坚韧，看到了信心，也看到了希望。在接二连三的沉重的打击面前，灾区一个平凡的生命居然还能如此顽强，如此勇敢，如此开朗，如此乐观，了不起啊！

我相信，信心在，希望就在，明天就在。

第八章
百姓心中有杆秤

在灾区乡村走访中，我常常从一些老百姓的嘴里听到一句话："共产党好!"

灾区老百姓为什么说这句话？因为大地震后，灾区老百姓得到了不少照顾，享受到了很多好处；尤其是在遇难的危急关头，他们得到了解救，解救后又得到了很好的安置。

谁对我好，我就说谁好，这就是中国老百姓。

说实话，在我最初的走访中，每当听到这句话，我总觉着不习惯，甚至还有点别扭。为什么呢？实在久违啦！后来，听得多了，就渐渐习惯了，也开始理解了。

在崇州市三郎镇的走访中，这句话我就听得不少。

崇州的三郎镇是四川省最大的樱花种植基地，从 20 世纪 80 年代初开始陆续引进日本樱花种植，至今面积已逾五千亩。一家公司以三郎镇茶园村和凤鸣村现有丰富的樱花资源优势为基础，准备投入二亿五千万元人民币巨资，打造"中国·成都市·崇州樱花"品牌。该公司已成功培育了十万余株樱花种苗，修筑了约四公里长的水泥硬化道路，道路两旁种植了多个品种的樱花，并建造了可蓄优质山泉水一百六十吨的水池和风格高雅的休闲山庄。这些生态绿色循环产业，可以解决一千个左右的村民就业。因该区域属于"5·12"大地震重灾区，发展万亩樱花基地，既能阻止水土流失，又可提前防范和减少泥石流，从而起到美化环境、重塑灾后自然风貌的作用。

在三郎镇的三观村，我还看到了大片大片的绿油油的蔬菜。这大片大片的绿油油的蔬菜，同样是村里与公司合作的结果。把菜地承包给公司来做，既考虑了村民卖菜不便的实际困难，又就地解决了部分村民需要打工挣钱的问题。在菜地的旁边，我遇到一位正在锄草的村民，我问他现在日子怎么样？他脱口便道，好哟好哟，现在房子修好了，路也修好了，方便了，日子好过了，共产党好哟！他还告诉我说，他帮公司拔一天草，能挣六七十元呢！

在三郎镇的凤鸣村，我看到村民的屋前屋后，同样种了大片大片的绿油油的蔬菜。凤鸣村环境优雅，不光有漂亮的新房、宽敞的马路，还有现代化的办公场所和齐全的健身器材。

我在凤鸣村进行了走访。

我走访的第一个对象，是凤鸣村村支部书记王长忠。王长忠一见我，脸上就挂着笑。我说，你这个村不错嘛。王长忠说，主要是党的政策好呀；政策不好，政府不关心，我们咋个都搞不起来。我们村这些新修的房子，至少提前了二十年。提前了二十年，怎么讲？我问。

王长忠说，凤鸣村是2005年由两个村合并而成的，总共八百七十八户二千五百六十四人。村里有山有坝，山坝结合。我们这儿一个是统规统建，一个是统规自建。凤鸣村这个安置点是统规自建，安置了一百四十三户人家。还有一部分是统规统建。当时说统规统建是公司参与，政策性补助，户均两万元，人均八千元，还有政策性贷款六万元。但我们这里的老百姓太朴实了，担心把款贷了，以后还不起，所以都不敢贷款。但不贷款，又修不起房子，恼火得很哟！

原来，凤鸣村地震前是个贫困村。

凤鸣村之所以贫困，主要是这儿地理位置差，交通条件落后；加之村民文化水平低、缺乏技术，只能靠干力气活，挣点小钱糊口。由于村民的收入普遍很低，所以村里底子薄，穷得叮当响。

据说，有一次上面来了领导，到了一个村民家，村干部想找一条像样的板凳让领导坐一下，都没找着。当时，全村七百八十七户村民，只有极少部分村民修起了砖木、砖混结构的楼房，而多数村民家的房子，墙都是玉米秆做的，以致每年冬天，村干部总是提心吊胆，坐卧不安：村民烤火取暖时，万一失火，把房子烧了咋办？

所以，汶川大地震后，凤鸣村的灾民都不敢贷款了。

后来有领导来到村里，给村民们做工作，鼓励大家贷款，一定要把房子修起来！百分之九十五的老百姓这才把款贷了，修起了新房子。

但漂亮的房子修起来后，今后的日子怎么过？生产怎么办？还有，贷款怎么还？又成了村民们的一块心病。

后来村里就想法引进一家公司，把土地租出去，一亩地给八百斤大米。以当年大米的市场价计算，相当于一千二百块钱。如果是他们自己种的话，碰上好天，再加勤劳，一年至多能挣两千块钱。

土地租出后，凤鸣村的村民们就开始打工——五十至七十岁的剩余劳动力，都可以打工。打工包括在外面打工和在家里打工。年轻的出远门打工，当然也可以在家打工。年长的就在家门口打工，即给这家引进的公司打工，比如在地里扯点草什么的，女的一天可以挣四十元，男的一天可以挣五十元。

同时，村里还成立了一个劳务合作社。因为土地租给了公司，公司一天要近十个人干活，劳务合作社就是为公司搭建的一个平台，比如公司今天要多少人打工，明天要多少人出力，均由劳务合作社统一安排。

这样一来，仅 2009 年，凤鸣村人均收入就翻了一番多。光工资，就挣了这家公司三百多万元！

但刚开始的时候，村民们对公司很担心，不信任，不愿意把土地租出去；后来尝到了甜头，才觉得是个好事，反而跑去追着公司问，你们还要不要地呀？

王长忠告诉我说，凤鸣村的村民刚开始不仅对租用他们土地的公司不相信，对政府也不相信。地震后，凤鸣村房屋严重受损，大家光会诉苦，却束手无策。我对他们说，共产党会给你们修房子的！他们不相信，甚至连家门都不让我们进，怕我们拆他们的房子。更有意思的是，地震后不是一人一天发一斤救济粮吗，有些老百姓本来把救济粮领回去了，但很快又退回来了。

我问，为什么呢？

王长忠说，他们不愿意成为灾民，担心一旦成了灾民，就会失去房子。尽管他们的房子垮得一塌糊涂，已经成了危房。因为他们不相信共产党真的会给他们重建房子，所以就把救济粮退回来了。他们认为救济粮退回来了，他就不是灾民了，他不是灾民了，你就不能拆他的房子了，你不能拆他的房子了，他的房子就保住了。其实，这些人当时的想法很简单，灾区垮了那么多房子，共产党怎么可能都修得起呀，做梦也不可能。所以他们宁肯不吃救济粮，不当灾民，也要保住自己的破房子。但救济粮好领，退回来就麻烦了，因为这些救济粮退到我们村里，我们必须一两不少地退回给民政局。按当时的政策规定，只有三个月的救济粮，第一个月没领的，第二个月就视为自动放弃。一旦退回民政局，到时没粮吃了，你再找我要，我到哪儿给你领去？但他们坚持要退，也不听你解释，跑到村上，把粮放到那儿，一拍屁股，转身就走了。我们村当时至少有二十户退了。后来搞灾后重建了，村里所有该重建的，都全部重建。房子建好后，有的村民一看，共产党还真给建新房了，又跑来找我们要粮食，说，既然你们把我们当灾民，给我们建了房子，那当初发给我们的粮食就该还给我们。我说，那些粮食是你们自己要退的，我们已经退回去了，现在你让我到哪儿给你要去？村民说，不管，粮食不退给我们，肯定就是你们自己吃了。你说这事冤枉不冤枉呀？

我问，你们村的情况现在怎样？

王长忠说，我们村现在全是小洋楼，一家一家的，十余项功能配套，都是老百姓共享，可以说是发生了翻天覆地的变化！好多老百姓都没想到，地震后政府的政策还真有这么好！地震前，我们村人均收入二千三百多元，实际上要是把种庄稼的成本也算在里面，纯收入可能就是个负数了；2009 年人均收入六千多元，2010 年则突破七千元，最多的村民就不好说了，当老板的上千万元的都有。许多人以前不敢贷款，怕贷了款没法还，现在想贷都贷不了了。已经贷了款的，两年后就开始还了，现在全村还款率已经达到百分之四十。过去村里人能骑个自行车就不错了，现在买小汽车的很多，越来越多，今年春节还要添好几辆。我们这儿的房子修的时候花了三万元，现在人家给几十万都不卖。为什么？这儿地震后变好了，房子修得很宽敞，成都旅游的人来了，就租给他们住。我们村还成立了旅游协会，把老百姓多余的房间利用起来，统一标价，统一出租，增加村民收入。

走访王长忠书记时，正好村民的集体土地使用证和房产证都在村部。我说很想看看，王长忠就把证书从铁皮柜里拿出来，一本本递到我的手上。

在新兴镇阳平村的寿阳泉安置点，我看到的却不是小洋楼，而是一座座木质结构的小平房。

小平房里有茶楼，有酒店，还有潺潺流淌的小溪，几个妇女正在小溪边洗衣刷碗——真是名副其实的小桥流水人家！

我和几位妇女聊天，她们告诉我说，地震的时候，我们这儿的房子全垮了，一片废墟！现在好了，有污水处理，还有天然气，条件好了，方便多了，可以好好搞农业了。

离开几位洗衣刷碗的妇女，我来到一座漂亮的四合院跟前。四合院的牌楼上画有一幅画《鹤香庭院》，门上还有一副醒目的对联：“政策开放改革好，国家繁荣又富强。”

我走进四合院，只见院内四周的墙壁上，挂满了金灿灿的玉米棒子，弥漫着浓郁的丰收喜庆的气氛。大院的主人姓刘，六十多岁，两句话一出口，我便知他是一个热情、健谈而又激情澎湃的人。

刘大爷带着我从屋外转到屋内，从屋前转到屋后，边走边聊。

刘大爷指着一栋正在修建的楼房对我说，这是我家正在自建的乡村酒店。

我一看，说好漂亮的房子啊！

刘大爷说，这都是中央的政策好啊！我们这些农村人，祖祖辈辈都是勤劳致富。现在国家多灾多难，雪灾、地震，又是泥石流，我们要理解。我这个乡村酒店向国家贷了点款，我的两个儿子和儿媳在外打工挣钱，我跟娃娃们协商好了，他们在外面再辛苦两年，等把贷款还完了，就回来一起开酒店。哦，对了，去年有个中央政治局常委还来过我家呢！

刘大爷还告诉我说，这次地震，要是没有政府各级领导的关心，我们家垮了的房子，哪儿修得起来哟！你想想看，人家又没有住我们的房子，凭啥子帮我们把房子建得这么好嘛！这次政府为老百姓考虑得这么周到，不容易啊！要不为什么地震后大家都竖大拇指，说共产党好！

在新兴镇走访期间，我还听说清江村有一个村民，在自家新房的墙上用小石子嵌了一句话："共产党对老百姓好！"

这个村民叫熊泽全，五十六岁，全家五口人，是清江村地道的农民。地震前，熊泽全靠打零工过日子，省吃俭用，好不容易建起了九间房子。但汶川大地震一来，将他家的九间房子全部夷为平地！面对残破不堪的家，熊泽全如坠深渊。庆幸的是，他的妻子、儿子和有孕在身的儿媳全都安然无恙。

度过一年的帐篷日子后，熊泽全一家住进了非常漂亮的新房，这对曾一度绝望的他来说，简直像是做梦一样——不，他连做梦都没想到过会这样。于是这个只上过小学、大字不识一箩筐的朴实农民，用了一个最朴实也最笨拙的办法，在自家新房的墙上用小石子嵌了那么一句话，来表达自己感恩的心情。

熊泽全之所以怀有如此感恩之心，与他二十六年前的一次患病经历有关。二十六年前的一天，熊泽全突然胃部大出血，非常厉害，村里的人都以为他没命了，一位老军医却尽心竭力，妙手回春，把他的命从阎王爷手中夺了回来。病好后，熊泽全大彻大悟，发誓一定要做一个懂得感恩的人。所以当他搬进新居后，逢人便说，地震后要是没有政府的好政策，就没有我们今天的新家，这份大恩大德，我们永远不能忘！于是便有了他家墙上用小石子嵌下的那句话：“共产党对老百姓好！”

其实，熊泽全说的“好”，具体指的就是，他一家五口，通过城乡建设用地增减挂钩项目，领到了十万元的补贴，再加上灾后农房重建补贴一万六千元，用宅基地产权证在农村信用社抵押贷款四万元，一共就是十五万六千元。熊泽全用这笔钱不仅修了新房，还做了装修，自然是喜在心头。

由此看来，灾后重建，特别是农村的住房重建，到底是坏是好，既不是哪级政府说了算，也不是哪个领导说了算，只有老百姓自己说了才算。

而作为执政党，要想赢得老百姓的口碑，听到老百姓的好话，其实并不复杂，也没有那么艰难，只要真心地为老百姓着想，真心地为老百姓服务，老百姓就会摸着他们的良心，说出最公正的话来。

因为，中国的老百姓不是傻瓜，他们的心里，其实都有一杆秤，一杆度量是好是坏的秤！

这杆秤从古至今，不偏不倚，一视同仁。

第九章
残疾孩子

汶川大地震，给四川灾区造成的致命摧毁，不仅是生命毁灭、人员伤亡、房屋倒塌，而且还有教育、文化、交通、卫生、产业等各行各业。

但创伤最重的，还不是财物与房屋、物资与肉体，而是人的精神与心灵。因此，精神抚慰、心理危机干预，是地震后医疗救援工作一个很重要的内容。

我在走访中得知，早在 2008 年 5 月 18 日，卫生部心理危机干预医疗队就迅速成立，成立后的第二天，便赶赴四川灾区展开工作；而在 5 月 22 日上午，由四川大学华西医院心理卫生中心副主任、儿童精神卫生专家黄颐副教授带领的一支由八名精神科硕士组成的心理危机干预医疗队，也及时赶赴成都市温江区农业科技职业学院，对从都江堰转移到该院的四千名高三学生和十余名老师展开心理危机干预工作。

心理危机干预工作的目的，就是抚平震后受灾民众的心理创伤，使其开始新的正常生活。

大地震发生后，由于这些学生离开父母，跟着老师到了另一个新的环境，缺乏归属感和安全感；再加上他们本身心理上的恐慌，于是心理上的阴影便导致他们无法集中精力学习。而和学生们一起从灾区转移出来的老师们，其精神上的压力比学生还大。为什么？因为地震发生后，这些老师们自己的角色发生了突然变化。这个变化就是，他们不仅是老师，还是父亲、母亲。除了要负责学生的生命安全、文化学习，还要管理学生的一日三餐、衣食住行。更何况，不少老师自己的孩子还在灾区。他们带领的全是高三冲刺班的学生，参加高考的重任就在他们的肩上。而老师们自己从灾区一路逃来，早已身心交瘁，精疲力竭。因此在这种情况下，心理专家们对学生和老师及时进行心理危机干预，就非常重要，也很有必要。

与此同时，都江堰市也成立了“都江堰市心理危机干预工作领导小组”和“地震灾后心理卫生工作重建工作组”。该工作组以市精神卫生中心的技术优势为依托，整合市级医疗卫生机构、乡镇公立卫生院、村卫生站的公共卫生资源，建立了三十八个心理咨询室、二百三十三个心理服务点、十个心理救援站，初步形成了市、乡（镇）、村（社区）三级心理卫生服务管理网络。并组织了二百二十六人次的专兼职人员的心理康复基本技能培训，而后积极开展心理卫生康复工作。其内容主要包括：疏导群众情绪，抚慰受伤心灵，帮助社会关系重建，针对心灵创伤和情绪不稳的居民，开展个案辅导；在安置点开展以“让陌生的人熟悉起来”为主题的社会关系重建活动，融洽居民关系；重建社会组织，积极发动群众成立各种文艺团体和群众组织，引导群众参与社区管理，逐步恢复稳定的生活状态；主动上门探访，关注遇难者家属、单亲家庭、孤残人士等特殊群体，帮助解决实际困难；等等。

而在这些人群中，最让我惦念和牵挂的，是地震中那些受到伤害的孩子。

2010 年 11 月 26 日下午，我来到都江堰幸福镇友爱学校。

友爱学校是一所拥有八十多年教学历史的老牌学校，它的前身为都江堰市太平街小学。友爱学校是目前全国唯一一所设施无障碍、残健融合、全纳式九年义务教育学校，由中国残疾人福利基金会直接关心，上海爱心企业、上海市总工会等社会各界出资赞助，上海市人民政府援建。

学校占地八十一点五亩，建筑面积二万零九百九十四点七五平方米，学生公寓可容五百余人。其建筑风格，既具川西民居的特色，又兼顾残疾孩子的特点。学校的主体楼高两层，连廊相接四通八达，并设有专用残疾人通道以及十二部合理分布于全校的电梯。这些通道和电梯，可保证残疾孩子安全、顺利到达学校的任何一个地方。

友爱学校的校长叫周丽，她戴着眼镜，看上去年轻、清纯，只是身体显得有些瘦弱。在校长办公室里，周丽第一个接受了我的走访。

走访中我了解到，友爱学校现有教职员工一百零五人，教学班三十二个，学生一千六百余人，其中来自四川地震灾区的残疾学生一百一十七个。这一百一十七个孩子主要是肢体残疾，由于他们的家离学校较远，所以吃住都在学校。

由于刚从地震灾区走出来，这些孩子来到学校后，和学校很陌生，学校和他们也很陌生。他们当中，有的断了胳膊，有的缺了手臂，有的失去一条腿，有的甚至高位截瘫，失去了双腿！这些孩子由于身体残疾，有很深的心理阴影。所以他们的精神，他们的心理，他们的学习，包括他们的家庭，都给学校的教学和管理带来一个新的课题，也是一个新的难题。

比如，这些残疾孩子以前的生活都很正常、很优越，在家很受父母溺爱，想吃什么就吃什么，想穿什么就穿什么，想干什么就干什么，一句话，想怎么着就怎么着。可地震后，胳膊没了，手没了，腿没了，甚至腰也没了，一切今非昔比，所有全被改变。因此，他们刚到学校时，既不愿意和同学说话，也不肯和老师交流，整天就一个人待在宿舍里发呆、发愣。有些孩子的脾气还很暴躁，特别喜欢打人，甚至居然晚上从寝室跑到学校外面。老师知道后，只有出去到处找。有一个小学四年级的孩子，因为是第一次离开家，刚到学校时，非常害怕，非常恐惧，一到晚上，她就趴在自己的床铺上哭。没办法，班主任或者生活老师就只有抱着她睡，直到她睡着了才离开。

而到了冬天，好多孩子没有冬衣，老师们就想法凑钱给孩子们买。因为好多家长把孩子送到学校后，什么都不管了——事实上也管不了，因为没有钱。所以，学校的老师既要当老师，又要当妈妈，还要当保姆。

为了全面照顾、管理好残疾孩子，友爱学校还专门成立了残疾办公室。学校要求每个老师对每个残疾孩子的档案，都要了如指掌。比如这个残疾孩子残疾到什么程度，家庭是什么情况，父母是干什么的，他的学习情况、心理情况以及生活情况怎样，都要一清二楚，一旦发现什么问题，就要及时解决。在这个过程中，学校老师们的工作量非常大，还必须耐心细致。

尤其麻烦的是周末，别的学校住读的学生都走了，回家了，老师也都放假休息了。但友爱学校不能放假，老师也走不了，因为学校有七八十个残疾孩子都不回家。于是有关的辅导老师、生活老师、行政人员以及食堂管理人员，都得留下来值班，照顾这些孩子。为防止孩子生病发烧，学校一共两个校医，其中一个校医，晚上还必须住在学校。

当然，社会各界对残疾孩子们的成长，也很关心。

周丽告诉我说，省残联、市残联知道友爱学校来了这样一拨孩子后，一有什么活动，只要这些孩子愿意，都让他们参加，像省残疾人运动会、市残疾人运动会以及游泳比赛等。有了这些大量的社会活动，一年下来，孩子们的变化非常大，家长和孩子都很感谢学校。一些援建单位和一些政府机关单位、企事业单位得知情况后，也主动给孩子们大量的帮助和关怀。比如上海举办世博会，友爱学校到处筹钱，得到了很多单位的资助，我们的一百多个残疾孩子全都到世博会去了一趟，孩子们来回都是坐飞机，花了八十多万元呢！特别是 2010 年 5 月 11 日，即汶川大地震两周年前夕，生命馆开幕，友爱学校的孩子就去了五十多个，上海那边是按国宾的规格接待的。后来我们学校领导从整体上考虑，又选了二十多个正常孩子和二十多个残疾孩子，一起去上海看世博会。这些大量的社会活动既开阔了学生的视野，提高了学校的知名度，也让家长和学生在这个过程中获得一种心理上的释放，从而增进了相互间的理解。

学校和社会如此宠爱孩子，我不免有些担心。于是我问周丽，如果这样下去，久而久之，这些孩子会不会滋生一种饭来张口、衣来伸手的不健康心理和不良习惯？

周丽说，作为教育工作者，这个问题我们也在认真思考。为了抚平孩子们心灵的创伤，让孩子们健康成长，我们在这方面也有意识地加强了教育，主要分了三个阶段。

我问，哪三个阶段？

周丽说，第一个阶段，是让孩子们淡忘伤害。就是有意识地通过对孩子们大量的培训，让他们参与大量的社会活动，让孩子忘记过去，忘记地震留下的伤痕。这是学校第一年的主要工作。

第二个阶段，让孩子们回归常态。就是说，我们要让残疾孩子享有应该有的求学机会，享有同等的权利、同等的自由、同等的被尊重。我们要让孩子明白，一定要尽自己的力量去认真地学、认真地做，做自己力所能及的事儿。比如，如果老师安排你去扫地，你没腿，但你有手，可以去擦桌子；但不能因为你没有腿，就可以游手好闲，什么都不干。我们这样做的目的，就是要告诉孩子，你要像一个正常人一样面对生活，而不能把别人对你的帮助，看成是一件理所当然的事情。同时，我们还要做家长的工作。因为我们发现有些家长有一种不好的思想：我们是灾民，我们的孩子是不幸的，所以你们给我们所做的一切，都是应该的。比如给孩子买保险，就几十块钱的事，家长也觉得应该别人掏钱。所以后来我们专门召开了一个家长会，这个会的主题就是："家长是孩子自强的第一个榜样！"我在会上就给家长们讲，大地震以后，你们的孩子现在能享受这样的待遇，真的是国力强盛了。作为家长，你们要好好想想，即使没有别人帮助，你们对孩子也是有教育的责任的。我们的帮助，只是帮助你们度过最困难的时期，让你们尽快走出困难的阶段，只能救急一时，不能救济一世。孩子们将来的生活，还是要让孩子们自己去面对。同时，我们也要求孩子回到家里后，要做力所能及的家务，比如自己的衣服，要学会自己洗；在学校，打扫寝室之类的劳动，也必须自己先做，然后再由生活老师彻底打扫。将来最低的目标，必须和常人一样，自己独立生活，自己养活自己，而不能永远靠别人。而且，还培养他们做人应该具备的东西，告诉他们现在你得到了这么多爱，就要懂得知恩图报，懂得尊重和关心他人，力所能及地去帮助家人和邻居。

第三个阶段，是让孩子们学到一些技能。这个问题我们有一些设想，打算通过几年的培训教育，去除孩子们等、拿、靠、要的思想，加强孩子的自我管理能力和生存能力，尽可能让孩子们多掌握一些基本的生活技能。比如，有些孩子初中毕业后，不一定再上学了，可以到省里的艺术团去，可以到适合他们就业的单位去上班。这样一来，他们可能就比其他残疾孩子多了一些生存的机会，多了几个生存的平台。

我问，现在孩子们心理恢复得怎么样，是个什么样的精神状态？

周丽说，其实，孩子比我们大人想象的要坚强。现在他们的状态比刚来时好多了，我觉得大部分孩子都没什么问题了。但有的孩子依然还存在一些问题，比如，有的孩子晚上还会做噩梦，原因是这些孩子当时在废墟下压得太久了；有的孩子听见搅拌机发出的响声，就会感到害怕，非常害怕，因为我们学校附近有个工地正在施工；还有的孩子，看见前面同学的桌子在晃动，也会有一种本能的害怕的反应，而且比其他孩子更强烈，等等。这些，都是灾难留下的阴影。但这些孩子的心理阴影正逐步消失，渐渐变得正常，并开始融入他人的生活，而不像以前那样，总是一个人玩。

最后，周丽还对我说，对这些孩子我们不能用悲怜的眼光去看，关键是要给他们传递一种进取的力量，一种生活的信念，这是他们将来做人的一些基本的东西，同时要多鼓励他们，让他们自己真正感到，我可以做许多事情，我也能够做好许多事情！我希望这些孩子从这儿出去后，将来不管是生活在社会底层，还是跻身于社会上流，或者是在某些方面做出了很大的成就，我最大的愿望就是，当他们回忆起在友爱学校上学的时候，能想起友爱学校曾经给过他们生活的力量和希望的梦想。

离开周丽的办公室，我徘徊于几个教室的四周，独自观察着。

此时，有的班级正在上课，有的班级正在做室外活动。我从孩子们琅琅的读书声中，从孩子们游戏的欢笑声中，真切地感到多数孩子正在摆脱地震带给他们的阴影，正在回到正常的学习和生活状态，并开始寻找和享受童年的快乐。

望着眼前这些孩子，我忽然想起都江堰新建小学三年级的一个小女生。小女生叫王佳淇。2009 年 5 月 3 日，在新建小学的板房学校里，九岁的王佳淇收到了一封寄自北京的信。当她展开信笺时，看到的是一行行工工整整的毛笔字，落款竟是国务院总理“温爷爷”！

孩子们：你们好！

你们签名赠给我的画集《美丽的花朵》收到了，非常感谢。当我看到你们精心创作的作品时，我的心被深深地震撼了。这不是一般的画作，是你们在那场悲壮的抗震救灾中亲身经历的真实写照。你们敢于面对灾难，充满战胜困难的信心和勇气；你们在废墟中站立起来，挺起不屈的脊梁；你们把痛苦和大爱深深埋在心里，化作前进的力量……你们幼小的心灵经过磨难，变得更纯洁、更庄严、更坚强、更美好。你们已经懂得要以坚忍不拔的意志努力做一个有用的人，去帮助人们过上更好的生活。你们就是在这片灾难的土地上绽放出的最美丽的花朵，就是国家和民族的未来和希望！

捧着“温爷爷”的亲笔信，王佳淇感动得哭了。

汶川大地震发生后，王佳淇被埋在废墟中长达二十多个小时。就在她快要绝望的时候，突然听见废墟上传来一个声音：“我是温家宝爷爷，孩子们一定要挺住，你们一定会得救的！”正是温家宝总理的话语，给了王佳淇活着的希望，让她咬紧牙关，不停地给自己打气，直到最后被成功救出。

2008 年 5 月 24 日，在四川省人民医院急救中心，温家宝还看望了王佳淇。温家宝俯下身子，拉起王佳淇的小手说，来，摸摸爷爷的脸。王佳淇当时就在画板上写了一句话：温爷爷，谢谢您来看我，等我好了，一定会写信和寄照片给您！

9 月 2 日，新建小学开学第二天，温家宝再次来到王佳淇所在的板房教室里，勉励孩子们好好学习，努力做一个有用的人，并在黑板上写下五个大字："美丽的花朵"。

此后，伤病未愈的王佳淇用一个星期时间画了一幅画，题为《美丽的花朵》。画面上，是一间明亮的教室，同学们正在教室里认真读书；而教室窗外，则开满了一朵朵美丽的花朵。

后来，王佳淇的画和其他同学的画作，被收入画集《美丽的花朵》，连同她写给温爷爷的信，一起寄到了北京。王佳淇做梦也没想到，日理万机的温爷爷，居然给她写来了这封亲笔信！

据说，经历了地震后的王佳淇好像突然长大了，有时上课不小心走了神，没听懂老师讲的课，或者某一道题做错了，没有得到满分，她的心里就会很难受，感觉自己像是亏欠了什么。我还听说，王佳淇的梦想，就是长大后当一名科学家，专门探究地震，以便让未来的人们遭遇地震时，可以从容应对，不再惊慌失措，惨遭蹂躏。

离开友爱学校时，已近傍晚时分，我的耳旁似乎依然还萦绕着孩子们琅琅的读书声。望着学校门前高高飘扬的五星红旗，我忽然想到一个问题：惨绝人寰的"5·12"汶川大地震对于灾区的孩子，尤其是对于这些有幸活下来的残疾孩子，究竟意味着什么？是噩梦，还是地狱？是惊吓，还是警醒？

我想，不管是什么，也许正因为有了这场从未有过的噩梦和地狱般的磨难，孩子们的心灵才会变得愈加成熟，愈加坚韧。而此时此刻，我唯一能做的，就是衷心祝福灾区的孩子们一生平安，快乐幸福！

第十章
废墟上的新生命

在灾区的走访中，最令我深感痛心的，除了失去胳膊大腿的残疾孩子，还有那些失去孩子的残缺家庭，失去骨肉的伤心父母。

这就不得不谈到一个十分敏感而又非常重要的问题——再生育问题。

所谓再生育，就是在地震中不幸失去孩子的遇难家庭，要再生一个孩子。这对于遇难学生的家长来说，是一次非常艰难而痛苦的选择，但又是不得不做出的选择。

走访中我了解到，仅都江堰市符合灾后再生育条件的家庭，就多达八百四十三户！这八百四十三户主要集中在新建、聚源、向峨三所学校，因为这三所学校共有近九百个学生遇难，占成都市遇难学生总数的百分之九十二、四川省的七分之一。其数量不可谓不大。而且，这些失去孩子的父母，年龄普遍偏大：三十五岁以上的，就占了百分之八十二以上。很显然，年龄偏大，生育功能必然衰退，再孕难度必然加大。

是的，没有了孩子，就没有了希望，天下父母，谁不希望自己有个相依为命的孩子？谁不渴望自己有一个完整幸福的家庭？因此，地震过后，这些失去孩子的家庭开始以各种理由上访、闹访，引起社会种种反响。这就给成都市灾区的计划生育工作带来了前所未有的困难，同时也带来巨大的挑战。因此，再生育问题，成了迫在眉睫、亟待解决的重要难题！

面对灾区这一难题，人口计生部门以最快的速度，从2008年5月15日起迅速组织人员，深入子女遇难的计划生育家庭慰问，积极开展心理疏导、救灾物资和生活用品发放、遇难情况和再生育意愿摸底调查等工作，同时提出对再生育家庭给予特别关爱和生育的照顾措施。5月底，市人口和计划生育局（简称“人口计生局”）在经过认真分析调研的基础上，向市委、市政府提出实施“子女遇难计划生育家庭生育关怀行动”的建议。在财政极其困难的情况下，不等不靠，积极想办法、争取上级部门的支持。租用车辆，并用警车开道，分期、分批组织再生育夫妇到都江堰、成都市的医疗机构集中进行生殖生育健康检查，前后历时一个多月。协调省、成都市医疗机构和资深专家，积极开展“一对一”遗传优生咨询、疾病诊治等工作；与此同时，迅速成立了市再生育工作领导小组、市人口计生局再生育服务科、再生育专家组。总之，以强化基础服务、转诊治疗、流产医学干预、生育力评估、辅助生育技术五大技术措施入手，针对不同的家庭情况，提供不同的个性化服务，抢抓再生育对象的怀孕机会，尽心竭力帮助有再生育愿望的父母实现再生育的愿望。

2008年7月25日，四川省人大常委会审议通过了《汶川特大地震中有成员伤亡家庭再生育的决定》；7月30日，国家人口和计划生育委员会在成都也启动了“再生育全程服务行动项目”，并组织专家和四川省计划生育技术服务人员，对有再生育意愿的夫妇，全面开展再生育相关技术服务。

然而，再生育问题毕竟复杂、微妙，要真正具体做好这一工作，非常不易。

都江堰市人口计生局局长杨涛，对此感触最深。

杨涛是位女局长，她姐姐在地震中不幸遇难，给她心理造成很大的伤害。可她一边带着姐姐留下的女儿，一边坚持拼命工作。拼命工作，成了排解她心中忧愁唯一的方式。本来，地震前她的身体很好，可两年多折腾下来，身心交瘁，今非昔比。就在接受我走访时，她因工作劳累过度，正处病痛之中，几乎连说话的力气都没有了。可带病上班的她，还是坚持接受了我的走访。

杨涛说，计划生育工作本来就很难，地震后，我们灾区的计划生育工作就更是难上加难了。首先就难在，是适用地震后的政策，还是地震之前的政策。四川省人大专门进行了调研，把我们的意见也反映过，但最后上面还是决定，灾区的计划生育政策暂不作调整。但都江堰死了一千多个娃娃，符合再生育政策的家庭就有八百四十三个。我举个例子，向峨乡的村民，有好多都是两个孩子。这有两种情况，第一种情况是，如果他的家在平原，按政策规定，不管是儿是女，只能生一个。要是他家有两个孩子，在地震中失去了一个，不管失去的是男孩还是女孩，都不能再生了，再生就违背政策。第二种情况是，如果他的家在山区，第一个生的是女儿，就还可以再生一个；如果第一个生的是儿子，就不能生了。因此，如果地震前家里是两个孩子的，地震中失去的是儿子，就可以再生一个，要是地震中失去的是女儿，就不能生了。都江堰失去娃娃的家庭中，有两百多个家庭都与政策不相符。但有的原来就违反政策，多生了孩子，现在还想再生一个。有的地震中失去的是女儿，还有一个儿子，也想再生一个。这样一来，矛盾就复杂了，当我们把政策一说明，遇难学生的父母根本不接受。

杨涛还告诉我说，在这个特殊的时期里，为了稳定遇难学生家长的情绪，有利于灾后的重建工作，人口计生局的同志们在工作中非常人性化，他们对遇难学生的家长，既很贴心又很关心，同时也跟着一起伤心。2008 年 5 月底，我们带着慰问礼包，去遇难学生家里慰问，同时把一本《人与自然》的书放在礼包里边，什么也不说，让家长们自己看。接着，我们开始调查摸底。为了能够全面、准确地掌握再生育家庭的情况，我们取消了双休日，忘记了节假日，加班加点，克服困难，不管山有多高，路有多远，雨有多大，都坚持到再生育家庭中随访，同时还坚持电话随访、组织检查等基础性服务工作，对每一户遇难学生家庭的基本情况、生育史、患病史等基础信息，都一一建了档案，从而对全市再生育家庭实现了“一家一档”的信息化管理。最后，再对符合再生育的家庭进行公示。到了 6 月初，我们还给有再生育愿望的家庭发了《孕妇指南》，而后再慢慢做他们的心理疏导工作。在心理疏导过程中，遇难学生的家长只要一见到我们，就要说遇难娃娃的事，一说起遇难娃娃的事就哭，哭得很伤心，我们也陪着家长们哭，没完没了地哭，有时一哭就是一两个小时。特别是有的母亲年龄大了，不容易怀孕，必须要全面体检。于是我们就分好几个批次，组织她们到成都去体检。每次去的时候，为保证出行安全，都是统一组织车辆，而且警车开道，后勤保障到位。到了医院后，怕分散后难以统一，又与医院协商，让她们全部享受绿色通道，甚至吃饭也请宾馆里的人送到房间，总之每个环节都做得很细。这项工作先后做了一个多月，最后形成了评估报告。目的就是要让每一个失去孩子且符合条件的母亲尽快怀上孩子，让每一个失去孩子的家庭重新获得幸福。

都江堰市人口计生局副局长张之喜，在灾后再生育工作中，同样是个工作狂。地震时，他爱人的弟弟和弟媳妇双双不幸遇难，留下一对双胞胎，加上他自己的一个孩子，他一下就变成了三个孩子的父亲。但为了做好遇难学生家庭的再生育工作，他全身心投入，从早到晚，连喝水抽烟都顾不上。

张之喜说，大地震后，我们神都还没回过来，就带上大礼包，亲自上门，向遇难学生的家长们表示慰问，进行沟通。学生家长哭诉时，擦眼泪的纸巾我们都要递到他们手上。其中的酸甜苦辣，一言难尽。特别是刚开始，由于新的政策还没出台，我们做遇难学生家长的工作非常难，受窝囊气不说，甚至有时还要挨骂。2008 年 7 月初，国家人口和计划生育委员会出台了一个新规定：灾后再生育家庭可以全程免费。于是我们都江堰市在地震灾区率先启动了子女遇难计划生育家庭再生育全程免费服务工作。就是说，凡是符合灾后再生育政策的家庭，就可获得一张卡，有了这张卡，身体检查、孕期保健、婴儿分娩等所有费用全免，个人只需签个字，不花一分钱。这个政策对稳定再生育家庭的情绪起到了很大的作用。但问题是，不少再生育家庭因受地震打击太重，加上年纪偏大，好不容易怀孕后，很容易又流产了。我们当时统计了一下，都江堰再生育家庭的流产率达到了百分之二十三。于是我们立即组织专家进行会诊，同时加强心理疏导、保胎护理等工作。花费了三个月的时间，我们终于把流产率降低到了百分之八。对于那些二次怀孕的母亲，我们还定期组织检查，并负责送药上门，甚至有的还安排住在医院里，专门保胎。有的母亲生了孩子后，身体不好，我们立即派车送到成都，住院护理、保健。由于我们的真诚和努力，终于感动了不少再生育家庭成员。

都江堰市人口计生局再生育科科长李秀丽，也是一位非常能干、非常善良的女性。她在灾后再生育工作中的最大特点，就是用自己的心去关爱他人的心，用自己的善良去包容孩子遇难的家庭。李秀丽2004年前，曾经在第二人民医院做过十五年的妇科医生，自己本身又是学心理学的。在做再生育家庭心理抚慰工作中，她一方面运用自己的专业知识，接受大量有关再生育问题的咨询，细心地给再生育家庭讲解各种再生育常识，耐心地辅导再生育家庭母亲如何怀孕、如何保胎、如何分娩，并陪伴她们去成都的医院做各种各样的检查。另一方面，为了让遇难家庭尽快走出心理的阴影，顺利怀孕，不致流产，她还不辞辛苦，走乡串户，反反复复地给再生育的母亲做心理疏导工作。比如让有的母亲去跳舞放松心情，或者去旅游散散心。有时遇到情绪失控、言行过激甚至张口辱骂的家长，她也不生气，依然耐心加以解释。她告诉我说，我自己也是一个母亲，非常理解一个母亲失去儿女的心情。如果是我碰到这种情况，我也会情绪失控的，甚至说不定比她们的言行还要极端。更何况，我们都共同经历了那场大灾难，都是灾难中生死相顾的兄弟姐妹，还有什么不可以理解、包容、原谅的呢？

是的，“5·12”地震以后，在成都市各级党委、政府的坚强领导下，全体再生育工作者苦干实干，加班超负荷干，用自己的亲情、真情和真心，全力帮助再生育家庭重圆生育之梦。无论是孕前、孕期，还是产中、产后，都充分体现了他们的贴心、细心和耐心。不管是工作中的哪一个细枝末节，都渗透了他们真诚的关爱之情。虽然这个过程充满了心酸，充满了艰辛，甚至充满了痛苦，最终却迎来了几百个新生命的诞生，换来了几百个遇难家庭重新发出的笑声——

都江堰向峨乡的贾学芬，地震时痛失一儿一女，沉重的打击几乎让她精神崩溃！最初，她经常到乡政府哭闹，成了当地有名的上访户。后来在再生育工作者们全程服务的抚慰、帮助和精心呵护下，她终于又有了自己的孩子。她说要特别感谢的人，是乡党委书记付岷涛。付岷涛作为他们夫妇的联系帮户人，多次上门看望他们，并和他们反复交流谈心，使他们夫妇的心情渐渐平静下来。而最令她终生都难忘的是，在她分娩的前夕，都江堰市人口计生局再生育服务人员叫上救护车和医务人员，不顾路途遥远和山路崎岖，从都江堰辗转来到海拔一千七百多米的高山上——她的家中，并及时将她送到都江堰市妇幼保健院，直至她顺利生产。因此，喜得千金后的贾学芬，又看到了生活希望，整天高兴得不得了，像完全变了一个人。

幸福镇的易安如，在连续经历两次流产后，几乎完全丧失了再生育的信心。就在她身心极度脆弱、准备放弃的时候，再生育服务人员走进她家，耐心劝导、鼓励她，帮她重树信心，还专门请来专家为她会诊，查找流产原因，然后帮她制定了个性化方案。后来在多方共同努力下，她终于成功怀孕，并于2010年6月24日顺利生下一个重约5斤2两的女婴。

虹口乡的董燕琼，十岁的女儿在地震中遇难。地震后，在市人口计生局组织的生殖健康检查中，董燕琼被查出患有“宫颈细胞内瘤变”（宫颈癌早期），满怀生育希望的她精神几乎崩溃。后来在市人口计生局的积极帮助和多方协调下，为她成功实施了宫颈锥形切除术，身体康复后奇迹般怀了孕！在再生育全程服务的精心呵护下，2009年11

月2日，她顺利产下一个体重六斤三两的健康男婴。这在常人看来几乎不可能的事情，竟然成了现实。

蒲阳镇平义村的周厚蓉夫妇，地震中失去了女儿。夫妇俩极度伤心，不能自拔：妻子整日以泪洗面，丈夫则借酒消愁。后来再生育服务人员一边帮他们重树生活的信心，一边积极给他们做好孕前检查、优生遗传咨询、科学生育指导等工作，终于成功怀孕。2009年2月20日，周厚蓉顺利产下健康的双胞胎男婴。但由于家庭困难，买不起两个儿子的奶粉。正当夫妇为孩子的奶粉犯愁时，再生育服务人员又把一箱价值三千元的奶粉送到他们家中。

幸福镇的杨贵芳、蒋玉珍夫妇，地震后很长时间都难以摆脱丧子的伤痛，所以夫妻俩的情绪非常低落。由于心情极度悲伤，蒋玉珍一直难以怀孕。再生育服务人员反复上门对他们进行心理疏导，同时多次带他们到成都华西第二医院接受专家“一对一”优生遗传咨询和产前检查。后来蒋玉珍终于顺利怀孕，并生了一个健康的宝宝。于是夫妻俩把一面印有“地震无情人间有爱，关爱无限铭记在心”十六个大字的锦旗亲自送到了市人口计生局。

向峨乡石碑村妇女主任肖芳玉，地震中不幸失去了孩子。她自己本来也是再生育对象，可灾后两年多，她好像完全忘了自己母亲的身份，全身心地投入到抗震救灾、群众安置、再生育服务等烦琐、艰巨的为他人服务的工作中。由于工作劳累过度，导致两次流产。医生告诉她说，如再发生第三次流产，她将不可能再生育。为此，市人口计生局积极协调医疗机构和专家，全力帮助她抢抓怀孕机会，同时在其他方面也给予她更多的关心和体贴。2009年12月，她终于第三次怀孕，并于2010年9月13日顺利生了一个重三斤二两的健康男孩。

聚源镇迎祥村朱继东、蒲良会夫妇，地震中失去了孩子。后来在再生育服务人员的积极帮助下，夫妇俩终于有了自己孩子。可是，新生儿出生后不久，肺发育不良，病情十分危重，若不及时抢救，新生儿的生命面临危险。再生育服务人员马上将孩子转到成都华西第二医院新生儿科，经过抢救和二十多天的治疗，孩子终于脱离了危险。为表示自己的感恩心情，朱继东夫妇将一面印有“无微关怀、再生幸福”的锦旗亲自送到市人口计生局。

而在崇州，我还听说过李文霞、刘强夫妇的故事。

李文霞、刘强夫妇已经离婚十年有余，但在汶川大地震中，他们不幸失去了共同的女儿。2008 年 6 月 15 日，崇州市率先启动震后再生育关怀爱心行动，失去女儿的李文霞、刘强被邀请参加，当时他们各自都还没有成家。会后，刘强对李文霞说，我希望你能和我重归于好，我们再生一个属于我们的孩子吧！后来，在人口计生局工作人员的帮助下，离婚十多年的李文霞、刘强破镜重圆。崇州市民政局局长黄麟不仅亲自开车陪同他们到民政局办了手续，还为他们举办了一个简单的婚礼。婚礼结束后，两人捧着复印的结婚证书，一起来到女儿的墓前，将结婚证烧给了天国的女儿，并含着泪水对女儿说：女儿，你就放心走吧，你的心愿，爸爸妈妈今天给你完成了！此后，两人一边共同支撑着破烂的家，一边共同孕育着新的生命。

…………

截至 2011 年 2 月，都江堰全市有已再分娩的家庭四百六十七个。其中，分娩男婴二百五十八个、女婴二百一十六个。在这四百七十四个新生命中，有七对双胞胎。而且，又有二十五人已经怀孕。

可见，在巨大的地震灾难面前，灾区遇难学生的父母们并没有倒下。他们不但没有倒下，而且还用伟大的母爱，在满目疮痍的废墟上重新孕育了一个个新的生命，同时也孕育了一个个新的希望。于是在这次灾区走访中，我不光看到了废墟上一个个新的家庭，还看到了新的家庭中一个个新的生命。

我祈愿这些新生命的明天，不再发生劫难。

第十一章
为了四百万张课桌

百年大计，教育为本。

这是中国人常说的一句老话，足见教育之重要。

汶川大地震后，灾区中小学的安全复课问题，引起全社会的广泛关注。为此，党中央、国务院多次专门做出批示。

走访中我了解到，为加快四川灾区中小学复课的进程，四川省委在地震过后不久，就召开了九届全会，会议决定：2008 年 9 月 1 日前，灾区中小学必须全面复课！并将这一决定，当作一项政治任务，向全省人民作了承诺。

于是地震后短短三个半月，四百万张课桌便稳稳当当地立在了余震不断的废墟上——

2008 年 5 月 13 日，即地震后第二天，都江堰向峨乡海虹小学率先复课；

2008 年 6 月 12 日，百分之七十三以上的灾区学校恢复上课；

2008 年 8 月 12 日，百分之九十三的灾区学校恢复上课；

2008 年 9 月 1 日，百分之百的灾区学校恢复上课。

2009 年底，百分之九十五以上的灾区学生坐在了新建学校的教室里。

而成都市灾区，2008 年 9 月前，完成了全市所有中小学校过渡板房的建设，开始全面复课；2009 年春季前，完成了全市中小学的维修加固；2009 年 9 月前，完成了都江堰、彭州、崇州和大邑四个市

（县）的中小学的重建，所有中小学学生都回到永久性学校，开始了正常的学习和生活。

然而，孩子们从帐篷学校到板房学校，再从板房学校到永久性学校；从帐篷复课，到板房复课，再到平平安安地坐在永久性的课堂学习，其间却经历了一个极其艰难的过程。

2010 年 11 月 24 日下午，我来到都江堰市教育局，走访副局长刘加强。

谈起那段刻骨铭心而又令人心酸的日子，刘加强情绪难抑，说到动情处，竟潸然泪下。

刘加强说，地震后，我们在新建小学抢救时，又听说聚源中学垮了，我一听头都大了！这时，张局长问，谁去？我说我去。其实我知道，张局长既希望我去，又不希望我去，为什么呢？因为他是局长，要考虑如何应对整个都江堰教育系统的问题，我走了，他就走不开了。但我作为副局长，聚源中学垮了，听说死了不少学生，不去又不行；再说了，那个时候也是需要我们领导干部挺身而出的时候。于是，我赶紧就朝聚源中学跑。但聚源中学比较远，跑步去肯定不行，也没那么多时间。这时我看到一辆普桑车，就叫住车子，让司机赶快送我到聚源中学。我上车一看，司机是粮食局的，车上还坐着几个人，全认识。可没走多远，路就堵死了。没办法，我只有下来走路。没走多远，碰到一辆机动三轮，我说赶快把我送到聚源中学。他说要十五块钱，我说十五块就十五块，只要快！等我赶到聚源中学，已经 3 点 20 分了，路上都走了半个多小时。在这个路途中，就是我坐在普桑车上的时候，我做了一件事。什么事呢？我的手机是双网的，一个是 G 网一个是 C 网，G 网是移动，C 网是 CDMA。当时我的 G 网打不通，但 C 网却有信号。我忽然想起我看过一本叫《唐山大地震》的书，书上说唐山大地震死那么多人，就是因为信号不通，甚至中央打电话到唐山都打不通。我就想，我应该尽快把都江堰地震的消息传出去，当时我并不知道别的地方也地震了。我就打成都的120、110、119，但全打不通；我再打成都市和省上我熟悉的领导的电话，还是打不通；最后，我打通了省里的114，却没人接；我马上又改打北京的114，好不容易打通了，很快又断了，可能是信号不稳，我接着再打北京的114，打了几十次，终于打通了。一个接线小姐问我，你要哪里？刚说了两句，又断了，再后来，我终于又打通了，接线小姐问我要哪里，我说，你不要问我要哪里，你赶快转告国务院应急办公室，就说四川都江堰发生了大地震，需要紧急救援！这句话也许我现在记得不全了，但意思绝对就是这个意思，如果北京的114有录音保存的话，我的话肯定还能查到。打完电话后我还想，这个接线小姐要是有觉悟的话，电话就转到国务院去了，但说不定她还以为我是一个疯子呢！

刘加强是不是四川灾区第一个用手机向北京报告灾情的人，我不得而知，也无从查证；刘加强好不容易打进北京的这个电话最后是否被114接线小姐转到了国务院应急办公室，我同样不清楚，同样无法查证。但是，我后来从别的人那里了解到，汶川大地震当天下午3点左右，坐在普桑车上的刘加强确实从都江堰向北京打过应急电话。他的这种现场反应和求救意识，在我看来，很值得肯定。

刘加强到聚源中学后，立即投入抢救孩子的工作中。下午四五点，有武警官兵赶来救援，随后又有老百姓参与。到晚上，他们便救出一百多个孩子。

刘加强在聚源中学一干就是三天三夜，直至5月15号凌晨，才离开聚源中学。

刘加强说，在这三天时间里，我和大家都不知道地震有多大的威力，总的一个感觉，就是天昏地暗，世界末日到来了！甚至晚上稍有风吹草动，有人就说，快听，魔鬼又在叫唤了！

抢救孩子的任务结束后，教育系统最急迫的工作，就是尽快让学生复课！

都江堰中小学的复课，主要经历了三个阶段。

第一个是帐篷过渡阶段。这期间孩子们都住在临时帐篷里。帐篷虽在风雨中飘摇，却还算安全。孩子们一边躲避余震，一边看书学习，时间有一个来月。

第二个是板房过渡阶段。当时，成都市要求 6 月 23 号以前，必须将板房学校重新建起来，让学生们全部从临时帐篷搬进新建板房。所以紧急救援一周后，都江堰就开始了板房的选址和建设工作。抢建板房的援建队，主要来自安徽、河北、河南。这支援建队只用了一个月的时间，就建了十二万平方米、十五个校点。于是 6 月 23 日，都江堰七万多名中小学学生，从临时帐篷全部搬进了板房学校。9 月 1 日全部开始板房复课。走访中，不少老师、学生告诉我说，板房复课期间，是最苦的时候，当时天气非常炎热，板房内温度高达四五十摄氏度；用电还特别困难，实在太热时，只有用自来水降温。由于天气太热，温度太高，每天都有几十个甚至上百个学生中暑，几乎每天都能听到救护车呼啸而过的尖叫声。

第三个是重建学校阶段。这个阶段遇到的困难比较多，一是新学校到底建在哪里最好、哪里最安全、哪里最科学，在哪里最合适，很难抉择。所以为了选好新学校的地址，做好建新学校的规划，不知道有多少人天天加班。二是要在一年内把这么多所学校建好，兑现成都市委市政府对全国人民的承诺，从上到下，各级领导干部承受的压力非常大！比如要重建学校，新增的地就要搞拆迁，要拆迁就要给老百姓做思想工作，就要保证老百姓的房子通水、通电、通气、通信、通路等，所以压力非常大！

刘加强说，我们一般都是白天干活，晚上开会，研究布置工作，通宵加班。可以说，这两年都江堰的领导、干部和群众，都不知道啥子叫休息了，每个人的压力都大得不得了！为了减压，华西医院的专家还在电话里专门给我们做心理辅导。我今年（2010 年）才四十四岁，就开始眼花耳鸣了。去年有一天，我戴着眼镜看报纸，忽然发现眼前有黑点点在晃动，要取下眼镜才能看得见。有人告诉我说，这种情况应该是七八十岁才有的，你才四十多岁怎么就有了？耳鸣是今年才开始的，我给我同学讲了后，我的同学就笑我，说我妈都七十八岁了，才耳鸣呢，你年纪轻轻的，怎么也耳鸣？我想这可能与我们灾后重建休息不够、焦虑有关。好在都江堰学校的重建任务总算在2009年9月1日前全部完成，七万多名中小学学生终于全部走进了永久性学校的大门！

是的，重建学校，恢复上课，让全省四百万张课桌重新立起来，的确不是一件容易的事情。但如何稳定遇难学生家长的情绪，安抚好遇难学生家长的情绪，处理好遇难学生家长的矛盾，从而营造灾区学校良好的复课环境，这比重建学校、恢复上课，似乎还要复杂，还要艰难！

刘加强说，都江堰情绪有问题的遇难学生家长，主要来自新建小学、聚源中学、向峨中学这三所学校，还有就是都江堰卫生院、中医院遇难人员的家属。来自这“三校二院”的压力，压得我们抬不起头来，也喘不过气来。这些遇难学生家长联合在一起，要上访，要上告，矛盾冲突很大，甚至有一次把都江堰市政府都包围了！为了稳定社会秩序，搞好灾后重建，尽快让学生们复课，我们教育局花了非常大的力气！比如说，我们教育局三个副局长分别包了一所学校。所谓“包了一所学校”，就是说每个副局长专门负责处理一所学校的遇难学生家长的问题。我包的是聚源中学，聚源中学的问题非常棘手，非常头疼。比如，有的遇难学生家长说，他的孩子死了，不是天灾，是人祸，要追究豆腐渣工程责任，追究领导责任！实际上这是没办法追究的。我就给他们解释，但无论怎么解释，都不行，工作也非常难做。再比如说，有的遇难学生的家长说，我要我的娃，你把我的娃给我还回来，我就饶了你！你说让我怎么还他的娃呀？另外，在后期的安抚上，一些家长也提出了很高的经济赔偿要求。家长们的心情我们非常理解，可当时国家的灾后重建政策和安抚政策明摆在那里，我们必须照办，不能违背呀！我们发给他们抚慰金，请他们签字，他们不签。我们跑了一遍又一遍，苦口婆心，千言万语，什么好话都说尽了，口水都说干了，他们还是不签，坚决不签！抚慰金是国家补的，民政部有一点，教育部有一点，主要部分是四川省几个基金会给的。但基金会这笔抚慰金是后来才有的，开始很少，后来才逐步增加，所以刚开始我们不敢向遇难学生家长承诺多了。承诺多了，到时不能兑现咋办？要知道，当时国家灾后重建的政策是，哪个环节出了问题，都要追究责任！但老百姓不管这些，孩子死了想不通，提出很高的赔偿金，不答应就要闹，就要告！我们有一个老师，聚源中学的，他娃娃遇难了，我给他做工作，从上午 9 点一直到下午 5 点，整整八个小时，谈心交心，拉关系套近乎，我个人还作了承诺，答应帮他做这做那，最后才终于把他的工作做通了。所以说，遇难学生家长要追究责任，动不动就要上访，就要上告，这个工作是最难做的！因为中央的灾后重建的条例中，有追究责任这一说。当时有个纸媒也搞了大半个版，说聚源中学的垮塌是质量问题。于是家长从网上下载后拿过来找我们，说你们看，专家都说是质量问题，你们还有什么可说的！搞得我们很恼火，很头疼！

其实，刘加强最难受的，是 2008 年 6 月 1 日儿童节这天。

这一天，刘加强一早就赶往聚源中学，他原本是想去安慰安慰遇难学生家长的，没想到刚到聚源中学门口，就被一个遇难学生家长认出来了。这个家长马上就喊了一声：刘局长，你过来，给我们说清楚！今天说不清楚，就走不脱！这个家长话音刚落，在场的家长们一下子就把刘加强层层围住了！

刘加强说，这一围，就把我围了整整七个小时呀！在这七个小时里，他们不让我喝水，不让我上厕所，不让我坐，只能站，而且还必须站在太阳底下，让太阳晒着。到后来，居然、居然让我站到凳子上！然后就是谩骂，还有的吐口水。他们要我回答这样那样的问题，写这样那样的承诺书，我怎么说嘛。家长们一个个情绪都很激动，甚至有一个小伙子说着说着，就拳打脚踢起来了。这个小伙子又高又壮，抓起一瓶矿泉水就往我头上砸！幸亏当时有警察护着我，要不然的话，早就把我打趴下了！警察拦住后，小伙子不敢上了，就指着我骂，妈呀娘的，啥子脏话都骂出来了。后来我们张局长说，刘局呀你的心真能承受，要是换一个人，肯定承受不住，早就崩溃了！后来我看局势不妙，只好给市委副书记打电话，我说，这怎么办呀？他说，没有办法，只有坚持、坚持、再坚持！放下电话，我也就只有硬着头皮坚持、坚持、再坚持！后来，副书记终于带着人赶来了！他来了后，握着我的手悄悄说了一句：你受委屈了！我听了，真想大哭一场！

六一儿童节这一天，聚源镇党委书记张斌，正式进驻聚源中学，具体负责处理相关善后问题。

张斌进驻聚源中学后，同样陷入灾难般的困境。想想吧，聚源中学主楼坍塌，遇难师生多达三百二十人，牵涉遇难者家属几百甚至上千人，张斌纵有满腹韬略、三头六臂，白天黑夜，不吃不睡，怎么处理？如何面对？

我听说，在那段时间里，每天都有数百个遇难学生的家属围着聚源镇镇政府，指名道姓，要找张斌。张斌没有躲藏，每天站在群众面前，一遍一遍地解释，一次一次地安慰。但有的家长不但不听，还指着张斌的鼻子大声辱骂；甚至有的遇难学生家长认为学校的建筑质量有问题，失去理智，竟强行将张斌推在烈日下站着，而且不准喝水，不准上厕所，一站就是好几个小时！

张斌说，为了让孩子们复课，这个时候我只能忍，因为如果我的情绪稍稍不好，肯定就会激化矛盾，不利于解决问题。虽然我当时站在炎炎烈日下，满头大汗，酷热难忍，但我想，假如我自己的小孩遇难了，也许我也会这样的，甚至说不定比他们还愤怒！我想到这点，就不觉得自己委屈了；我唯一要做好的，就是遇难学生家长们的安抚和疏导工作。

后来，张斌在镇党委会上还特别强调：救灾物资，必须首先考虑遇难学生家庭和重灾人员，我们一定要让遇难者家属感受到政府的温暖！

接着，张斌又成立了一个由镇村干部和当地德高望重的老人组成的两百多人的乡亲乡友抚慰工作组，走村入户，主动上门，真诚慰问，收集诉求，解决困难；同时还由镇村干部组成帮扶工作队，帮助遇难学生家长收麦子、打油菜，让不少遇难者家属深受感动。

我还听说，那段时间的张斌好像患了精神病似的，只要镇政府大院一有人大声说话，他就会非常敏感，立即站起，把头探向窗外，四处张望，一脸紧张，甚至心速加快，神情恐慌。

由此看来，灾区教育系统的重建，最重要的还不是教学楼、宿舍楼的重建，而是信心的重建，心灵的修复，精神的再铸。

第十二章
医务工作者

在灾区，有这样一群人，他们既是汶川大地震的受害者，又是地震受害人员的救助者。

这群人，便是灾区的医务工作者。

走访中我了解到，成都市灾区的广大医务工作者在汶川大地震中的表现，非常出色。地震来临时，他们当中，有的父母受伤了，有的爱人遇难了，有的自己的家全垮了，有的自己所在的医院倒塌了，有的自己受伤了……。但不管是什么情况，无论是何种理由，只要人还活着，只要活着还有一口气，他们就死死坚守着自己的岗位，哪怕一分钟，也决不离开！

都江堰市卫生局局长肖红，地震发生时，正在市人民医院四楼主持一个会议。突如其来的灾难让与会人员惊慌失措，也让肖红措手不及。在确认所有人员都平安离开后，肖红来到玉垒山广场，看见不断送来的地震伤员，肖红当即要求各医疗单位不惜一切代价全力抢救，并快速转送危重伤员！

然后，肖红冒着余震，徒步到市区医疗卫生单位逐一了解情况，因为全市共有四千二百余名医务人员！当面对倒塌的市中医院住院部大楼时，他含着泪说，一定要抓紧时间，全力挖掘抢救伤病员和我们的医务工作者，只要有一线希望，就决不放弃！随后肖红组织成立了市卫生局抗震救灾指挥中心，在指挥中心召开的第一次全体大会上，肖红流着眼泪说，作为医务工作者，人民群众的生命高于一切，我们必须要坚守岗位，必须以守护生命为职责！我们要不惜一切代价，全力抢救每一位伤员！同时，肖红安排市卫生局立即成立了医疗救治组、市总指挥部协调小组、后勤保障小组、联络小组等，而后迅速展开救治工作。于是地震当天下午，全市就有三千八百多名医务人员投入现场医疗救治工作，抢救伤员四千二百零五人，转送伤员三千五百五十九人！

接着，肖红又与及时赶到的成都疾病预防控制中心的专家们一起紧急会商，很快制定了都江堰市卫生防疫工作方案，并成立了二十二支消毒防疫队。在地震的第一天，消毒防疫工作人员就奔走在全市各个乡镇和每条街道，全面展开消、杀、灭等工作。经过连续七十二小时的紧张忙碌后，肖红的嗓子哑了，全身尘土，满脸胡子，体力极度透支，连话都说不出来了。本来，他就患有严重的甲亢病，同事们劝他休息一下，但他继续坚守在指挥部，用矿泉水解渴，用方便面充饥。这期间他的爱人因病住院，他也顾不上去看，打了一个简短的电话，便继续忙活。甚至他的父母专程从成都赶到都江堰，想看一眼儿子到底怎么样，他也无暇抽身见父母，两位老人只好失望地返回成都。

都江堰市卫生局副局长李自刚，地震后一直坚守在指挥部，收集信息，组织指挥，协调抢救，除了上厕所，四天四夜一步也未离开，直到第四天，爱人才找到他。

李自刚的爱人在都江堰人民银行上班，地震后，她以为李自刚死了，因为她听说人民医院全垮了，而地震时李自刚正好在人民医院参加会议。后来她又听说，有人在卫生局的指挥部见到了李自刚，所以便找来了。由于李自刚四天四夜没有睡过觉、洗过脸，也没有刮过胡子、换过衣服，所以当爱人见到他时，就像见到一个刚从疯人院里跑出来的疯子，爱人差一点都认不出来了。

李自刚的女儿在都江堰外国语学校读高三，家里还有四个老人：自己的父母和岳父岳母。李自刚的父母年近八十，都是有病的老人，而且还下过病危通知。地震后，电话打不通，李自刚既不知道爱人还在不在，也不知道女儿还在不在，更不知道四个老人还在不在，所以他很想回去看一看。特别是他自己的父母家，离指挥部也就有一百五十米，他真想跑回去，哪怕只看上一眼。可人民医院垮了，病人急需组织转运，许多工作还等着他安排，他实在是一步也离不开。直到他见到了爱人，这才得知，原来他一家人都还活着。

都江堰市人民医院 ICU 主任张晓飞，地震发生时，正在病房值班。当时，在医院接受治疗的，都是危重病人，其中甚至还有昏迷病人。但地震时由于地处玉垒山脚下的病房强烈颤动，好人都站立不稳，这些危重病人别说自己逃命，连下床都很困难。虽然这个时候医院的房屋还没有完全倒塌，但强烈的余震阵阵袭来，有瓦片不断从头顶坠落，令病人心惊胆战。张晓飞立即组织医生护士，利用余震的间隙，冒着危险，三次往返病房，终于用担架将病人全部抬出，安置在医院的安全地带。

接着，张晓飞又带领科室人员，再次返回病房，将氧气瓶、抢救车、监护仪和药品等，全部搬到草坪，并安排本科医护人员继续对危重病人监护治疗。而就在这时，一个个血迹斑斑的地震伤员陆续送到了医院门口，而且伤员越来越多，坐啊、睡啊的，医院门前的玉垒山广场很快就占了一大片。张晓飞和同事立即又对地震伤员展开抢救，消毒、包扎、止血、打针、输液，忙得一塌糊涂。同时很快搭建了一个简易清创手术间，随即对伤员开始清创缝合。

张晓飞刚清创缝合完第二个伤员，便遇上了和自己父母同住一幢楼的刘大哥。刘大哥告诉他说，他父母住的那幢楼垮了，他父亲没事，母亲却没有跑出来。张晓飞痛苦至极，心像被针扎一般。但作为一名医生，危急时刻，灾难面前，他没有任何理由离开手术间，就像战士没有任何理由离开战场。

张晓飞缝合完第四个伤员时，妻子才带着女儿终于找到了简易清创手术间，哭着问他，母亲被压在了楼下，怎么办？正在忙碌中的张晓飞一咬牙一狠心，只说了一句“你们自己想办法”，便继续抢救伤员。

等张晓飞和同事们把所有简易清创手术间的伤员清创缝合完毕，已近凌晨4点。此时，夜深人静，大雨滂沱，张晓飞又和科室人员一起，用彩条布搭建临时遮雨篷。直到这时，望着哗哗流淌的雨水，张晓飞才想起雨水中躺在废墟下生死未卜的母亲！

张晓飞非常清楚，自己是医生，自己的身边还有成百上千个等着抢救、转运的伤员！于是他强忍泪水，继续投入伤员的转运工作中。直到下午大批医疗救援人员赶到现场，他才赶紧跑到防疫站家属区——母亲居住的地方。他趴在废墟上，一遍遍喊着母亲的名字，却没有母亲的回应。由于此时医院还有许多伤员在等着他，他只好忍着悲痛，又立即返回单位。

5月19日，张晓飞的母亲从废墟中被挖了出来。现场人员发现，由于张晓飞的母亲躲在两个墙体之间，虽然遇难，却全身完好，没有一处伤痕。现场人员说，其实他母亲不是被压死的，而是饿死的；如果当初抢救及时，他的母亲很可能得救。

可惜的是，这位在人民医院工作了十年的母亲，地震时本来身边有两个儿子，一个是在卫监大队的大儿子，一个是在医院的小儿子张晓飞，但两个儿子当时都在一线忙着抢救他人，却不得不扔下自己亲爱的母亲！

工作在基层的医务人员，仁爱之心同样感人至深。

向峨乡卫生院三十四岁的护士杨秋，地震发生时，正随市疾病预防控制中心的专家们走在莲月村的水库边。突然，她看到周围的房屋在摇晃，接着便是大片大片地倒塌，连忙大喊了一声，快跑，地震了！当时，几乎所有的人都在跑向空旷的院坝避难，杨秋却只说了一句“我要回医院”，便顶着铺天盖地的尘土，朝自己工作的医院跑去。

杨秋用最快的速度从莲月村跑到医院门口时，她简直不敢相信自己的眼睛，医院除了新修的住院楼还孤零零地矗立在那里外，周围的楼房全都垮了，眼前是一片废墟。而孩子们正在上课的向峨中学，也垮得一塌糊涂，数百名学生被压在了下面。当时，所有留院的医护人员已经开始抢救，杨秋二话没说，立即加入抢救向峨中学孩子的队伍之中。没有工具，杨秋只能用手刨。她边刨边哭，边哭边刨。她哭，不是因为手疼，而是心疼那些压在废墟下的孩子！

很快，在都江堰市参加学习的院长杨吉太也赶了回来。于是，以杨吉太为首的男医生组成抢救组，负责抢救废墟中的孩子；以杨秋为主的女医生、护士组成医疗组，主要负责救治被抢救出来的孩子。不料，下午 6 点左右，一个从都江堰带回的消息，差点让杨秋晕倒在抢救现场：都江堰新建小学教学楼全部倒塌，杨秋在新建小学上学的女儿被压在了废墟下，生死不明！

然而，面对眼前几百个躺在地上伤的伤、死的死的孩子，杨秋只愣了一下，眼泪都顾不上擦一把，又赶紧救治求救不断的孩子！直到晚上八九点钟，天下起了大雨，抢救工作暂告一段落，杨秋才和丈夫赶到新建小学。

可惜，奇迹没有发生，女儿非常不幸：一根断裂的房梁从房顶垮塌下来，狠狠地砸在了女儿的头上、身上。女儿面目全非，惨不忍睹。抱着女儿的遗体，杨秋痛不欲生，生不如死。她怎么也想不通，上班前她还抱着女儿亲了一口，转眼间女儿怎么就变成了一团没有呼吸、没有温度的肉泥？

殡葬车很快开过来了，杨秋二话没说，忙把女儿的遗体默默放进车里。直到望着载有女儿遗体的殡葬车越开越远，她才一转身，抹了一把眼泪，又匆匆赶回医院，继续救治那些气息奄奄的孩子！

这一干，就是整整六天六夜！在这六天六夜中，杨秋除了抢救孩子，还是抢救孩子，没有人知道她心里究竟都想了什么，也没人知道她内心到底隐藏着多大的痛苦。在这六天六夜中，她不吃不睡，不说一句话，似乎忘记了这个世界，忘记了周围的一切！

5 月 18 日这天，女儿的班主任打来一个电话，告诉杨秋说，今天是她女儿的生日。她这才恍然想起，女儿今天满六岁了。然而她万万没有想到，女儿六岁的生日，竟成了女儿遗体的火化日！

她一路抹着泪水，匆匆赶到邛崃殡仪馆，匆匆见了女儿最后一面后，匆匆搂着女儿的遗像放声痛哭了一场，而后又一路抹着泪水，匆匆赶回了医院。当天下午，她就默默背起几十公斤的消毒水，和部队医疗队一起走进各个村落，默默开始了灾后的防疫消毒工作……

杨秋的事迹，感动了家长，感动了老师，感动了灾区成千上万的人。2008 年，杨秋被选为奥运火炬手参加火炬传递；2009 年，她获得了第 42 届南丁格尔奖！在本届南丁格尔奖的评选中，有六位中国护士获此殊荣，而杨秋，则是四川唯一的一位。

在成都灾区，像杨秋这样的医务工作者还有很多。

例如，都江堰疾控工作者陕斌，置家里爱人、女儿和四位八十多岁老人的安危不顾（不是不顾，而是实在顾不上），全身心投入抗震救灾中，先后消毒处理尸体两百多具，外环境消毒灭蝇约十万平方米，消毒厕所四十余个、垃圾约二十吨。

再例如，都江堰水电十局医院的医护人员，地震发生时，在院长黄东成的带领下，医生护士们把病人从六楼抬到楼外的空旷地带，及时做完手术治疗后，又徒步行走八个小时，冒着余震及时到达虹口。在驻留虹口的六十多个小时中，他们不仅顺利迎接了一个新生命的诞生，还救治伤员两百余人，病情危重者六人。

走访中我还了解到，在灾后重建中，由于灾区医疗卫生服务体系受到严重破坏，基础设施大部分受损，常态化工作机制中断运行，医疗卫生服务条件急剧下降，所以医务工作者的工作量一下子增加了几十倍！

作为政府的卫生医疗机构，他们不仅要保障地震伤员的救治，还要保障其他病人有地方看病，并看好病。因此，除了救治地震伤员，广大医务工作者还要积极投入从帐篷医院到板房医院、从板房医院再到永久性医院的重建工作当中。因为震后才两个月，《成都市卫生系统灾后重建专项规划》就编制完成。按照这个规划的要求，全市卫生系统灾后重建的初步项目共有六百零五个，预计总投资七十四亿八千万元。其中，有八十五个医疗机构需要迁址重建，二百七十三个原址扩（重）建，另外加固九十个，维修一百五十七个。而且，重建的时间不到三年。

2010 年 11 月 13 日上午，我来到崇州新建的人民医院和妇幼保健院，望着宽敞大气、漂亮结实的楼房，看着来来往往、进进出出的各种病人，我心里有了一种很踏实的感觉。

崇州市卫生局一位副局长向我介绍说，因为医疗关涉人民的生命健康，灾区的援建就把卫生系统放在重点。崇州原来的医院较差，很早就想建所像样的医院和一个医疗中心，但因为缺钱，一直没有建起来。现在，终于建起了这么一所非常不错的医院。这所医院是由重庆市和崇州市共建的，和原来的医院相比，各方面至少提前了二十年！

二十年?！望着气派的崇州市人民医院，我忽发奇想，这样的医院要是提前二十年就建立起来，那二十年来乡村需要看病、治病的老百姓，该有多方便多高兴啊！

第十三章
不打通救援通道，绝不刮胡子

什么是路?

路有多种理解，既可理解为道，即往来通行的地方，如公路、山路、水路、陆路、天路等，也可理解为思想的途径或行动的方向，如思路、心路、出路、后路、生路、死路等。

灾区的路，既是交通之路，生存之路，也是生命之路、致富之路。

两年前，当我爬行在灾区的路上时，眼前的路多数都被毁了，而且毁得惨不忍睹；两年后，当我驱车行驶在灾区的路上时，沿途除了一座座拔地而起的学校医院，一幢幢居于群山中的别墅小楼，便是一条条四通八达的平坦大路。路，让灾区人民赢得了生命，赢得了时间，同时也让灾区人民走出了困境，走向了致富。如今的灾区，因路而变得“面目全非”，因路而变得焕然一新。

以都江堰为例，汶川大地震导致原有道路损毁达百分之六十点九六，严重损毁不能通行的达百分之九点七八，交通安全设施损毁达百分之四十。而两年后，摆在我面前的则是另一组数字：改扩建道路五十五万五千九百三十米；新建道路七十四万七千四百二十米；全市通车总里程二百零五万四千六百七十米。

一言概之，地震后改扩新建道路里程的总数，相当于地震前几十年建设里程的总和!

这个数字，来之不易。

都江堰市交通局局长高成军向我谈起地震后灾区的交通问题时，还心有余悸。

高成军说，灾区的交通问题，给他的思想压力非常大！开始这种感觉还不是很强烈，后来这种感觉越来越强烈。别人地震中家里死了人，他家没有死人，也没有受多大的灾；但别人已经走出心理阴影了，他却怎么也走不出来。其实他也很想快点走出来，可就是走不出来。地震后他睡眠一直不好，记忆力也下降得厉害，省里曾经安排他去做心理咨询，他去了，回来还是不行。他说主要是思想压力太大。他现在很少提起地震时的情况，也不愿提起，一提起来，心里就会感到特别难受。

汶川大地震发生的当天下午，高成军带领工作人员第一时间就赶到了213线绕坝路、龙池旅游路、龙池隧道、虹口旅游路、青城后山旅游路等查勘灾情。看到触目惊心的滑坡和横亘在路面小山般的巨石，高成军心急如焚，当场发誓：不打通救援通道，绝不刮胡子！

几小时后，都江堰市交通局抢险队就迅速疏通了玉堂—彩虹桥、二王庙—紫坪铺水库、紫坪铺大坝—龙池隧道等路段。当晚10点，为探明龙池道路的情况，交通局抢险队又打通了至漩口的水路，同时积极协助其他救援队以最短的时间，打通了通往汶川、龙池两地的水、陆救援通道。

两天后，为营救被困在虹口的受灾群众，已经连续熬了两个通宵的高成军，又带领交通局三十二名职工投入通往虹口通道清障抢险的战斗中。当时余震不断，山上飞石如雨，交通局抢险队连续奋战五天五夜，终于打通了通往虹口的生命救援通道。

由于震后短短几天时间里，交通局就及时抢通了生命救援通道九万二千七百米，为都江堰市迅速高效实施救援赢得了黄金时间，所以曾经发誓“不打通救援通道，绝不刮胡子”的高成军，这才刮了胡子。

高成军告诉我说，他当时最大的痛苦，就是不能亲手去救人，因为他是交通局局长，他唯一的也是最大的任务，就是必须尽快抢通道路！只有把道路抢通了，才能救更多的人，也才能让更多的人进山救出更多的人，所以他的压力非常大。但由于道路一时不通，救援受阻，物资送不进去，里面的伤员运不出来，他每天急得上火，天天都是靠前指挥。而当时山里余震不断，石头不断往下落，所以每天都面临死亡的危险。有三次，高成军甚至与死亡擦肩而过，差一点就没了性命。

第一次是 2008 年 6 月 7 日从龙池回来，当时有一座桥受损，高成军的车过不去，就往后倒，刚倒回一米远，一块大石头就从山上砰地砸了下来，砸在了高成军刚刚倒车的地方。第二次是在虹口，天正下着雨，高成军在指挥装载机进山，山上有石头不断滑落下来。高成军指挥完装载机后，刚绕到另一侧，几十块石头便滚落下来，像下冰雹一般落在他刚才站的地方。如果刚才晚走一分钟，肯定就被砸成了肉泥。第三次更惊险，他陪国务院和国家发改委联合工作组到虹口检查完工作后，从山里面往外走。工作组的车在前面，高成军开着车在后面，二车相距十米左右。突然，一块巨石从山上滚落下来，正好砸在工作组的车和高成军的车的中间。如果按车速计算，当时距二车间隔也就不过两秒钟。也就是说，如果工作组的车慢两秒，或者高成军的车快两秒，其后果都不堪设想。

高成军说，其实最让我担惊受怕的，是胡锦涛总书记来灾区那次。我们提前去探路，对每一处塌方的地方都进行了登记。胡总书记回来的途中，我估计他们刚好过了马鞍石隧道。但就在这时，我却突然得到消息说，马鞍石隧道的前方塌方了！我当即吓出一身冷汗，心想总书记的车队今天万一被困在了隧道里，那还得了啊！但我又想，不可能呀，我们有人在那个地方站岗，应该是总书记的车队过了后才塌方的。结果过了大概五分钟，我看见总书记的车队过来了，心里一块石头才落了地。我赶紧派人去，花了四个小时的时间，把两处塌方的地方打通。后来不管谁来，我们就一根竹竿砍成三节，一面旗子分成六面，派出大量人员充当安全哨。

然而，当地震前期抢救道路的工作结束后，高成军们面临的更大挑战，是如何尽快恢复灾区所有的交通以及重要的交通基础设施。因为灾后重建，当务之急，是交通优先——人们出行要路，灾后重建要路，产业发展要路！

于是，2008 年 6 月 15 日，都江堰市交通局提出了“一个月内全面恢复震前在建项目施工，三个月内完成都江堰市交通灾后重建规划，半年内恢复毁损轻微道路到震前服务水平，一年内恢复市域交通主干线道路，两年内完成在建重大基础设施建设项目，三年内实现市域交通路网上档升级”的灾后重建工作目标。

然而，山区的路，非同平原，要在两年多时间完成如此繁重艰巨的任务，谈何容易！

都江堰通往向峨乡的蒲张路，路面坑洼，路况较差，是道路改建项目中的当务之急。2008 年 9 月 12 日，几经波折，改造工程正式动工。但一开始，困难便接踵而至：向峨乡大量房屋重建，道路运输量非常大，与重新改造道路的时间“撞车”。高成军说，这时灾后重建已经开始，我们要修道路，就势必会影响车辆的通行。因为当时基础设施要重建，学校要重建，卫生院要重建，不光相关材料需要运进去，救灾物资也需要运进去，特别是板房要抢建，矛盾冲突相当大。怎么办？如果我们要修路，就会影响物资、材料的运输，如果我们不修路，把路让出来，道路就无法重建。再说了，道路重建也是灾后重建中的一项重要工作。我当时真是两难啊！后来，我们想到了“错时建设工作法”，就是说，把白天的时间让给灾后重建，把我们自己修路的时间改在晚上 10 点到清晨 6 点。这样既排解了民忧，又加快了修路的进度，避免了双方的冲突。结果，我们只用了三个月时间，从都江堰通往向峨乡的蒲张路就改建完毕，顺利通车。龙池旅游公路的修建，采取的是上午 9 点至 12 点、下午 1 点至 5 点 30 分、晚 7 点至次日清晨 6 点三个时段分别进行。而虹口旅游公路的建设，则分为上午 9 点至 12 点、下午 1 点至 5 点、晚 6 点 30 分到次日早晨 8 点三个时段。其他时间一律车辆放行，让路给重建运输的车辆。

在化解矛盾、节省时间的同时，交通局还总结出了“科学重建节资法”，从而节省了大量的建设资金。例如，虹口旅游公路因地震造成大量山体滑坡，整条道路毁损严重。为了节省重建资金，高成军他们运用人工清理危石，挂主动防护网、被动防护网，设置挡土墙等多种简易施工方法，将节约的资金用于路面“黑化”建设和标志标牌等交通工程建设。此举既提高了道路通行能力，美化了道路环境，又提升了旅游道路整体形象，还节约了上千万元的重建资金。

走访中我发现，目前都江堰所有旅游交通路网均已恢复，旅游交通路网建设、通行能力也大大超过了地震之前。总投资四亿三千万元的聚青路，在 2009 年 12 月 6 日便全线正式通车。聚青路全长一万零七百米的公路，全程按抗八级地震建设，路基宽三十六米，双向四条机动车道，并建有非机动车道和中间绿化带。地震前从成都前往青城山景区，要花一个半小时，而现在有了聚青路，从成都到青城山，只需一个小时！不仅如此，随着 IT 大道都江堰段、成灌路延伸段改造等重大交通项目的快速推进，从成都前往都江堰，不再是成灌高速一条“独木桥”，而将形成“多通道、多方式”并存的大格局。

再从交通建设的投资情况来看，灾后两年多来，都江堰市交通建设总投资为一百三十五亿五千三百万元，年平均投入六十七亿七千六百五十万元，这些资金主要用于：新增三条与成都相连的快速路网，即沙西线、成灌老路延伸线、IT 大道，从而缩短了该市与成都的时空距离；扩建省道 106 线都江堰段三万八千三百二十米；恢复重建虹口旅游公路二万五千六百米，对全市一百六十七座桥梁进行了全面体检、对八座病危桥进行了全面加固和改建；全面整治了全市五十八条通乡村道路共十五万二千四百米；完善了二百零五个永久性安置点外连道路建设二十三万零二百米；等等。

走访中我还发现，所谓打通生命之路，其实不光指传统意义上的道路，即所谓的高速公路、国道、省道等，还包括了各种通信网络之路，如电话手机、广播电视以及互联网等。灾区人民在这方面的需求，和道路一样，同样强烈，同样迫切。尤其是电话和手机，特别重要，也特别实用。而正是因为人们对通信之路的渴求，所以成都灾区的电信运营商在灾后重建中，短短一年内就让电信基础设施基本恢复到了地震前的水平。

当然，走访中我也了解到，在此次抗震救灾中，通信方面暴露出来的问题也不少，有的还相当严重，比如政府和企业在应急通信方面的投入严重不足，公众通信网抗灾水平不高，应急预案在交通、电力中断等条件下应对有"盲区"，企业间协作联动不畅等。因此，在灾后重建的过程中，通信业认真总结经验教训，增强防灾减灾意识，反复思考如何建立应急通信保障系统的机制和方式，最后提出了按照"政府主导、企业实施、平战结合、天地一体"的原则，高水平、高要求、高速度重建应急通信体系，力争实现"快速反应，保障有力、准备充分、调度有序"的建设目标。

与此同时，通信行业在重建中还把提高公众通信网络安全、增强防灾减灾能力放在突出位置，提高基础配套设施的安全等级，适度超前重建灾区通信网络，加强高话务量冲击下的控制措施；适量提高网络配置，加大系统冗余度，保障紧急情况下的通信需求；在公网上开辟专用通道，优先、重点保障重要用户通信，以确保在重大突发事件情况下，党政军及交通、医疗等公共服务部门的通信畅通；同时加大对传输线路的保护力度，使通信网络的安全性和容灾性得到有效保证。

这是地震带来的结果，也是通信业反省后的进步。

第十四章
爱，就是实实在在的奉献

四川灾区的重建，除了自身的智慧与力量，离不开外援。

外援的智慧与力量，在灾后重建中，起到了举足轻重、非常重要的作用。

然而汶川大地震后，到底有多少个人、多少单位、多少地区甚至多少国家支援过四川灾区，我至今无法统计出一个准确的数字，原因是援建者太多、太多!

虽然，在整个援建过程中，援建的人有多有少，援建的量有大有小，援建方式也不尽相同，但有一点却是千真万确、息息相通的，这就是：心怀善意，情真意切。这些从四面八方涌入灾区的真情与大善，开始如同一条条小溪，继而便汇成大海，默默滋润着灾区那苦难深重的土地，孕育、催生着灾区希望的种子，而后生根、发芽、开花、结果。

2008 年 6 月 11 日，国务院办公厅下发了《汶川地震灾后恢复重建对口支援方案》，于是全国十九个省（市）按“一省帮一重灾区”的原则，对四川省十八个县（市）和甘肃、陕西受灾严重地区实施援建。

成都灾区的具体援建情况是：上海市对口支援都江堰市，福建省对口支援彭州市，重庆市对口支援崇州市，内蒙古本来不在中央考虑之列，但为表草原人民之情，他们主动请缨，援建大邑县。

上海援建，建出了上海精神。

从某种意义上说，上海人在都江堰搞援建，比在上海搞建设还要难！难在哪里？难在既要对得起废墟上的人民，又要对得起废墟下的亡灵；既要面对全世界的目光，还要经受历史的考验！

在都江堰走访时，许多干部都向我讲到这样一个故事：在国务院办公厅还未正式下发《汶川地震灾后恢复重建对口支援方案》通知前，上海市委书记俞正声得知上海将对口支援都江堰后，便于 2008 年 6 月 7 日，在没有通知四川省委和成都市委的情况下，轻车简从，一行五人直飞成都。一下飞机，就直奔都江堰一线，走进受灾最重的向峨乡察看灾情。接到国务院正式通知后，上海市委、市政府当即表示，这是党中央、国务院交给上海的一项光荣而艰巨的政治任务，是上海义不容辞的光荣责任，必须坚决完成！于是，上海迅速成立了对口支援都江堰灾后重建工作领导小组，并下设对口援建指挥部，长驻都江堰，具体负责、协调对口援建工作。援建指挥部、施工队伍和各方面的援建人员，都是由各单位精挑细选出来的精兵强将组成，其中不少人都是主动请缨，如参加施工的八大建筑集团，全是建筑战线上的王牌团队和金牌队伍。

接着，6 月 23 日，上海市相关领导率上海市对口支援领导小组成员和有关单位负责人，赴都江堰考察灾情，并出席了上海首批援建项目签字仪式；与此同时，上海有关部门领导也率领二十一个单位、三十多人组成的调查组，赴都江堰展开对口支援前期工作调查。在此后一年多时间里，上海市委、市政府的主要领导多次到都江堰检查、督促工作，还有三十多位上海市相关领导也先后五十余次到过都江堰。足见上海之重视程度。

上海对口支援都江堰的项目共计一百一十七个，包括公共服务设施、城镇居民住房、基础设施、产业重建、农村建设、防灾减灾、生态建设和其他项目等八类。其中“交钥匙”项目共七十个，“联建共建”项目共四十个，“交支票”项目七个，总投资预算八十二亿五千多万元。

上海援建指挥部，设在都江堰青城山脚下的一个农家小院。因是夏季，小院屋子潮湿，条件简陋，几十号人挤在一间大办公室里，办公桌由几张乒乓球台拼凑而成，可谓名副其实的集体办公；而上海援建总指挥薛潮同志的办公室，则安排在小院二层一个角落的小屋里。小屋仅十平方米，除了一张桌子、一把椅子，便是堆积如山的文件和资料。本来，指挥部可以到更好的地方办公，但他们不去，为什么？总指挥薛潮说，只要都江堰的群众没有住上新房，我们就绝不搬出这个小院！

作为总指挥，薛潮肩上的担子自然不会轻松。不仅援建任务重，工作量大，且千头万绪，事情繁杂。就拿合同来说，除了总的项目合同外，还有各类分项合同、小合同。这些合同涉及勘察、设计、施工、监理等各个方面，除了总包还有分包，不少还涉及招投标。而且这些合同分散在全国各地，四面八方，涉及单位数百家，大大小小上千种。每项合同都要一个一个地谈判，一个一个地审查，一个一个地签订。签订前和签订过程中，有大量研究工作、协调工作要做。履行合同过程中，还要对进度款等各个方面逐一审核，其管理难度之大，责任分量之重，可想而知。

更何况，上海援建队伍刚进驻都江堰时，都江堰附近还余震不断，每次余震时房屋都晃得很厉害，管理人员难以安心办公和休息，心理压力非常之大。特别是灾区进入雨季后，持续不断的雨天，对土方、基础的施工，造成很多、很大的困难。

但走访中我得知，这些困难，从来就难不倒上海援建队。他们中的每个队员，早就有不怕苦、不怕累，甚至不怕死的心理准备。

援建北街小学、北区中学项目的钢筋翻样技术员盛影，当时孩子只有两岁，老公是一家公司的老总，家里经济条件也很好，但她放弃在家当全职太太的优越条件，自愿报名参加灾区援建。北街小学和北区中学建筑面积达四万平方米，使用钢筋多达五千余吨！在对钢筋进行翻样时，为不影响质量，盛影总是仔仔细细反复核对，不出现一点点误差；钢筋成型后，她又主动到现场，了解尺寸是否准确，工序是否到位；钢筋绑扎时，为确保施工质量和建筑物的抗震水平，她还要蹲在现场，检查绑扎的方法是否规范，每道程序是否严格把关。

援建都江堰灾后重建项目常务指挥长顾建青，是中交三航局的一位副总经济师、工程师。顾建青五十三岁，江苏靖江人，曾获全国“五一劳动奖章”，是建设上海市的功臣。面对援建中的各种困难，他除了积极协调当地政府监理设计，还经常组织管理人员开会稳定军心。在会上，他给大家说，我们是一支铁军，灾区如果没有困难，就不会让我们来了。现在时间不等人，靠天靠地不如靠自己，有条件要上，没条件创造条件也要上，总之绝不能辜负上海市政府和灾区人民对我们的期望！于是，他组织管理人员加班加点，平整场地，接水拉电，统一布置办公生活区；自己搭建临时办公棚，联系单位，用砂石垫路，从河里抽水，从农网接线。用最短的时间，解决最难的问题，满足最低施工需求，确保施工正常进行。

援建都江堰灾后重建项目副总指挥许解良，早在 2008 年 5 月 21 日就曾带着十三个人夜闯都江堰。当时他的身份是志愿者，后来他成了指挥部重要的一员。他分管的是工程建设，经常深入工地，督促施工单位抢时间、抓质量、保安全、控成本、讲文明，在援建中形成了一套行之有效的援建项目建设管理模式。两年里，他废寝忘食，加班加点，赴绵阳、登甘孜、上映秀、下北川，风风火火、来去匆匆，从来不知疲累，更没有一丝怨言。

上海援建，不仅建出了上海精神，还建出了上海元素，建出了上海温情。

上海是国际化的大都市，所以援建队一到灾区，带来的都是先进的建筑理念和智慧的建筑思想。比如，他们援建的北街小学，就具有“理念新、形象靓”等特点。所谓理念新，我在都江堰了解到，就是指他们规划建设适度超前的理念，目标定位有高度，均衡化、现代化、国际化。比如软件提升“倒时差”的理念，使都江堰学校的硬件建设水平提前了三十多年。为了让教育品质也提前三十多年，他们就通过软件提升来“倒时差”，使学校管理、教育理念与超前了三十多年的硬件设施相适应，从而缩短软硬件之间的时差。所谓形象靓，是指上海品质与川西特色相结合。有的学校婀娜多姿，亭亭玉立；有的学校刚劲挺拔，气势磅礴。总之从外在形象到内在品质，从布局结构到技术装备；从主体建筑到花草树木，从实际耐用到精致典雅，从以人为本到现代气派，几乎所有见到上海援建的学校的人，都赞不绝口，惊叹不已。

北街小学校长王忠说，上海给我们新建的校园，既漂亮大气，又方便实用，还很人文，一走进校门，你就会有一种别样的感觉。总之它不是传统意义上的学校，而是一所时尚而又充满现代感的学府，让你感动与震撼。

北街小学教师梁正说，新建的学校既有宽阔的运动场，又有现代化的体育设施，还有气势恢宏的体育馆。每当我看到这一切，作为一个体育教师，就会感到上海援建人民对我们都江堰市北街小学体育教育事业的关爱。在这里我要深情地对他们说一声：谢谢你们，亲爱的上海援建同胞，我们将用我们百倍的努力，来回报你们对学校、对老师、对学生的关爱！

北街小学教师何丽说，错落有致的庭院式教学楼，不仅让我们有一种家的感觉，更让我们可以潜心地钻研教学。而且每幢楼的外观，都凸显出深厚的文化底蕴，这让我们工作起来会有使不完的干劲。上海的建筑质量让人放心，上海的速度令人惊叹！我们会永远记住无私的上海人民的！

北街小学四年级一班蒲安妮说，新学校建好后，老师把我们召集到学校去，这是我第一次走进我们的新学校。看着漂亮的校园和高大的教学楼，我心情非常激动。而且非常巧的是，那天是我十岁的生日，老师、同学在新学校里和我一起过生日，我非常开心，妈妈还给我们拍了很多在新学校的照片。每次走在校园里，看到身边高大的教学楼、宽敞的塑胶操场，我就会想起上海援建队的叔叔阿姨们……

上海援建的街区和居民小区，也处处打上了上海的烙印，留下了上海人的气息。

2010 年 11 月的一个上午，我走进都江堰壹街区，一下就感受到了街区的宽敞与大气。

都江堰市重建办的人向我介绍说，壹街区是上海市本着“城市让生活更美好”的世博理念，对口援建都江堰市灾后重建的一个系统恢复与提升城区功能的建设项目群。整个项目占地一百五十万平方米，是一个集居住、学校、医疗、购物、观光、休闲于一体的综合性城区，目前已全部建成并分配给受灾群众。此外，壹街区的建设体现了统一规划的科学性，展现了新市镇发展的方向性。它的概念不仅仅是建设一个居住区，而是建设一个以文化为特色的综合性城区，并充分考虑了节能、环保、生态技术的运用。

的确，壹街区在我的眼中，建筑形态丰富多彩，既整体上淋漓尽致地体现了川西风格，设计中又恰如其分地赋予了上海风情，并充分考虑到了人群和社区的和谐与融合，让优美的环境和社会公共资源最大可能地贴近民众。而且，壹街区还留有三万多平方米的商业面积、五百亩的成熟土地等可供市场开发的优质资源，使其具备“造血”功能，可辐射带动周边八百万平方米区域的开发，从而提升都江堰这座世界现代化田园城市的品位。

而在慧民雅居小区，我感受到的则是都江堰市居民们的安详与淡定、悠闲与从容。不错，慧民雅居融入的是上海的温情与智慧，体现的却是都江堰人的宁静与幸福。都江堰市重建办负责人向我介绍说，为了增强居住配套功能，慧民雅居小区建有六千余平方米的商业建筑和近五百平方米的物业用房，还建有两个共六千五百平方米的地下车库和地下自行车库。慧民雅居小区的设计，以新川西民居风格为依托，再加以整合和变化组合，体现了简洁、流畅的建筑形象，突出了建筑物自身的韵律感，使建筑与空间相辅相成。慧民雅居小区是 2008 年 11 月正式开工的，共建有住房一千一百四十套，其中九百二十六套符合安居住房分配条件。现在，慧民雅居小区已全部分配给受灾居民。

其实，在走访中，令我感受最深的，是上海援建建筑的品质。

我们知道，上海是中国资本主义萌芽最早的城市，也是现代工业化程度最高的城市。“上海制造”在全国人民心目中享有较高的地位，可以说几乎就是名优产品的代名词和质量的象征。直至今日，“上海制造”依旧名副其实。

这次在都江堰援建的学校，就是最好的佐证。

据说，上海援建队一到灾区，就向受灾方表示，我们一定要给灾区的孩子们创建最好的学校！于是，他们在对学校的设计和建设中，主要强调和突出了六大追求。

一是追求安全性。灾区学校，安全第一。学校既是师生们教学、学习的殿堂，又要成为师生和周围群众安全的避难所，所以必须确保建筑质量，达到可抗八级以上地震的标准。

二是追求卓越性。既要规模宏大，外观漂亮，又要内外兼顾，注重发展，还要以人为本，注重品质。

三是追求完美性。学校大到布局、外观、格调，小到一树一木、一花一草，甚至一个标牌、一盏路灯，都要求做到细节到位，精致完美。

四是追求相融性。吸取海派文化和川西民居的优势，你中有我，我中有你，沪川相融。

五是追求发展性。在设计上适度超前，为学校可持续发展留下足够的空间。

六是追求特色性。每所学校，布局和外观都要互不相同，各有千秋，充分体现“一校一品”的特点。

后来的事实证明，上海援建队做到了。

于是，上海人的真诚爱心与负责精神，深深感动了灾区人。

都江堰柳街小学校长陈志刚说，在“5·12”地震一年之际，我们柳街小学（现已更名为尚慈翠英小学）终于重新站立起来了！作为校长，我和全体师生、全体柳街市民一样，为这座现代化学校的诞生而感到非常高兴，同时也真切地感受到了上海人民无私的大爱精神。我经历了柳街小学重建的全过程。这个工程，建筑外装色彩明快、新颖华美，给人以艺术的美的享受，的确堪称精品，堪称标志性的丰碑工程。它既是都江堰灾后重建的丰碑，也是我们柳街教育史上的丰碑，更是我们柳街老百姓心中的丰碑。我相信从今以后，我们柳街的孩子，我们灾区的孩子，一定会学会爱，学会奉献，学会感恩！

柳街小学五年级二班学生刘琦在作文中还这样写道：徜徉在新的校园里，我反复地想：这就叫爱。虽然我和他们素不相识，但他们用爱的双手，为我们修建了一所优秀的学校，将哺育一代又一代的中华少年。每当我看见这里的一砖一瓦、一草一木，仿佛就能听见它们在向我讲述上海叔叔阿姨们在灾区的故事……

天马学校的学生家长肖辉说，“5·12”汶川特大地震发生后，上海人远离家乡，远离亲人，跋涉千里，带着温暖，带着希望，来到灾区，无私援建。他们住在简易房里，克服了酷暑高温、水土不服、饮食不惯、身体不适等诸多困难，在灾区长达几个月的时间里，争分夺秒，夜以继日，一丝不苟，不计得失，始终坚持战斗在援建的第一线，为孩子们创建了这么好的学校。他们的这种作风，这种精神，这种品质，让我们学生家长非常感动，同时也激励着孩子们的成长，我们学生家长永远也不会忘记这份真情！

是的，爱是实实在在的，奉献也是实实在在的；而上海精神、上海理念、上海智慧、上海速度、上海品质，甚至上海温情和上海气息，渗透在灾区新建的每一所学校里，也是实实在在的。

第十五章
海西速度

在彭州的走访中，我感受最深的，是福建援建队的“海西速度”。

何为“海西速度”？

说实话，开始我并不清楚，后来才知道，“海西”就是海峡西岸经济区的简称。而海峡西岸经济区，即指台湾海峡西岸，以福建为主体包括周边地区，南北与珠三角、长三角两个经济区衔接，东与台湾岛、西与江西的广大内陆腹地贯通。该概念在2004年1月初举行的福建省十届人大二次会议上首次提出，至2006年两会期间，支持“海峡西岸”经济发展的字样便出现在了政府工作报告和“十一五”规划纲要中。

三十多年前，深圳人创造的“深圳速度”，已载入中国改革开放发展的史册；后来，“海西”充分发挥后续优势，又以超常规速度，大踏步追赶着沿海领先省份。于是，“海西速度”又留在了当今中国人的记忆中。

为加快灾后重建的进程，福建援建队把“海西速度”，也带到了彭州。

2008年6月16日，即中央明确福建省对口援建彭州市后的第三天，福建省就在第一时间召开了省委常委扩大会，对援建工作进行了全面部署，并成立了对口援建工作领导小组，统一领导对口援建各项工作。此后，全省共选派一百四十多名援建干部、上万名工程建设者和近千名支医、支教、支警、技术援助人员奔赴彭州，与八十万彭州人民并肩战斗！

其中，速度最快者，当属厦门林德志带领的援建队。

林德志本是厦门市建设局副局长，2008 年 5 月 20 日接到援建四川灾区一万套过渡安置房任务后，他连夜和同事们制定援建方案，第二天便组建起一支由设计、施工、财政等专家组成的厦门援建队。紧接着，林德志他们匆匆装了行李，匆匆赶到机场，再匆匆赶到灾区四川，当日下午 4 点，就出现在了成都建委报到处。成都建委的同志告诉他们说，你们是全国第一支带着方案报到的队伍。

林德志带领的厦门团队到达灾区后，用了不到一个月时间，就在彭州通济镇思文社区建起了二百七十一套板房，并命名为“鹭龙苑”。这是彭州市第一批建成交付使用的过渡安置房，也是福建在灾区建成的首个安置房小区。一排排活动板房整齐排列在平整的水泥路两侧，门前铺满了绿色的草皮，不远处还安装了体育健身设施，远远看上去，很像一个舒适的城市小区。这些安置房还增加了许多人性化的设计，如在房间中配置隔帘、延长一米的遮雨屋檐、全套配送的床具餐桌等。二百七十一套板房深受当地群众喜爱，一千多名受灾群众很快告别地震棚，住进了宽敞明亮的板房。

接着，林德志的厦门团队又领受了援建彭州沙金路、彭龙路、厦门桥三大工程的艰巨任务。这三大工程是彭州灾后恢复重建的重要工程，均位于受灾最严重的龙门山镇，无论是生活条件还是工作条件，都是最差的。

地震后，通往龙门山镇的道路十分危险，深入灾区深处，更是险象环生。但林德志却冒着危险，走村入户进行深入调查。尤其当他进入龙门山镇国坪村时，最强烈的感觉只有一个字：穷！于是他暗下决心，不仅要给彭州“输血”，还要为彭州“造血”！

由于林德志有了深入细致的调查，掌握了大量第一手材料，所以这位工程建设经验本来就很丰富的指挥长，从援建开始，到援建结束，每个工程的点滴进展，他都烂熟于心。他常常对同事们说，爱拼敢赢，是我们福建人的性格，所以援建彭州，我们必须全力以赴！我们援建的进度快一点，灾区人民的痛苦就少一分！

于是，搞好援建，争抢时间，成为他们追求的目标。

龙门山镇是国家级旅游风景区，最高山峰海拔四千多米，地震前，这里是避暑旅游胜地，农家乐很多，可惜地震中多数被毁于一旦。现在只有把路修好了，龙门山镇的农家乐的生意才能继续，才能开发新的景点，老百姓也才能过上好日子。因此路桥建设，成为“造血”工程的重中之重。

但在此过程中，厦门援建队却遭遇重重阻碍。尤其是厦门桥的建设，桥高、技术难度大，同时还有余震不断、语言不通、饮食不习惯等困难，让援建队员们吃了不少意想不到的苦头。所谓白天“满山跑”、晚上“夜总会”，一周“五加二”工作制，就是他们工作最真实的写照。然而，经过一年多的苦战，2009 年 10 月 5 日，沙金路、彭龙路、厦门桥——“两路一桥”，终于正式通车！

龙门山镇党委书记宁顺轩说，厦门援建，充分体现了“输血”和“造血”相结合的援建理念，为龙门山产业发展奠定了基础，让龙门山的道路桥梁等基础设施建设，在整体上至少提前了十年，让老百姓的生活有了一个质的飞跃。

由福州援建队抢建的小鱼洞大桥，速度也是相当了得！

小鱼洞大桥位于彭州小鱼洞镇，始建于 1998 年。地震时，小鱼洞大桥损毁最严重，我曾两次到过这里。第一次是 2008 年汶川大地震后的第八天，当时小鱼洞大桥已经中断。由于大桥是龙门山人民外出的必经之路，所以我看到许多人只能蹚水过河，或是通过便桥过河。第二次是 2010 年 11 月 29 日，当我来到小鱼洞大桥时，看到在大地震中垮塌成 W 形的小鱼洞大桥静静地躺在湔江上，已经成了有名的地震遗址，在默默地向世人展示着大地震肆虐后的惨烈伤痕。在旧桥下游一步之遥，是在救援中曾被称为“生命桥”的便桥；而在旧桥上游的四百米处，就是由福州援建队重建的大桥。于是旧桥、便桥、新桥三者并排而立，一眼看去很容易让人想到小鱼洞的昨天、今天和明天。

援建小鱼洞大桥项目的组长，叫吴玉惠。吴玉惠是福州市公路局高级路桥工程师。2008 年 6 月，当得知福建对口支援彭州后，他主动请缨，来到灾区第一线，一干就是整整一年。别看吴玉惠其貌不扬，嘴拙舌笨，不善言辞，却曾在 2005 年至 2007 年三年间，远赴非洲，参加了对安哥拉战后道路等基础设施的援建工作。由于战乱等原因，导致安哥拉国情复杂，但吴玉惠还是出色地完成了任务。正因为吴玉惠有着丰富的援建经验，所以福州指挥部对他委以重任，由他担任小鱼洞大桥项目组长。吴玉惠深知小鱼洞大桥对恢复灾区群众生产和生活的重要，二话没说，便以“海西速度”，加班加点，开始攻克种种技术难关。

有一次，吴玉惠回单位汇报援建小鱼洞大桥工作进展情况时，恰逢单位体检，身体一向很好的他却被查出患有肾结石和腰椎突出。医生和家人都让他在家卧床休息几个月再走，但建桥工作刻不容缓，吴玉惠拿了一点药就匆匆返川了。只是儿子让他深感内疚，儿子考初中时他在安哥拉，儿子现在中考在即，他又要到灾区彭州。但为了小鱼洞大桥，他只能对不起儿子了。

2009 年 5 月 12 日，即汶川大地震一周年之际，经福建援建队六个月的日夜苦战，小鱼洞大桥正式建成通车，比计划工期提前了整整四个月。而且经评审，主体工程实现了零缺陷目标。当第一辆车顺利驶过小鱼洞大桥时，吴玉惠拿出手机，第一个给妻子和儿子打去电话，报告了大桥成功建成的喜讯!

彭州市一位知情者向我介绍说，小鱼洞大桥正式通车这天，当地群众自发从四面八方早早赶来，纷纷打出了一幅幅感人肺腑的横幅，并以燃放鞭炮礼花、放飞和平鸽等形式，表达他们心中的喜悦之情。小鱼洞大桥在未修好之前，恢复银厂沟风景区只能是空谈。现在，小鱼洞大桥修通后，银厂沟旅游风景区的恢复，很快就变成现实。

由厦门、漳州、莆田、龙岩、南平五个援建队承担的援建彭州学校的速度，同样神奇，同样惊人！

“5·12”汶川大地震，使彭州一大批学校受到严重损毁，数万名师生只能在板房教室里上课，条件非常艰苦。经与彭州市充分协商，福建省将成都石室白马中学、彭州敖平中学、成都石化工业学校（原军乐职中）、彭州清平中学、彭州九尺中学、彭州利安中学、彭州西郊小学、彭州利安小学、彭州清平小学等九所学校，全部列入优先援建的民生工程。

2008年11月，学校工程正式开工。此后，厦门、漳州、莆田、龙岩、南平五个承担学校援建项目的前方指挥部，高度重视彭州学校的重建工作。他们建立定期例会和巡查制度，抽调精干人员对每周工程建设情况进行检查落实，在确保工程质量的前提下，不断加快工程建设步伐。为了以最快的速度建好学校，他们创新了倒排工期、三班倒、“白加黑”“五加二”、人休机不停、地毯式推进等施工方法。在气候潮湿、水土不服、饮食不适等严峻环境的考验下，放弃所有休假，坚守施工现场。为确保2009年9月1日彭州灾区全体师生顺利搬进新校园，全体援建队员“决战九一”，再次刷新了福建援建队的海西速度。

截至2009年8月13日上午9点，福建省对口援建彭州的九所学校全部竣工并交付使用。这是四川灾后重建第一批竣工并交付使用的学校。9月1日，彭州市所有学生全部进入永久性学校学习。而由林德志团队打造的清平小学的“白鹭楼”，则是其中的一个亮点工程。白鹭楼共有四层，设计的抗震设防烈度为八度，可容纳十八个班级近一千名师生。白鹭楼的建设时间仅为一百一十天，是彭州灾区第一幢交付使用的教学楼。

还值得提及的是，漳州工程组组长黄俊斌。黄俊斌他们负责的是彭州敖平中学的重建。为了保证学校如期交付使用，黄俊斌几乎每天泡在工地上，衣服湿了干，干了又湿，尽管身上长了密密麻麻的小红疙瘩，也根本顾不上治，一天下来，感觉整个人就像散了架一样！但他每天依然坚持泡在工地上，不是掏出钢卷尺一一检查，就是手拿小锤子轻轻敲打贴好的面砖，发现空鼓，立即做上记号。等工程完工时，他瘦了十多斤！

走访中我了解到，福建省对口援建彭州的九所学校，总投资为三亿五千二百二十万元，总建筑面积近十四万平方米，均按八度抗震烈度设计。这九所学校的建成，不仅解决了彭州市一万三千五百名学生的就学问题，而且还优化了当地教育资源配置和学校布局，为彭州城乡一体化、教育现代化打下了坚实的物质基础。此外，福建省还将投资一亿一千万元人民币，在彭州市二十个镇援建三十所幼儿园。

难怪许多人都对我说，彭州一年重建，让教育发展超前了二十年！

走访中我还了解到，福建对灾区的援建，除了看得见、摸得着的硬性的物质援建，还有就业援助、支医、支教助学等“软援建”项目，也似春风雨露，默默抚慰着彭州深重的伤口。

截至 2009 年底，福建省选派了两批共三十八名优秀中小学教师到彭州市开展支教工作；抽调了两批专家到彭州市开展教师培训工作；组织了十七所优质学校与彭州十六所学校签订“手拉手”活动协议，并在彭州设立了六个教育基金，资助了六百多名贫困学生；同时还先后选派了六批五百五十九名医疗防疫人员前往彭州，积极开展医疗援助和卫生防疫工作。比如，在福建第二批支教队伍中，来自福建泉州、在成都石化工业学校支教的王信南老师，虽说年近花甲，但为了加强学校的实训基地建设，王老师主动请缨承担了实训室平面布置图、设备安装配套图的设计和绘制工作，在他加班加点的不懈努力下，两个实训室终于如期建成。接着王老师又对全校机械专业教师进行了钳工技能培训……

是的，一个个“海西速度”的出现，让彭州人震惊，也令彭州人感动。然而，彭州之外恐怕极少有人知道，在这一个个“海西速度”的背后，付出的却是福建八闽大地一百四十多位援建者的汗水与心血！

四川气候潮湿，特别是冬季，能见到太阳的日子寥寥无几。因此，住在板房的援建人员即使用电热毯烘烤被褥，还是有不少人患上了关节炎。尤其到了梅雨季节，住板房是最难熬的日子。雨水一下就是一个星期，甚至一个月，每晚滴答、滴答的雨水不停地敲打着板房的铁皮屋顶，常常让人彻夜难眠。

而福建省对口支援彭州前方指挥部，就住在这种临时搭建的板房里，板房的房顶上立着一块大牌，大牌上“爱拼才会赢”五个大字，赫然醒目，令人振奋！本来指挥部也可以选择更好的地方，但指挥部指挥长余军和他的同事们一直坚持住在这里。余军说，只要还有一名受灾群众没有住进新房，我就不撤出板房，我要做彭州最后一个住板房的人！

由于板房太潮湿，余军指挥长等不少援建人员都患上了关节疼痛的毛病，无奈之下，他们只有靠大量吃辣椒来获得缓解。但他们毫无怨言，把住板房看成是对援建人员的鞭策和鼓舞。余军说，到了灾区，只有住在板房里，才能真正体会受灾群众的疾苦。我们到灾区，是来搞援建的，而不是来享受的。于是时间久了，他们竟把雨滴声当成了催眠曲，把蚊子咬当成了打预防针。

就这样，从 2008 年到 2010 年整整两年时间，福建援建队一直住在板房里，尽管每天面临余震不断、水土不服、饮食不惯、条件艰苦等种种困难，却始终坚守在彭州灾后重建第一线，直至全部完成援建任务。

在彭州走访的日子里，我一直在想，继“深圳速度”之后，为什么又有了“海西速度”？是因为福建人的拼搏精神，还是因为福建经济的高速发展，抑或出自福建人的责任与使命？

也许都是。

第十六章
川渝自古是一家

重庆的对口援建对象，是成都的崇州。

虽然重庆援建崇州的量不大，资金也不算多，但在走访中，我却真切感受到了重庆与崇州兄弟两地血脉相连的浓浓情意。

崇州从前叫崇庆，与重庆同音。在很多年里，崇州人总爱用完全同音的这一对地理名词，把自己和西南最大的城市联系在一起。据说，1997 年当重庆被确立为直辖市的时候，崇州人在心里还悄悄有过一阵莫名的失落。

那么这次重庆选择崇州作为援建对象，是不是因为“大重庆”与“小崇庆”在地名上的这种历史渊源，特意为之的呢？

针对这个问题，我特别询问了崇州市重建办副主任杨建。杨建告诉我说，她专门到省重建办问过，问是不是这次“大重庆”选“小崇庆”是有意的？省重建办的人告诉她说，不是，完全是巧合。当时援建的对象，是先根据受灾严重度的资金量，再按各援建省市经济收入情况进行排序的；排序时，重庆刚好排到援建崇州。

是的，虽说川渝已经分离，巴蜀山阻水隔，但在重庆人民的心里，巴蜀从来山水相连，川渝自古是一家，汶川大地震中遭遇苦难的人们，就是他们血肉相连的兄弟姐妹！

我还听说，当四川血库告急之时，重庆市民纷纷冒雨排队献血。一位重庆市民说，我没有钱，就献点自己身上的血吧！于是有记者在报上向社会发问，到底是钱贵，还是血贵？后来据统计，重庆市民在第一时间为灾区献出的血，高达血库饱和线的一点五倍，创造了重庆有史以来双日献血量的纪录！

这一事实，是不是就是对那位记者的最好回答呢？

2008年6月26日，重庆市首批六十九名对口支援的卫生援建队抵达崇州。

随后，重庆市教育局、规划局等相关部门也派出援建队紧急赶赴崇州。

紧接着，崇州市两百余名劳动力、三十余名教师被安排到重庆接受就业培训和师资培训。

7月22日，重庆市正式启动对口支援首批行动计划，包括智力援助，恢复重灾乡镇基本功能，援助一批灾民急需的生产、生活物资等二十四个项目。

10月17日，《重庆市对口支援崇州市地震灾后恢复重建协议》正式签订。这一协议确定，重庆市将在三年内完成对崇州市的各项对口支援任务，并按照国家规定“对口支援的实物工作量不低于上年地方财政收入的百分之一”的要求，支援崇州市约十七亿元人民币的资金。

11月3日，包括重庆路建设，市人民医院、市妇幼保健院迁建等项目在内的第二批五十二个硬件援建项目也正式确定，项目预计投资十四亿二千万元人民币！

于是，在崇州走访期间，我便听到了很多关于重庆援建的故事。

一是勘测队员的故事。在重庆援建任务中，规划勘测必须在前，而且工期紧，任务重，难度大。所以为了赶任务，每天早上6点，天刚蒙蒙亮，勘测队员就必须出发，直到天黑看不见，再也不能测量，才返回板房。回到板房后，他们还要画图纸，整理数据，直至半夜才能休息。正常施工时，一个测绘小组需要三个人，一人观察，一人上图，一人立标杆。

可规划勘测队总共不足七十人，人手不够用，就只有让管理人员和驾驶员一齐上。而且人人都得当多面手，一个人做两个人的事，一天干两天的活。不仅如此，地震后不稳定的地质结构，对勘测队员的生命也会造成威胁。但勘测队对驾驶员有一个要求：只要前方指挥员下令，不管路况如何，都要加大油门冲过去！

有一次，重庆市勘测院副院长陈华刚和总工程师谢征海乘车上山，路上遇到滑坡，山上滚落下来的石头砸到了汽车的后轮胎上。但他们硬是加大油门，冲过危险地段，差一点葬身山谷！凭着这股玩命的精神，本来是四十天的规划勘测工作量，勘测队员们只用了十五天就全部完成，为崇州提前开展永久性安置房建设奠定了基础。

二是“结亲”的故事。为了帮助地震灾区特困家庭渡过难关，重庆十一户家庭和崇州十一户家庭进行了“一帮一”的“结亲”。崇州的这十一户家庭，全是在“5·12”汶川地震中房屋倒塌的单亲、残疾等特困家庭。双方“认亲”后，将建立长期的关爱帮扶关系。比如，重庆家庭将通过打电话、发贺卡、寄包裹、到灾区“走亲戚”等形式，帮助灾区困难家庭渡过难关，重塑生活的信心。

2009年，重庆市慈善总会、重庆商报社等单位发起“为希望续航”活动，共筹集善款二百三十九万元资助崇州地震灾区二百七十名优秀贫困大学生，其中有三十九名大学生就获得了“一帮一”的资助，然后由社会爱心人士承担了其大学的全部学费。此外，崇州市高三毕业生罗超考上四川大学后，因地震后家里无力承担学费，后来也获得“一帮一”的资助，圆了大学梦。

三是医生的故事。2008年5月中旬，家住崇州市街子镇会元村一组的杨旭琴发现自己腹部长了一个包块，就到当地医院做了检查。检查结果为“恶性肿瘤”，而且已是晚期。医生说，属于她的时间估计不会超过一年！刚从重庆到崇州的重庆医科大学附属第一医院的医生袁瑞得知这一消息后，当即让杨旭琴转院至崇州市人民医院，并答应为她手术。杨旭琴转院到崇州市人民医院后，被诊断为卵巢癌晚期。7月7日，袁瑞医生亲自为杨旭琴做了手术，手术非常成功。据说，这例手术难度很大，此前崇州市所有的医院从未做过。

此外，还有一个医生的故事。有一天，崇州锦江乡鱼塘村十组村民宿秀云到医院看病，突然晕倒在医院门口。恰在这时，参加崇州援建工作的重庆医生江世哲路经宿秀云身边，忙将她扶起。经抢救，宿秀云得以脱险，并住进了医院。宿秀云入院后，被诊断为高血压病（极高危），且心率极快，心律不齐，心力衰竭，双肺感染。后来通过江世哲医生中西医相结合的治疗，使宿秀云的心脏功能恢复良好，双下肢不再水肿，双肺感染病灶消失，血压也恢复正常。出院那天，宿秀云为答谢江世哲医生，竟跪倒在地，流着眼泪说："感谢江医生救了我的命！感谢重庆来的专家，是你们给了我第二次生命！"

重庆援建中的感人故事还有很多，但最有说服力的，恐怕还是重庆路。

重庆路全长四十二公里，分成三个标段，分别由重庆建工渝航交通工程有限公司、中国交通建设集团第一公路工程局三公司以及武警新疆兴达公路工程部三家合力中标修建。

为什么要修重庆路？

我专程走访了崇州市副市长张年福。

张年福身材魁伟，性情豪爽，一看就是一个朴实能干、脚踏实地的实干家！难怪"5·12"汶川大地震后，因他在抗震救灾中表现突出，被中共中央、国务院、中央军委授予"全国抗震救灾模范"荣誉称号。

张年福说，2008年6月，党中央确定重庆援建崇州后，按照成都市委市政府的要求，崇州重点要在民生和产业上多做文章。因为我们沿山有七个乡镇，这七个乡镇有二十多万人，所以首先要建一条应急抢险的通道。当时我们考虑，沿山修路，既是一条应急通道，又是一条发展产业的主导，同时也是一条沿山乡镇山村的致富通道。基于这么一个考虑，2008年底，我们在沿线的几个乡村开了大会，跟沿途的老百姓说，重庆来援建我们，给我们修路，修路的好处是什么。讲了之后，老百姓非常关心，也非常支持。农历的十二月底，当时在没有一分钱的情况下，根据规划，百分之九十的农户搬出来后直接就把房子拆了，总共有一千七百多户六千多人。我记得是春节期间，老百姓的房子全部拆了，等着住新居。当时百姓虽然很困难，也没钱，但他们觉得重庆来援建，修的这条路完全是为百姓着想，吃点苦受点累是应该的，所以保证了2009年正式开工！

张年福还告诉我说，重庆路不仅是一条应急通道，更是一条产业扶持的大血管！它是重庆市对口支援崇州市灾后恢复重建的重点工程，是重庆市的自主实施项目。这条应急通道由沿山救灾应急通道和三龙灾后应急抢险道路两段路组成，连接着崇州市、都江堰市、大邑县三个重灾区，是成都市通往崇州市山区旅游的主要通道。它起于崇州与都江堰交界处的泊江河大桥，与成青旅游快速通道相连，止于崇州市白头镇，接成温邛高速公路。整条公路贯穿崇州南北，跨越街子、三郎、怀远、道明、王场、白头等六个镇，受益人口二十余万。

我后来了解到，重庆路的建成，的确使偏僻地方居民出行更加方便，同时还使崇州市有条件依托山区良好的自然资源，来推动沿线乡村旅游，打造沿山观光带，为今后发展旅游致富创造了条件。其中有较长一段路是沿山而建，穿行于村镇之间，并与原有一些地方道路形成环网，有力提升了沿龙门山脉整体抗灾救灾应急能力，是一条名副其实的“生命通道”！

为了见证和感受一下重庆路的魅力，2010年11月27日下午，在崇州市重建办副主任杨建的陪同下，我驱车上了重庆路。

是时，天空细雨纷飞，薄雾蒙蒙，沿途农家小屋，景致秀丽。汽车快速行驶在大气、宽敞的重庆路上，望着身边的山水，我竟有了一种酣畅自由、前程远大的感觉！

我们一路走，杨建一路向我介绍情况。

杨建说，重庆路总投资五亿四千万元，2010 年 9 月 28 日竣工，总共用了十六个月。重庆路全程四万二千米，共有桥梁八座，隧道两条，涵洞二百零七个；道路等级为双向双车道二级公路，路基宽度十米，路面为沥青混凝土。重庆路的最大特点，就是把各主要交通要道串起来了，把国道、省道、旅游通道全部串起来了。以前山里的人出去要绕，比如我们到都江堰和大邑去，都要绕很多冤枉路，现在方便了，不仅提高了当地的抗灾救灾能力，还方便了沿山九个乡镇的快速出行。而且更重要的是，重庆路的建设，按照城乡统筹、“四位一体”科学发展战略的总体要求，充分利用沿途的丰富资源，进行高起点、高标准的科学规划，将带动和促进乡村酒店、旅游小村的大开发，形成崇州市又一旅游产业黄金走廊；并推动沿线产业结构大调整和经济大发展，成为沿线群众的生命之路，也是致富之路、发展之路。

当晚，我还看到了崇州高中语文教师何学嘉因感叹于重庆路的建成，写的一篇题为《门前路，盼成了重庆路》的文章。在这篇文章里，何老师写出了一个山里人几十年来对路的切切期盼与真实感受。请看，何老师是如何写的：

我家居白头镇乡下，现出门迈出三步，就踏上了重庆路，再迈出两步，我便坐进了停在路上的私家车……我最初的记忆是幼年学步时的倚门企望。企望的是一条蜿蜒曲折由南而北伸向天边山里的乡间小道，准确地说是一条或白或黄的由前人踏出的细线；企盼的是父亲、母亲挑山柴、背山货赚取生活费归来的身影。从父亲、母亲天不亮就丢下我们出门上路，到天晚归来的疲惫，从他们口中讲出的诸如东关、道明、公议、分州（怀远）、街子、灌县（都江堰）等陌生的地名，以及天晴一身灰土、天雨一身稀泥，年幼的我们分明感到了家门前这条小路的遥远难行，悟到了这条路与一大群嗷嗷待哺的孩子休戚相关。还未走上人生之路，门前的路就在我们心里扎了根……

的确，世易时移，时代前进的步伐大大加快，门前这路真该好好修修了。因除了普通百姓，这路上还常见军队。先是有军马军车通过，再有成百成千的军人拉练通行，再后来甚至有载着坦克的战车缓缓驰过。有人说北边山里有大军的坦克训练场、打靶场，国防需要，肯定会修的。

于是，我们都在盼，盼能沾光借道畅行借路致富。但不知怎的，尽管多年来人增车增，路却是越显窄越显乱，“天晴一把刀，天雨一泡糟”，这路还是没能好好修修，最多也就急用时临时补填一下。但人们仍在盼，盼能走上水泥路、柏油路，心中直喊：要想富，先修路，修好路！这一盼就盼到了二十多年后的2004年。据说是北边山里的白塔湖水库周边要搞商业开发，开发商便先期投资修路了。水泥路面，双车道。但可惜只有三千五百米，仅通到道明境内的白塔湖边，故名“道白路”。更急人的是这路总是修修停停，流汤滴水四五年也没见完工。唉，修条好路，看来还真不简单！

路的命运在2008年10月终于出现了转机。“5·12”大地震后第二天，门前路上骤然忙碌紧张起来。成灌路、成大路上通行不畅的车辆行人纷纷选择此路，抄便捷、错高峰，抢险救灾的直升机群也不断地从上空飞过，门前路分明成了又一条抢险应急救灾的大动脉。有人又先知先觉地说开了：咱这儿天上飞飞机，地上跑汽车，本就是咽喉要冲之地，这条路肯定会引起上级政府的重视，肯定会认真修了。这回真让他说准了。2008年11月，报纸上真说了，借助灾后重建，也是痛定思痛，未雨绸缪，国家决定由重庆市用时两年投资五亿四千万元人民币，为崇州市人民援建一条“抢险快速通道”，从南北贯通连接成灌路和成大高速公路，既用以应急抢险救灾，又形成崇州市六大示范线之一的新川西旅游环线、浅山度假示范线，不光要让崇州人民从灾难中站起来，还要让崇州人民更快地富起来，美起来！

是的，要想富，先修路。穷了几十年的崇州老百姓终于盼来了一条路——重庆路！这是崇州老百姓的福气。

然而，走访中我了解到，重庆路的诞生，历经艰难。在修建重庆路的四百八十多个日日夜夜里，在四万二千米长的重庆路上，几乎每一分钟都有感人的故事发生，每一寸路面都渗透了建设者的汗水甚至鲜血！

比如，汶川大地震发生后，重庆建工渝航交通工程有限公司的谭华先，就迅速组建了重庆市交通抢险突击二队，直奔重灾区绵竹汉旺镇，实施道路抢险救援。谭华先所在的公司承接了援建重庆路的工程后，谭华先又在第一时间向公司积极争取，要求赴灾区参加重建工作，他新婚半年且体弱多病的妻子也表示积极支持。谭华先如愿来到崇州灾区后，他目睹了地震给这座美丽小城造成的创伤，更是坚定了自己援建的决心。重庆路开工后，谭华先每天都蹲守在工地现场，渴了，喝口矿泉水；困了，就在车上打个盹，每天都工作二十小时以上。而且，每天晚上 10 点，他都要雷打不动地到七千多米的施工现场去巡查施工情况。2009 年 3 月 31 日，谭华先所负责施工的双河大桥上游突降暴雨，晚上 12 点，洪水淹没了工地。正在工地现场巡查的谭华先立即启动应急预案，组织工人进行抢险。抢险中，他率先跳入洪水中，带头将水中的设备、材料一一抢上岸来。

比如，重庆武警交通第一工程处三中队队长刘健，早在 2008 年抗震救灾中，他便冒着危险，舍生忘死，带领官兵们奋勇打通了卧龙至耿达的公路。后来，他所在的中队被中共中央、国务院、中央军委授予“全国抗震救灾英雄集体”，并荣立了“集体二等功”。2009 年初，刘健带领的中队承担了重庆路主线路基六千九百七十米的施工任务，为了早日建好重庆路，他带领中队官兵，科学规划，将施工全线分为三个作业段，不分昼夜，加班加点地干。为了保证质量和进度，他经常跟班作业，直至深夜，午饭、晚饭都在施工现场吃。于是无论白天还是晚上，不管刮风下雨，还是烈日当空，当地老百姓都能看见一位皮肤黝黑的汉子，总在现场挥汗如雨，埋头工作。三个月下来，刘健整个人黑了一圈，也瘦了一圈。2009 年 4 月 8 日，刘健的父亲检查出患有肝癌，急需手术。领导让他回去，可他考虑到工期正吃紧，硬是坚持干到父亲手术的当天才赶到父亲的病床前。

再比如，重庆市交通投资公司工程师、重庆路援建项目工程室主任周顺尧，第一时间得知援建重庆路的消息后，他主动向公司申请，要求去崇州参加援建。2008 年 9 月，周顺尧作为首批援建人员，第一个赶到了崇州。在援建重庆路近一年半的时间里，四万二千米长的重庆路上，每一处都留有他的足迹，也留下了他的故事。重庆路的建设，涉及详细的施工规划和大量的农户拆迁，作为整条路的项目工程室主任，工程开工后，周顺尧就把自己泡在施工现场。为了某个点位的施工设计，他和同事们常常要到现场反复测量、计算，论证施工的可行性。不到一个月，就完成了重庆路全段路桥、涵洞、五百多个顺接路口的规划设计，并同步完成了涉及区域内的农户搬迁工作。由于重庆路全线涉及与其他支路的顺接道口多达五百余处，为了方便群众出行，不论是主道口，还是乡村机耕道路口，在设计中，周顺尧他们都把交接口纳入施工内容，并当作惠民工程、精品工程，甚至其设计施工比重庆路的路基标准还要高。

例如，在岳家沟和娘娘岗两条隧道中间有一个顺接道口，原来设计的接口刚好在重庆路的一段坡道上。周顺尧去实地查看时，发现该段路坡度较陡，从坡上过来的车辆在下坡前根本看不清支路上过来的车，很容易成为事故易发段。于是周顺尧几次实地测量，然后重新设计了改道方案。但当地有六户村民，因为觉得要多绕路和占用土地，不同意改道。周顺尧想到今后群众的出行安全，只好拿着设计图纸，一次次跑到村民家中，同村民恳切交谈，说明安全的重要和二者的利害关系。最后，村民们同意了改道施工。

再例如，在重庆路涵道施工中，当周顺尧了解到当地一些群众对设计方案有意见，担心将来有被洪水淹没的危险时，他马上赶到村里实地考察，走访群众，并察看了当地的水文记录和上游河道的入水量。最后，周顺尧认为村民们的意见是有道理的，符合客观实际。于是他接受了村民的建议，当即会同路段施工方，在保持原来涵道的安装位置和直径不变的情况下，又在旁边设计、新修了一条直径达一米的排洪涵道，从而消除了村民的后顾之忧。

…………

的确，地处偏远山区的崇州能有这么一条路，一条具有现代气派的重庆路，实在是来之不易！

然而，当我驱车行驶在重庆路上时，脑子里却一直在思考着这样一个问题：耗资高达五亿四千万元人民币的重庆路，如今虽然已经大功告成，但它究竟有多大的实际意义呢？它除了作为一条应急通道，以保证将来万一灾难发生时，山里二十万村民有路可逃之外，能给当地百姓带来真正的实惠和好处吗？它会不会又像某些地方的政客们精心设计的“形象工程”一样，最后变得形同虚设、毫无实际意义呢？

带着这一疑问，我再次走访了副市长张年福。

张年福说，重庆援建崇州的资金总量是十七个亿，但我们用这十七个亿，却撬动了六十多个亿。

我问，怎么讲？

张年福说，重庆援建崇州，关键是有科学规划和专家评审，专家们给我们作了指导，把城乡建设和灾后重建结合在一起搞。比如说卫生系统，看起来是修人民医院和妇幼保健院，但实际上不单单是修所医院、修所妇幼保健院的事，因为人民医院、妇幼保健院原来的旧址腾出来后，家乐福马上投资二十五个亿，把它给接管过去了。这一来，我们崇州的经济一下就盘活了。

那重庆路呢？具体有什么实惠？我问。

张年福说，当初修重庆路的时候，其实我们也没想那么多，只是想到能建一条应急通道就行了，没想到现在却变成了“黄金通道”。

怎么是“黄金通道”？我穷追不舍。

张年福说，因为重庆路修起来后，沿途都成了黄金旅游点了，公路两边完全是田园风光，可以建乡村酒店，也可以搞农庄，现在想在重庆路沿线搞投资的，已经有四十多个亿了！过去我们并没有认识到重庆路修好后会有这么大的效益，这么大的实惠。

我问，你们当初修重庆路的时候，有没有考虑过“形象工程”的因素？

张年福说，没有，我们确实没有想过这个问题。我们只想修一条应急通道，解决当地群众的安全问题。因为汶川大地震的时候，山里大约有二十万群众困在里面，很长时间出不来。现在，重庆路修好后，其实最大的赢家是老百姓，最高兴的也是老百姓，是那些祖祖辈辈生活在重庆路两边的农民，他们受益最大，收获最大。

具体怎么讲？我继续打破砂锅问到底。

张年福说，因为路通了，投资就来了，钱也就有了，老百姓的穷日子就结束了，好日子就开始了。现在，我们正在重庆路两边打造黄金旅游观光带，建设田园风光，因为这里的自然原生态没有被破坏，非常美。

我问，重庆路修好后，包括整个灾后重建工作结束后，地震后的崇州市和地震前相比，整体上发生了什么变化？

张年福说，这么跟你说吧，全市公路的质量档次和完善程度，提前了三十年；全市的中学小学幼儿园的建设，提前了三十年；各个乡镇的卫生院，提前了二十年；各个乡镇的敬老院、文化站、农机站，提前了二十年；农村的供水设施、污水处理设施等，提前了十年！

我问，其他工程都提前了三十年、二十年，为什么农村的供水设施、污水处理设施，却只提前了十年？这些设施为什么不同样提前二十年或三十年？

张年福说，因为农村太穷，原来的条件和基础太差，很难一下子改变，不可能一下子齐头并进，只能滞后一点，慢慢来。

我问，你如何评价重庆对崇州的援建？

张年福说，川渝永远是一家。我们崇州人子孙后代都不能忘记重庆，要感谢重庆三千二百万人民对崇州的支援！重庆援建我们，最多的时候达到了八千多人，现在大概还有八百人在这里干。在援建过程中，感人的故事太多了，大部分人两年春节都没回家，很多人推迟了结婚，有的刚结婚一天就到了崇州，有些人的父母病危甚至去世了也没回去。无论是炎热的夏天还是严寒的冬天，重庆人无私奉献的精神、舍小家顾大家的精神，为我们做出了表率，对我们现在的干部和职工是个很大的鼓舞。最典型的是武警交通部队，他们连续三年参与我们崇州的抢险救灾，三次救了上百万人！他们真心实意来支援灾区，给我们树立了一个榜样！

是的，虽然四川、重庆分开了，但当灾难降临时，川渝两家又手牵手、心贴心，并肩站在血迹斑斑的巴蜀大地上，重新共建新家园！这是天意，更是割不断的深情厚谊。因为川渝自古是一家，川渝永远是一家。

第十七章
人道，没有国界

在汶川大地震后较长一段时间里，救治伤员，看病就医，成了灾区迫在眉睫的大事情！

因为，此事与其他基础设施的建设完全不同。比如，伤员来了就得抢救，否则就有生命危险，病人来了就得看病，否则错过最佳治病时期，轻者加重病情，重者丢了性命，孕妇来了就得生产，万一胎位不正，遇上难产，还要手术还要输血，十万火急刻不容缓！

然而严峻的现实是，地震后，许多医院垮了，不少医务人员遇难了，好多设备和药品被掩埋了，甚至连手术台也被震烂了！除了一般的病人照旧不减外，新增的地震伤员竟是平常的数千倍甚至数万倍！

很显然，要想短时间内在一片狼藉的废墟上建起一座又一座的医院，根本就不可能，也没这个时间。

于是在这种情况下，灾区便出现了许许多多的帐篷医院、板房医院，以及各式各样、大大小小的路边医院；至于世界各地医疗卫生组织在灾区现场临时采取的各种救治手段，就更是数不胜数、无法统计了。

在众多各式各样、大大小小的医院中，最有特点也最为抢眼的，在我看来，要数都江堰的中德野战医院！

中德野战医院的诞生，有一段非同寻常的经历。

汶川大地震，导致都江堰医疗卫生体系遭受极大重创，不仅原有的几十家医院基本陷入瘫痪，医疗机构也几乎被夷为平地，而且很多医护人员还丧失了生命。但都江堰拥有常住人口六十多万，从废墟中抢救出来的数以万计的伤者急需救治！于是，全国不少的医生护士以及有医学常识的志愿者们，纷纷奔赴灾区，加入救治伤者的行列。

但灾区最缺的，不是医生，而是医院！

医院问题不仅牵动着国内同胞的心，也引起国际社会的高度关注，比如德国。德国政府先后为四川灾区共提供了总价值四百四十万欧元的救援资金及项目。其中最为重要、最关键的一个项目，就是中德野战医院！

中德野战医院是由德国红十字会捐赠，与中国红十字会合作，在都江堰共同搭建的一座医院。这座医院说白了，其实就是在废墟上临时搭建的一座“帐篷医院”。

汶川大地震发生后，德国红十字会当即表示，为中国捐赠一套医疗装备，运往灾区，筹建一座野战医院，以解灾区燃眉之急。于是汶川大地震发生后仅十一天，即 2008 年 5 月 23 日，一架载有全套医疗设备的波音 747 飞机，就从德国柏林起飞，随后降落在成都双流机场。德国的这套医疗装备重达四十九吨、体积三百多立方米，总价值为七十三万二千欧元，可服务于二十五万病人。而随同医疗装备一起来到中国的，还有两位来自北威州和巴符州的德国医生、四位护士和五位技术人员。

当装有设备的波音 747 飞机从柏林起飞之时，中国红十字会和卫生部迅速委派上海华山医院的医护人员赶往四川灾区，与来自德国的十一位医疗技术专家携手合作，共同搭建灾区首家国际援助医院——中德野战医院。华山医院接到任务后，不到两小时便组建了由四十余人组成的华山医疗队；十二小时后，医疗队在医院副院长黄峰平的带领下，登上了飞赴四川灾区的飞机。当华山医院医疗队风尘仆仆地赶到都江堰，站在中德野战医院预选的地址上时，看到的是四处裂缝的马路，杂草丛生的野地，遍地垮塌的楼房，满是瓦砾的废墟。队员们一下子就感到了灾情的严重。

然而，严重的灾情，容不得中德双方医务人员的任何多虑与迟疑。伤员急需救治，医院亟待建起，于是中德双方医务人员到达都江堰的当天，外交部、德国专家组、华山医疗队、都江堰政府和红十字会等相关人员，便在一块极其简陋的空地上迅速围成一圈，召开了一个“野战会议”。会议经过简短的讨论、协调，最后决定，中德双方所有人员统一分为项目运营、医疗、护理和行政总务四个小组。四个小组各负其责，马上行动，搭建中德野战医院！

中德野战医院是一所非常先进、非常实用、非常神奇的野战医院。走访中，都江堰市卫生局负责人告诉我说，安装这样一所野战医院设施，只需大约两天半的时间。德方提供的所有医疗设备和药物都装在箱子里，箱子分为不同颜色。绿色代表门诊部、红色代表住院部、黄色代表手术室，不同颜色的箱子按特定顺序堆在一起，只需依照顺序打开安装即可。医院设备齐全，有一百二十张床位，包括门诊室、手术室、产房、药品储藏室等，其电力均由一部从德国带来的发电机供应。帐篷分为两层，隔热防雨，还防阳光辐射，帐篷里的每张床头都对着窗户，病人可以自行决定是打开还是关闭。手术室是一个充气帐篷，内部的高压，可排除空气中的不洁物；另有五六十个小型简易马桶，病人使用后，马桶会自动粉碎排泄物，而后再导入一个塑料袋，统一送至环卫部门处理。还有一个帐篷作为 X 光室，与其他帐篷相对保持一定距离，三米外不会对人产生辐射。

我还听说，德国的这种帐篷医院早在五六十年前就诞生了，是二战时期德国专门用于应急战场的需要而构想出来的。它对德国来说，也许已经落后了，但对中国的灾区而言，却是再先进不过了。

据德方介绍，这种帐篷医院可以在陆地任何地方搭建，包括荒野、高山和沙漠。它曾在 2007 年巴基斯坦的地震区域使用过，在非洲的几个地震区域也使用过，而在阿富汗每年都会使用一两次。它的装备虽然不是世界最先进的，却是最成熟、最实用的。正如德国红十字会发言人 Koch 女士在新闻发言中所说，我们的野战医院说它是最高级别的，这并不是说我们的医疗设备有多么的高级、多么的尖端，而是说这种野战医院的规模较大，完全具备一个医院应该具备的大部分设施和功能。而且这个野战医院还有一个特点，就是用最少的德国人，在最短的时间内，把医院移交给受灾国家的医务工作者，自己运行，自己使用。

在搭建野战医院过程中，十一位德国技术专家、四十多位华山医疗队队员和一百多位都江堰市人民医院的医务人员，冒着酷暑，顶着烈日，身兼数职，加班加点，全力投入；麻醉师、卫生员、消毒员、水电工等，也赤膊上阵；甚至拿手术刀的医生，也扛起大箱子当起了搬运工，娇小温柔的护士也动手拼装仪器当起了装配工。

尤其是德方的工作人员，相当敬业。比如，有一位叫克劳斯的先生，在德国是一家工程公司的老板，同时也是红十字会的一名志愿者。他曾参加过世界上许多国家的救灾工作，如巴基斯坦、伊朗、印尼等。他这次是第一次来中国，到灾区后，可能是天太热，也可能是太着急，嘴唇很快便长了疮。但他默不作声，每天只顾低头干活。他对中国的记者说，我们和中方的合作很协调，在其他地方要一两天才能做完的事，在中国的灾区，几个小时就搞定了。

此外，四面八方的志愿者，也纷纷闻讯赶来帮忙。其中最为突出者，当属王平率领的兄弟爱心救助队。这支由七十多人组成的志愿者救助队，成员来自全国十多个省份，其中有公务员、大学生、个体老板等。灾区的夏日，酷热难熬，时刻都像在蒸桑拿。但兄弟爱心救助队从早上 7 点开始搭帐篷，一直干到深夜 12 点，个个挥汗如雨。

在搭建中德野战医院的过程中，中方人员不仅起到了至关重要的作用，也给德国朋友留下了深刻的印象。由于中国的这次地震发生在山区，所以德国专家预计，搭建这座野战医院至少需要五天。可没想到中方人员仅用了两天半的时间，一个个巨大的帆布帐篷，便接二连三地在废墟上矗立起来，而且还完成了医院主要设备的安装工作。德方人员感叹说，中国灾区的工作人员，是世界上最能吃苦的，也是最有效率的！

2008年5月25日下午3点，中德野战医院正式落成。

走访中我得知，在长约四百米、宽三十米的都江堰天府大道的尽头，四十六个大大小小的白色帐篷一字排开，帐篷里所有的医疗设备，均可以拆卸移动。即是说，这所特殊的帐篷医院可以随时根据需要迁移到任何一个地方。因此与其说它是一个野战医院、帐篷医院，还不如说是一个流动医院。医院设立了门诊，有内科、外科、妇科、儿科和药房，还有放射科、检验科、病房以及手术室、重症监护室等，可谓“麻雀虽小，五脏俱全”。每顶帐篷都由天然材料制成，都用充气管支撑，安全、结实、防火、无污染，既有真空隔热层，还有散热的空调设备；帐篷里配备的制氧机，还能直接将空气变成氧气，调节氧气浓度，从而替代笨重的氧气瓶。

我还听说，为了迅速给中国灾区建起这所帐篷医院，德国方面一共投入了一百五十万欧元，可供医院维持运行三个月。除了从德国带来的贵重药品，还有三辆越野车。而购置这些设备与药品的费用，主要来自德国政府拨款、德国红十字会的善款以及德国民众的捐款。

2008年5月26日，中德野战医院正式开诊。

我在走访中得知，开诊当天，前来求治的灾民排成长龙。一天下来，中德野战医院便救治了二百五十二个病人！

都江堰市卫生局局长肖红告诉我说，看到中德野战医院效率如此之高，他非常高兴，因为这就打消了一些人对中德医院的担心和顾虑。而且更重要的是，都江堰的群众生孩子、做手术等，就再也不用跑到几十公里外的成都去了。而德方的领队托马斯先生看到本国捐助的帐篷医院如此深受中方欢迎，也同样非常欣慰。四川人民的火辣干劲和坚忍不拔的精神，给他留下了美好、深刻的印象。

都江堰人民医院一位医生告诉我说，帐篷医院的开诊，对都江堰成千上万的地震伤员来说，非常及时，也非常关键，简直就是一颗救星，也是一颗福星！因为当时都江堰最大的人民医院已经岌岌可危，而且没有电力可供使用，只能在医院门口一个临时搭起来的简易帐篷里办公，条件非常简陋，许多急需要做的手术，根本无法开展。有了中德野战医院后，我们人民医院的五十多个医生，马上就可以在里面展开救治工作了。

当然了，这所“洋”医院刚落成时，也多少有点“水土不服”。都江堰的医生告诉我说，因为这所帐篷医院不光医疗设备齐全，还连带着“德国式厨房”，所以中方的厨师开始很不习惯，常常被搞得手忙脚乱；而德方医生护士的制服也太肥太大，我们医院最高最胖的医生穿最小号的制服，都还显肥大。

都江堰市卫生局副局长李自刚告诉我说，中德野战医院最大的特点，是免费治疗，绝对的免费治疗！这一免费治疗，就不得了，在都江堰一下就轰动了！医院一天最高的门诊量，就有上千人。帐篷医院分了标准病区，还有标准的厕所。病床都是国外那种折叠式的床，所有的设备也都可以折叠，打开是一张桌子，收起来就成了一个箱子，用完后折成箱子就收走，很方便的。另外，德国方面还派出了十一个专家，其中有搭建帐篷方面的专家，有供应方面的专家，有管理协调的专家，还有两个医学方面的专家。这两个医学专家，一位是约阿西姆·贾德曼博士，另一位是巴托马斯·莫赫博士。他们无论哪方面的专家，都很厉害，都很敬业。而中方的医务人员，以上海华山医院为主，他们负责管理和领导，也派了一个专家队，专家队分批轮换，一个月换一批，共计大约一百二十人。还有就是都江堰人民医院抽调过来的医生。德国方面主要给中方救援人员提供咨询和指导，刚开始的时候，由德中团队一起医治病人，往后逐渐由中方人员全面接管，最后才移交给都江堰人民医院管理。救援工作结束后，德国的这所野战医院就无偿地留在了中国，归中国永久使用。

我在走访中还了解到，中德野战医院开诊后的第二天，即 5 月 27

日，就及时挽救了一名十五岁少女的生命。这名少女叫黄奕，四川省绵阳市安县高川乡茅香村人。黄奕患有先天性心肌炎，汶川大地震发生后，惊慌失措的家人带着她翻山越岭十多个小时，才从山里逃了出来。一路上，黄奕的心脏病几次发作，后来被人送到中德野战医院，因抢救及时，才脱离了生命危险，并得到很好的治疗。

而最喜庆的，是中德野战医院开诊后的5月31日，已救治了三千多名灾区伤员的中德野战医院，竟在帐篷里迎来了第一个新生命！

这一天，住在都江堰市临时帐篷的孕妇张燕，一大早便出现强烈的妊娠反应。8点左右，都江堰“120”急救车就将张燕送到了中德野战医院。张燕后来回忆说，刚到这家帐篷医院的时候，我非常紧张，因为这里毕竟不是真正的医院，所谓的产房，也只是一顶帐篷而已，万一分娩中出现问题，大人好说，我的宝宝怎么办？

事实上，张燕的担心是有道理的。在中德野战医院参加救治工作的中方医生王思群副教授告诉我说，张燕是在地震前怀孕的，可能是因为地震，影响了孩子的胎位，影响了孕妇的整个身体情况，所以张燕被送到帐篷医院后，经过检查，发现胎位不正，顺产基本没有可能。为了保证母子平安，我们决定马上对张燕实施剖宫产手术。但当时面临一个严峻的问题，就是帐篷医院没有血库，只有备血！好在我们的医生都知道自己的血型，我们就把符合张燕血型的医护人员全部集中在手术室外，万一张燕需要输血，马上就可以抽血。

张燕就是在这种情况下被推上手术台的。一直守候在产房外的都江堰人民医院护士蒲春波告诉我说，当时产房外聚集了很多等待献血的医护人员，大家都为张燕捏着一把汗。但很幸运，上午10点37分，中德野战医院第一个新生命平安降生了！作为一名妇产科护士，我曾参加过很多次剖宫产手术，但这次是我最受感动的一次。因为这个新生命是在德国友好人士和上海华山医院医护人员的共同努力下诞生的，而且诞生在地震灾区，诞生在帐篷医院，母子平安，很不容易啊！

中德野战医院第一次迎来婴儿的平安降生，让在场的德国人也感动不已。来自德国的机械师克劳斯·穆楚夫说，能在帐篷医院里看到中国新生命的诞生，感觉非常美妙，非常开心。因为新生命代表着新的希望，这会让中德两国医护人员对未来的救援工作更有信心！

张燕的孩子顺利诞生后，孩子的父亲方旭兴奋至极，泣不成声。因为汶川大地震，不仅震垮了他们多年来辛辛苦苦经营的小家，还一度震碎了他们明天美好的梦想，倘若不是因为张燕肚子里的孩子，小两口连死的念头都有了。而孩子的诞生，让他们一下子就打消了不好的念头，对生活有了信心，对未来有了希望。因此，为了表达对中德野战医院的感谢，小两口特意给儿子取了一个响亮而又很有纪念意义的名字——方中德！他们希望这个在中德野战医院出生的儿子，长大后能成为一个懂得感恩的人，一个对社会有用的人，一个能像德国志愿者那样，去帮助世界上需要帮助的人！

在此后两个多月里，中德野战医院又诞生了七名婴儿。这七名婴儿中，有两名取名为“中德”，有三名取名为“华堰”，意为纪念上海华山医院和都江堰人民医院的友谊。

2008 年 6 月 1 日，为保证更加快捷、有序地转接病人，都江堰市人民医院急诊“120”，也整体转移至中德野战医院，使帐篷医院成为灾后本地区系统最完善的一家医院。而且日门诊量逐日增加，每天都有近六百人看病，高峰时期，每天则上千人！

在此期间，德国专家还对中方医务工作者进行了相关的培训，以及安装设备方面的维护指导；为医院医务人员举办了《灾难医学救援医疗设施准备流程》《灾后病人的护理问题》《野战医院物流相关问题》《灾难医学救援儿童麻疹诊疗状况及产科急诊处理原则》等讲座，从而使中方医务人员对于灾难医学领域中的医疗救援知识的掌握和实际操作，更加熟悉，也更加规范。

2008 年 6 月 15 日，德国红十字会代表德方，将中德红十字会帐篷医院正式移交给了中国红十字会，由中方统一管理、使用。

2008 年 8 月底的一天，中德野战医院完成了自己的历史使命，正式告别了正在复苏的都江堰。

告别这天，都江堰小雨淅沥，烟雾迷蒙；中德双方医务人员饱含热泪，相互拥抱，难舍难分。尤其是中方送别人员，更是依依不舍，几度哽咽，泪流满面。因为他们无法忘记，正是在都江堰人民最危难、最需要帮助之际，是德国及时伸出了援救之手，在一片废墟上及时搭建起了帐篷医院，不仅成功地救治了约六万七千八百名灾区伤病员，做了三百多台手术，还迎接了八个新的生命！

是的，救死扶伤，不分地域；慈善悲悯，没有国界；人道、博爱，永远是人类一面高扬的旗帜。在 2008 年汶川大地震之际，当德国人将这面“旗帜”插在中国灾区的废墟上时，我们从这面“旗帜”上便看到了六个血红的大字：生命高于一切！

第十八章 灾区志愿者

在灾区，志愿者是一个特别招人喜欢的名字。

其实，志愿者谁都可以做，随时都可以做。钱不在多少，物不在轻重，只要是在他人最需要的时候，帮一下，拉一把，甚至哪怕帮忙打个电话，替人说上一句话，便足矣，就够了！

我曾走访过数十个志愿者，同时也看到、听说过许许多多志愿者的故事。他们的真心与真爱、真情与真事，令人感动，令人敬佩。

2010 年 11 月 26 日下午，我来到都江堰市红十字会。接待我的，是红十字会会长曾岷。曾岷身材高挑、大方漂亮，此前曾在都江堰市卫生局任副局长，2009 年 1 月才到红十字会。谈起抗震救灾中的志愿者的情况，曾岷很激动，甚至眼里还噙着泪水。

曾岷说，我亲眼见到的志愿者，至今都在深深感动着我，而且这种感动，也许还会影响我一辈子。我记得很清楚，地震后的第二天，就是 13 号的傍晚，天有点灰蒙蒙的，我当时在临时搭建的指挥中心负责卫生工作组。那天，我们开始接收第一批紧急的救援药品，有一个天津的志愿者和十个河南老兵就来到我们这里，他们是以红十字会员的身份来的，是乘坐火车来的。我们刚一见面，十个河南老兵跟我说的第一句话就是，我们河南受灾的时候，你们帮助过我们，社会各界的人士也都帮过我们。现在你们受灾了，我们来帮助你们，理所应当。我听了这话，眼泪都快下来了。我知道，他们就是以感恩的心来帮助我们的。接着他们又跟我说，你有啥子苦活累活，就安排给我们吧，我们的衣食住行你们通通不管了，我们不给你们添一分钱的麻烦！当时急救的药品已经来了，消炎的、止血的，全都是必需的东西。但那么多的集装箱，部队又还没到，我身边人手不够，正需要人帮忙呢！天津的志愿者和十个河南老兵，一共十一个人，从当天开始，就帮助我们干活，一直坚持到 7 月初，大概有两个月。等我们的指挥中心撤了，他们才离开灾区。这两个月我一直待在指挥所，每天都见他们汗流浃背，可他们干了那么长的时间，却没有和我们一起吃过一顿饭。开始半个月，我们整个指挥部都是吃方便面、矿泉水、火腿肠，他们却吃自己带的东西，这让我非常感动。我们当时还有个钢丝床可以躺一躺，可他们每晚只能睡在绿化带上。后来我们实在不忍心了，就找些木板来，给他们搭建了一个小棚子。在那么艰苦的条件下，他们居然硬撑了两个月。到了后期，我们卫生系统有时会熬点粥送过来，我们就让他们也喝一点，可他们不喝，坚决谢绝。我就说，这样子不行，时间久了，你们的身体会累垮的！后来他们才喝了点粥，还喝得很不好意思。

我问曾岷，你还记得他们的名字吗？

曾岷马上一副十分愧疚的样子，说，不好意思，他们的名字本来我是应该知道的，可当时我的精力主要集中在伤员的转移上，还有那么多的救援药品等着要安排；有些药品不够，也要我们卫生系统去调节，任务太重，事情太多，我当时就没顾得上问。我想等他们走之前再记下来，没想到他们悄悄地离开了。唉，这事全怪我，全怪我！

我说，没关系的，也许在这十一位志愿者看来，不留名，更好。

曾岷说，还有两名医务志愿者，也挺让我感动。

我说，这两位叫什么名字，应该记得吧？

曾岷说，其中有一位的名字，叫韩新平；另一位，不好意思，我也记不准了。这两位医务工作者都是河北廊坊的，她们是两位老大姐，都快六十岁了。两位老大姐到我们这儿后，第一时间就跟我说，我们是退了休的医务工作者，是自费到你们这儿来帮忙的，听说你们这儿地震了，我们就过来了，想尽我们的力量，帮助你们救治伤员。两位老大姐来的时候已经是 5 月的月末了，当时温度比较高，周围的环境也很糟糕，我们指挥部的同志包括领导都陆续出现过中暑感冒。我说，现在部队已经来了，如果你们愿意的话，能不能就在我们指挥部帮忙，为我们指挥中心的同志服务，行不行？两位老大姐很乐意，说，你们指挥中心负责整个抗震救灾的工作，我们为你们服务，我们发挥的作用就更有意义了。两位老大姐坚持了一个多月，也是不添任何麻烦，每天只顾为我们指挥中心的工作人员服务，我们没请她们吃过一顿饭。最让我感动的是，由于当时没办法洗澡，她们身上有的地方皮肤都已经烂了，但两位老大姐从来不说，硬是自己咬牙挺着。

曾岷还告诉我说，她原来以为到了红十字会没什么权力，工作也没什么意思，也没什么大的价值。但通过这场灾难后，她的认识改变了，甚至她的人生观、价值观也都改变了。她现在感到红十字会的工作非常有意义，自己也非常愿意做这个工作。现在，她到龙池、虹口等地的学校去，孩子们全都认得她了，孩子们一见到她，就高兴得直喊，啊，红十字会的曾阿姨来啦，又来帮助我们了！看到孩子们的笑脸，听到孩子们的欢叫，她心里乐滋滋的，特别高兴，觉得红十字会所做的事情，没有一件不是好事情，全是很有意义的事情，也是非常快乐的事情。所以现在的她，乐此不疲，很享受这种过程。

走访中，我还听说了另外两个志愿者的故事。

一个叫杨光建。杨光建三十五岁，十岁的女儿在地震中不幸遇难，令他悲痛欲绝。可就在女儿火化后的第二天，他就到都江堰紫坪铺镇岷江社区当了一名志愿者。当时岷江社区在公路边上设置了一个救助点，主要用于帮助从重灾区虹口乡逃离出来的游客及受灾群众。杨光建来到这个救助点后，主动报名当了一名社区治保巡逻队员。白天帮助受灾同胞解决各种困难，夜晚巡逻值班，有时甚至通夜不睡。

另一个叫张小红。张小红是从部队转业回来的军官，汶川大地震发生后几个小时，她就加入了志愿者的队伍当中。张小红精通医务，在灾区主要做救护、防疫工作。虽然每天只能睡几个小时，啃几口面包，几个月都不能和孩子们见上一面，还随时面临被疾病传染的危险，但在灾区的救援过程中，张小红却一直坚持到最后。前期的抢救工作结束之后，2009 年 9 月，张小红筹集了第一笔慈善资金，然后和一些志愿者一起，在彭州小鱼洞九年义务学校和通济中学分别成立了心理咨询室，专门为在地震中心理受到创伤的孩子们进行恢复治疗。在和孩子们的接触中，孩子们美好的梦，也给了张小红更多的梦；孩子们的快乐，也给了张小红更多的快乐。两年后，即 2010 年 4 月 14 日，玉树发生七点一级地震，和 2008 年一样，张小红作为四川第一批应急志愿者，又紧急赶往玉树……

最让我感动的，是上海志愿者沈奶奶。

沈奶奶名叫沈翠英。在灾区走访中，我曾无数次听人说起沈奶奶的故事；而每次听到沈奶奶的故事，我总会想到很多很多。

沈奶奶八岁时父亲去世，此后母亲一人拉扯着五个孩子，含辛茹苦，度日如年。穷困潦倒的童年，让沈奶奶从小尝尽人世的艰辛。家里没钱买菜，刚上小学的她，就去菜场捡大白菜叶。家里没钱买鞋，刚上中学的她，就把别人扔掉的烂鞋子捡回家自己学着补了穿。然而，最让沈奶奶难忘的，是别人对她家曾经有过的帮助。有一次她家没米下锅了，妈妈带着她去朋友家借钱，娘俩坐在朋友家门口等了三个多小时，一直担心别人不肯借钱。没想到朋友下班后一见到她们，立马就爽快地把钱借给了她们。后来政府为她减免了学费，她才顺利上完了小学和中学。因此，童年的沈奶奶虽然尝遍了苦难的滋味，但童年留给她的不是伤感，也不是抱怨，更不是仇恨，而是对苦难的深刻理解，对曾经帮助过她的人的美好记忆。滴水之恩，涌泉相报，这是她从苦难的童年中获得的最可靠的人生信条。中学毕业后，沈奶奶进入师专继续求学，随后在教师这个岗位上奋斗了近二十年。其中十多年时间，她在上海一家有名的聋哑学校任老师，每次看到那些身体有缺陷的孩子和那些孩子的父母，想起自己苦难的童年和穷困了一辈子的母亲，她的心里便会涌起一种极其复杂的感情。

1991 年，沈奶奶退休在家，颐养天年。后在亲戚的鼓动下，下海经商，赚到了“第一桶金”。2000 年，沈奶奶阴差阳错，买下了上海亚都国际名园的两套房子，一套留作自己居住，一套出租出去，每月租金八千元。

2008 年 5 月 12 日，汶川大地震发生了，沈奶奶每天都要通过报纸、电视和电台关注地震的消息。灾区倒塌的学校，埋在废墟里的孩子，以及那些失去孩子的母亲，令她坐卧不安，心痛不已。特别是有一天，当她在报纸上看到四川灾区的一则报道后，再也吃不下饭睡不着觉了。

原来，是一个校长的故事深深打动了沈奶奶。这个校长叫叶志平，是四川省安县桑枣中学的校长。1998 年，叶志平发现学校实验楼的楼板缝里，居然没有灌注水泥，而填的是水泥纸袋！他非常生气，当即找到一家正规的建筑公司，重新在实验楼的楼板缝里严严实实地灌注了混凝土。1999 年，为了确保孩子们的安全，叶志平又对这栋实验楼动了大手术，他将整栋楼的二十二根承重柱子，完全按正规施工的要求，对原来直径三十七厘米的“三七柱”，重新灌注水泥，统统加粗为五十厘米以上的“五〇柱”，即每根柱子直径加粗了十几厘米。并亲自动手测量，少了半厘米也不行！学校没有钱，他就一点点向教育局要，东要一点，西凑一点。由于教学楼有十六间教室，每天都要上课，他就与施工单位协调，利用寒暑假和周末，像蚂蚁啃骨头一样，一个地方一个地方地改修，一间教室一间教室地加固。

在此过程中，叶志平校长对施工的要求极严，楼外面贴的大理石面，只贴一下不行，怕掉下来砸到学生，他要求工人必须在每块大理石板上都要打四个孔，然后用四个金属钉固定在外墙上，再粘好。因为他清楚，教学楼不建结实，早晚会出事，出了事，没法向娃娃家长交代！当初建造这栋实验楼时，学校只花了十七万元；而他加固这栋实验楼，却花了四十多万元！

实验楼加固好后，考虑到学生的安全，从2005年起，叶志平校长每学期都要在全校组织两次紧急疏散演习。每次演习时，学生们事先不知道具体是哪一天，但每个班的疏散路线都是固定的，每个班级疏散到操场上的位置也是固定的。他对教师的站位也有要求，要求教师在紧急疏散时必须站在各层的楼梯拐弯处，因为孩子在拐弯时最容易摔倒，一旦有孩子摔倒，老师就可以把孩子一把抓起来，不至于再被别的孩子踩到。

“5·12”汶川大地震那天，叶志平校长不在学校。但由于学校平时有过多次演习，所以第一轮地震波刚一来，各个班的老师们就喊，趴下，全部趴下！然后老师们怕地震扭曲了房门，就把教室的前后门全部打开；地震波刚一过，全校二千二百多名学生、一百多名老师，就从不同的教学楼和不同的教室里，立即冲出教室，冲到操场，然后再以班级为单位站好。从教室到操场，全校师生只用了一分三十六秒！而且，二千三百多个师生，全部安全撤离，无一人伤亡！而学校所在的安县，由于紧邻地震中心北川，学校外的房子，百分之百地遭到重创。

当心急如焚的叶志平校长从绵阳疯了般地冲回学校时，眼前的情景让他简直惊呆了，惊傻了：他的二千二百多名学生——从十一岁到十五岁的娃娃，全都站在操场的中间，并且一个一个地紧紧挨在一起；所有的老师则站在孩子们的外面，紧紧地护着孩子。老师和孩子们的四周，是八栋高高的教学楼，这八栋教学楼除了部分坍塌外，其余全部完好；而最令他担心的那栋他主持维修加固了多年的实验楼，居然也没有垮，而且墙外没有掉下一块瓷砖——地震时，那栋楼上的教室里可坐着七百多名学生和老师啊！就在这时，一位老师跑步过来，哭喊着向他报告：报告叶校长，学生没事，老师也没事，我们全校师生，无一人伤亡！叶志平校长禁不住一下扑了过去，和老师、学生们紧紧地搂抱在一起，号啕大哭起来……

看了叶志平校长的故事，沈奶奶的心被击中了！

很快，沈奶奶从一位朋友那里得知，6 月 12 日，上海拍卖行业协会联合百家拍卖企业，举行一场赈灾慈善义拍，拍卖所得款项将通过市慈善基金会，全部捐赠给四川地震灾区。

于是沈奶奶当时就萌生了一个想法：为了孩子们的安全，把自己的房子卖了，捐给灾区，在灾区新建一所抗击强震、永远不倒的学校！

但有一个问题却困扰着沈奶奶。房子，是上海人最为敏感的一个问题，许多人辛辛苦苦一辈子，就是为了有一套房子。沈奶奶并非富豪，只是家境较好一点而已。她要捐献的这套房子，是 2007 年才还完贷款的，无论是环境还是布局，都超过了另一套住房。而且这套房子的房产证上，除了沈奶奶自己的名字，还有她两个孙子孙女的名字。因为她当初买房子时，就已经考虑好了，今后将这套房子留给自己的孙子孙女。所以在决定捐献这套房子时，她很担心，儿子、儿媳是不是会同意。

于是，沈奶奶决定把自己捐房的想法，先给儿子、儿媳说说。当她把这个想法给儿子说了后，儿子先是一愣，但随即就说，既然妈妈有这个想法，我支持你，不要顾虑我们。接着又说，如果房子拍卖的钱不够盖一所学校，我们再捐，反正一定要把学校盖好，让孩子们安全。而更让沈奶奶放心的是，儿媳听了后也很激动，说，妈妈，您想捐就捐吧，捐了这套房子，您原来是您孙子、孙女的奶奶，以后您就是灾区成百上千个孩子的奶奶了！

就这样，2008 年 5 月 27 日，即赈灾义拍向社会征集拍品的第一天，沈奶奶走进了上海拍卖行有限责任公司的大门。6 月 13 日下午，沈奶奶捐赠的房子在上海大剧院举行的上海百家拍卖企业赈灾慈善拍卖会上举槌，成交价为四百五十万元！

2008 年 10 月中旬，由沈奶奶捐赠的四百五十万元新建的一所小学在都江堰正式奠基。为了让孩子们记住这位充满爱心的“上海奶奶”沈翠英，这所原来的柳街小学，重新命名为尚慈翠英小学。而之所以要在“翠英”前面加上“尚慈”二字，是为表示崇尚慈善的意思。

沈奶奶捐房建校的消息传出后，在社会上引起强烈反响，许多人纷纷来电来信向沈奶奶表示致敬，网上甚至称她为“最牛的退休女教师”!

然而沈奶奶仍旧很平静，她坦率地说，说实话，这些年，不断有房产中介要我卖房，我都舍不得卖。因为房产迅速增值后，这套出租的房子就成了我最大的一笔财产。如今我不工作了，月退休金只有一千多元，老伴也早早离去，有了这套房子，我就可以养老了。但是，我把这套房子捐了以后，我的一套房子，就可以换来灾区孩子的一幢教学楼，值!

然而，沈奶奶的爱心并未就此终结。

走访中我了解到，大约是在 2008 年底，为了帮助都江堰市猕猴桃产业恢复生产，沈奶奶和儿子双双抵押了自己的房产，还向一家企业借了钱，然后和几个志同道合的爱心人士一同创办了一家公司——上海聚爱实业有限公司。公司的经营项目，就是从都江堰收购猕猴桃，在上海销售。

多少有点遗憾的是，沈奶奶的公司的经营情况并不尽如人意。自公司开业后，沈奶奶天天忙活着猕猴桃在上海的销售工作，很晚才能回家；儿子在都江堰基地，媳妇也在外地；十一岁的孙子白天上学，晚上只能由家教代管。以前天天可以团聚的一家人，现在坐在一起吃顿饭都没时间。由于第一年没经验，猕猴桃烂了一百多吨，公司第一年就亏损了两百多万元。第二年虽有好转，但扭亏为盈的局面仍旧没有出现。

而更让沈奶奶倍受压力的是，开办公司两年多，她自己没从公司拿过一分钱，可社会上却有人开始质疑她做慈善的动机，甚至有人还说，她这两年赚了不少钱，估计都揣进自己腰包了。

对于外界的种种猜测和质疑，沈奶奶回应说，如果我的公司有盈利，百分之三十的利润将会捐入慈善基金会专项基金，帮助解决当地孤儿上学等问题；百分之七十则用于扩大再生产和公益活动。我们每卖掉一个猕猴桃，都会给果农补贴五分钱，参与我们公司的这些股东都不图回报，我更不求回报。至于说创业的动机，沈奶奶说，我这是在为慈善创业。要做慈善，没有钱怎么做？只要有了钱，我才能做得更好，我永远不会亏心。

据说，沈奶奶现在最大的梦想，就是打造一个猕猴桃观光园！等赚了钱，为慈善做更多的事情，为灾区做更多的事情。

只是，沈奶奶现在承受的压力，比当初捐赠那套四百五十万元的房子时的压力大多了！

第十九章
知恩于心，感恩于行

有人得知我在灾区走访，总会问上一句：汶川大地震后，全国、全世界对灾区给予了那么大的支援和帮助，灾区人民知恩感恩吗？

肯定地说，“5·12”汶川大地震爆发后，没有全国、全世界对灾区的大力救援与无私帮助，就没有四川灾区的今天。所以灾区人民对此一直铭记在心，知恩感恩。而且，灾区人民不仅知恩于心，还感恩于行。知恩于心，就是对给予过自己帮助的人心怀感激，感恩于行，就是把一颗感恩的心具体化、行为化，最后凝固成一种生活态度，一种人生品格。

在灾区走访的日子里，我每到一个地方，总能感受到一颗颗怦怦跳动的感恩之心，感受到一种浓浓的知恩感恩的气氛——不仅“感恩墙”“感恩碑”“感恩广场”之类的建筑随处可见，而且还会从老百姓嘴里反复听到一句话：“感谢全国人民对灾区的支援！感谢全国人民对灾区的关心！”这种感谢不是只停留在嘴巴上，而是体现在行动中。尤其是许多从废墟下获救的灾民，他们不是只在心里默默感激自己的救命恩人，而是用自己的行动去努力寻找自己的救命恩人！他们之所以必须如此，想法其实非常简单，也很朴实——只为找到自己的恩人，能够当面亲口说一声“谢谢”，道一声“平安”！好像唯其如此，才能让他们一颗颗受伤的心一辈子安稳、踏实下来。而这样的人不是一个两个，也不是一群，而是一支庞大的队伍！

在这支寻找救命恩人的队伍中，有一位年轻妈妈，叫黄莉。

黄莉，都江堰人，在汶川大地震中，她不仅失去了胳膊，还失去了胯骨。一个原本完整、漂亮的身体，一下子就变成了一个仅剩半截的女人！

汶川大地震前，黄莉和老公在阿坝州黑水县开了一个火锅店，生意不错，小两口的小日子过得也不错。2008 年 5 月 11 日，黄莉回都江堰给九岁的儿子过生日。第二天中午，黄莉陪同儿子吃完生日蛋糕，刚准备离家返回阿坝，噩运便突然降临了——她以跪倒的姿势，被压在了六层楼房的下面！

5 月 16 日，即地震后第四天，上午 8 点左右，锦江公安分局赴都江堰的救援队在城区内展开紧密巡逻。当民警巡逻到奎光路下西街 18 号时，听到路边倒塌的房屋废墟里突然传出一个女子微弱的呼救声。民警赶紧顺着声源，一边大声回应，一边寻找，最后在一个五六米高的砖瓦堆右边角落，确定了呼救人员的位置。随后，三十余名警员赶到现场，与云南消防特勤部队一起，经四个半小时的苦战，终于将在废墟下埋了九十六个小时的黄莉成功救出！黄莉后来回忆说，她被救援队抬出来时，虽然意识模糊，但隐约中她却看到了一枚枚闪亮的警徽。于是她知道，救她的人当中，一定有警察。

黄莉获救后，左臂和双下肢已严重感染，必须截肢才能挽救生命。在失去生命与失去肢体之间，她最终选择了后者，也只能选择后者。手术后，因创伤面深度溃疡，黄莉又被紧急送往广州市第一人民医院，不到一个月内，她连续做了四次手术。

当初压在废墟下的黄莉，死神即将来临时，选择了坚强，选择了不哭；然而当死神最终逃之夭夭离她而去时，躺在病床上的黄莉却哭了，而且哭得很伤心！因为，她无法面对自己残缺的身体，更无法面对自己的未来。最让她感到绝望的，是儿子第一次来医院看她时的表情。平时常常扑在她身上又闹又笑的儿子刚一见到她的身体，吓得惊恐万状，甚至不敢接近她，而只是远远地站在床边，一声一声地叫着

"妈妈"。就在这一刻，黄莉的心碎了！

此后，黄莉日日心如刀绞，夜夜噩梦连连，她既看不到活着的意义，也看不到活着的希望。最后，她想到了死！

后来，在无数医生、护士、志愿者的帮助下，特别是在老公不离不弃的精心照料、关爱下，黄莉冷却的心渐渐被人们的温情所融化。她开始重新认识自己，也开始重新正视自己死而复生的生命的价值与意义。

后来，黄莉成了危机心理干预温馨服务队的志愿者。她每天拖着挂满各种治疗管子的重度残体，微笑着把手机当热线电话，去帮助每一个需要她帮助的人。出院回到成都后，黄莉又和丈夫邓泽宏一起，在康复中心组建了一个快乐的大家庭，其家庭成员都是来自灾区需要康复治疗的残疾孩子。这些残疾孩子都管黄莉叫"黄妈妈"，叫黄莉的老公为"邓爸爸"。黄妈妈每天和孩子们聊天谈心，鼓励他们走向新生；邓爸爸发挥厨艺特长，每天变着花样给孩子们做菜做饭。我还听说，有一个叫刘畅的二十三岁的年轻大学生，大地震让他失去双腿，并成了孤儿，于是他心灰意冷，失去了对生活的信心。黄莉一次又一次地摇着轮椅去到他病床前，和他聊天谈心，最终让这位大学生从轮椅上站了起来，还参加了四川省残疾人轮椅网球运动员的选拔培训。

此外，黄莉还和其他病友一起，共同创建了"心启程"公益网站，并在新浪开通了自己的博客，用自己的经历，去鼓舞那些和她有相同经历的残疾人。于是，网友们称她为"截肢妈妈"。

我特意查看了黄莉的博客。在她的博客中，我看到了这样一段话：

> 在"5·12"后的一年多时间里，我接受了来自四面八方的援助，无论是精神上的，还是物质上的。刚开始的时候，我和老公觉得欠了这么多人情，不知道今后该怎么还，后来一个回报社会的念头就在我的心里萌发了。我知道了自己应该怎样去走今后的路，我的价值应该体现在什么地方，我应

该怎样去回报帮助和关心过我的人。

于是，回到四川后，我在医院里创办了一个地震伤员互助团队——心启程团队。我希望能通过这个心启程团队，去帮助更多的残疾人，帮助他们摆脱残疾的阴影，体现人生价值，不要因为有残疾就自暴自弃，放弃美好的生活和将来；同时也告诉一些身体健全的人，不要因为生活的压力而放弃生命，不要因为太多的欲望平添烦恼，活着就有希望，就应该快乐！活着真好！

在此，我再次向给了我第二次生命和激活我生命火花的人们深深地说一声“谢谢”，谢谢你们让我活得这么精彩！当我从你们手中接过你们对我的赠予时，我知道，我不能让你们的爱只停留在我的掌心里，我的生命应该在一次次爱的传递中延续。

我的生命为什么会如此美丽？因为有您的爱！

是的，因为黄莉心中有爱，所以活得快活。而这种爱，既有他人对她的爱，也有她对他人的爱。但是，黄莉心中还有一个重要的愿望没能实现，一直让她深感不安，这个愿望就是：一定要找到从废墟下救出她的民警，当面亲口对他们说一声“谢谢”！

2009 年 5 月 12 日，即汶川大地震一周年之际，黄莉在家看电视新闻。突然，她从重播的地震时伤员被救的画面中发现，有一个从废墟中抬出的女子正是她自己，而在她身边来回奔忙着的，正是她要找的救命恩人——锦江公安分局的民警。黄莉马上让老公找到电视台，请电视台帮忙联系锦江公安分局。

两天后，锦江公安分局一行民警带着鲜花和水果，出现在了四川省医院康复中心黄莉的病床前。那一刻，黄莉的泪水禁不住夺眶而出……她对救命恩人们说，谢谢你们，真的谢谢你们！谢谢你们给了我第二次生命！今后，我不愿意只成为接受援助的对象，我想通过自己的努力，把感恩化作自己人生的动力，把你们和社会给我的爱，再回报给社会，成为爱的传递者。告别时，黄莉对她的救命恩人们只提了一个要求：“我想拥抱你们一下！”

在寻找救命恩人的队伍中，还有一位老人，叫徐荣星。

徐荣星，六十二岁，都江堰市管理局的一名退休职工，地震时被埋了一百二十七个小时，直至 2008 年 5 月 17 日晚，俄罗斯救援队才将她从废墟下成功解救出来！解救后的徐荣星严重脱水，处于半昏迷状态，所以她并不清楚她的救命恩人是外国人——俄罗斯救援队队员。

后来，徐荣星得知自己的救命恩人后，还躺在病床上的她就下定决心，无论如何也要找到俄罗斯救援队，向他们当面跪谢救命之恩！可等徐荣星出院后，俄罗斯救援队已经回国。所以，怎么才能找到自己的救命恩人，成了徐荣星老人的一块心病。

终于有一天，徐荣星想方设法，找到了国家外事部门，希望外事部门能帮她与俄罗斯救援队取得联系。她对外事部门的同志说，请你们一定想法转告俄罗斯救援队的勇士们，是他们给了我第二次生命，我们全家表示十二分的感谢，我将终生铭记他们的救命之恩！我现在唯一的一个心愿，就是希望有一天能够当面亲口对他们说一声“谢谢！”

为帮助徐荣星老人实现这一愿望，中国国际广播电台俄语广播部与《世界新闻报》共同发起了“寻找俄罗斯恩人”公益活动。经多方联系与努力，2009 年 4 月下旬，中国国际广播电台驻俄罗斯记者终于找到了营救徐荣星老人的俄罗斯救援队队员。

2009 年 5 月 7 日，中国国际广播电台驻俄罗斯记者同其他中国媒体记者一道，驱车前往莫斯科东南郊外的茹科夫斯基小城，对营救徐荣星老人的俄罗斯救援队队员首先表示了诚挚的感谢，然后向俄罗斯救援队副队长亚历山大·伊万纽斯转交了徐荣星老人的亲笔感谢信。徐荣星老人在信中是这样写的：

尊敬的俄罗斯援救队队员们，5月17日你们来到了都江堰，不顾千里行程劳累，在那随时都可能垮塌的危楼中，不顾个人的安危，去抢救一个陌生的生命。你们这种伟大的国际人道主义精神很值得我们全家万分地感谢和学习。是你们的相救，我才有今天，你们的救命之恩，我们全家人终生难忘！

…………

随后，中国国际广播电台驻俄罗斯记者又给俄罗斯救援队的队员们播放了一段徐荣星老人的视频。在这段视频中，徐荣星老人再次对俄罗斯救援队的救命之恩，表达了深深的感激之情！俄罗斯救援队队员格里戈里·科罗尔科夫看了视频后，也非常激动，他对着中国记者的镜头说：徐老太太，刚才看了您给我们的感谢视频，我们非常高兴又见到了您。而且看到您现在精神状态这么好，我们就更放心了。在那场地震中，我们能够帮助您，感到非常荣幸！

当徐荣星老人得知终于找到了自己的救命恩人后，非常高兴！她说，这样的话，我下半辈子就睡得着觉了！

事实上，知恩感恩的人，在灾区并非个案，而是一个整体。

例如，地震后一个月，都江堰就将离堆景区免费开放；接着，又向国内外爱心人士赠送了五万张"关爱都江堰·感恩全社会"的感恩金卡，并许诺：凡是在汶川大地震中赴都江堰抗震救灾的人，终身可以免费到青城山—都江堰景区旅游！

我在都江堰见到了这张感恩卡，上面印有"大爱无疆，关爱永恒"八个汉字，卡片虽仅有五点五厘米乘八点五厘米，却朴实大方，每个细节都透着浓浓真情。地震一周年前夕，为了将这些感恩卡真正送到恩人们的手上，都江堰还专门组成了一个感恩团，分赴上海、广东、河北等地，亲手将感恩卡一一送到了恩人们的手上。我问都江堰有关负责人，你们做这件事情，为什么做得这么具体、这么认真？对方告诉我说，他们之所以要做得这么具体、这么认真，就是为了不忘任何一位在抗震救灾中为都江堰做出贡献的人，不忘任何一位为都江堰献出过爱心的人！虽然这只是一张小小的卡片，但它表达的却是都江堰人民真诚感恩的心！

这让我想起两千多年前的秦蜀郡守李冰。自李冰率众修建了举世无双的水利工程都江堰后，巴蜀大地“沃野千里，水旱从人，不知饥馑”，成为声名远播的“天府之国”。然而两千多年过去了，都江堰人却并没有忘记李冰的恩惠，他们每年都要举行隆重的放水节，向李冰以及都江堰世世代代的修缮者们表达心中的崇敬与感激；而岷江的儿女们每逢清明，还会带着黄灿灿的丰收五谷，投身滚滚都江堰，酣畅淋漓，溯江洄游。

走访中我还了解到，早在2008年8月下旬，都江堰就举行了有上千人参加的“感恩世界、感恩社会”活动的启动仪式。随后，全市各学校的青少年积极参与，每所学校都开展了主题班会、校园广播等多种宣传感恩的教育活动，使“感恩于心、励志于行”的美德，深入每个学生的心中。

例如，都江堰中学三千多名学生，对所有关爱过他们的单位和个人，先后发出了近五千份感恩信和感恩卡，寄出了亲手制作的八百多件感恩手工礼品，组织了一百五十多支感恩志愿服务队，除维护校园秩序、开展校内清洁卫生、保护环境等活动外，还经常到校外开展敬老爱幼、清洁城市等活动。仅北街小学一所学校，全校师生发往各地的感谢信就达四千余封，撰写感恩作文二千六百余篇，办感恩小报一千七百多张，参加感恩作文比赛活动八百多人。同时还开展了以感恩为题材的千人绘画活动，以及感恩励志演讲比赛等。

都江堰市幸福小学五年级三班学生蔡静，在其作文《感恩伴我成长》中这样写道：

现在我彻底明白了感恩回报是什么意思！我也要做一个懂得感恩的乖孩子，决不能做一个忘恩负义、利欲熏心、恩将仇报的坏孩子，我要用行动和成绩来证明我在努力！我懂感恩，这次地震的经历像一股奇异的力量注入我体内，使我更加勤奋努力地学习，因为我明白，最好的成绩就是最好的回报！

玉堂小学六年级五班学生胡旭，在其作文《爱的无私》中这样写道：

“感恩”这两个字下面都是“心”，所以我们要真心实意地去感谢帮助过我们的人，用我们的双手，用我们的语言，用我们的心去关心父母，关心他人，温暖他人，做一个有恩必报的好少年。

塔子坝中学2010届七班的全体同学，在《知恩感恩　自立自强》的倡议书中这样写道：

要知恩感恩，回报社会。无论是汹涌激荡的爱之大潮，还是沁入心田的爱之甘露，我们都要细细感受，深深铭记。我们要永怀感恩之心，牢记并真诚感谢在灾难中为我们流泪、流血的每一个人，我们要以乐观向上的精神，回报那些帮助过我们的人。

…………

懂得知恩、感恩的人，当然不光是孩子，不光是学生。

在崇州，我了解到，崇州市人民医院开工那天，崇州市卫生系统的绝大多数医生和护士都去了现场——上班的穿着白大褂，没上班的穿着便服，他们将有崇州市人民医院全体医生、护士签名的条幅亲自送到重庆市市长的手上，以表感谢之情。重庆路开工那天，上千个老百姓围着重庆和省里、市里的领导，家家户户都要把鸡蛋、竹笋等农家土特产送给他们，领导们无论怎么推脱也推脱不掉，最后只好破例收下。重庆的负责人去援建的安置点检查工作时，上千个村民一定要把自己亲手绣的、价值上千元甚至数千元的十字绣和刺绣等手工艺品送给他们，当对方谢绝时，许多村民急得都哭了。村民们哭着说，我们原来住在山上，现在却住进了山下这么好的房子，这都是你们重庆对我们帮助的结果，我们送点小东西给你们表表心意，算个啥子嘛！

尤其感人的是，重庆援建队离开崇州时，崇州准备开一个欢送会。预计参加欢送会的人也就在一千人左右，不料欢送那天，现场却来了三四千名老百姓，全是从四面八方自发而来的，以至于欢送的队伍排了三四公里长，一直排到了高速公路的收费口。由于场面催人泪下，实在令人感动，最后搞得重庆援建队的队员们不好意思坐飞机了，临时决定，全部开车回家！

其实，在灾区走访期间，我最关注的，或者说我紧紧盯住的，还是青海玉树地震、甘肃舟曲发生特大泥石流灾难之后，四川灾区的反应。

为此，我专门走访了都江堰市红十字会常务副会长曾岷。

青海玉树发生地震的当天早上8点左右，曾岷便接到了市委一位领导打来的电话。这位领导对曾岷说，玉树地震了，我们红十字会要牵个头，赶快组织募捐，以表达我们都江堰人民感恩回报社会的心情！

下午3点，都江堰四大班子的头头们便带头给玉树捐款。随后，各机关单位和社会各界也纷纷捐款。此次活动，为玉树一共募集了六百多万元！

接着，都江堰市红十字会开始组织医疗队，准备赶往玉树。行前，曾岷在网上查到了玉树州红十字会的电话，便把电话打过去，接电话的是玉树州红十字会的秘书长。曾岷对他说，我们正在为你们募集资金，想马上派一支医疗队过来。但秘书长当时非常忙，忙得好像连说话的时间都没有。他对曾岷说，感谢了、感谢了，不用了、不用了，我们这里已经来了很多部队、很多部队……对对对，我还有好多事急着要安排，对不起啊对不起啊……话还没说完，电话就挂了。

曾岷不但没有生气，反而非常理解。曾岷说，因为我是从大地震中过来的人，所以我非常理解这位秘书长的心情。我当时理解他的意思是，他们那儿已经到了很多部队，已经开始施救了，如果我们医疗队去了，接待不过来，反而可能还会添乱。但他不好正面谢绝我们，又不好说不让我们去，所以干脆匆匆挂了电话。不过，我非常清楚，身处现场的他，实在是太忙了！

都江堰去玉树的医疗队，最终没有成行；但都江堰的另一支救援队，却在第一时间赶到了玉树。

这支在第一时间赶到玉树的救援队，其成员都是都江堰巴士公司的普通职工。玉树发生七点一级地震的当日上午 9 点，都江堰巴士公司总经理欧云南刚一上班，便召集全体职工开会，研究如何救援玉树的问题。最后决定，组成一个四人小分队，由总经理欧云南自己带队，队员有李粤江、杜兴龙和魏强。三名队员身体素质极棒，在“5·12”汶川大地震中，公司所有帐篷都是他们搭建的，同时还抢救过很多伤员，积累了丰富的救援知识和经验。

会后，公司全体职工，忙着采购食品、药品、铁锹等救援物资和工具。当日下午 2 点 45 分，一辆装有近五万元的救灾现金以及价值两千余元的食品、药品和救灾工具的越野车，便冲出都江堰巴士公司的大门，向着青海玉树的方向疾驰而去。

两天后，都江堰市红十字会也给玉树地震灾区发去了慰问信：

玉树州红十字会：

惊悉 4 月 14 日 7 时 49 分，青海省玉树藏族自治州玉树县发生七点一级强烈地震，造成大量房屋倒塌，数百人遇难，上万人受伤，给灾区人民生命财产造成重大损失。在此，都江堰市红十字会代表全市六十八万人民向贵会以及贵县人民表示亲切的慰问！向参加抗震救灾的广大干部群众致以崇高的敬意！向在震灾中遇难的群众表示沉痛的哀悼！

“地震无情人有情”，两年前，在我市遭受“5·12”汶川特大地震的危难时刻，贵州人民及社会各界义无反顾地伸出援助之手，积极捐钱捐物，帮助我市人民克服重重困难，取得了抗震救灾和恢复重建的伟大胜利。今天，玉树同胞遭遇到与我们当初类似的灾难，贵州的灾情牵动着六十八万都江堰人民的心。我市红十字会立即向社会各界及爱心人士呼吁，向青海玉树地震灾区捐款捐物，奉献爱心。截至4月16日12时，都江堰市红十字会共收到社会各界捐款十万五千二百六十五元，此笔善款将于近期转入贵会账户用于玉树地震灾区抗震救灾和灾后重建。随后我会接收的善款将陆续转入贵会账户。

我们相信，天灾不能影响我们的意志，只会让我们更加团结、顽强。希望贵州人民能够尽快走出悲痛，走出困境，积极生产自救，用我们的双手，再造我们的美好家园。

都江堰市红十字会

2010年4月16日

接着，财政并不宽裕的都江堰向玉树伸出援建之手，对玉树州称多县藏医院住院楼、制剂楼工程实施援建。这个援建项目，是整个玉树州第一个开工的援建项目。

此外，台湾地震、海地地震等，都江堰也先后七次募捐。仅2010年，以都江堰市的名义，就为各受灾地区捐款一千多万元；以都江堰市红十字会的名义，也捐款一千多万元！每次捐款活动，市民们都积极响应，尽其所能。

在这捐款的市民中，有一位骑三轮车的大爷，捐款第一天，为了多捐一点钱，他一大早就起床出门，特意多跑了好几趟，跑得满头大汗，然后赶到现场，把身上所有的钱，包括一角、五分的零票，全都掏出来捐了，一共捐了两百多元。

此外，有一些企业家，尽管他们自己在地震中损失惨重，但哪怕凑钱，他们也要捐款；而有些小娃娃，在父母带领下，把自己的压岁钱也全部捐了；有的退休老人，甚至把自己存折上唯一的一点养老钱，也给捐了！

2010 年 8 月 7 日晚，甘肃舟曲发生了特大泥石流，四川灾区人民也同样给予了大力援助。比如，成都公安特警支队获知舟曲发生特大泥石流后，立即组织一百五十名特警赶到舟曲抢险救灾。这支特警支队自 8 月 9 日抵达舟曲灾区中心现场以后，一百五十名特警官兵连续奋战十天十夜，共出动警力二千二百人次，出动车辆二百七十余台次，协助营救生还者一名，挖掘遇难者遗体三具，协助三个物资发放点搬运物资六百余吨，确保了七千余辆救援车顺利进出灾区。与此同时，他们还负责在两公里的区域开展武装巡逻，维持辖区治安秩序，确保灾区社会稳定和治安局势。并出动警力三百五十人次，帮助群众搬运财物二百九十七件，搭建帐篷二十六顶、简易厕所三座，为受灾群众和社会救灾机构提供各种帮助三百六十五人次。

我在成都市红十字会的网页上还看到，舟曲发生特大泥石流后，彭州市红十字会也迅速发布了关于救助甘肃舟曲等泥石流灾区募捐的紧急呼吁。呼吁发出后，广大市民和一些爱心企业纷纷响应。截至 2010 年 8 月 19 日 12 时，彭州市红十字会为舟曲灾区募捐人民币九万七千零二十八元八角！

在这捐款的人群中，有一位农民大哥的故事，让我备受感动。

这位农民大哥是大邑县花水湾镇人，已年近花甲。早在 1998 年，他就以匿名的方式给长沙市赈灾委员会捐款五千元。2008 年，他又以匿名的方式给泸州市慈善总会捐款五千元；汶川特大地震后，他捐款六千元！玉树发生地震后，他捐款五千元！舟曲发生特大泥石流后，他又捐款五千元！他前后五次捐款，一共捐了两万六千元！

两万六千元对一个富翁而言，仅是一个小小的数字；但对这位农民大哥来说，绝对是一笔大款！

这位农民大哥是花水湾镇一名普通的清洁工，他和妻子都是文盲，家里一穷二白，要啥没啥，甚至连只像样的茶杯也没有。他常年穿在身上的，就是一件蓝色工作服、一条灰色裤子以及一双早就穿孔的军用胶鞋。他每月的工资，仅区区三百元，一家人的日子，只能靠他平时拣点垃圾卖点废品凑合着过。但是，当他看到家乡的公路路面破损时，却义务包下了四公里的水泥路，只要路上出现坑洼，他就自己买上水泥、砂子去修。而在平时的生活中，只要有村民需要帮忙的，他也总是有求必应，尽心尽力，活儿干完了，不仅分文不收，甚至连一口水也不喝。多年来，他每天起早贪黑，为了省点钱，大多时候一天只吃两顿饭。可每次捐出去的五千元，他要足足攒上整两年！

他的善举得到不少的赞赏，但也有村民不理解，有的还表示反对，认为他捐钱不值当，劝他还是先把自己的肚子管饱再说。

但他的回答却很实在。他说，小时候我家很穷，是全公社数一数二的贫困户。但当时村里很多邻居都帮助过我和我的父母。再说了，汶川大地震发生后，全国人民都在帮助我们，这一点我简直连做梦都没想到，很受感动。我觉得人要讲良心，不能忘恩负义。现在我能挣点钱了，我想尽自己最大的努力，去帮助那些需要帮助的人。

就这样，他还是坚持自己的想法，该捐钱的时候仍旧捐钱，该帮助别人的时候继续帮助别人。

让我们记住这位农民老大哥吧，他叫高仕福，一位普普通通的清洁工人，一位靠捡垃圾卖废品为生的底层灾民！

下　部

第二十章
龙门山的前世今生

2010 年 12 月 10 日，我专程前往龙门山。

我说的龙门山，不是河南洛阳的龙门山、山东泗水的龙门山，也不是山西平顺的龙门山、浙江杭州的龙门山，而是四川彭州的龙门山。彭州的龙门山在四川名气很大，尤其是汶川大地震后，名气更大。但外界对龙门山的真情实况，并不是很了解，甚至可以说鲜为人知。

作为四川人，我当然知道龙门山。但我对龙门山的认识，也仅停留在“风景名胜区”而已，对它复杂的地质构造、独特的地貌特征以及深藏不露的自然内涵，却一无所知。记得是 2000 年的夏天，我从北京回到成都，特意去了一次龙门山，那是我第一次去龙门山。原因是我听说龙门山风景优美，空气新鲜，既有神秘的峡谷、奇险的栈道、银色的瀑布、绚丽的彩虹，又有碧绿的潭水和古朴的原始森林。而且王勃、高适、陆游以及汪元量、杨慎、李调元等不少文人墨客，也都去过龙门山，并赞叹龙门山是“天帝会昌之国”“英灵秀出之乡”。由于当时我只沉醉于龙门山的秀美风景，忘了这里曾经有过青藏高原板块与四川盆地板块的挤压形成的地壳运动，也忘了这里是强烈的地震带，半个世纪以来已经发生过十余次七级以上的破坏性地震。因此，我除了狂加赞叹龙门山奇特的风景，对这片土地一无所知，更谈不上敬畏，直到汶川大地震爆发，我才开始重新认识龙门山。

汶川大地震爆发后，我去灾区采访，有机会第二次进入龙门山。当时，龙门山受灾非常严重，却因身处大山深处，消息传不出去，外界无人知晓，导致救援部队迟迟不能到达。这对深陷劫难的龙门山的灾民来说，比来自地震本身的打击还要沉重，也更为心酸。记得那天我站在伤痕累累的山路上，望着满目疮痍、一片狼藉的龙门山，我的血液里好像突然多了点什么。

两年后，即 2010 年深秋，我又第三次去了龙门山。当时正是灾区热火朝天重建家园的日子，尽管这次我对龙门山做了一些走访，但回到北京后，我觉得我对龙门山的认识和理解还是非常肤浅。于是 2010 年 12 月 10 日这天，我决定再去一趟龙门山。

这天北京十级大风，风中的我一路心寒。我乘坐的航班本来是下午 2 点起飞，由于风大，直到晚上 8 点才起飞。等飞机降落成都，我再乘车连夜赶到彭州，已是翌日凌晨 2 点了。

早上 8 点，在龙门山镇办公室小陈的陪同下，我乘车进入龙门山。车刚走一段路程，天空便突然飘起了大雪。车子越往山里走，天气越寒冷。途中，小陈征求我的意见，问住镇上哪家宾馆，我说哪家宾馆都不住，随便找一个灾民家住下就行，同吃同住，采访方便。小陈先是感到诧异，但很快就表示了认可，说："李老师，说实话，如果你想真正了解我们龙门山人的生活，就该这样，不然就是走马观花了。"

在小陈的协调下，我住进了龙门山镇国坪村。房东姓赖，是位八十八岁的老奶奶。我一进她家便问："老奶奶，我怎么叫您是好？"

老奶奶满脸沧桑，看了看我说："你就叫我赖婆婆吧!"

我马上叫了一声"赖婆婆"。

赖婆婆就笑了，笑得非常爽朗，好像故意要让满山沟的人都听见似的。

午饭时，赖婆婆为我忙前忙后，又是搬凳子，又是拿碗筷，一举一动，细致入微。看着赖婆婆，我一下便想起我的母亲。

我很快发现，赖婆婆虽然身体硬朗，腰却直不起来，背始终驼着。赖婆婆告诉我说，她年轻时就把腰摔断了，从此再也直不起来；只要遇上雨天，腰就痛得不行。

我住在赖婆婆家的那段日子里，正好赶上山里下大雪。但赖婆婆每天早上 6 点起床，先是拿着笤帚，默默打扫着院子和路边的积雪，而后不是洗衣做饭，便是锄地拔草，有时还把草堆在一起，点燃烧了。有天早上，我见赖婆婆正在烧草，便问："赖婆婆，您为啥要把这草烧掉呢?"赖婆婆说："烧了草，好做肥料；没肥料，咋个种庄稼吃饭呢!"

赖婆婆没有儿女，老伴六年前便已去世。老伴走后，赖婆婆便成了五保户。赖婆婆曾去过敬老院，可她不习惯待在敬老院。赖婆婆告诉我说，敬老院要准时起床吃饭，很不自由，吃的东西也不是自己想吃的，不对胃口，打死我也不想去敬老院。我说，您不去敬老院，一个人怎么办呢？赖婆婆摆摆手，说，我和我哥哥住在一起。我哥哥的婆娘好多年前就死了，我们两兄妹住在一起，很好，比敬老院安逸多了。赖婆婆说着说着，就开始数落起敬老院的种种不是来。

我早上和晚上，都在赖婆婆家吃饭，中午有时在外吃，有时也在赖婆婆家吃。饭桌上，赖婆婆常常给我摆龙门阵，不仅摆家事，还摆国事。我们边吃边摆，摆地震前的故事，摆地震后的问题，从山里到山外，从乡村到中央，天南地北，有说有笑，无所不谈。

有一次，赖婆婆告诉我说，20 世纪 60 年代，朱德就来过龙门山；汶川大地震后没几天，胡锦涛和温家宝也来过龙门山，那天温家宝还握过她的手呢！当时温家宝拉住她的手，问她地震死了多少人？家里有啥子损失？她啥子都没说，也说不出来，只感到温家宝的手比他们村支书的手还软和！

就这样，我在龙门山一住就是半月。

在龙门山走访的日子里，我最喜欢的，就是爬龙门山。

站在龙门山之巅，放眼望去，龙门山磅礴巍峨，峰峦叠嶂，好一派雄奇壮美的大好河山！尤其是当你大口大口地呼吸着来自群山绿树中的清新空气时，轻而易举就会被大自然所感染，并很快沉醉其间。

龙门山位于彭州市的最北部，距成都八十九公里，与阿坝州、都江堰、什邡等地接壤。龙门山绵延两百多公里，包括龙门、茶坪、九顶等山脉。其东北和西南分别与摩天岭和岷江手足相连，海拔由盆地边缘两千米向西逐渐升高到三千米以上，主峰九顶山则海拔四千九百八十四米。

龙门山，古时叫龙山，是一座拥有五千年文明史的天下名山。传说，中华民族最早的一位治水英雄大禹便诞生在此。后人为了纪念大禹“凿龙门、铸九鼎、治水患”的事迹，遂将龙山改称为“龙门山”。关于大禹的出生地，版本不少，观点很多，许多地方文献都有记载，我很难对此作一定论。但确有不少研究人员认为，大禹出生于西羌石纽，即今四川西北部的北川县。其实大禹是否出生于龙门山，在我个人看来并不重要，重要的是今天的我们，是否把大禹的精神和品质传承了下来。

从地质角度来说，由于龙门山地处成都平原与青藏高原的过渡带，宛如一道巨大的门槛分开了截然不同的两种地貌，所以形成了龙门山独特的地质构造。据有关地质资料显示，龙门山层层展现了地球上古老地质的演变过程，堪称地球地质演化过程的一部活档案。经同位素测定，此地闪长岩年龄为二十亿四千三百万年，花岗岩年龄为十亿二千七百万年，杂岩为六亿五千四百万年至七亿六千七百万年，是世界上极为罕见的地质大观园。此外，这里地层发育丰富，飞来峰与欧洲阿尔卑斯山飞来峰齐名，具有典型的地学意义。而龙门山国家地质公园内，则分布有古冰川遗迹、典型地层剖面等地质遗迹，被地质科学家称为“地质科学迷宫”。因此，独特的地质构造，造就了龙门山独特而丰富的自然景观。一年四季，鸟语花香、飞禽走兽、流泉飞瀑、峡谷栈道、神灯佛光等，无所不有。难怪早在古代，这里便是川西地带著名的旅游胜地。

汶川大地震前的龙门山景区，主要由银厂沟、九峰山、丹景山、马鬃岭四部分构成。银厂沟是龙门山景区的精华，其高峻的峰峦峭立云天，幽深的峡谷激流奔腾，峭壁如削，尤以悬桥栈道、峡谷怪石、飞瀑彩虹著称。九峰山因九座山峰而得名，山上保留着众多寺庙、宫观，自古以来便是道家与佛家的必争之地。丹景山以牡丹取胜，牡丹盛开于山间，雍容华贵而极具野趣，自古便是著名的牡丹观赏地。马鬃岭则因山峰形似怒张的马鬃，以及山间上万亩的杜鹃林而闻名。

在众多景点中，银厂沟留给我的影响最深。银厂沟全长五十公里，两旁怪石林立，群峰奇秀，银厂大峡谷贯穿其中。峡谷内，既有奔腾呼啸的飞瀑流泉，又有神奇美妙的彩虹幻影，还有蜿蜒曲折的吊桥栈道。且山势峭拔，莽莽苍苍，灌木茂密，重重叠叠，气雾缭绕，身居其中神清气爽。

从银厂沟景区大门进去，两旁的风光则迥然不同，一边是青山苍翠，一边是江水奔腾。奔腾的江，叫湔江，发源于银厂沟崇山峻岭之间，沿着大峡谷一路奔流而下。江中水流湍急，水色碧蓝，尖尖石笋活生生地长在江面之上，尤为奇特，煞是好看；尤其是汹涌澎湃的江水不停地冲击着江流拐弯处的听涛石，发出阵阵涛声，让人惊心动魄，又陶醉其中。

距听涛石不远，便是海汇桥。沿海汇桥往前，便是情侣们约会的好去处——鸳鸯泉。鸳鸯泉再往前，便是大龙潭。大龙潭为银厂峡峡口，面积一万二千多平方米，潭深约八米。湖旁石碑上“大龙潭”三个大字，为张爱萍将军所题。湖面平静如镜，树影山景倒映水中。水潭周边，悬崖峭壁，峡谷幽深，群峰耸立，地势险要。峡谷两岸，奇峰突起，绿树翠柏，烟云缭绕，甚是壮观。

过了大龙潭，便是银厂大峡谷。银厂大峡谷长四千米、深五百至一千米。在我感觉中，越往前走，悬崖越来越陡，峡谷也越来越窄。头顶峭壁矗立，烟云翻腾；脚下惊涛骇浪，万丈深谷。深谷陡壁间，有一条长长的栈道横过，人走在上面，如登天梯。一路走去，蹚溪、过桥、走栈道，道路更为崎岖。有时两峰间只有一座独木桥，到了悬崖边还得攀绳而过，真可谓险象环生，触目惊心！而乳白色的石头，满谷都是，形状各异，巨细不均，巨者数百千吨，细者如同卵石。而那不远处的水流更是美得惊人，宛若白蟒一条，放荡咆哮，吼声撩人！

过了通天桥，便接近山顶。最先出现在我眼前的“落虹瀑布”，是峡谷中的第一处著名瀑布。只见瀑布从悬崖上分两级跌落而下，然后再分成三条小瀑布落入山谷，水花四溅，烟雾朦胧。往前步行一千米左右，便是雄伟壮观的百丈瀑布。远远望去，百丈瀑布犹如一条银色的巨龙，一路发出震耳欲聋的声响，而抛下的水花则像团团雪球，跌入山脚，激起千层波浪，颇有“飞流直下三千尺，疑是银河落九天”之势。

在银厂沟观赏风景，虽可饱览秀色，但在几乎垂直的山崖间穿梭来往，手脚并用，也难免常常令人心惊胆战。等两个多小时后回到景区入口处，我早已汗流浃背，衣衫湿透。此刻想起李白的著名诗篇《蜀道难》，便会情不自禁地在心底发出感叹：

> 噫吁嚱，危乎高哉！
> 蜀道之难，难于上青天。
> 蚕丛及鱼凫，开国何茫然。
> 尔来四万八千岁，不与秦塞通人烟。
> 西当太白有鸟道，可以横绝峨眉巅。
> 地崩山摧壮士死，然后天梯石栈相钩连。
> …………

龙门山的另一景点叫马鬃岭，马鬃岭人迹罕至，灌木丛生，山坡和山顶均被原始森林覆盖，远远望去，挺拔的山峰颇似一匹奔驰在崇山峻岭中的神驹的头颈；而茂密参天的森林宛如神驹飞扬的鬃毛，故得名马鬃岭。景区工作人员告诉我说，这里春、秋、冬三季，都是积雪皑皑；只有夏天，随着积雪的融化，山岭才会披上浓浓的云雾。到那时，云雾在岩石上飘忽，在树缝中缭绕，时而环绕在山腰，时而笼罩着山顶，时而与蓝天相拥相抱，密不可分。此外，马鬃岭还有一大特色，就是高山杜鹃成林成片，面积多达上万亩，堪称龙门山一绝。

而龙门山的另一景点丹景山，则以牡丹著名。丹景山坐落在沱江之源的湔江南岸，为龙门山余脉，相对高度不高。但是山峦叠翠，风光秀丽，自古便是灵秀独钟的西蜀名山、著名的牡丹观赏之地，故享有“丹岳岱宗”之称。有历史资料显示，唐朝时这里的牡丹便远近闻名，后历经五代十国，到宋朝便与“千年帝都，牡丹花城”的洛阳齐名。尤其是洛阳当年沦陷于金国之后，彭州的丹景山便理所当然地成了全国唯一著名的牡丹观赏地。1985 年，彭州正式将牡丹定为市花，之后每年 4 月春暖花开之际，便在丹景山举办牡丹花展。花展期间，一百六十多个品种一百五十余万株牡丹，满山怒放，风情万种。观者如潮，赞不绝口，其浩大场面，堪称壮观。

行走在海拔千米之上的龙门山，我不仅为大自然的鬼斧神工而惊叹，为龙门山的奇丽与壮美而震撼，同时也常常被龙门山坊间的传说而感动。这些传说美丽而朴实，不仅体现了当地民众的追求，也寄托着当地民众的美好心愿。

有一天，我在银厂沟看见一家农家乐。农家乐不大，更谈不上豪华，却像小草一样顽强生长在大山沟里。那天中午，我刚走过去，农家乐里便走出一位六十开外的老汉。老汉看上去像个庄稼人，骨子里似乎又有几分文人气，他一边抽着烟，一边问我几个人，而后热情地把我们迎了进去。我开玩笑说，在你家吃饭可以，但有个条件，你得给我摆摆龙门山的龙门阵。老汉哈哈大笑，说，要得要得，没得问题。

农家乐老板姓王。老王手脚麻利，动作迅速，不一会，热气腾腾的饭菜便摆了半桌。我刚一落座，王老汉便一本正经地说道，这银厂沟的故事多得很，你大老远从北京来，想听点什么？我说，随便吧，只要聊银厂沟就行。于是王老汉一边抽着烟，一边和我聊了起来。

王老汉最先和我聊的是关于银厂沟的传说。传说明代崇祯年间，奸臣当道，民不聊生，国库空虚，时任文渊阁大学士的刘宇亮忧国忧民，一筹莫展。后听说四川的龙门山里有银矿，便亲自上山查看，果然阳光下砂石银光闪闪，于是禀报朝廷，皇上便派他到龙门山来开矿。但刘宇亮刚出门，就有太监在皇上耳边进言，说刘宇亮去龙门山开矿，挖多挖少没人监督，他要是从中私吞咋办？于是皇上决定派体弱多病的太子去“协助”刘宇亮。为迎接太子驾到，刘宇亮专门在山上为太子修了一座城池。但这里地处深山，天气太冷，一年四季冰雪不化，而太子娇贵，又水土不服，不久便患病而死。刘宇亮把矿厂事务安排妥当后，决定亲自进京向皇上奏明此事。但就在刘宇亮进京的路上，妄图谗害他的奸臣已向皇上禀报了太子的死讯，说太子之死，并非正常。于是皇上龙颜大怒，下令诛杀刘宇亮及龙门山所有矿工。一些忠臣知道这是陷害，便暗中派人拦截了回京途中的刘宇亮，刘宇亮只好返回银厂。刘宇亮一回银厂，就将全体矿工召集一起，这时，山下传来隆隆铁骑的嘶鸣声。刘宇亮对矿工说：“你们为了银矿，尽忠职守，我却连累了你们。现在银矿开不成了，你们拿些银子，赶紧各自逃生去吧！”说罢，刘宇亮纵身一跳，坠入峡谷，随即大雾弥漫，刘宇亮、矿工以及那座太子居住过的城池，瞬间消失得无影无踪……峡谷由此而得名“银厂沟”。

动人的民间传说，是龙门山文化的一部分。虽然这些传说未必真实，却体现了当地劳动人民纯朴善良的情感和对美好生活的向往与追寻。而在这些传说的背后，则是悠久的历史文明在做支撑。

这让我想起 2007 年轰动成都的一条消息，该消息称：“龙门山是古蜀人信仰崇拜的对象！”“三星堆青铜器原料来自龙门山！”“古代传说中的通天神树就在龙门山！”“太阳神鸟、太阳神树、太阳轮都是源于龙门山！”此消息一出，几乎一夜之间龙门山便成了社会关注的热点与焦点。而后来媒体公之于世的有关古蜀文明的诸多新观点，多条线索也都指向龙门山。

的确，龙门山有很多神秘的地方。其最大的神秘之处，是神奇的东经一百零四至一百零五度与太阳崇拜之间的联系。从地图上看龙门山，巍巍的峰岭像一条蜿蜒起伏的带子，缠绕在成都平原的边缘地带，海拔由盆地边缘两千米向西逐渐升高到三千米以上，北起川甘陕交界的摩天岭，南至都江堰境内的茶坪山，巍巍山脉的东南麓则是成都平原。平原上的三星堆遗址和金沙遗址令世界震惊；其西北麓则为岷江上游河谷，营盘山新石器时期遗址把古蜀历史前推到距今五千多年。一东一西，中间如虬龙般骤然横亘着龙门山，于是不由得引人猜想：神秘灿烂的古蜀文明，到底与龙门山有着怎样的联系？

首先引人注目的是龙门山区域的太阳崇拜。据考古学家说，北出什邡城区三十六公里，龙门山东南支脉有个红白镇，该镇背靠茂县、汶川，由此沿着通往西羌的古栈道，通过原始无人区翻越龙门山主峰——九顶山，就可以进入岷江河谷的腹心地带，那里发现了祭祀太阳神的红庙子遗迹。此前我去红白镇采访时，就曾经听说，1949 年之前，每年的农历二月初一，红白镇都要举行祭祀太阳神的太阳会，祭典上诵《太阳经》。

据有关资料记载，古太阳神庙是一块为群山环抱的高台地，面向东方，视野开阔，正是一个祭祀太阳的绝佳位置，可以全程观察太阳由初升到巡历天穹的全过程，也符合所有崇拜太阳的民族把山脉当作到达天国的“天梯”的原始心理。红庙子围墙以石头砌成，庙内供奉有神石，高两至三米，主要的一块石头是深赭色。另有若干垒砌的白色灵石，庙外临河面还有一神龟石。这种习俗与古羌人的崇拜有着某种隐隐的联系。如果把红庙子放置到东经一百零四至一百零五度的大环境中，又会发现在龙门山脉的东缘除红白镇以外，还有甘肃陇南市的太阳山、天水与汉中之间的太阳寺和太阳乡、甘肃文县与四川青川县之间的太阳山等一系列因太阳崇拜而产生的地名和遗存。这一切，到底是巧合，还是隐含了古蜀文化产生的崇拜系统伏脉？

针对这一现象，有考古学家提出：龙门山会不会就是联结古蜀人与太阳崇拜之间的“纽带”？走访中，有当地人告诉我说，在彭州市马鬃岭海拔四千多米的主峰山谷中，有一高达两百米突兀而立的独秀孤峰，四周绝壁无路可攀。山峰的顶端有一个自然形成的“人像”，“五官”清晰可见，山峰脚下大约十米处，则有一个跪拜的“人像”。自古以来，当地山民以为神异，称之为“通天神柱”，经常朝山祭拜。孤峰的发现，很容易让人联想起《淮南子·坠形篇》中的记载：“建木在都广，众帝所自上下……”据专家解说：建木，即通天神树。都广，即今天的成都平原。三星堆出土的青铜神树，便是古蜀人心目中建木的写照。因此，著名文化学者郭辉图认为，龙门山上这“通天”的孤峰，或许正是建木的原型，古蜀人依此而构建的心中的通天神树。

除了风景与传说，龙门山引起我关注的还有新发现的矿产。龙门山到底是不是古蜀青铜文明的“根”，是个很有探索价值的问题。2007年下半年，成都理工大学地质学教授刘兴诗等学者组成的科考队对此曾做过大胆的探索。他们兵分两路，一路从彭州上龙门山寻访铜矿遗址，不仅在龙门山上找到了铜矿遗址，而且采集的铜矿样品与三星堆青铜器比对后发现，成分极其相似，同时还发现了金矿和玉石矿；一路从什邡上龙门山，在平水河、金沙滩和银厂沟等地，也发现了矿产，从柏木梯到河坝有长达十六公里的裸露铜矿带，还有许多残留在山谷里的古矿坑。在人迹罕至的山林之中，科学考察队还发现了锯解石，据当地民间传说，此石本为修建禹王庙、禹母祠而用，后被弃置。当技术人员将锯解石与三星堆玉石比对时，发现两者的切割技术完全相同。而在西羌古道的附近，科学考察队还发现了许多被称为“垅子坟”的遗迹。据史家考证，古蜀人的先祖是蚕丛氏部落，他们世代居住在岷山一带，由于山高路险，无法像平原那样建起“木骨泥墙”，所以就在山崖上开凿窑洞似的石室用来居住。或许，这就是古蜀人从岷江河谷迁徙到成都平原时留下的痕迹。

关于龙门山，还有许多神秘的猜想令人沉醉，比如：如果最早的古蜀人是氐羌族，是炎帝部落的羌族夏侯氏和氐族蜀山氏的后裔，那么两个部落从西北高原迁徙来时，会不会在龙门山会合，此后相互通婚、繁衍？再比如，三星堆、金沙出土的器物证明了古蜀王国十分盛行太阳崇拜，古蜀人又崇尚西方，那么位于成都平原西北面的龙门山，会不会就是古蜀人崇拜祭祀的对象呢？

总而言之，美丽而神秘的龙门山给我留下了太多遐想的空间。难怪有专家预言说，龙门山的新发现为研究者提出了很多新的问题。过去在研究古蜀文明时很大程度上都是参考中原文明研究，常设想三星堆青铜器是由外地提供原料，寻找的目光放到四川之外。但龙门山则为研究者提供了新的研究思路，从龙门山往北继续追溯古蜀文明的“根”，将会大有作为。

然而，所有的探究者恐怕都没有想到，2008年的夏天，龙门山的命运在短短一瞬间，竟发生了天翻地覆、史无前例的巨变！

第二十一章
飞来横祸

巨变发生在一个温暖的午后，准确时间是5月12日14时28分4秒。就是这一天这一刻，震惊世界的汶川大地震爆发了！

这是1949年以来，中国历史上破坏性最强、波及范围最广的一次大地震！

地处龙门山断裂带的龙门山镇，顷刻之间飞沙走石，地动山摇，陷入一片混沌之中。整个龙门山镇、整个彭州市、整片龙门山断裂带都在不停地颤抖、撕裂……龙门山镇场镇街上，屋顶瓦片波浪般起伏掀动，伴随着巨大的响声和灰尘，墙壁接连倒塌，楼房大幅度摇晃变形；人，就像行进在大海中的船只遭遇了大风暴，根本无法站稳。哭爹喊娘的，尖叫的、号啕的，声声撕裂着人们的心扉！而与此同时，九峰村告急！宝山村告急……那一刻，不仅整个龙门山镇漂摇如汪洋中的孤舟，而且从天上往下看，整个彭州大地，灾民像蚁群般惊恐万状，房屋如积木样迅速垮塌。“四山一水五分田”的彭州市，像被一只无形的大手紧紧抓在手里，随着汶川、青川、北川……疯了似的撕裂、抖动、摇晃……

龙门山镇全镇面积三百六十八平方千米，虽然它只是广义的龙门山的一部分，但这里风光奇异，山水秀丽，龙门山风景区大部分都在其辖境内。因此龙门山镇，其实就是龙门山的一个缩影。镇内除了风光奇异、山水秀丽外，各种资源也相当丰富。物产资源有茂密的林木、名贵的中药材、山珍植物以及国宝大熊猫等珍奇动物。矿藏资源有铜、镍、铁、磷、沙金、石棉、石墨、滑石、石灰石、蛇纹石、石英石、花岗石、无烟煤等数十种；此外，山泉多、水流急、落差大，能源充足，有数万千瓦的水利资源蕴藏其中，是兴办小水电的好地方。

然而就这么一个好地方，却突然遭到飞来横祸，让全镇百姓心惊肉跳，惊慌失措！

走访期间，我在龙门山镇办公室查找到了一份资料，该资料显示：龙门山镇所辖六个村（社区）七十一个组，有三千八百零七户共约一万三千人（其中城镇人口一千五百四十七户二千六百五十八人）。在这次特大地震中，共有四百五十五人死亡、九百一十五人受伤，六万三千四百七十四间房屋倒塌（其中百分之九十六的城镇房屋倒塌或严重受损，一千四百七十七套城镇房屋急需重建）、二十座桥梁受损（其中七座完全损毁），二十六家水电企业和十六家加工型企业全部陷入瘫痪，直接经济损失达四十九亿元！

此前我去龙门山，是在大地震一周之后。进入龙门山境内那天，我一路上看到的，都是倒塌的房屋和崩裂的大山，都是成片成片充满血污的废墟。一所所学校再也听不到琅琅的读书声，更见不到孩子们的影子。一座座断臂折腰的桥梁横趴在江河中间，阻塞着横冲直撞的滔滔洪水。往日美丽的风景区不见了，取而代之的是一座座遍体鳞伤的山体，犹如一只只被扒了皮的鸡，毫无生气地躺在那里大口大口地喘着粗气。最让人无法接受的，是遇难同胞遗体的腐烂气味与消毒药水混杂的空气，迷漫整个山谷，令人难受至极，甚至逼近窒息。

我穿越随时塌方的沟谷，进入龙门山镇，迎面见到的，皆是房屋和山体整体毁灭的悲惨场景。灾情最严重的是学校、医院和幼儿园，而龙门山镇入场口的左侧，也被震得一塌糊涂。乡亲们告诉我说，过去这里是一片茂盛的参天大树，可我的眼前却是光秃秃的一片沙石。龙门山镇白水河大桥的对面，曾经是有名的连盖坪村，地震时山体严重垮塌，整座山的山体向南移动了一两米。连盖坪村是进入银厂沟的必经之地，相传曾经也是三千多年前蜀族先民由黄河流域的高原向南迁徙而后进入四川盆地的必经之地。而附近的几个小山坪也有不少传说，比如：连盖坪称为銮驾坪，建筑宏伟，金碧辉煌，曾为帝王所用；国家坪称国舅坪，雕梁画栋，气派非凡，为国舅所居；三合坪称三辅坪，曾修过三座府宅，也是上好的宝地。地震前，道路是沿着连盖坪山体右行，地震后连盖坪山体垮塌，道路被垮塌的泥石掩埋，只有被迫改道，从白水河大桥桥头右侧，沿白水河左岸前行六十米左右，再左转绕行。

至于著名的银厂沟风景区，其遭受重创的程度更是惨不忍睹。地震前，银厂沟是不少人尤其是成都人十分熟悉的休闲避暑胜地，上百家的农家乐每年要接待数以万计的游客。然而“5·12”大地震，银厂沟遭受了几乎是毁灭性的打击。例如，位于银厂沟栈道入口处的大龙潭，地震前面积一万二千多平方米，潭的三面高山笔立、悬崖峭壁。潭水幽深宁静，深达八米左右，终年碧绿，清澈见底，既像一面明镜，又似一条蛟龙，静静地卧于银厂峡口，是难得一见的风景点。而地震后，大龙潭的四周，除了一堆乱石，就是乱石一堆，除了一片废墟，便是废墟一片。

飞来横祸，让龙门山人失去了亲人，失去了家园，其内心的悲伤与痛苦，常人是无法理解的。甚至不少人还在一段时间里，对生活、对未来完全失去了信心，失去了希望，连死的心都有了。如果不是地震后我多次来到龙门山采访，亲眼见证了满目疮痍的地震现场，亲眼见证了灾后龙门山人极其艰难的生存现状，无论如何我也不会相信，美丽如画的龙门山，居然会发生大地震；更不会相信，美丽如画的龙门山，居然是地震带的中心，是地震的发源地！

事实上，在“5·12”大地震前，有地质学家就对龙门山的地质进行过考察与探讨；但很多人包括我自己在内，对龙门山断裂带真实面目的探讨以及人伦思考，都是在“5·12”大地震之后才开始的。

关于龙门山的地质情况，有地质学家曾做过这样的描述：变化多端的地形地貌，是大地构造活动与地表共同孕育的结果。形成于中生代和早新生代的四川龙门山的山脉里，分布着三条巨大的断裂带，全都是很深很深的活动性断层，规模大而位置特殊。这三条断裂带分别是紧挨成都平原的山前断裂带，又叫彭灌断裂带，都江堰、彭州关口、什邡蓥华镇、绵竹汉旺镇等地，都在这条断裂带上；中央断裂带，又叫北川—映秀断裂带，正好穿过了北川县城、汶川县映秀镇等地；山后断裂带，又叫岷江断裂带，岷江上游就是沿着这条断裂带流动的，沿途有松潘、茂县、汶川、理县等地。这三条平行分布的断裂带，加上一些横向的断层，相互紧密连接在一起，共同组成了巨大而复杂的龙门山断裂带。三条断裂带中，包括汶川、彭州、都江堰、绵竹、什邡、江油、绵阳、北川、映秀、广元、青川、岷江河谷等，全都是“5·12”地震受灾特别严重的地方。当地震发生时，从震中释放出的巨大能量，以地震波的形式向周围辐射，使地面上下震颤和左右摆动，沿着互相平行连通的三条断裂带迅速传播，立刻遍及整个龙门山脉，造成大面积强烈地震灾害。

翻开《地震志》，我还看到了如下记录：1610 年至 1900 年，龙门山地震带只有两次强震记载。但 1900 年之后，地震便相当活跃。在 1900 年至 2000 年这一百年间，五级以上地震就发生了十四次：1900 年邛崃地震，1913 年北川地震，1933 年理县和茂县地震，1940 年茂县地震，1941 年康定地震，1949 年康定地震，1952 年康定和汶川地震，1958 年北川地震，1970 年大邑地震，1999 年绵竹地震等。

由此可见，龙门山与大地震，一点也不陌生。

遗憾的是，几十年来，我们对此并未引起重视。直至“5·12”大震震惊世界，名不见经传的龙门山，才迅速进入中国和世界地质专家的视线。针对龙门山为什么会发生八级大地震这一问题，专家们纷纷各抒己见。

中科院地质与地球物理研究所研究员、青藏高原研究专家王二七分析认为，汶川地震发生在青藏高原的东南边缘、川西龙门山的中心，位于汶川—茂汶大断裂带上。印度洋板块向北运动，挤压欧亚板块、造成青藏高原的隆升。高原在隆升的同时，也同时向东运动，挤压四川盆地。四川盆地是一个相对稳定的地块。虽然龙门山主体看上去构造活动性不强，但可能是处在应力的蓄积过程中，蓄积到了一定程度，地壳就会破裂，从而发生地震。

日本东京大学地震研究所认为，“5·12”汶川大地震位于龙门山断裂带，过去几百年里这一断裂带附近多次发生里氏七级以上大地震，但是龙门山主体并没有强烈的活动，直到这次地震的发生。断裂自东北向西南沿着四川盆地的边缘分布，长三百公里至四百公里，宽约六十公里，沿断裂青藏高原推覆在四川盆地之上，由于蓄积的应力超过了岩石强度的临界点，龙门山断裂带就发生了里氏八级大地震。

美国地质勘探局认为，“5·12”汶川大地震的震中和震源机制，与龙门山断裂带或者某个相关构造断层的运动相吻合，地震是一个逆冲断层向东北方向运动的结果。从大陆尺度上来看，中亚和东亚的地震活动是由于印度洋板块冲撞欧亚板块造成的。

美国南加州地震研究中心教授郦永刚认为，龙门山断裂带属地震多发区内的活动断层，来自青藏高原深部的物质向东流动到四川盆地受阻，向上运动，两者边界即为断层面。如果断裂每年运动数厘米，每隔五十米至七十米，积聚的应力和能量就能产生一次里氏七级以上的大地震。由于震源较浅，而且震源机制为向东的逆冲运动，加上震区土质松软，地震波向东能传播很长距离，使得远至上海和北京等城市的人都普遍有震感。

英国地质勘测局地震监测和信息服务中心主任布赖恩·巴普蒂认为，从地质构造上看，这次地震与喜马拉雅碰撞带有关，显然是东北－西南向的龙门山断裂带发生挤压作用的结果。

法国地球物理研究所的地质学家保罗·达波尼耶认为，大约五千万年前，印度洋板块向北漂移，与欧亚板块发生碰撞后俯冲到后者的下面，由此形成了青藏高原。青藏高原现在仍在受两个板块的挤压，使得青藏高原及周边地区成为地震密集带。

…………

是的，在“5·12”汶川大地震之前，我们看到的只是龙门山美丽动人、温情脉脉的一面，对于它狰狞的面孔和潜在的凶险，却缺乏真正的认识，最多也就停留在书本的认知上。而正是龙门山秀丽的风光，迷惑了我们的眼睛，也正是龙门山迷人的风景，遮挡了我们的视线。因此，我们需要反思，需要对地震的反思，对生命的反思，对生存的反思，甚至对山区每一间房子的建筑反思！

在龙门山走访期间，我曾在一片惨不忍睹的废墟之中，看到了在地震中奇迹般岿然不倒的宝山集团大厦；正是因为宝山集团大厦没有在地震中垮塌，才让龙门山镇不少人侥幸活了下来。其实，所谓的宝山集团大厦，不过就是一座楼房而已。我曾几次进入这座楼房走访，也曾反复查看过这座楼房，它与灾区其他楼房的最大区别，就是建得很牢靠！因为牢靠，所以地震发生后，当龙门山镇的房屋几乎全部垮塌时，它却成了龙门山镇唯一一座完整保留下来的楼房。

我在网上还见过一篇随笔，作者是一位设计师，网名为“大良民”。在这篇随笔中，作者结合自己几十年的工作经历，谈了个人对房屋抗震的认识与忧虑，引起许多网友的关注。请看这位设计师是怎么说的：

大灾过后，人们都会想到一个问题：假如房子不倒，不就极少死伤了吗？是的。想当年唐山大地震后，举国上下，都十分重视抗震问题。地震部门自是全力研究预报问题，建设部门则是全力在房屋抗震问题上下功夫，重新划分了全国抗震烈度区，在震害调查和抗震科研成果的基础上本着“大震不倒，小震不坏”的原则，重新颁布了建筑抗震设计规范，修订了建筑施工规范，制定了旧建筑抗震加固规范。比如对以前国内流行的砖墙预制板（唐山地震时此类建筑大量倒塌，预制板被建筑界和唐山市民称为“要命板”）多层建筑就规定，高烈度抗震地区废除预制板，采用现浇楼板。低烈度区必须在预制板周围加现浇钢筋混凝土圈梁，层层圈住，预制板间缝隙必须用现拌混凝土灌实，并且在板面和板缝里加拉结筋；每间砖墙转角处要加钢筋混凝土构造柱，与层层圈梁相连箍住砖墙。圈梁和构造柱上下纵横相连形成一个小框架结构，把楼板和墙体全都牢牢箍住。并对圈梁和构造柱作了最小断面和最小配筋率（配多大钢筋）的硬性规定。对施工质量，比如砖墙的砌砖沾灰率（现在叫“饱满度”）等也做了硬性规定。唐山大地震，对国家和全国人民都产生了极大的震撼，对建筑界尤甚！

说个实例吧。1975年我设计了某市百货大楼，五层（地下一层），全现浇钢筋混凝土框架结构，按七度抗震计算设计。那时，国内连计算器都没有（我只在一位有亲戚在日本的老工程师那见过一次，他也是那亲戚刚从日本带来送他的），更不要说用计算机算了，我的计算工具就是计算尺，按国家规范一点点地计算。计算书有一百七八十页，厚厚的一大本。图纸出去了，施工单位是省属某市建筑公司。1976年四五月动工。在7月份刚出地下室做一层时，甲方人员告诉我，建筑公司的人对我好有意见，说我设计保守了，用钢量太大，钢筋密，工人不好干活。当然，说是这么说，没有我的变更，他们还得按图施工。我到工地时，也感到工人师傅看我的眼中有怨气。我是按规范一点点抠着算出来的，不管人家怎么说，我也不敢随意减少用钢量。就在那时，唐山大地震的消息和震害情况层层下达，我到工地去，工人师傅看我的眼光变了，看得出，没有怨气了，倒多了几分尊敬。

也在那前后，我也亲眼看到，建造一座五层砖混结构的旅馆，砖是一百五十号的，很好，砂浆标号也没问题，就是砌筑时饱满度没达到规范要求的百分之八十以上（检查结果为百分之六十多点），就把砌好的砖墙生生用大锤敲了重砌。

也许是多少年没有大地震了，人们的防灾意识淡漠了。现在的建筑质量真是不敢恭维……

这让我很自然地便想到了日本房屋建筑的抗震性能。在2011年日本发生九级地震及大海啸后，人们惊异地看到日本的多层、中高层甚至高层建筑物，居然不倒，很多房子虽然被汹涌的海浪挪出很远，却没有散架，甚至完整地挺立着。比如，有一座房子已经被冲到了桥梁上，但房子居然完整。还有一座房子，被一艘游艇压在了上面，但就是不倒塌。于是日本大地震发生后，建筑抗震问题，再度成为世人关注的焦点。

有资料显示，在日本的建筑施工中，对于抗震有三种构造概念：耐震、制震和免震。耐震为最普通级别，主要用在低层建筑中。制震则是让建筑物在地震晃动中，集中在一个地方造成损害，但其他地方不会发生损毁。其中一种做法是在建筑物中放置各种球体，让这个部分吸收地震能量，等地震过后，只需把这部分换掉就行，建筑其他地方不会发生问题。还有比较普遍的做法则是放置油压器装置，其作用相当于保险丝，基本上在高层建筑中，每层都会安置一个以上这种装置。第三种的免震技术运用的成本过高，而且也不是每个地块的地基都适合。所以，现在日本大多数建筑采用的标准基本都是制震的标准。

因此，有建筑专家指出，中国的建筑质量和日本的建筑质量是有很大差距的，尤其农村的建筑缺乏基本的结构，没有水泥的圈梁和必要的柱子，都是用砖头砌起来的，地震后成了碎块。很多没有受到质量监管的房子，比如农民自建房，大量的小产权房，这些房子的建设都是游离于中国建筑质量监督体系之外的，房子的质量一般都很差，也很容易出质量问题。再说，目前国内的房地产建设从设计、施工、监理都层层外包，经济利益决定了开发商和建筑商合谋使用劣质的、不达标的建筑材料。因此，我们应该从日本大地震中汲取教训，重新审视我们的建筑质量，从最初的设计、选材到施工等方面都应该严守标准。政府也需加大对房地产建设的质量监管力度，对工程中偷工减料的必须严加惩处。

当然，地震是把双刃剑，地震在破坏自然的同时，客观上重新“创造”了自然，世上不少最美的风光，都在地壳活动剧烈的地震带上，比如著名旅游胜地九寨沟、叠溪海就是地震造就的美景。因此，如果我们从这个角度来看，龙门山的许多美景虽然在地震中消失了，比如银厂沟，可能永远也无法恢复先前的美景了，但新的美景又会出现在人们的眼前。

汶川大地震之后，成都理工大学著名地质专家刘兴诗曾数次跟着向导深入龙门山银厂沟。面对满目疮痍、一片狼藉的银厂沟，悲痛中的刘兴诗让人们重新看到了龙门山的希望，他说，沿着银厂沟北东方向的断裂带，山体滑坡严重，但地震波在垂直于此的方向上急速衰减，几百米之外仍是郁郁青山。因此我们完全不必这样悲观，只要政策到位、资金到位，明年龙门山各景区就可陆续开张。而四川省科技顾问团专家陈茂勋教授则说，众所周知，地壳运动可以分为两大类：一类是造洋，如印度洋、大西洋至今仍每年扩张；一类是造山，比如大陆板块与大陆板块相撞，大陆板块与大洋板块相撞，形成了喜马拉雅山、阿尔卑斯山等雄奇高峰。造山这一类中，最易被世人忽视同时也最具研究潜力的，就是陆内板块的推覆造山运动，而龙门山断裂带正是陆内造山运动的一个绝佳样板！龙门山原来的隆起速度每年约一点五厘米，但在这次大地震中却一下子隆起五百多厘米，原本几百年的历程浓缩在一瞬间完成，真是绝好的观察对象。龙门山，应该从国家级地质公园，升格成世界级地质公园！

也许，这是对地震后的龙门山最好的安慰。

然而，汶川大地震毕竟是一场大灾难，如此毁灭性的大灾难，不仅给龙门山人造成了极大的悲痛与忧伤，同时也带来了无数的矛盾与困苦。

第二十二章
乡镇干部的苦恼

龙门山镇，无疑是汶川大地震中伤口最多、最深、最痛的乡镇之一。

这个小镇看起来普普通通，很不起眼，但历史却有点长。

早在清朝末期，龙门山镇就设场了。因境内矿藏丰富，为取“宝藏与焉”之义，故叫宝兴场。新中国成立前这里设乡，以驻地得名——宝兴乡。1990年撤乡建镇，取名龙门山镇，镇人民政府驻地白水河。龙门山镇分为五个村和一个社区。社区就是白水河社区。白水河社区包括整个龙门山场镇，其人员成分构成非常复杂，既有工厂退休人员，又有下岗工人，还有街上居民和附近村民。龙门山镇有四大企业，分别是蛇纹矿、铜矿、湔江机械厂和岷江齿轮厂。铜矿和蛇纹矿1949年前就有了，据说朱德都来这儿视察过。后来湔江机械厂和岷江齿轮厂也搬到了这里。由于当时工行、农行、矿贸公司均在此设有办事处，故龙门山镇的经济可谓蒸蒸日上，空前繁荣，成为龙门山场镇历史上最辉煌的一个时期。

龙门山镇和全国其他地方的乡镇一样，经历了“大跃进”、人民公社，经历了20世纪60年代初期的大饥饿，后来又经历了生死浩劫的十年“文化大革命”，其贫困落后的经济状况，众所周知，不言而喻。有所不同的是，龙门山镇有四家国营厂矿，四个厂矿共有上万人。于是庞大的工人阶级队伍，成了龙门山镇一道独特的人文“风景”。由于当时国家十分重视工业，搞的是计划经济，并且执行农业哺育工业的方针，所以镇上这些持有城镇户口、吃国家口粮的工人老大哥，就都有一种无上光荣的优越感和自豪感，其身份明显高于当地的农民。然而随着改革开放的推进，尤其是企业改制以后，这几个矿厂破产了，工人下岗了，经济收入大大减少，甚至有些下岗工人的处境比一般农民还差。尤其是随着工人阶级的优越感和自豪感日渐淡漠甚至一落千丈，这些人就有了心理落差，感到很不平衡，很是恼火，也很不适应。后来，根据当时的政策规定，这些人被纳入了白水河社区。但很多人的思想转不过弯来，动不动就说，我是铜矿的，我是蛇纹矿的，我是什么什么厂矿的，总觉得自己是有单位的，是吃国家粮的老职工，是龙门山的功臣，怎么也不相信自己居然变成了龙门山镇社区的一个居民，变成了一个没事干、没人管的普通老百姓！

幸运的是，在四个工厂破产之前，这些下岗工人安身立命的房子问题基本都解决了，并且两证俱全。再后来，为了生存，这些下岗工人就纷纷到成都、重庆等地打工，或者到外地陪子女读书，或者与外地的子女住在一起。这样一来，他们在龙门山的旧房子没人住了，于是就全给卖出去了。当时到龙门山场镇来买房子的，主要是彭州、成都和重庆的一些退休老干部，子女为了给他们找个环境好、空气好的地方养老，就选择在龙门山镇来买房。刚开始，龙门山镇房价很便宜，二三百块钱一平方米，两间瓦房大概三十平方米，也就七八千块钱。从2006年起，房价开始越来越贵，到地震前，有的房子已经卖到了五六千元一平方米。当时在龙门山来买房的外地人，一共有四百来户，这四百来户人家到来后，又是改造又是装修，加上新的人员不断涌入龙门山镇，于是多年清清冷冷的龙门山镇，一下子就变得热热闹闹。

然而，正当龙门山镇开始复苏之际，汶川大地震发生了！

大地震发生后，龙门山镇一夜之间就乱成了一锅粥——不，简直是一摊泥！各种矛盾、各种问题呼啸而出，让龙门山镇的干部们措手不及，苦不堪言。

这一点，时任龙门山镇党委书记的刘廷凯体会最深。

刘廷凯是2006年出任龙门山镇党委书记的。

刘廷凯是个能干的基层干部。他到龙门山镇之前，曾在几个乡镇担任过不少职务，所以有丰富的基层工作经验。刘廷凯到龙门山的时候，正是龙门山镇情况复杂、发展艰难的时期。前几年，由于规划无序，农民大肆建房，龙门山镇给人的感觉就是脏、乱、差。所以市委派他去的任务，第一是整治脏、乱、差，第二是搞深度的旅游开发。

当时，市委给龙门山镇介绍了一家很有实力的民营企业，这家企业结合龙门山镇的实际情况，请德国、韩国、法国、日本等国家的旅游专家来到龙门山进行实际考察，历时半年时间，跑遍了龙门山镇的每块土地、每座山峰、每条沟壑，然后计划将龙门山打造成一个春观花、夏避暑、秋赏景、冬滑雪的国际旅游胜地，整个项目预计投资八十个亿，成都市委也认可了这个方案。于是2007年3月，龙门山镇与这家企业正式签订了协议，接着在2008年初形成了两个组团：珍稀动植物乐园和水上游乐世界。

项目刚开始实施时，有些老百姓不愿意，刘廷凯就给老百姓一笔一笔地算账，按国土政策，每人平均三十五平方米的住房还给老百姓，多余的宅基地作为股份入股，到年底分红，这样使居住、娱乐、旅游三分离，达到山内游、山下住的目的。本来，按计划2008年底龙门山就基本可以旧貌换新颜，但就在这时，汶川大地震突然爆发了，龙门山的第一个“国际旅游梦”，就这样被无情的大地震击碎了！

我第一次去龙门山，没有见到刘廷凯，第二次去也没见着，直到第三次去才见到了刘廷凯。我见到刘廷凯时，他已经没担任龙门山镇的党委书记了，但谈起“5·12”汶川大地震时，他仍心有余悸，感慨万端。

地震发生的那天中午，彭州市委通知刘廷凯下午到彭州市行政中心开会，专题研究龙门山旅游资源调查对接问题，所以刘廷凯在彭州市区的家中准备汇报材料。下午1点过，他开车出门，刚走到半道，市委办就打来电话，说会议推迟到 3 点 30 分，于是他又往家返。他刚关上门，地震就来了！

刚开始，刘廷凯以为是自家后面的挖掘机在拆房子，停了一下，家里的瓶瓶罐罐落下来，全摔碎了，他这才意识到地震了！他立即给市委打电话，打不通，又给龙门山镇打电话，也打不通。他打开门就往外冲，然后开上车，就往龙门山镇跑。

刘廷凯跑到隆丰镇，看见几乎所有的车都向彭州方向跑，唯独就他的一辆车，孤零零地往里开，而且隆丰镇房子上的瓦大部分都掉了，围墙也塌了，他这才着急了！到了丹景山镇，他见到的情况就更严重了，到处都是哭声，伤员不断往路上抬。到了新兴镇，山顶上不时还有石头滚下来，但他还是继续往前冲。过了通济大桥，他见房子几乎全倒了，而且听不到一点声音。直到这时，一种强烈的凄凉感，才直袭他的心头。

下午 4 点多，刘廷凯的车开到了小鱼洞镇。过了矿山，他发现路都被地震挤得变了形，呈倾斜状，但他还是往里开。离小鱼洞大桥还有七八十米时，一个满脸是灰的男人拦住了他的车，说前面的桥已经断了，快回吧，过不去了！

就这时，在混乱的人群中，刘廷凯看见了彭州市市委宣传部的干部们。刘廷凯说："一见到他们，我一下明白了，龙门山可能不复存在了，当时我的眼泪就忍不住直往下掉。随后，我们几个人小心翼翼地涉水过了河，走路走到了龙门山镇。"

刘廷凯首先赶到龙门山镇中心校。校长对他说，教学楼垮塌了，但一千七百多名师生还安全，只有一个学生遇难了。

他又来到镇政府。镇政府的办公楼已经倒塌。全镇一万三千多人，只有二十六名镇干部，有的还下乡了。他立即对镇干部说，大家散到各处，组织救伤员，把老百姓转移下山！然后他又返身冲下山，赶到小鱼洞大桥。

这个时候，天渐渐黑了，余震不断，山上不时有石头滚落下来，桥下的湔江水越来越急。在他和几个干部的组织指挥下，从彭州赶来的两艘橡皮艇陆续把伤员运了出去；另有一千七百多名中小学师生，也被及时安全撤离了危险区（龙门山镇后来成为整个重灾区仅有的几个极少伤亡学生的乡镇）。但银厂沟里面到底还有多少村民和游客没有疏散出来，他心里一点没底。

5 月 13 日，成都空军的救援部队赶到了，刘廷凯碰到了一身泥泞的副镇长曹光伟。曹光伟刚从银厂沟出来，告诉他说，地震后，山垮了，隔断了去银厂沟的银白公路，沟内上千人被困，被落石砸伤的村民、游客正在痛苦呼救！他立即布置了营救山里人员的方案，他对救援人员说，镇党委在，就要与每一个村子、每一户活着的老百姓同在！我们就是爬，也要爬进去！随后，他当即带着几百个当地干部、公安干警和成都军区战士，徒步进山救人！

进山过程中，他们翻山越岭，走了整整八小时，途中随时都有斗大的落石从身边飞过，遭遇了近百次余震，才赶到银厂沟深处的大龙潭，找到了被困的村民和游客一千多人、受伤人员七十二人！但此时出路已被封死，他们就只有和伤员、逝者挨在一起，点起几堆篝火，等待救援。

直到 15 日下午 7 点，刘廷凯他们才把山内七十二名伤员送上直升机，然后和成都空军后勤部的战士一起，掩埋了二十六个遇难者。每埋完一位遇难者，刘廷凯都特意用木头在坟前插上一块牌。他后来告诉我说：“这既是为了防疫，也是对死者的尊重。”

5 月 16 日，刘廷凯带着受灾群众从山里返回。途中，他听到了一个小道消息，说：“地震发生后，龙门山镇的刘廷凯书记已经吓得逃跑了，到处都找不着人了，这几天外面都传疯了！”对此，几天来忙得晕头转向、死去活来的刘廷凯当然不知道。他告诉我说：“当听到说我‘跑了’的传言后，我当时确实感到很惊讶，但并没怎么在意，我也没有时间去想这些，只是一个劲儿大口大口地抽了一会儿烟，接着又开始全力投入救援工作！直到当天深夜，我才给家里打了第一个报平安的电话，电话还是同事帮我拨给老婆的。因为不是我的号码，刚一接通老婆就问：'谁?'我抓过电话就大吼了一声：'我是你老公，我还没死!'接着，我就听到电话那头老婆哇哇大哭的声音!"

原来，地震发生后，短短几天内，龙门山镇的死亡人数就达到了四百多人，从山里转移出来的灾民就有一万多！这一万多灾民分别被安置在了彭州市六七个安置点上，对山里的具体情况一无所知，比如自己的亲人是否还在，房子垮了里面的财产还能不能抢救出来，下一步怎么生活，出路在哪，等等问题让他们度日如年心急如焚。

而更让他们感到无法理解甚至非常气愤的是，地震好几天了，他们居然没有见到一个镇上的父母官，甚至平时常到村上转悠的刘廷凯书记连影子也没看到一眼。于是有一天有个人突然就冒出一句话来："这些狗日的镇干部，关键时候丢下我们不管了，刘廷凯书记肯定也逃跑了!"

这话开始大伙并不相信，至多也就是半信半疑，但后来这话传的人多了，大家就信以为真了。于是，"刘廷凯书记逃跑了"的消息迅速在灾区流传开来，他的家人很快也听到了这一传闻。接着这一传闻很快上了互联网，而且还有网友在网上发帖，怒斥刘廷凯临阵逃脱，抗震不力，甚至还有不明真相的外地记者，到彭州第一句话就问："龙门山镇的刘廷凯书记真的是跑了吗？现在人在哪？找到没有？……"

5 月 17 日上午，刘廷凯终于有了喘口气的时间，决定下山去看望被安置在彭州市里的龙门山镇的灾民。龙门山镇的灾民被安置在彭州市一家大型的民营企业的厂区里，刘廷凯一进厂区，就见乡亲们站着的、坐着的、趴着的、躺着的，黑压压一大片，遍地都是。彭州市委书记站在人群中间，正拿着话筒在讲着什么。刘廷凯后来才知道，这天上午，灾民的情绪非常激动，说镇干部好几天都不来看他们了，听说中央的胡锦涛总书记要来，他们就要向胡锦涛告状，所以市委书记正在安抚这些要告状的人呢!

刘廷凯迎着人群走过去，第一个看见他的是天彭镇女镇长毛泽玉，他们握了一下手，拥抱了一下，眼泪就下来了。这时，市委书记看见他了，就对群众说，你们不是说你们的刘廷凯书记不管你们了吗，不是还有人说刘廷凯书记跑了吗？你们看，现在你们的刘书记来了，快，叫他来讲几句！

市委书记话音刚落，刘廷凯一下子就抱着市委书记，伤伤心心地大哭起来，像一个迷路很久的孩子，突然见到了亲人。

片刻，刘廷凯才接过话筒，扯着一副沙哑的嗓子，把几天来在山里忙着抢救灾民的情况如实地讲了一遍。

刚开始，刘廷凯还能听见下面有人骂、有人闹，但慢慢地，全场就变得鸦雀无声了。最后，刘廷凯说："地震发生后，从内心来说，我确实想早点来看望大家，但是直到今天，团山村、三沟村都还有一部分群众没有疏散出来。如果我天天都在这里，让你们看到我，而不去管那些困在山里没吃没喝、生死不明的乡亲，那才是我最大的失职！如果真是那样，我就该枪毙！"

刘廷凯刚一说完，不少灾民就拥过来，拉着他的手说："刘书记，对不起，我们错怪你了！"说着说着，不少人的眼泪就下来了。刘廷凯再也忍不住了，和乡亲们一起抱头痛哭！

…………

听了刘廷凯的故事和他满腹的委屈与苦恼，我被深深感动了。一个基层乡镇干部，在抗震救灾最危急的时刻，不顾自己生命危险，冲到抗震救灾第一线，解救出上千受灾群众，却被人说成是个"逃跑书记"！他内心所承受的压力、苦恼与委屈，得有多大啊！而这些，外界又有多少人知道、理解呢？

时任龙门山镇党委副书记、镇长的宁顺轩，同样也有一肚子的苦水。

宁顺轩长得一脸书生气，单从外表看，不太像一个农村基层干部，但这位 1967 年出生的镇长，其实是个地道的农家子弟。他从小的愿望是当教师，认为教师对学生的一生影响深远；加上他姑姑是教师，所以考大学时他填的志愿全是师范。可惜均未如愿，最终被调配到了农业大学，毕业后分配到乡镇工作。交谈中我发现，他是个比较低调的人。

宁顺轩是 2005 年 4 月到龙门山镇出任副镇长的，来之前在彭州市小鱼洞镇当副镇长。到龙门山镇后，他几乎走遍了龙门山的每个角落，发现了龙门山镇与其他乡镇至少有四点区别。

一是龙门山镇的老百姓比较富裕，对政府行政上的要求不多，但由于乡镇的管理工作做得不够，所以与群众的联系不密切。

二是龙门山镇的老百姓收入渠道单一，就靠农家乐，收入来源稳定且富足，挣钱容易，但老百姓对政府的政策不是很理解，也不关注。

三是历史上遗留问题多。乡镇企业多，加上正赶上企业改制，所以涉及占地费、拖欠工资、拖欠运费、拖欠包工费等问题的很多。比如，刚建凤鸣湖电站的时候，动员老百姓把征地款入股，开始给了百分之二十的利息，后来因为经营比较困难，又减到百分之十五，后来再减到百分之十，最后只付本金。这就严重影响了老百姓对政府的信任度，所以龙门山的干群关系，缺乏亲热感。

四是不注重环境的保护，比如团山村垃圾场，由于处理成本高，他们采取了掩埋和焚烧的办法，根本不能达标。

2006 年 6 月，宁顺轩开始主持镇政府工作，与刘廷凯书记一起，主要着手解决了如下几个具体问题：

一是团山村群众吃水用水的问题，主要通过老百姓自筹、村上集体资金的办法，共筹措资金五十万元，修建了一个两百多立方米的蓄水池，可供三四千人饮用。

二是通过宣传和行政措施，让红岩山等矿山企业减少了噪声污染、修补了损坏的道路。

三是镇蛇纹石矿破产后有许多欠款，通过各种方式，逐步偿还了老百姓。

四是对银厂沟进行了环境综合整治。银厂沟虽是景区，但当时存在着许多问题，比如建设无序，基础设施不配套，排污难，清洁能源的使用跟不上，外观环境差，乱搭乱建的特多，违法建设多，等等，所以必须进行整治。

对龙门山镇环境的整治，宁顺轩非常注重并大力推行一些新的观念。为了让老百姓感受到旅游业的变革，宁顺轩领着一帮人在九峰村三边坪先搞了一个体验区。这个区搞好后，再在全镇推开。整个项目二十五平方公里，涉及四个村的拆迁。为了顺利拆迁，宁顺轩深入基层，吃尽苦头，多次给老百姓召开“坝坝会”，并亲自带着老百姓到现场去看一些环保项目，让群众理解、体会新兴旅游业带来的变化。2008 年 3 月开始拆迁，一个多月就拆了两百多户。其间的矛盾与烦恼，让宁顺轩苦不堪言。

也就在这时，上级让宁顺轩到成都市委党校去参加轮训。2008 年 5 月 12 日上午，宁顺轩到成都报到，下午 2 点 10 分进了教室，刚把茶水倒好，就看到投影仪的屏幕在晃动，宁顺轩马上就知道是地震了！

宁顺轩当即跑出教室打电话，打不通，却收到了彭州市委应急办公室的短信，要求上报地震人员伤亡情况、房屋损毁情况、交通损坏情况、企业受损情况。宁顺轩马上把短信转发给了刘廷凯书记，请他安排。

之后，宁顺轩和几个镇长到车上听交通广播。二十分钟后，就听到了“震中在汶川”的消息。他当时就急了，因为他知道龙门山镇与汶川直线距离只有七公里，所以也没向老师请假，直接就往龙门山跑。

宁顺轩跑到小鱼洞，一看，桥断了！他就走走跑跑，跑跑走走，终于赶回镇上。这时还不到 6 点。他看到镇上的住房倒了，医院塌了，一些伤员正在进行简单包扎。他又一路跑到镇政府，几个镇干部正在猜测他会不会回来，突然见到他，几个女干部的眼泪一下就下来了。

很快，宁顺轩和刘廷凯书记一起，召集镇干部开会进行分工，把所有商店的食品集中到一处，把群众安排到几处相对安全的地方，把伤员抬到卫生院进行包扎。然后他又和几个镇干部到白水河大桥察看地形，看山洪是否有暴发的可能。

晚上 8 点刚过，刘廷凯要到指挥部汇报情况，镇上所有的事情就交给了宁顺轩一个人。到了晚上，宁顺轩决定先暂时不给任何人发放食品，让所有镇干部围着食品，站成一个圈，把食品保护起来。

但晚上 9 点多，有人就想吃东西了，找他们要。宁顺轩就给大家说："你们好好想一下，现在桥断了，万一过几天外面没有食品运上来，我们现在就把食品吃完了，以后怎么办？希望大家忍一忍!"这时尽管灾民们又饥又渴，但大家非常听话，居然没有一个人再提出吃东西的要求。而他和几个镇上的干部也一直守在食品旁边，没动过一块饼干，到后半夜实在困了，才挨着食品打了一会盹。直到凌晨，才先分了一些食品给老弱病残者。

13 日下午，成空部队进来了!

14 日，济南军区的部队也来了!

镇上的干部带部队进山后，镇上所有事情就交给了宁顺轩。他先安排部队驻扎下来后，然后又开始组织运送伤员、疏散群众、防疫卫生等。他到处跑，脚都跑痛了，跑肿了，最后脚上的鞋都脱不下来了。没办法，他干脆就那么一直穿着，甚至晚上睡觉鞋子都脱不下来，他只好穿着鞋子睡觉。

15 日，宁顺轩把办公地点搬到白水河桥头一个四面透风的帐篷里，然后白天黑夜都忙着处理各种问题。头几天，一天抬出来的伤亡人员就是好几百，转移伤员两千多人，他忙得连饭都吃不下去。一个村民见了后，说他瘦得像一只猴子!

一直到 20 日凌晨 1 点钟，宁顺轩他们与外界的电话才通了。

20 日凌晨，市里通知宁顺轩到市里开会，利用这次机会，地震后他第一次回家去。走到家门口，他见自己的鞋实在太脏了，就咬着牙，强行把鞋给拔了下来，然后扔到垃圾桶，这才回到家里痛痛快快洗了一个澡。然后喝了一杯糖水，接着又去参加会议。

第二天，宁顺轩又回到龙门山镇，投入拆除危房、稳定人心、加强防疫等工作。尤其是防疫工作，非常紧迫，当时野狗到处都是，有些野狗居然敢在担架上来抢尸体，甚至还有一只野狗把一名战士的脚都咬了！所以他要抓紧联系殡仪馆，让他们来车来人，尽快把尸体处理掉。

到了19日，整个抢险工作刚刚告一段落，新一轮工作又开始了。即要想方设法，把所有疏散出去的老百姓劝说回来，然后重新把他们安置好。

但宁顺轩万万没有想到，安置工作同样问题繁多，矛盾尖锐，特别是让他苦恼的是，当他去动员老百姓回家时，有人竟质问他："为什么地震后你们不来看我们？你们都干什么去了？为什么现在才来要我们回去？这儿有电有水，还有吃的住的，龙门山镇都垮了，现在什么都没有了，我们回去干什么？你们政府是如何打算的？"接着，老百姓就开始和他谈回去的条件。

宁顺轩先把近几天来他们如何救灾的情况讲了一下，然后就开始动员老百姓回去。他说，如果你们不回去，我们就无法统计灾情；不能统计灾情，灾后的相关政策你们就无法享受。但即使这样，有一部分还是不肯回去；甚至后来刘廷凯书记去做工作时，居然还有人要打他！后来，经过苦口婆心的劝说，这部分人才回到山里。

但这些人回到山里后，不但不说镇干部有多么辛苦，反而还说一些不三不四的闲话，讲各种各样的条件，甚至个别的人还不顾大局，斤斤计较，死缠烂打。宁顺轩不得不拍着自己的胸脯说："我向大家保证，我们龙门山镇的干部是对得起大家的，也是对得起自己的良心的！"

宁顺轩向我讲完他的经历后，禁不住长长地叹了一口气："唉，当个乡镇干部，不容易啊！"

"不容易"的乡镇干部，还有龙门山镇白水河社区主任杨晓雪和社区书记郭闯。

杨晓雪是2008年元月正式担任社区主任的，走马上任才四个月，就碰上了地震；郭闯是地道的龙门山人，地震前和地震后都一直在镇上工作，所以两人对情况非常熟悉，也有共同的苦恼。

杨晓雪说，地震后转移出去的老百姓逐步动员回家之后，龙门山镇在物资分发、搭建帐篷、房子拆迁等方面也暴露出许多具体的矛盾和问题，这些具体的矛盾和问题也让我们感到很头疼。比如，其中一个主要的矛盾，是物资分配问题。龙门山镇的居民，以前大都是有单位的，单位在这方面做得比较好，也有些福利。但作为社区，就不可能每样东西都能领得到，照顾得那么全面，也不可能搞平均主义，这就导致有的居民不满，主要是物资领取的标准出现了问题。当时，地震发生后，按国家规定，每人每天补助一斤米十块钱，但到底哪部分人享受这个补助，政策比较模糊。比如那些到龙门山镇来买房的外地购房户，他们确实受灾了，肯定是灾民，但他们不是本地的居民，他们只在这里住，户口不在这里，你说该不该享受这个待遇？

我问，当时享受这个待遇的政策是什么？有没有具体的发放标准？

杨晓雪一脸无奈，说，当时的发放政策是，除了有户口，房子还必须得震坏了的才算受灾人员。但好多原来是厂矿的下岗工人，他们下岗后，房子早就卖了，到外地打工去了，他们只有一个户口在这里。现在也跑回来要补助，说我们的家在灾区，也是灾民，凭什么不享受国家的政策？凭什么不给我们这个补助？还有一些退休的和单身汉，老的小的，老的户口在农村，小的在单位，这部分人是集体户口，是一个大本子，这部分人在我们这里没有住房，也回来要这个待遇，你说咋办？

我问，后来这部分人是怎么处理的呢？

杨晓雪说，没办法，我们只能按上面的规定办，该享受的就享受，外地购房的不享受，空房户也不享受，退休的这部分人员也不享受。这一来，这部分人意见就很大，我们也没有理由说服他们，因为政策确实不明确，有点模糊。

我问，后来还有什么头疼的事？

杨晓雪说，后来又涉及临时住房问题。从2008年7月份起，开始修板房，修板房前开始拆一部分住房，当时我们社区的房子垮得凶，就准备全部安置在小鱼洞太子村那边。可居民不愿意，担心一是走了后可能回不来了，二是走了后自己的土地被人占了怎么办。当时我们提出几个方案，但等到拆房子的时候，老百姓又不干了。他们说，我这房子拆了，以后咋个办？因为当时还没有开始灾后重建，具体的政策还没有出台，啥子信息都没有。最后通过做工作，大家还是接受了。但拆房子，要每家每户都签字，而要签字的居民中，又包括那些外地购房户，他有房子在里面，也不愿意拆。当时我们每天这家那家跑，很艰难，不在镇上的，我们就通知他们回来，有的打电话告诉他，你这房子要拆了修板房；同时我们对他们家里的东西一一进行登记，搞得非常艰难，非常辛苦！

我问，你们有没有碰到钉子户？

杨晓雪说，有。当时有两户外地购房的，坚决不拆，他们的房子正好处在要建板房的中间，如果不拆，我们就要少修一栋，就要少安置好多户。我们就给他们讲道理，后来还是签了字。总体来说，大部分人还是有大局观念的。

说到这里，书记郭闯插话说，建板房之前，搬迁工作是最难做的。有的居民说，我祖祖辈辈生活在这里，我死都要死在这里，就是不走。要他们开会，他们不参加，不听任何人的意见。后来在灾后重建中，矛盾就更大了，主要是选址和钱的问题。因为不选好重建的地址，灾后重建就无法展开。龙门山镇地处山区，土地资源十分珍贵，所以只能把重建的地址，定在了荒芜的河滩地上。但老百姓不干了，有的老人说，这里不安全，会涨大水，1964年就涨过洪水，你们没经历过，我们见过，不能建在这里。我们也承认，那里洪水是很大，特别是老年人很害怕。但在山区，土地资源极其有限，别无选择，只有苦口婆心地给他们做工作。告诉他们，场镇只有这么大，下一步还要搞产业发展，只能建在河滩上，只有这条路可走，而且必须商住分离，就是商业房和居民房要分开。后来经过努力，建在河滩上大家勉强同意了，就准备建房了。但新的矛盾又钻出来了！什么矛盾呢？因为建新房子，要灾民自己出一部分钱，大家就不干了。有人发牢骚说，狗日的，我们房子没了，你们还要收我们的钱，肯定是你们想在中间赚我们的钱。还有人说，都江堰灾区搬到郊外，不足七十平方米的房子，全是白给，他们是城市，我们还是城镇，凭什么还要让我们出钱？我们说这是上面的规定，不能什么钱都让国家掏。再说了，国家也掏不起呀！他们就骂你，说你是内奸！这事你说咋整？

我问，后来呢？

郭闯说，后来我们就把规划图拿出来，不断开会，给群众算细账，还找一些工作认真、责任心比较强的企业退休老同志开会，跟他们沟通，成立议事会，制定初步的安置方案。方案出来后，大家又为平房补差和房子成本价的高低问题争吵不休。最后实在不行，政府只好给他们提供贷款平台。当时，八百多户就有两百多户贷款，房贷比一般的商业贷款要优惠得多，政府还替他们当担保人。好在社区居民的素质比较高，不少人顾全大局，懂科学合理重建，支持场镇搞产业发展，为灾后重建的进展起了重大促进作用。不过，灾后重建虽然基本完成了，但遗留下来的矛盾也不少。一句话，地震给我们造成了灾难，造成了经济上的损失，也造成了各种各样的矛盾！

我问，在这些矛盾中，是否也有人的基本素质问题？

郭闯说，当然了，多多少少都有。其实，我觉得地震发生后的最初那段时间，镇上的居民都是非常好的，搭棚子的时候，你要啥，他们就给啥，大家很团结，很有序，也很感人，不是装的，一点都不假，完全是一种人的善良本性的表现。但是十天半个月后，就开始变了，人的本性的另一面就冒出来了。为什么呢？因为我活下来了，要生存，当然就有要求了，要提条件了。当时部队在镇上搭起了伙房，大家伙天天吃，不要钱，吃着吃着，相互间就开始计较了，甚至就连吃个方便面都会计较。比如说，我吃的是“统一”牌的方便面，他吃的是“康师傅”的方便面，就不行，就会吵架……

因为一包方便面就撕破脸皮，甚至大动干戈，这样的“家丑”听起来实在有点“那个”。但这就是大地震后的现实，这就是大地震后的人性。

据我调查，这些现象不仅在龙门山镇，就是在整个灾区，也有不少。地震初期，你好我好，大家都好；你善我善，彼此都善。但到了后期，你好我好，我得更好；你善我善，我的善却有限。随着外部世界和现实状况的改变，各种矛盾、各种问题全都钻出来了，尤其是深藏在人性中的所谓“人不为己，天诛地灭”的东西，自然而然地就跑了出来，想拦都拦不住。而诸如此类的矛盾，在整个地震灾区，并非个例。这些矛盾史无前例，乡镇干部们从未经历过，所以处理起来，当然就非常棘手，非常头疼。

其实，龙门山镇基层干部的苦恼，也是整个灾区基层干部的苦恼。

龙门山场镇看起来虽然是个普普通通的山区小镇，但麻雀虽小，五脏俱全，镇上常住居民就有一千五百三十七户二千六百五十八人。由于汶川大地震导致镇上房屋严重毁损，加上大地震后龙门山镇又遭受了一次接一次的泥石流和大洪水，所以接二连三的打击，让这个地处川北深山的小镇伤痕累累，矛盾重重，完成重建家园的任务便显得异常艰难！

现实是，无论有多难，灾后必须重建；不管有多苦，任务推着你必须往前拱。因为大地震后，尽管遇难者家人的伤痛尚未抚平，幸存者的生活却必须继续。在这前后矛盾的挤压裹挟中，基层干部们心灵的痛苦无疑就很深、很重！

但是，在走访中我发现，汶川大地震后，普通灾民的心理问题受到了来自社会各方面的关注，而基层干部的心理问题，却似乎成了盲区。

从本质上讲，基层干部也是人，也是灾民，他们中不仅有人深受重灾，甚至家破人亡，所以在心理上，他们同样承受着很大的压力，甚至比一般灾民所承受的压力还要大。尤其是大地震过去之后，除了繁重而紧迫的灾后重建任务，名目繁多的上级检查，络绎不绝的参观团体，以及无数带有旅游性质的所谓“考察”活动，等等，无一不给灾区的基层干部带去烦恼，也无一不加重了他们的负担，以致最后让他们不堪重负。而另一方面，大地震过后，由于他们只顾忙于组织指挥抗震救灾工作，不仅自家无暇照顾，房子倒了顾不上修，甚至连亲人遇难也无法去救！结果，导致他们的工作、生活、家庭压力越来越大，心理负担越来越重。于是二度悲剧的发生，也就在所难免。

比如，2008 年 10 月 3 日，北川县委农办主任董玉飞，因儿子遇难和工作压力太大，选择在家中自杀，年仅三十八岁，成为汶川大地震后北川第一个自杀的政府官员。

比如，2008 年 10 月 24 日，绵阳市平武县移民办主任罗世斌，因劳累过度致死，年仅四十五岁，成为继董玉飞之后，第二个离去的基层干部。

比如，2009 年 4 月 20 日，北川县委宣传部副部长冯祥，因儿子遇难和工作压力太大，选择在家中自杀，年仅三十三岁。

再比如，2013 年 5 月 23 日，北川县副县长兰辉在下乡途中下车换药时，因劳累过度，意外坠崖而死，年仅四十八岁。

上述四位死亡者，除董玉飞和冯祥因爱子在地震中遇难而精神遭到重创外，都有一个共同的特点，即“工作压力太大”，导致劳累过度，积劳成疾。用心理专家的话来说，就是典型的“创伤后应激障碍”。他们的死亡方式虽然有所不同，但同为地震灾区的基层干部，同为“工作压力太大”的死亡诱因，却证明了同一个事实：地震后的灾区基层干部，的确太苦太累；甚至有的时候，生不如死！

因此，灾后需要重建的，不仅仅是有形的宿舍、学校、医院等，还有看不见的人的心灵。而且心灵的重建，远比物质的重建更漫长、更复杂，也更艰难。

第二十三章
多灾多难的九峰村

我第一次去九峰村，是一个浓雾蒙蒙的早上。

我第二次去九峰村，还是一个浓雾蒙蒙的早晨。

陪同我去九峰村的，是龙门山镇办公室的小陈。小陈告诉我说，九峰村是龙门山镇风景最美的一个村庄，也是最偏远的一个村庄，同时也是地处大地震最危险的一个村庄。

于是，十七公里的山路，一路上都让我对九峰村满怀期待，同时也充满了担忧。

在人们眼中，九峰村拥有龙门山最美的风景，甚至可以说就是美的化身，美的聚集地。我曾查阅过清嘉庆年间的《彭县志》，上面有这样一段记载：

> 在县西一百六十里，脉自茂州来，起伏奔赴，历二百余里，至此奇峰拔地倚天，耸然峙列者九，实为彭邑诸山之冠，故名。

的确，九峰山东北为青龙、朱雀、火焰、天牙，中为背光，西南为仙人、黄龙、元武、白虎，都是“高插云汉，六月积雪”。主峰海拔约四千八百米，从山麓至山顶约三十五公里，山势陡峭，峰峦叠嶂，古柏苍郁。尽管地震过后，不少庙宇等人文景观已遭破坏，但天然景色依然美不胜收，十分壮观。比如，夏可观云海、日出，冬可看飞雪、冰柱。另外，九峰山重峦叠嶂，怪石林立，云雾蒸腾，林海苍茫，据说还时不时有大熊猫、金丝猴等珍稀动物出没其间。小陈告诉我说，上九峰山有六条山道可登，但主要有三条：从慈竹湾经祖师殿上顶，从二仙桥上顶，自长河坝经龙口、龙石坪上顶。

随着车子在崎岖的山路上前行，九峰山开始逐一出现在我的眼前。

九峰山有不少景点，最著名的有古刹遗踪、鸳鸯双瀑、鹃林花海、天然画屏、险关隘口、雷音览胜、苔藓地毯、熊猫故道八个景点。而且，这八个景点，个个均有特色，堪称一绝。古刹遗踪，明代大将张定边弃戎出家，于明天启年间建雷音寺于山顶。大雄宝殿内的如来佛、观音菩萨、十八罗汉等二十余尊圣像，形态各异，栩栩如生。鸳鸯双瀑，有两股瀑布，小者隐于灌木丛中，时隐时现，大者从峭壁上飞流直下，水花飞溅。鹃林花海，后山杜鹃成林，有白、黄、红等十余种颜色，可谓千姿百态，尤其夏季开放最盛。险关隘口，道口地势险要，云遮雾罩，绝壁千仞，颇有“一夫当关，万夫莫开”之势。雷音览胜，既可观日出，又能看云海。据说每当红日当空、云雾掩山的上午 10 点至下午 3 点，还可见到神奇的佛光。至于有名的熊猫故道，地处海拔二千六百五十米的九峰后山上，一旦身入其中，便会顿感片片箭竹苍翠欲滴，清香扑鼻，不仅是大熊猫的栖身之地，也是人们的游憩之所。

然而，尽管九峰山风光绮丽，但大地震后留下的“伤口”依然随处可见；而这一个个的“伤口”在我的眼里，好像还在滴着血，触目惊心，不忍细看。

“5·12”汶川大地震发生那一刻，九峰村所在的银厂沟风景区，一座座山体瞬间垮塌下来，将整个风景区几乎全填平；村里的房屋如同坐过山车一般，先是突然沉陷，而后又猛地腾起，很快又稀里哗啦倒成一片；紧接着，惊天动地的山崩和发了疯似的泥石流，把整个村庄至少掩埋了二十米深！

于是，凝聚了大自然鬼斧神工和一代又一代龙门山人精心打造的龙门山的美丽风景，一瞬间就被摧毁了！昔日最适合度假的村落变成了一个个大坟场；大龙潭、小龙潭此前清澈见底的湖水，消失得无影无踪，甚至看不见一滴水，湖里全是从山上滚落下来的一个个大大小小的石头；而两边的山体，也合二为一，变成了一座非常奇特的大山。

总之，大地震将银厂沟风景区一把抹去，轻而易举便将美丽的银厂沟变成一片废墟，让先前美若仙境的样子再也一去不复返，即便我现在来到这里，依然惨不忍睹，触目惊心！

“5·12”汶川大地震发生时，李猛是九峰村的党支部书记。

这位1974年出生的年轻人身材精瘦，说话极快，办事干练。地震发生后，身为村支书的他毫不犹豫地冲到了前面。走访中他告诉我说，当他走到镇政府的时候，已经是半夜12点了，他找到龙门山镇的刘廷凯书记，刘书记马上就问他村里死了多少人？他说可能死了三百多人。等他再从镇上返回家中，已经是第二天早晨了。他的母亲和姐姐的腿都被砸断了，他把她们送上救护车后，自己又来到东林寺，看见许多人围在那里，正在架火煮方便面。

李猛刚走过去，就有人向他大声吼叫道：李猛，我们现在咋个办？快找部队来嘛！

李猛说，现在找不到救援部队，我们只能先自救！

然后李猛就组织一些人找吃的，一些人抢搭临时棚子。晚上他又到镇上，见到了成都空军后勤部副部长，副部长叫他写几个牌子，什么“道路军管，禁止通行”之类的，分别插在路上。

到5月15日，一百多个伤员集中在白果坪，为了便于直升机降落，李猛组织村里的老百姓将周围的树砍掉，再将电线电缆掀翻，这才使六架直升机将伤员全部运到了成都。当天晚上，刘书记召集镇村干部在宝山礼堂开会，主要是叫大家先稳定灾民的情绪。

17日和18日，龙门山镇的灾民们拖儿带女，牵成一条线，开始逃难般地拥向彭州市区。

19日，镇政府得知还有人在山里没救出来，镇党委副书记又派李猛领着部队到小龙潭一带去寻找。他们在路上发现不少尸体，就全都用石灰掩埋了。

李猛告诉我说，地震发生后最初那几天，大家集中在安置点内，都很茫然，甚至陷入绝望。由于政策与信息无法传递，谁都不知道明天还会发生什么，更不清楚后天还会发生什么，而村干部们也因为信息不通，一头雾水，茫然无绪，七零八散的。所以有的灾民干脆就杀鸡、吃腊肉、喝好酒、抽好烟，有的还撬开成都置信仙临谷乡项目区的库房大门，把好的东西全部拿出来吃。甚至还有个别人把茅台、五粮液倒出来，用五粮液擦手，用茅台酒洗脚。总之，在残酷的地震现实面前，九峰村的村民陷入巨大的痛苦中，一个个都是吃一天过一天、活一天算一天的样子，甚至在相当长一段时间里，对自己未来的生活，充满了绝望。

的确，但凡大灾大难后，在一定程度上必然会引起灾民的悲伤与绝望，甚至社会的混乱与恐慌。即便一些远离灾区的人，虽然没有失去亲人，没有失去财产，也会在心灵上受到强烈的震撼。因此，像龙门山这样出现短时的混乱与失望，是人之本能，当属正常；反之，就不正常了。

这让我想起海地的大地震。海地大地震后，社会一片混乱，垃圾成堆，医疗匮乏，甚至灾民哄抢物资，抢劫打砸！究其原因，我想不外乎是三点：其一，海地地震在首都太子港，由于政府本来就软弱无力，加上地震后大部分国家行政官员及警察失踪，无人维护，导致政府管理出现真空；其二，海地民众普遍都是文盲，加上协调不得力，导致出现混乱；其三，海地本来就是个穷国，而且穷得叮当响，一地震，国内物资短缺，啥也没有，外面的又运不进来。于是有幸存活下来的人没吃、没喝，情绪自然失控，最后导致整个国家陷入一片混乱。

而同样是大地震，日本则完全相反。日本大地震发生后，整个东京秩序井然，国民一派淡定。这又是为什么呢？我想无非是社会强有力的机制，民众高度的文明素质，几十年的地震模拟演练。

那么中国的九峰村呢？尽管突如其来的灾难，毁掉了九峰村的美丽风景，摧毁了九峰村人的家园，同时也夺去了九峰村不少人的性命，还给活着的人们留下了沉重的债务，导致不少人自暴自弃，甚至产生了绝望的情绪。但是，在当地政府得力地组织下，混乱的局面很快得到了控制，而九峰村人重建家园的信心与决心也未被摧毁。

后来，经过有关专家对九峰村的评估论证，其结论是：汶川大地震后，虽然龙门山风景区的资源有所破坏，但丰富的动植物资源、良好的气候资源依然还在。即是说，尽管地震是坏事，但坏事也可以变好事。比如九峰村，虽然地震破坏了原来天然的美好景点，但地震后又诞生了不少人们意想不到的新的人文景观。这些新的人文景观，可以成为九峰村新的历史文化资源，成为九峰村日后新的人文景点。

当然，面对史无前例的灾难，面对困难重重的重建之路，九峰村无论是干部还是村民，都难免急得上火，愁白了头。

九峰村是彭州有名的“避暑天堂”，地震后他们当然做梦都想恢复农家乐，继续发展他们的旅游产业。但遗憾的是，大多数农家乐的原址都不再适合重建了，于是尴尬的现实，让九峰村的灾民们沉寂了整整一年。

这一年，他们表面上看起来风平浪静默默无语，内心却是波涛汹涌痛苦无比。

一年后，九峰村传来好消息：有二百九十七户受灾户，开始动手重建家园。

这一转变，主要得益于一种新的重建模式：统规原建。统规原建不仅对九峰村，就是对彭州市来讲，都是一个新名词。所谓“统规原建”，就是将“统规”和“自建”两种政策，巧妙地结合起来。“统规”，是指对公路沿线的建筑物实施红线控制，对老百姓的建筑提供风格、风貌的统一设计。“原建”，则指符合规划的原址重建，或是通过群众自愿实行土地调整后的建设。

统规原建，可谓好处多多，比如：政府的统一规划，有利于改变过去农家乐无序发展的现象，有利于当地旅游产业的提档升级，有利于规避次生灾害的威胁，有利于外来投资者的参与，同时还有利于今后的开发建设。

那么统规原建的资金问题，是怎么解决的呢？

走访中我了解到，对于统规原建的资金问题，首先是原址重建政策提供资金为户均两万元，其余的主要通过群众自筹解决，同时政府也鼓励社会资金采取联建和垫资等方式参与住房重建。

而在重建的过程中，除了九峰村灾民的努力外，乡政府的倾心倾力，起了很大的作用。比如，为保证建设所在地的安全性，乡政府专门组织了地震灾害评估机构，对九峰村东林寺以上的区域实施了地震灾害评估，评出适宜建设点位后再开始重建；同时对新区的重建，也做了科学的统一的规划与设计。这既保证了重建后的安全与可靠，也保证了重建后的有序与漂亮。

因此，当我第二次走进九峰村时，便看到，一栋栋别墅坐落在鲜花绿树之中，非常耀眼；红色琉璃瓦的屋顶和木质的墙壁、木质窗棂、木质的地板，别具一格；房前屋后争妍斗艳的各种花草，以及悬挂在别墅门前一串串鲜红的辣椒，格外喜庆；尤其是当我一脚踏进一座农家小院时，清香扑鼻，景随步移，更是令人赏心悦目，心旷神怡。

看着眼前的一切，地震后才被选为九峰村党支书的彭资茂一脸高兴，他兴奋地告诉我说："九峰村依托良好的生态资源，将旅游业定位为灾后重建的主导产业，实行统规原建，终于建成了代表特色旅游产业、田园村庄式的'红房子'，这非常有利于产业的整体管理和布局。大地震后，我们这个多灾多难的九峰村，总算是挺过来了。"

然而，多灾多难的九峰村，好景不长，厄运难逃。

"5·12"大地震后，在短短几年时间里，刚刚恢复元气的九峰村，又接二连三地遭遇了罕见的泥石流的袭击！尤其是 2012 年 8 月 17 日晚，彭州市沿山地区遭受自 2005 年以来最大暴雨袭击，十二小时内最大降雨量达二百四十七毫米。暴雨引发山洪及泥石流致使彭州多条道路、多处桥梁、房屋受损；而龙门山镇银白公路肖家坪路段最为严重，路基垮塌三分之二，八千余名村民及游客、一千一百余辆汽车被困。

泥石流袭击的结果，致使不少刚刚修复的道路中断，刚刚重建的房屋垮塌，甚至有的村民人员受伤，无家可归；而更严重的是，灾民们重建家园的信心好不容易建立起来，一夜之间又被泥石流冲得稀里哗啦。

然而可喜的是，面对一次又一次的灾难，龙门山人没有趴下，九峰村人没有趴下。“8・17”特大山洪泥石流发生后，彭州市政府组织的龙门山银厂沟“8・17”地质灾害群众工作组迅速行动起来，在第一时间深入灾区，开展抗灾救灾工作，每天步行数十公里走访了解受困游客和村民思想动态，同时对部分由于受灾被困导致心绪不稳的群众进行安抚，鼓励他们相信政府，重拾生活信心。

九峰村村支书彭资茂说，为加快“8・17”特大山洪泥石流灾害灾后重建步伐，妥善安置受灾群众，2012年12月17日，镇政府在九峰村组织召开了“8・17”泥石流灾害农房重建方案意见征询交流会。会上陈镇长阐述了龙门山镇灾后重建的整体构想，杨墨副镇长详细介绍了重建方案草案，各社社长还充分发表了意见建议。经大家共同探讨，集思广益，为龙门山镇下一步完善重建安置方案，落实安置政策提供了重要的参考依据。

是的，灾难不可怕，可怕的是在灾难面前不敢雄起。九峰村人一次次被击倒，又一次次地爬起，这种顽强生存的精神，既为他们的子孙留下一笔财富，也为我们留下思考。在九峰村人看来，一切困苦和磨难，其实都没有什么了不起，即便一次次从“地狱”爬出来，只要不放弃活下去的念头，终有一天会在大山里找到属于他们自己的“天堂”。

第二十四章
谢家店子的血与泪

到九峰村，必须要到谢家店子。

谢家店子是汶川大地震后一块无法绕过去的伤心地。

谢家店子位于龙门山镇到银厂沟的一条公路旁边，是从彭州市区进入四川著名景区银厂沟风景区的必经之地。生活在这里的人们依靠这里的风景区，常年吸引着源源不断的游客。多数游客从景区里出来后，都喜欢在这里歇歇脚，或吃饭，或喝茶，或玩牌，所以早在十多年前，谢家店子的村民就开始经营农家乐了。汶川大地震前，谢家店子居住着二十多户村民，开了二十多家农家乐，日子过得热热闹闹，红红火火。

然而，谢家店子的村民们做梦也没想到，美好的日子就因为一场地震而被彻底葬送了！

汶川大地震发生后，因山体垮塌，仅仅几秒钟，整个谢家店子就被山体垮塌后的泥石全部掩埋了；而因山体垮塌而腾起的漫漫尘埃，顿时笼罩了半个天空，谢家店子十八户村民，一瞬间便仿佛被带回了黑暗的史前时期。

走访中，谈到谢家店子，不少人的心情依然沉重。

谢家店子这个地方，两山之间有个坪，当时有二十户左右的人家住在里面。这里可能是地震的爆发点，地震波从这个地方通过的时候，一下子把村子后面的山给拱开了，然后这个被拱开的山再合拢，重新变出一座山来。在大山合拢的一瞬间，整个村子都沉了下去了，其中有十几户人家也就全部被埋在了下面。

回想起那一幕，时任村支书的李猛痛心疾首。

李猛说，地震发生前大约四五分钟的时候，我正在自家附近的一个茶楼喝茶，这时龙门山镇副镇长曹光伟给我打电话说，李猛呀，你们九峰村的环境整治究竟怎么管的，路边上的砖头、瓦块到处都是，赶紧叫人处理一下。我就打电话给村里的人，让他们赶紧收拾好。我刚打完电话，就地震了！我马上召集一些党员，把伤员集中到一个空旷的坝子里，然后给旁边超市的人说，不管是谁，要吃要喝随便拿，记好账就行了，接着我就往山下走。路上我遇到一个非常要好的兄弟的弟弟，他说他哥被埋在倒塌的房屋里了，叫我去救他哥。但曹镇长要我无论如何必须尽快赶到镇上，向镇上刘书记汇报九峰村的情况。当时我真的想停下来去救他，但是我没去，我含着泪说，我要赶去汇报情况，实在没时间，请你理解。我到谢家店子的时候，已经是下午6点过了。平时只需要几分钟就走过去了，可这天我用了二十多分钟才翻过去。因为谢家店子处于地质板块断裂带，地震时板块挤压，把地下几十米甚至几百米深的花岗岩都挤出来了，房屋先被抛上去，然后再落下来，最后形成一座新的小山。当时我看见，整个谢家店子原来所有的房子都被厚厚的泥土埋在了下面，有七八个人正在那里施救，路边躺着一具尸体和一个伤员，那个伤员后来也死了。谢家店子住着二十多户人家一百多人。后来有人给我说，当时黑压压的一片，光本地人就死了二十多个，包括白水河派出所的两名警察，外地的人根本无法统计。因为当时是旅游旺季，农家乐里面住了很多人，到底来了多少游客，我们不知道，现在都没法统计，我们只能统计村里的，外面的人没法统计。我只知道，有个外地老太太和谢家店子一家姓贺的共同投资了三十多万，本来是在 2008 年 5 月 12 日这天共同商量开业大事，还请了许多客人前来庆贺。没想到这天地震了，姓贺的一家四口死了两口，只剩下一个在外地读书的十二岁的儿子。而那个外地投资的老太太被埋在地下七十二小时，幸亏她的一条小狗一直守着她，后来救援的人是听到狗的叫声，才把她救出来的。

在我采访李猛的过程中，谢家店子的一个村民正好路过我们所在的帐篷，我请他到帐篷里坐坐，顺便谈谈谢家店子地震时的情况。

这个村民坐下后，使劲吸了一口烟，便对我说道，谢家店子被埋的时候，有一个老太太跑了出来，她叫徐富益。我听徐富益说，地震发生时，他们村后面的山都沉下去了，村底下突然又冒出土来，蹦得很高，这些土落下来后，把他们村三分之一的房子都埋到地底下了。当时，她正在自家的院子里，听到响，马上就往外跑，跑到她大哥那儿的葡萄架下，发现他们的猪圈房已经塌平了。她就从那个房子上跑过去，怎么跑过去的？她也不晓得。后来又跑到玉米地，跑到了树林里，这个时候她转过来看了一眼，发现整个谢家店子，一下子就没有了，已经完全变成一座新的山头了，而且漫天都是灰尘。谢家店子包括她丈夫在内的二十四位村民，全都被埋在了山体里。她家的房子刚刚盖起来一年时间，另外还有十六间房，都开着农家乐，日子过得红红火火的，这下全完蛋了。她还说，如果当时她选择从右边的路下山，也死定了，她算捡了一条命，一切只有从头来。

当我来到谢家店子的原址时，有一种“此处无声胜有声”的感觉。

我的面前，已经看不见谢家店子任何一点过去的影子了，昔日的谢家店子已经完全被泥石所掩埋，取而代之的，是一座由巨大的砾石和泥土垒砌而成的小山。

我深知，已经永远消失的谢家店子，在中国的农村不过是一个最普通的村庄；但它却是龙门山人心中最沉痛的一抹记忆。站在这个曾经充满温情而今却被冰冷的山石深深掩埋的“村子”面前，我的呼吸显得急促而紧张，双脚也不敢轻举妄动，即便挪动一小步，也很轻很轻，甚至，我不敢去想象地震来临那一刻，剧烈的山体突然喷发后，无数的泥土和巨石是怎样被推出地面，像炮弹一样飞上几十米高的天空，而后将整座村庄连根拔起，再狠狠地摔在地上的。因为，就在我脚下的十米、一百米或者两百米处，也许就深埋着我的数十位乡亲。而此时此刻，这些原本一个个鲜活的生命，已经永远无可奈何地和这座大山融为一体了。

陪同我的一位村民告诉我说，谢家店子这个地方，古时候民间有两个名字，一个叫“棺木崖”，还有一个叫“鬼招手”。听了这话，我心里不禁一怔，眼前这座新崛起的土山，不就是一口埋葬谢家店子的巨大的棺材么？“棺木崖”这个古老而可怕的名字，在流传了数百年甚至上千年后，为何居然在一瞬间又变成了现实？我更不明白，这片土地上的先人们为何要取“棺木崖”和“鬼招手”这两个很不吉利的名字，难道这个地方在很多年前就有魔鬼招过手？莫非这个地方在很多年前就发生过惨烈的地震，而后来渐渐形成的这个谢家店子，不过是前人的一座坟墓而已？

恍惚间，我发现在这片类似泥石流堆积的沙石里，有一块上百吨的巨石矗立其中，巨石上生硬地刻着三个人的名字，人名的下面，还有一行小字，分别是三个人的出生年月日。

陪同我的村民告诉我说，这石头上的字，是一个叫李光清的老人刻上去的；刻在石头上的三个人，都是他的亲人：妻子、儿子和儿媳。

地震发生时，李光清的三位亲人全被埋在了这块石头下面。那天，李光清一家五口人吃过中午饭后，他带着孙子出门散步。而就在这时，地震发生了！等发疯般的大地恢复平静后，李光清也没搞清楚刚才究竟发生了什么。他抱着孙子去找自己的家，围着原地转了两圈，居然怎么也找不着自己的家了。他这才猛然醒悟，留在家中收拾家务的妻子、儿子和儿媳，已经被垮塌的大山永远埋在了下面！但他还是到处找，四处扒。突然，他发现有一个人被埋在土里，只有一个头露在外面，他就使劲地刨；等刨出来一看，是本村的一位老太太。这位被刨出来的老太太，后来成了他的第二任妻子。

随后，我查到一份大地震后谢家店子的人口统计数据。统计的对象，只含本村人员，以户为单位，每户列在前面的姓名为户主，他们是：

刘新德：一家三口。儿子在外打工幸存，夫妇俩同时遇难。

李光清：一家五口。李光清的妻子和二儿子李昌红夫妻俩同时遇难。李光清和七岁的孙子幸免于难。

李昌勇：李光清的大儿子，一家三口。地震时不在谢家店子，全部幸免于难。

谢启佰：一家四口，三代人。谢启佰的儿子儿媳在外打工，孙子在外上学，谢启佰地震时外出，全家幸免于难。

贺生友：一家四口。贺生友的妻子遇难，贺生友和女儿在外打工，儿子在上学，三人幸免于难。

贺生发：贺生友的兄弟，一家四口。夫妇俩同时遇难，其余两人地震时不在家，幸免于难。地震发生当天，贺生发的农家乐开业，数十名亲友前往庆贺，当时在村里的人除了黄木香，全部遇难。

刘兴贵：地震时遇难，无一亲人。

刘吉全：一家六口。刘吉全和父亲遇难，其余四人地震时不在家，幸免于难。

谢启长：一家两口，夫妇俩同时遇难。

谢商建：谢启长的三儿子，一家三口。夫妻俩和儿子外出，幸免于难。

谢商吉：谢启长的四儿子，一家三口。夫妻俩和儿子地震时不在家中，全家幸免于难。

谢启松：一家五口。谢启松妻子遇难，其他人在外打工，幸免于难。地震当天，谢启松和另外六名村民进银厂沟挖药，只有谢启松和另外两名村民活着回来。

谢商义：一家六口。谢商义的父母遇难，父亲八十九岁，是谢家店子遇难人员中年龄最大的。

谢商科：一家四口。夫妻俩和大儿子遇难，小儿子外出施工，幸免于难。

谢商福：一家两口。谢商福遇难，儿子地震时不在家中，幸免于难。

谢商玉：一家七口，三代人。谢商玉妻子遇难，其他人幸免于难。

谢商俊：一家五口，三代人。谢商俊遇难，其他人地震时不在家，幸免于难。

谢商敏：一家四口。谢商敏夫妇俩同时遇难，女儿和儿子不在家，幸免于难。

…………

可能，这份统计数据还不全面，也不一定准确，但它却告诉了我一个基本事实："5·12"汶川大地震对谢家店子的生命的摧残是极其残酷、极其无情的，也是完全出乎人们想象的。尽管大地震在短短几秒钟内就将谢家店子彻底埋葬，但大地震留给谢家店子人的麻烦与难题，却还有很多很多，并且在很长时间里都难以解决甚至无法解决；而其中最大的一个难题，就是如何重建被黄土埋葬的家园。

走访中我了解到，地震后，九峰村大概有五分之三的村民，都愿意选择在自己原来家的地址上重盖房子。他们不愿搬离原来的居住地的主要原因，是因为都看好银厂沟未来的旅游发展前景和土地本身的价值。地震前，九峰村大多数人都在办农家乐，这些农家乐虽然档次很低，却以量取胜，赚了不少钱。而地震后，村民们的观念依然没有改变，认为以前这里的旅游业相当兴旺，两三年后这里肯定还得搞旅游业，而且肯定同样兴旺，所以都不愿意交出自己原有的宅基地，都想在自己原来的宅基地上重建更多、更好的房子，从而通过重建更多、更多的房子，来重新发展自己的旅游业，以弥补地震造成的损失。

而谢家店子的情况，更为特殊。

一方面，谢家店子的村民同样希望在自己原有的宅基地上重建家园，以便有利于今后发展自己的旅游产业；另一方面，谢家店子的许多人都埋在原来自家的土地上，虽然亲人不能死而复生，但亲人们的魂毕竟还在这里，所以谈到重建家园时，谢家店子绝大多数的老百姓都不愿意离开故土，都不愿意离开自己原来老家的地址，而愿意就在原地重建。

问题是，谢家店子这个地方，是地震的爆发点；加上当时次生地质灾害非常严重，地质环境相当恶劣，若在此处重建，很不安全，甚至后患无穷；何况，每家每户原来的宅基地面积，以及每户与每户之间的宅基地面积，也很难计算。

在这种情况下，针对九峰村特殊的地理位置，龙门山镇政府提出了一项重建模式——“统规原建”。即是说，把政府的统一规划和村民的自己重建这两种政策，巧妙地结合起来，以化解重建中的种种矛盾。

重建模式确定后，镇政府决定将九峰村谢家店子的十八户人家作为“统规原建”的一个典型，率先启动。镇政府工作的第一步，是先在九峰村的区域内反复寻找重建点，然后进行对比，觉得有三个点比较合适：端木岩、洛河桥和白果坪，最后认为还是洛河桥比较好。因为地震前，每年一到旅游旺季，洛河桥的游客成千上万。于是镇政府就给村民谈，希望把重建点选在洛河桥。

但村民不愿意。不愿意的原因主要有三个担心：一是整合出来的土地能不能确权；二是政府对村民的承诺能不能兑现；三是村民对重建点心里没有数，担心搞不好失去了自家原来的宅基地。

镇政府只好再反复做动员工作。村民开始同意了，政府这边的准备工作也做好了，但后来村民又反悔了。

龙门山镇一位副镇长告诉我说，当时李猛一直跟着他做这件事，并找到了现在重建的十八户人家的位置。但他觉得不太满意，因为地势不好，没有开阔地，而且旁边就是地震断裂带。但最后实在没有办法，只好选择这里，然后把十八户人家召集在一起，反复做工作。最后，还是这个组的组长吴旭友首先站出来表态说：“不管怎么做，相信政府不会整我们冤枉的。”村民们的观念才开始渐渐有了转变。

镇政府很快和村民们逐一签订了协议，并成立了经合组织（群众自发成立的集体经济组织），拟定了经合组织章程，明确了各自的职责。然后，又花了三万块钱，请相关部门进行评估，接着又对重建点进行了规划。

由于当时重建要赶进度，所以在只有三十万元的情况下，重建工作就开始动工了。但很快，就没钱了。当时整个房子的造价，是按每平方米九百元钱计算的，共计是两千多平方米，需要一百七十万元。按此前的协议规定，每户除了国家政策性的户均两万块钱补贴以外，还要交钱。但这个时候叫村民交钱，所有的人都不愿意了，并且情绪非常激动。因为刚开始的时候，不少村民对政策没有理解透，心里抱有一种不切实际的幻想，认为反正是政府给我修房子，我就什么都不管了，一分钱也不交了。现在要让他们交钱，认为政府欺骗了他们，有些人就开始动摇了，甚至有十来户还要求退出，另外三四户则明确表示不参加了。

政府只好又给村民做政策性解释工作。而李猛、吴旭友、陈世贵等村干部也率先带头，不仅主动腾出自家的宅基地给村民修房，还带头拿钱出来。后来镇上为了支持这项工作，又找了彭州市计生局，贷了十八万元的无息款，这才推动了十八户人家的重建。

但是，到 2009 年 6 月，房子的主体出来后，钱又没了。

这时，镇政府又出来做了两件事：一是以政府和群众个人的信誉在信用社贷款三十六万元；二是找到四川绿色药业有限公司，动员企业老板捐款十一万八千四百元。同时，为了谢家店子的产业发展，镇政府又想了很多办法，比如把谢家店子地震时从地下几十米地方崩出来的红色花岗石做成旅游纪念产品——震中石。还在十八户人家新建的房子后面联系了一个新建一座寺庙的项目，希望寺庙免费打通到九峰山两千多米长的步行道，然后再将所有整合的土地进行招商。只是这个项目后来没有做成，原因一是地势险，二是没产权，所以人家不愿干。

直到 2010 年底，谢家店子十八户人家的新区，才终于建成。

采访中有不少人都对我说，其实，谢家店子十八户人家的重建，并不是一个单纯的家园重建问题，其中还有一个意思，就是对在“5・12”汶川大地震中不幸遇难的二十五位乡亲的一种怀念。在大震中活下来的人们不仅重建了十八户，也悼念了死去的乡亲，这不仅是一种智慧，更是一种情怀。

一天傍晚，我来到谢家店子十八户人家的新区，眼前为之一亮。一幢幢川西风格的新居矗立山边，错落有致，分外耀眼，令我感动。

陪同我的小陈告诉我说，谢家店子这十八户人家的灾后重建，虽然经历了很多矛盾和困难，但在 2011 年春节前，十八户人家还是顺利地住进了新居，成为银厂沟沿线首个入住项目。

十八户人家住进新居后，还举办了“坝坝宴”，共贺乔迁之喜。之后，谢家店子专门成立了“经合组织”，统一整合山林、土地、宅基地等资源，最后整理出了十一亩土地，成功包装了十多个灾后旅游重建项目，面向社会公开招商引资。这十多个灾后旅游重建项目，集古蜀文化、生态文化、宗教文化、地震遗址文化和休闲避暑文化于一身，具有很好的发展前景。除了“五彩乡村酒店”“红叶观光林”之外，他们还将打造“啤酒长廊”“森林避暑休闲带”“阳光沙滩”等，成为银厂沟沿线的又一景区亮点，并带动银厂沟旅游产业的后续发展。

离开谢家店子前，我专门爬到山上，采回一束野花，插在谢家店子的原址上；面对地震后新崛起的大山，我由衷地祈福：逝者安息，生者坚强！

第二十五章
哭泣的农家乐

农家乐是龙门山人极富创意的一个旅游产业，也是龙门山人追求幸福的一个梦想。

每当清晨，我在清冷孤寂的龙门山散步时，放眼望去，层峦叠嶂处，总能看见袅袅炊烟衬着东方的朝阳，从一栋栋农家的屋顶款款升起，如诗如画，美妙至极。

其实，这些炊烟在我的眼里并不是炊烟，而是一种象征，它象征着龙门山人生命的气息，象征着龙门山人生命的坚韧，同时也象征着龙门山人对未来美好生活的追求与希冀。龙门山人虽然常年生活在深山里，但他们与山外人有着同样的追求。日出而作，日落而息，让自家的房顶上每天都有炊烟升起，是他们对生存最基本的要求，也是他们对生活终生的追求。千百年来，龙门山人用勤劳与血汗，开荒种地，植树造林、兴建果园，在狭窄的山间开辟道路，在陡峭的悬崖修建电站，用背篓把土特产背下大山，用机耕车将果品运出山外。春夏秋冬，反复往返，为的就是从山里走向山外，缩短山里与山外的地理路程，同时也缩短人与人的心灵距离。

龙门山一位姓杨的村民告诉我说，1983 年包产到户后，他家的地分在了山上。山上没田没水，只能种玉米和土豆，非常辛苦。等土豆出来了，玉米出来了，再用背篼把土豆从山上背到山下，一次要背一百多斤，一天要背七趟。从早上天不亮，背到晚上天黑，等回到家里，双腿发抖，站都站不稳了。

龙门山一位姓张的妇女告诉我说，她一生最大的愿望就是培养自己的两个孩子，希望他们有点出息，能受到好的教育，能够上好的初中、高中，再考上大学，读书读到城里去，将来好成为城里人，成为国家单位的人。为了实现这个愿望，她和老头子省吃俭用，砸锅卖铁，每天起早贪黑，辛辛苦苦地干了一辈子。

龙门山人一代代地苦苦劳作，除了让自家的日子过得好一点，就是希望儿女走出大山，像城里人一样有出息。一句话，就是为了一家人有饭吃，有衣穿，有一天能把玉米秆做墙的茅草屋，变成砖瓦砌成的小楼房。为此，他们一年四季，白天夜晚，想方设法，绞尽脑汁，寻求生存之路，琢磨发财之道。

然而，龙门山除了山，还是山；龙门山的山民除了与大山常年相伴，什么也没有。

好在上苍有眼。大山在给予他们贫困与孤独的同时，也赐予了他们美丽的山山水水和花花草草。当历史的脚步走到 20 世纪 80 年代中期的时候，龙门山得天独厚的自然风光，便成了龙门山人实实在在的旅游资源。于是，他们借助改革开放的春风，利用当地独特的自然风光，再加上农民式的智慧，神不知鬼不觉地打造出了一个极富创意的旅游产业——农家乐!

比如九峰村，从 20 世纪 80 年代中期起，就开始搞农家乐了。当时九峰村大约有七百户村民，有四百八十户左右都经营着农家乐，日接待游客量为一万六千人，人均收入一万二千元，平均每户年收入都在五十万以上。其中高的有两三百万的，甚至还有上千万的，资产几十万元的人家，就只能算“穷人”了。

当时，大部分村民都住在海拔两千米的山上，家家都搞农家乐，家家都有私家车，就连十几岁的娃娃都会经营农家乐。因此汶川大地震前，九峰村大大小小的农家乐已有五百多家！村民们一年基本上就忙七八九三个月，其余时间自己外出旅游。因为大家都有车，约好了就一起出去玩。天冷的时候，就去云南或者海南，住上大半个冬天，回来再接着开自己的农家乐。

在汶川地震之前，仅靠农家乐这一项，九峰村全村一年的收入就达到了一千五百多万元。除农家乐之外，还有其他围绕旅游业的配套产业，比如牵马（供游客骑）、开茶馆、开餐馆、种药材等。整个九峰村老百姓的旅游产业收入，共计高达四千多万元！如果光算人均收入，九峰村不仅在龙门山是老大，在彭州市也是状元！

除九峰村之外，龙门山镇其他许多地方也同样搞起了农家乐，而且同样搞得热热闹闹风风光光。比如，光是龙门山场镇内的农家乐就有八百八十余家，每年接待游客达二十万人次，旅游业年均收入四千六百多万元。后来不少农家乐还以评估入股的形式集中起来成立产业公司，建设山村酒店，提升农家乐档次，统一经营管理。据统计，在“5·12”汶川特大地震前，整个龙门山镇的GDP，已经达到了九亿三千三百万元，财政总收入六百一十二万元，人均纯收入五千五百二十元。换句话说，龙门山的老百姓仅靠农家乐，腰包里就有钱了，穷困潦倒的日子早就已经拜拜了！

然而，正当龙门山的老百姓日子过得红红火火有滋有味时，汶川大地震却爆发了！

突如其来的汶川大地震，瞬间将龙门山镇的农家乐夷为平地，同时也将龙门山人致富的梦想震得粉碎！“5·12”地震后，九峰村的五百多家农家乐损毁严重，悉数停业，尤其是那些建在半山腰的农家乐，几乎全部遭到灭顶之灾。如果按平均每户农家乐六十万元的投资计算，仅此一项，银厂沟的旅游业，直接损失就超过五亿元！

记得地震后不久的一天，我从龙门山镇去银厂沟，车颠簸在坑坑洼洼的山道上，一路走去，一路心寒。沿途一家家的农家乐，像什么仁义苑、绿树休闲庄、鑫海山庄等，要么支离破碎，残缺不全，要么已被夷为平地，一片狼藉。从残存下来的遗址来看，这些农家乐的确建得很有特点，相当漂亮，甚至有的堪称豪华，其主人投入了多大的成本，倾注了多少心血，一看便知。本来，这些农家乐已与美丽的山水融为一体，成了大自然中一道秀丽的风景；可一场突如其来的大地震，便将美丽的风景震得无影无踪，而只剩下了伤痕累累、惨不忍睹的躯体。望着这些静静地躺在山谷废墟上的躯体，我仿佛听到有无数个声音在向我反复哭诉，哭诉这里昨天的昌盛与温馨，今天的悲惨与凄凉。

是的，农家乐的命运就是龙门山人的命运；农家乐被震得有多惨，龙门山人的心就被伤害得有多深。龙门山的老百姓在地震前辛辛苦苦地挣钱，再一分一分地存钱，省吃俭用，千辛万苦，好不容易搞起了农家乐，可还没乐上几天，一场大地震就让他们变成了穷光蛋，一夜间就让他们“回到了解放前”，甚至比解放前还要解放前。地震前所有美好的梦想，全都随着大地震永远消失了。

走访中，一位大姐告诉我说，地震前，她家弟兄姐妹四个，想方设法，东拼西凑，一共投资了三百多万元，开了一家可以同时接待两百多人的农家乐，生意非常好。可地震后，她家的农家乐一下全没了。而且，灾后重建时，又不满意。自建吧，房子宽，要自己出钱，自己贷的款还没还完，咋个再建？咋个建得起？参加共建吧，一个人只有三十五平方米，房子太小。于是她很郁闷，甚至很绝望，每天就在绝望与希望中煎熬着。

有一位大爷告诉我说，他辛苦了一辈子，一辈子啥也没干，更谈不上有啥贡献，就给家里建了三次房子。第一次，是他从父亲手里接过的半间茅草房，当时他兄弟七个，连半间茅草房都分不上。为了改变自己的居住环境，他起早贪黑地挣钱，省吃俭用，几年后他自己建起了四间瓦房。后来，儿子大了，要娶媳妇了，房子不够了，他又建了一栋两层楼房。再后来，儿子们有出息了，搞起了农家乐，挣了不少钱，干脆就把楼房拆了，重新花了一百多万元，建了一栋很漂亮的别墅。可这栋花了一百多万元的别墅没住几天，“狗日的地震”就来了，把好好的一栋别墅全他妈给震倒了！

有一家姓易的夫妇，在地震前八年，两口子就开始经营农家乐了。他们自己腌制的腊肉和自己养殖的土鸡，以及自己从山上采来的野菜，深受来自都市的游客的喜爱。因此，易家的农家乐如同滚雪球一般，越做越火，越建越阔，越做越大，钱也就越挣越多！到 2008 年 5 月，即地震来临前，易家农家乐已经具备了每天接待七八十名游客的能力。可惜，地震一来，易家的农家乐全部倒成一片，八年的心血毁于一旦。所幸的是，夫妇俩侥幸躲过一劫。

还有九峰村十组村民牟登友，地震前也和妻子陈元丽经营了一家农家乐，名叫“最后一家”。牟登友的最后一家除了有食宿外，还建了一个老年活动中心，同时开了一家超市，总投资一百多万元！这样的规模在村里算是中等。牟登友说，他的农家菜馆叫“冷水鱼庄”，特色菜是烹饪淡水鱼。每年从 5 月份起，就开始进入旅游旺季，他的最后一家能容纳一百二十人同时进餐，几乎天天爆满。由于游客太多，应接不暇，四个请来的主厨常常抱怨说，每天忙得连屙尿（注：四川方言，撒尿的意思）的时间都没有了。除去各种开销，一天的利润少说也有三四千元。而一些规模更大、游客更多的农家乐，一天挣个上万元，都是一件很轻松的事。但地震发生后，牟登友的“最后一家”，瞬间变成了“最早垮塌的一家”！

而九峰村的村支书李猛，地震前也开了一家农家乐，同样也在地震中倒了大霉。李猛的农家乐最初是他父亲搞起来的。李猛的父亲算得上是九峰村的精英了，所以父亲是他从小崇拜的对象。李猛的父亲 1963 年当兵在云南，1971 年复员回家，当过民兵连长、组织委员、村主任。当时，他看到家乡没有电，就组织修了五座电站。第一座电站叫“火烧电站”，建于 1979 年。因为技术不过关，电路不稳定，转速快导致温度高，还没来得及起名字就被火烧了，所以后来大伙叫它“火烧电站”。这座电站是全村人挣工分，靠卖洋芋、玉米集资四万元钱修建起来的。电站被火烧后，李猛的父亲挨了一次批斗，但他不甘心，不久又先后建了四座电站。四座电站的总发电量全村的人根本用不完，只能用掉百分之十五，剩余的就用于上网，也赚了不少钱。所以李猛家早在1983年就有了农家乐。可惜，1990年4月30日，李猛刚满十六岁，父亲因肝癌去世了，年仅四十三岁。

2004年，是银厂沟农家乐发展最猛的时期，几乎家家都拿出了自己多年的积蓄，或找银行贷款，或向亲戚朋友借钱，纷纷开始搞起了大规模的农家乐！当时，一个中等规模的农家乐，只要在每年的5月份至11月份忙上半年时间，就能挣到几十万元。

在这种大好形势下，到了2005年，李猛也投资了九十六万元，将父亲原来的洛河桥旅社改建为阳光山庄。资金来源：贷款十二万，自筹二十六万，母亲资助十六万，借舅舅四十万、父亲的战友五万、母亲的妹妹五万、小舅子两万，加上其他亲戚朋友，一共借了十多家。就在2005年当年，李猛的农家乐的纯收入就达到十七万元，2006年纯收入则达到二十四万元。2007年因村上工作太忙，他自己顾不上经营，便以每年二十万元的价格承包给一个老板，而这个老板又投资了十多万，其合同期限为五年。

但李猛万万没有想到，合同才签了不到一年，狗日的地震说来就来了。地震时，因为房子结构是框架式的，比较牢固，李猛家的农家乐只毁了三楼。当时，灾后重建的政策还没有下来，但镇政府担心余震和次生地质灾害会伤及村民的生命安全，就动员拆危。驻扎部队有机械工具，通知李猛两次，要他拆除农家乐。李猛实在舍不得，没有同意。直到第三次通知他，他才急忙赶回家。但回家一看，他的农家乐已经被拆了，李猛当场泪流满面，痛心不已。后来李猛看到了彭州市关于灾后重建实施意见第三十六号文件，该文件说可以维修加固，他的脑袋都蒙了。

李猛后来对我说，我的农家乐如果不被拆除的话，房子完全可以保留下来。但我最心疼的，是被压在房子里祖辈给我留下的字画，特别是其中有一幅“业精于勤荒于嬉”的字，我特别喜欢。还有一些古董和象牙做的溜杆，以及一大包毛主席像章和父亲作为“双拥”代表在北京开会时的照片，全都毁了，可惜死了！

另一个村支书彭资茂，其农家乐的损失，比李猛还惨！

彭资茂是地震后才当选为九峰村村支书的。彭资茂告诉我说，他家的农家乐有二十多个铺位，全是标准间，还有电视，有浴室，还有网络，档次不比城里差，收入相当可观。就在地震前夕，他才刚刚投资了三百多万，对他家的农家乐进行了改造。而且，除了农家乐，他还有两个电站也损失了五六百万。当然，更令他伤心的是，他的姐姐、小姨子和一个小侄女，在地震中全都遇难了！

彭资茂说，九峰村的人，地震前，基本上是两户人家一辆车。搞农家乐的几乎家家有车，五百多家搞农家乐的都有，没开农家乐在外搞企业的也有车，像我家就有两台，企业里还有车；其他家电之类，都是最好的，一点也不比城里差。地震后，我两天都没到村上去，因为我去忙我的两个电站去了。我的两个电站都是股份制，我的股份多一点。地震后我很担心哪，就跟部队衔接，向部队汇报情况，请他们协助救援我的两个电站。我记得是 5 月 17 号中午，从电站那边走出来两个女的，我向她们了解我那两个电站的情况。她们说，电站没得了。我问我电站里的人呢，她们说人也不知道。后来部队的直升机去了三次，但山太高，飞机不敢飞，后来又去了小型飞机，也不行。最后，部队送来了皮划艇，但好几次都失败了。我自己曾尝试走进去也失败了。后来我还是进去了，一看，我的两个电站全都垮了，还死了六个人！当时我就绝望了。我是电站的法人代表，两个电站一千多万元的资产，还有一百五十五万元的贷款，现在都还没有还完。因为我们是股份有限公司，可以重新投钱恢复电站，如果不再启动，股东大会就宣布破产，银行也没得法。银行当然不希望我们破产，一破产，贷款就还不了了。当时我和很多人都有一种绝望的感觉，觉得九峰村景区的农家乐没法重建了，因为水深数十米的大小龙潭完全都被山石填平了，甚至一滴水都看不见了，你说怎么重建嘛？我当时就想好了，没有别的出路了，农家乐是搞不成了，只能搞种植业了，比如种树、种药什么的。

的确，一场大地震，不仅把龙门山人的农家乐毁于一旦，同时把很多龙门山人的家也变成了废墟；不光往日令人羡慕不已的财富没有了，而且现在还债台高筑，心有余悸。因为凡是地震前搞农家乐的，除了贷款，就是借钱，谁都欠了一屁股的债！现在农家乐没有了，欠下的一屁股债，谁来还？怎么还？

因此汶川大地震后，在所有的农家乐的景点上，只有悲，没有乐。

一时间，往日热闹非凡的银厂沟一下变得非常清冷，特别寂静。开始，还能见到三三两两的人影，每天也能听到山谷中传出阵阵悲痛的哭泣声；后来，人影没有了，只有偶尔划过山谷的乌鸦的身影；哭泣声也没有了，只有时断时续的溪水的流淌声；再后来，连人影也没有了，只能见到几百只时隐时现的野猴子。这几百子野猴子原来也不是银厂沟的，它们是属于国家的二级保护动物——藏酋猴，只因大地震毁坏了原有的山林，野猴子在失去家园的同时，也失去了维持生存的生物源，这才一路冒着余震的危险，成群结队来到了没有竞争的银厂沟。

于是，昔日风光无限、人潮涌动的银厂沟，大地震后门可罗雀、一片狼藉的凄凉景象便可想而知了。

然而人间有一种力量，叫坚强。

当龙门山人从地震中苏醒过来、从悲痛中觉悟过来之后，他们没有放弃自己求生的权利，而是选择了在废墟中重新雄起！他们不仅恢复了家园，恢复了电站，同时也恢复了曾经给他们的生活带来过无限欢乐的农家乐！

几年后，当我再次来到银厂沟时，当年伤痕累累的农家乐，在政府的扶持下，已经一家家地站起来了；不少在原址重建的农家乐，不仅建得漂亮，装修也不错，虽然生意不如地震前那么红红火火，但维持生计还是绰绰有余的；而一些地震前没有搞农家乐的村民，由于没有贷款，也就没有欠债，所以地震后才搞农家乐的人，反而比地震前搞农家乐的人，日子过得要好得多。有啥办法，这就是命哪！

彭资茂告诉我说，现在九峰村两千七百多个村民中，搞农家乐的超过了三分之二。2008 年地震之后，全村七百六十五户有四百多户选择了原址重建；而这四百多户中，超过八成的人都打算继续搞农家乐。目前，开业的已经有一百多家了。但是，这些搞农家乐的，几乎家家都有或多或少的外债，平均每家都贷了六万元左右的低息贷款。所以刚开始的时候，生意并不好做。

比如，前面提到的村民牟登友，地震后，他也是最早重开农家乐的村民之一，在整个九峰村都算是最早的一批。早在 2008 年 5 月 20 日，即大地震刚刚过去第八天，他就开始修建农家乐了，想把自己地震前的“最后一家”，变成地震后的第一家！但由于缺少资金，直到 2009 年 3 月底，才正式开业。

牟登友告诉我说，重新修好农家乐，一共花了四万元，这四万元都是借的钱！那些电视机、洗衣机、音响什么的，都是从废墟里捡回来的，修了修，还能凑合着用。但由于地震过去时间不长，外地游客心有余悸，所以靠着贷款、借款起步的农家乐，家家生意冷清，好长一段时间，想乐却乐不起来。

后来，随着时间的推移，龙门山的农家乐渐渐得以恢复元气。开始，一个周末可收入五六千；后来，年收入可达约十万元；再后来，规模稍大一些的农家乐，一年收入可达百万元！

彭资茂还告诉我说，九峰村村委会一侧的孺子牛休闲山庄，投入了近两千万元，仅在 2012 年 8 月的两个星期里，一百多间客房就带来了二十多万元的回报。

然而，老天似乎总是对穷苦人下手最狠。

侥幸躲过了大地震的龙门山人，却躲不过泥石流。

自从 2008 年汶川大地震爆发之后，连年不断的泥石流几乎成了龙门山人的常客，每年大的泥石流一般会光顾一次两次，有时甚至三次四次；而因大地震导致的其他一系列次生地质灾害，也让龙门山人头痛心寒，苦不堪言。

走访中我发现，龙门山作为成都周边著名的避暑胜地，本应是最繁忙的旺季，但依山而建的农家乐却门可罗雀，少有人光顾；老板们不是席地而坐，自己大口大口地喝茶，就是靠着树干闭着眼睛打呼噜。大地震让他们心有余悸，泥石流又让他们愁肠百结。

灾区灾民的日子，实在是太苦太苦了！

后来我了解到，九峰村四组有个村民叫余强，2012 年 8 月 18 日凌晨，一场罕见的泥石流突兀而至，将他家的农家乐余红苑冲毁近三分之二：一楼的所有房间都有泥浆逼近屋顶，三十多间客房无一完好；甚至他自己那条老命，也差点被泥石流埋葬。刚刚开业不到二十天的农家乐，曾经寄托了余家全部的梦想，可一场泥石流，瞬间化为乌有。

余强告诉我说，汶川地震后，他选择了原址重建，房子 2009 年动工，2011 年基本完工。整个农家乐，他一共投资了近一百四十万元，客房三十余间，铺位七十多个。如果一切顺利，可以为他家带来每年十万元以上的稳定收入。但遭到泥石流袭击后，一切都被改变。他家除了房屋本身的损毁，还有投入的一百四十万元！而这一百四十万元，其中有一百来万元，都是他伸手向别人借来的呀！如此一笔巨款，他靠什么来还？

谈到下一步的打算，死里逃生的余强依然心怀恐惧。他说，这次游客们被泥石流惊吓了，今后来这里旅游的人数肯定不会像以前那么多了。我如果继续搞农家乐，前景实在难说，万一再来一次泥石流咋办？所以，我想干脆举家外迁算了。但如果举家外迁，我那一百来万元的欠款咋个还？如果我加入统规统建，我就只能外出打工了。但问题是，即便我外出打工，一天干二十四小时，靠一月两三千块钱的工钱，我能还清一百来万元吗？

我了解到，余强的纠结并非孤例。有些农家乐的老板，即使自家的房屋没有受到泥石流的袭击，但内心深处，也很纠结。

比如，同为九峰村四组的村民谢恩双，他家的葵花苑也是在 2012 年 8 月才开业的。可刚开业没几天，“狗日的泥石流”就来了！采访中，谢恩双指着对面山上一处新的塌方，忧心忡忡地对我说：“唉，不晓得啥子时候泥石流又会来哟！”

谢恩双家，也是九峰村最早一批开农家乐的。谢恩双告诉我说，2000 年前后，当时的消费标准还是食宿包干，每天十五元，一百元就可包月。但就是这样，他也赚了不少的钱。他的农家乐，从最早的单栋小楼，变成了后来有着二十多间客房的葵花苑。2012 年 8 月以来，成都持续的高温给龙门山的农家乐带来了爆棚的客流，仅仅在 8 月份的两个周末，就给他带来了过万元的收入。谢恩双说：“一个人一天消费八十元到一百元，住满四十人，一天就是三四千元，一个周末就有五六千元的收入。”

可见，不错的收入，正是谢恩双等村民死活不想离开龙门山的主要原因。

我问谢恩双，你是不是打算离开龙门山？

谢恩双说，想是想，但我是不会轻易离开龙门山的。

我问为什么？

谢恩双望着大山，想了想说，汶川大地震那么凶，想来龙门山旅游的人，第二年不还是照样来了么？说明大家很喜欢龙门山嘛！我打算还是要把农家乐坚持搞下去！

是的，面对一次次的大地震，一次次的泥石流，龙门山人尽管纠结过、动摇过，甚至害怕过、恐惧过。但他们始终深爱着、坚守着那片土地，不离不弃，把农家乐变成了他们唯一的“精神乐”。

第二十六章
震不垮的“红房子”

龙门山镇的九峰村有座山，叫九峰山。

九峰山海拔约两千米，古树参天，环境清幽，空气纯净。

在九峰山的半山腰上，绿树丛中掩映着几十栋木板小瓦房，远远望去，小瓦房依山而立，错落有致，别具一格。因木板小瓦房的颜色均是红色，故当地人称“红房子”。

红房子便是一家农家乐。

这家农家乐的女主人，叫张红。

张红，三十多岁，端庄大方，丰满的身材，圆圆的脸，一副率真的笑容总是挂在脸上；尤其是说起话来，快言快语，无拘无束，热情四射。

我第一次见到张红，一眼看上去，便知她是个典型的川妹子；但脑子里一下蹦出的，却是个现代版的阿庆嫂。

张红不是龙门山本地人。张红的老家在广汉，新中国成立后祖父被划为地主，父亲便成了地主子弟，母亲是小资产阶级家的小姐，所以她家一直受人歧视。张红中专毕业，学的是纺织专业，毕业后当过涤纶厂的工人，上了七八年的班，后来发现涤纶厂工作环境有毒，便辞职成了自由人。

张红最早也不是红房子的主人。

2002 年夏天，张红和一群朋友到九峰山旅游，住进了红房子。当天傍晚，她站在被晚霞映红的半山腰上，望着远处层层叠叠的云海峰峦，一下就被九峰山梦幻般的大自然景色迷住了。女友见她魂不守舍的样子，便开玩笑说："干脆，你别走了，就留在红房子，把花草当饭吃，用美景泡温泉！"

这话，恰巧被路过的红房子的主人听见了。

红房子的主人是个男人。这个男人叫童开科。童开科见张红天真烂漫，诚实可爱，顺便也就对张红开了一句玩笑，说："小妹，如果你对这个地方真喜欢的话，就别走了，留下来，嘿嘿，说不定还千里姻缘一线牵呢！"

张红当时并没听懂童开科这话的真正意思，也玩笑地回了一句："好，老板，我不走了。不过，你可得管吃管住哟！"

童开科说："没问题，包吃包住，我全部买单！"

结果，第二天，两人就单独见了一面。

这一见，张红人离开了红房子，心却留在了九峰山。

都是因为童开科。

在九峰山，很多客人都熟悉今天的张红，却不太了解昨天的童开科。

童开科是九峰村土生土长的村民，弟兄六人，其中三个是亲兄弟，三个是父亲收养的，他是最小的一个。童开科的爷爷叫童世元，靠挖药、淘金为生；叔叔叫童兴财，曾任温江地区专员。童开科告诉我说，当年三山五岳的人，都称他爷爷为"童善人"。他婆婆也喜欢行善积德，老家的老房子还建有佛堂，按佛家的说法，他现在的日子过得这么好，都是沾了上辈的光。

童开科的父亲在家排行老大，从未读过一天书，文盲一个。新中国成立后，父亲是工作组的带头人，"四清"运动中的劳动模范。1960年吃大食堂时，一家人没吃的，饿得昏天黑地，尤其是父亲，饿得皮包骨头，还要支撑着一个家。童开科日后对饥饿刻骨铭心的记忆，便是在这个时候留下的。到70年代，新都、郫县等地，有许多人都来九峰山一带采药，走的全是黄泥巴的山路，非常艰难，就找童开科的父亲帮忙。父亲就帮助他们，让他们住在家里，还管吃，等药材挖好了，再帮他们运下山去。还有一些扛枕木的工人，也都在他家住过、吃过。

童开科刚十二岁，就开始挣钱了。他挣钱干的活，是帮人家搬木头墩子，三寸见方的，一天能挣八毛钱。1979 年，他到云南支农，见当地的牛太少，耕地很困难，就把四川的黄牛买到云南，再按政府的计划，卖给各个村。从那时起，童开科头脑就开窍了，开始学着做买卖。他收过黄连，卖过黄连，他开过加工厂，做过沙发垫，他甚至还用木材换过手表。20 世纪 80 年代，九峰山修建清凉寺，清凉寺的住持澄裕大师知道他是童善人的后人，信得过他，便让他负责管理工作。什么出纳、会计、保管，还有高压线、移动基站等，都由他一手负责。三年后，清凉寺建好了，他的账目一清二楚，分文不差。离开清凉寺那天，澄裕大师见他为人诚实，做事踏实，便将五千元人民币放在了他的手上。

拿着这五千元童开科下了山，第二天便去了彭州市。然后，他用手头仅有的这五千元，收购大宝镇的所有木材，再发往云南、安徽等地。春夏秋冬，几番往来，他便在生意场上轻车熟路，得心应手。于是童开科这个名字渐渐为人熟悉，并被同道认可。直至 1994 年全国封山育林，赚了不少钱的童开科才又回到老家九峰村。

回到九峰村的童开科，用四万块钱修了七栋一楼一底的木头房，房子颜色均为红色。当时，他的朋友见他后都说，你这瓜娃子，修这么多木头房子干啥子吗？还是红色的，修来好看啊？

但正是这七栋木头红房子，成了童开科的第一家农家乐，也是九峰村的第一家农家乐。

童开科的农家乐共计七十个铺位，旅游旺季，可加到二百多个床位。每人每月，包吃包住，收费二百六十元。当地汽配厂的工人，以及老居士婆婆们，每年也要来住上三个月，还是先付钱后入住。于是，童开科的红房子渐渐有了点名气。

后来，有一次童开科到湖北随州出差，认识了一个朋友叫王汉平。王汉平也在湖北随州城郊开农家乐，他的农家乐用的是松木做楼板，模仿的是欧洲的建筑风格，客人住在那里，既舒适又便宜，所以生意特别好。童开科在那里住了十几天，深受其影响，所以一回到九峰山，就到处采集木头，扩建红房子。

童开科后来告诉我说，他这一辈子最喜欢的，就是木头房子，特别是川西民居风格的，所以他自己开始偷偷地学。什么狮子口呀，什么猫洞呀，他一点一点地钻研。特别是在修清凉寺的三年中，童开科深受住持澄裕大师的影响，对各种经书以及有关建筑朝向等都相当精通。所以后来扩建红房子的时候，他每天自己画图，自己设计，红房子的整体造型、格局以及座基、朝向等，都是他运用各类知识，自己一一测算确定的。

由于童开科的红房子房顶是红色，其门柱包括吊檐等，涂的漆也都是猪肝色，所以在龙门山别具一格，引来不少游人。1996 年夏天，四川大学一位教授来此避暑，教授沿着红房子转了一圈之后，对童开科说，你这里河左有小石潭，河右有海汇堂，后有九峰山，像一把椅子，而你的房子就坐在这把椅子上，真是一个难得的好地方啊！童开科问教授，咋个好法？教授说，你听说过“万绿丛中一点红，动人春色不须多”这句话吗？童开科说，我念书少，没听说过。教授说，这是宋朝第八位皇帝赵佶所言。相传有一故事，说宋王朝举办绘画高等考试，集天下画家于一堂，皇帝赵佶亲自出了一题：“万绿丛中一点红，动人春色不须多。”结果一位画家大笔一挥，位列第一，因为他画的是：丛林中有一小楼，小楼上凭窗立着一美女，美女唇上有一点口红。这就叫“万绿丛中一点红，动人春色不须多”。所以，你在九峰山的这个红房子，不仅呼应了房屋的式样，突出了万绿丛中一点红，而且还象征着年轻旺盛、蓬勃向上的生命力，我看呀，你这家农家乐，干脆就叫“红房子”吧！

此后，这红房子在龙门山渐渐有了名气。

然而，就在红房子开始走红之际，童开科的爱人却因病去世。一夜间，红房子在童开科的眼里变成了黑房子。

张红第一次见到童开科时，对童开科的过去并不了解。张红回到老家后，心里对红房子有一种莫名其妙的留恋，甚至有时半夜三更也睡不着觉。张红睡不着觉，不单单是留恋九峰山的美丽风光，主要是惦记着红房子的男主人。张红从童开科的眼睛里，看出童开科是喜欢她的；但她对这事并不抱太大的希望。因为当时龙门山镇的农家乐名声在外，外界都知道那儿的人挣了大钱，她怕别人说她是冲着钱去的；再说了，即便她愿意，童开科未必就一定会看上她。可她心里就是放不下，具体是什么原因，她又说不清。于是，就在当年农历七月初二这天，张红又第二次爬上了九峰山，走进了红房子。

张红这次走进红房子，便再也没有离开。没有离开的原因，不是红房子能挣大钱，而是红房子的男主人太好。张红这次与童开科深入交谈后，既知道了童开科的过去，也知道了童开科的现在；既了解了童开科成功背后的心酸，也看到了童开科现在的艰难；尤其是童开科对事业的那份执着与坚韧，对爱的那份朴实与真诚，让她深受感动。

当时，山上的游客，每天川流不息，络绎不绝。而童开科的妻子去世后，儿子又在外地当兵，所以童开科一个人每天里里外外，上蹿下跳，忙来忙去，累得汗流浃背，气喘吁吁。尤其每当人走客散，偌大的红房子便只剩下童开科孤零零的一个人。张红亲眼看见，每天傍晚，童开科总是自己一人端着一碗米饭，就着泡菜，蹲在路边，慢慢地吃，细细地咽，好像在偷偷地咀嚼着每一个日子的艰难。就在那一刻，张红的眼里有了莫名的泪水，她突然意识到，一个缺少了女主人的家，钱即便再多，也不是一个完美的家。

于是，张红留了下来，只想帮他一把。

后来，他俩结婚了。

婚后的张红，成了红房子的真正主人。不久，红房子具有了约五十栋的规模。在龙门山方圆几十里，只要说起红房子，无人不晓。

但红房子的主人，不是那么好当的。尤其刚接手红房子时，日子更是艰难——

一是不懂餐饮。张红的娘家虽然在解放前开过酒楼，舅舅家的几个表哥也都是有名的厨师。但她自己除了会做一点简单的家常菜，什么都不懂，什么也不会，既没做过餐饮这个行业，原来的职业也与餐饮无关。但现在，她当上了红房子的老板娘，烧火、做饭、炒菜，还有经营管理、游客接待、购物买卖、算账结款等，一切她都得从零学起，从头做起。

二是交通困难。山上最大的困难就是交通。比如，蔬菜、肉类以及日常生活日用品等，都只有到山下的镇上去买。东西买好后，搭车到洛河桥，再人背马驮，爬上近两公里的山路，耗时一个多小时，才能把东西运到山上。张红自己就用背篓亲自背过这些东西，背得最多时候，她一次就背过六七十斤。因为是泥巴山路，坡陡，背着东西爬山十分不易。尤其遇上雨天，路更烂，只能穿着雨鞋一步一步地往上爬，有时黄泥巴都能把小腿淹了。好在那时马帮还算兴盛，有时张红实在背不动了，或者东西太多便请马帮驮上山来，再按趟数付钱。

三是通信不通。红房子地处九峰山的半山腰，开始，山上山下，信息传递极为不便。后来买了手机，但山上又没信号，只能安座机。但座机不能随身携带，张红每天进进出出，有时外面来电接不上，有时打出去又不通，所以联系客人、对外购物等诸多事情，很不方便。有时电话实在打不通了，张红只能自己下山，用两腿说话。所以当时很多游客都对张红开玩笑说：红房子的交通靠走，通信靠吼，保安靠狗。

但再难，张红还是坚持下来了。尽管刚开始的时候，童氏家族的人都不看好他俩的这段婚姻，认为这个从城里来的妹子嫁到这个与世隔绝的大山，肯定吃不了这里的苦，离开九峰山，是早晚的事情；甚至婚后好长一段时间，老公童开科还问她：“你是城里人，而且还是个未婚青年，为什么要嫁给我？为什么要嫁到这山里来?”张红后来告诉我说，这个问题直到现在她也回答不上来，她只觉得这山里的风景好，人也好，很喜欢这里，就留下来了。

然而，留下来的张红做梦也没想到，2008 年 5 月 12 日，大地震就像九峰山的风，说来就来，一下子就把她的好多梦想全给“摧”散了！

张红告诉我说，汶川大地震爆发的前一天，她心里像有一只猫爪在挠似的，总觉得有点发慌，于是她和老公把所有在红房子住的游客全都“赶”下了山。当时很多游客都感到莫名其妙；但正是这个莫名其妙的决定，让几十个游客第二天全部幸免于难。

“赶”走客人后，张红想去彭州市散散心，顺便给儿媳妇买份生日礼物，因为刚娶的儿媳妇要在家过第一个生日。所以第二天一大早她就起床了，可还没下山，她干妈的侄女就跑来跟她说，在红房子下边看见一条大黑蛇，丢石头去砸，大黑蛇就跑了。张红虽然在山区待了两年了，但还是特别怕蛇，预感到会有什么事发生。不过她也没多想，11 点过，她家请的司机开着车，载着她和老公去了彭州。

到了城里，张红的老公和司机去茶楼喝茶，她自己去逛商场。不料她刚走到中心广场，就地震了！张红说，不知啥原因，她当时特别想吐，街上一片惊慌失措，个个吓得鸡飞狗跳，旁边一个不认识的小女孩还突然抱着她的大腿，大声叫：“妈!”

张红后来好不容易找到了老公，马上就拼命往家赶，平时要开四十多分钟的车程，这天二十多分钟就开到了小鱼洞大桥。但这时的小鱼洞大桥，已经被震塌了，而她家还有二十多公里的路程。张红一下急了，一急，便哇哇地哭了起来。老公就安慰她说，没事的，没事的。后来他们决定，弃车走路，沿着山道爬行回家。

一路上，山体一片片地往下滑，乱七八糟地倒着许多树，他们就从树上跨过去，或者从树下钻过去。一路过来，张红本来就很累；加上一路都在哭，哭得全身没了力气，再也走不动了。老公和司机，只好一个在前面拉，一个在后面推，硬是拽着张红拼命往前走。这期间余震一直不断，山上不时有石块滚落下来，吓得张红心惊胆战。后来终于到了东林寺，张红抬头一看，遍地血迹斑斑，八方哭声一片，好不凄惨！

直到第二天即 13 日下午，张红和老公才回到九峰山。一到九峰山，就见到了正要往山下跑的儿子、儿媳和四十多个工人。儿媳妇一见张红，抱着张红就哇哇大哭起来，一边哭，一边说："妈，红房子全完了！红房子全完了！"

童开科则赶忙清点工人，因为那段时间他们请了四十多个工人对红房子进行维修，地震时有的工人正爬在房子上干活呢。非常幸运的是，四十多个工人不但一个没少，居然一个也没受伤，这让童开科和张红长长地松了口气。

接着，张红跑到红房子的原址，细细查看。谢天谢地，几十栋红房子，居然一栋都没垮！张红一屁股坐在地上，一下子便号啕大哭起来，哭得一塌糊涂！后来张红告诉我说，她原以为红房子肯定全部垮了，没想到苍天有眼，竟一栋都没垮，让她简直无法相信眼前的事实。

当晚，童开科找到熟人，把四十多个工人一个一个送回家，临走时还说："你们先回家，过几天有活干，还叫你们回来。"然后，一家四口把房间里的所有东西都捡到院坝里，付之一炬。张红一边烧一边哭，哭得很伤心。

张红告诉我说，地震后那几天，她觉得一辈子的眼泪都哭干了，十多天里，她气得饭都吃不下去。本来，红房子修好了，山上的路逐渐通了，手机信号 5 月 1 号就开通了，儿子也娶了媳妇成了家了，她家的农家乐基本走上正轨了。哪个晓得，"狗日的地震"短短几秒钟，就把她家的坛坛罐罐全给毁了！虽然她家的红房子没有垮，但还是有百分之七十轻重不同地受到了损坏，比如饭厅因为是砖做的，全坏了，加起来至少损失了好几百万！而在所有被毁掉的东西中，有三样东西是她最心疼的。一样是二十多个一人高的泡菜坛子，是成都一个做餐饮的朋友送给她的，是20世纪60年代餐饮公司公私合营时留下来的，她从成都花了几千元的运费，运了三趟，才把这二十多个泡菜坛子一个个地运到九峰山上。同时她还从朋友那里要了不少特别珍贵的老盐水。这二十多个泡菜坛子因为烧制特别，做工精细，再加上年代久远，所以有一个非常奇妙的特点，就是只要放一点盐，就能泡出味道鲜美、香脆可口的泡菜来，而且坛水清花亮色。由于坛子太高，为了捞泡菜时方便，她还专门请人挖了一排坑，把坛子的下半截埋在坑里，并专门做了一个抓泡菜的爪子。地震前，她刚刚买了一吨多青菜，全泡进了坛子里，没想到“狗日的地震”一来，把她二十多个泡菜坛子全给震碎了！第二样是一大坛子腊肉。这个装腊肉的坛子特别大，比人还高，地震前她刚装了满满一坛子腊肉，结果全给埋在土里了。还有一件是她自己亲手做的两百多斤烟熏肉。她离开家的时候还叫人看着火，没想到地震一来，一下子把两百多斤烟熏肉全给震到山坡底下去了。她心疼死了，因为这些烟熏肉是用钱都买不来的，所以她拼着命也要到山坡底下去捡回来。但当时余震不断，老公怕她有危险，就拦着她不让去。她就哭，哭了一会儿，还是不甘心，觉得地震损失了那么多，捡一样是一样，就硬是冲到山坡底下，趴在地上用手使劲地扒。扒累了，坐下来哭，哭完了，再用手去扒……

汶川大地震后，九峰山周围的乡亲大都转移了，可张红一家人都不愿意走，住在帐篷里。当地政府很关心他们，劝他们转移，但他们还是坚持要留在山上。张红说，其实不是不想走，也不是不怕死，而是心里头真的舍不得那几十间红房子。要知道，那是我们一家人辛辛苦苦用自己的血汗建起来的呀！

张红和老公在帐篷里想了好几天，一口饭都没吃，最后一咬牙，决定重建红房子！

于是，2008年5月16日，即地震后第四天，张红一家就开始准备重建红房子了；5月20日，张红和老公又拿着自己写好的要求重建的申请，走进了龙门山镇刘书记的办公室。有人得知张红一家要申请重建红房子时，忙提醒张红说，你两口子是不是被地震给震疯了？就算你们重新建好了红房子，地震这么凶，还有人敢来住吗？但张红夫妇没有动摇，他们要求重建的申请得到了镇政府的大力支持——从规划到审批，一路绿灯。

重建的头天晚上，童开科开了一个家庭会议，作了四项规定：童开科以后只能抽叶子烟；儿子只能抽两块钱一包的烟；张红三年内不能买一件新衣服；红房子五年内实现盈利！

红房子的重建工作开始后，张红一家四口先在废墟里寻找还能使用的木板，然后把这些木板一块一块地捡出来，再用斗斗车运到山坡的空地上。一家人整整捡了一个多月，斗斗车推坏了七辆，张红的两只手也磨出了血泡。他们重建的第一个房间是厨房，为了抗震，厨房的地基挖了五米多深；而在这个五米多深的地基里，被死死填满的全是在地震中散落的砖头和麻将！

张红说，当时没电，我们就用发电机，发电机都用坏了五台！房子都是在原来的基础上补修加固的，现在停车场那边的房子原来是单层的，我们又在上面加了一层，可以住人；下面做车库，免得客人的车被日晒雨淋。我有一个朋友是民用建筑专家，叫辜多俊，我的房子都是老公和他设计的，全是抗八级地震的。因为我知道我家所处的位置是地质结构断裂带，所以全部修的都是四川传统的串架子房子，呈正方形，房子下面全都打了锁脚栓，抗震性能非常好。我的这个朋友眼光非常独到，刚地震时，他就提醒我们赶快回家，怕有人发国难财，偷我家的东西。当时他看到电视里陕西地震了，胡锦涛总书记给修房子的群众递瓦的镜头，他就预言说，中央马上就会鼓励自建，后来果然是这样。

在张红全家忙于重建时，村里的干部和乡亲们非常关心。村上救灾物资一到，马上就通知他们去领；有时他们实在抽不出空下山，组长汪松年还给他们送到家里。而这期间张红还接到好多朋友的电话，都是地震前红房子的客人，他们纷纷表示，支持重建红房子！甚至地震刚过去一个月，有十几位客人还专程来到刚刚简单修复了一下的红房子，掏出一万、两万甚至三万的现金，表示救命之恩！因为这些客人就是大地震的前一天被张红“赶”下山的，也是红房子十多年来的老客人。其中有一位搞房地产的老客户还给“红房子”送来一百多吨水泥和十多吨钢材。而更让张红感动的是，这十几位客人在简陋而又危险的红房子一住便是两个多月，一直陪着张红全家度过了灾后那段最困难的时期。每当张红说起这事，总是眼圈泛红，泪水盈盈。

张红说，我觉得当时国家的政策特别好，刚地震怕饿着大家，每天每人一斤粮十块钱。不过有的人还是不满足，总是等、靠、要。作为一个普通的村民，我觉得只有自己做了才能得到，有的人养成了好吃懒做的毛病，这不好。我这一辈子不整人、不害人，知足常乐，心里充满感激。过年的时候我会请我们这儿十个社的六十岁以上的老人到我家来团年，有二三十个，大家热闹、高兴，我就高兴。2008 年春节的时候，谢芝华部长来山上，见我们家的红房子搞得好，就说，劳动人民的创造力就是大啊！我作为一个普普通通的妇女，能得到这样的夸奖，感到很高兴。

地震一年后，张红家整整七栋全新的木制小别墅，又在九峰山重新矗立起来了。房子依然是红色，依然叫红房子；每一栋红房子的门前，都挂满了火红的灯笼火红的辣椒，红红火火，鲜艳夺目。

这七栋红房子，是汶川大地震后银厂沟第一家重新开业的农家乐！正式开业这天，为图个吉利，张红组织九峰山附近大大小小好几家农家乐，举行了一个隆重的祭天仪式；同时也向社会传递一个信息：灾区的老百姓又站起来了，而且活得很好！

张红告诉我说，中午 11 点，他们摆好猪头、水果、糖果、瓜子等祭品，然后几十个人在她家院子中央齐刷刷地跪成一排，面朝九峰山，磕头祭祀：一祭在“5·12”地震中的遇难者，祝福他们在天堂快快乐乐；二祭九峰山的山神，保佑大家平平安安、顺顺利利。然后大家一边烧钱，一边放鞭炮，一边还有人开玩笑，说遇难的兄弟伙，我们这些躲过了地震的人都很好，你们就好好安息吧！今天我们多给你们烧些钱，你们好在下面天天打麻将。

那天，张红在成都的一些朋友也来了，一共有两百多人，搞得九峰山热热闹闹，欢天喜地！中午聚餐时，镇党委副书记宁顺轩还赶到现场并讲了话，对张红家面对灾难不屈不挠的精神给予鼓励！

张红说，红房子开业后，每天可以接待四十多人，账本上很快就有了两万元的收入；地震后的第二年，居然还赚钱了！这让我更坚定了灾后重建农家乐的信心。而就在这个时候，通往山上的路也正常通车了，一些震后久久不敢来的客人，也纷纷向我打来了订房电话。

2010年，在当地政府的扶持下，张红家的红房子又新建了十几栋吊脚楼，红房子的规模总共达到了二十栋！吊脚楼的所有建筑，都以木、石、竹为主，同时辅以矸砖、水泥、沙砾、斜面屋顶等，既保证了外观风格独特，又保证地面空气流通；特别是红房子的整体设计与周围景物相互辉映，营造出了一种自然而又浪漫的山中风情。但红房子的收费标准并不高：一般房间，包吃包住，最低一天八十元，最高一天二百四十元；一幢别墅，包吃包住，一天一千二百元。不仅环境清幽，住房条件上等，老客人还能打折。当然，而最有吸引力的是，重建的红房子比地震前更加牢固了，即便再来个八级地震，游客们也很安全！

不久，张红的老公去三亚和拉萨出差，一路上看了不少当地的农家乐，回来后和张红商量了好几天，决定改变现有经营模式，发展高端旅游，把以前的农家乐改成正规的乡村酒店。

为了搞活经营模式，张红和老公把几座小吊脚楼设置成了家庭旅馆，以每年四万元到五万元的价格租出去；而为了提高服务品质，又对红房子的运作模式做了改进，比如把菜、肉等日用品，全给客人准备在自己房间的小厨房里，客人想自己煮着吃就自己煮着吃，不想自己煮，就到大饭厅去吃。如果客人有兴趣自己种菜，还可以划出一块地来，像农场一样，让游客在山上一边游玩，一边种菜。

2010 年上半年，即地震后的第三年，张红家重建的红房子居然赚了十八万元！这是地震后张红家赚到的第一桶金。虽然较之地震前每年可赚百万还有很大差距；但张红说，全家人还是高兴得一晚上都没睡着觉。到 2011 年上半年，红房子已经能够盈利四十多万元了，基本赶上了地震前的平均水平，五十多万的贷款也全部还清。

当然，张红家的农家乐并非一家独“乐”，红房子刚恢复不久，张红马上就找到村里其他几家农家乐的主人，帮助他们尽快恢复了经营。于是，在红房子的带动下，通往九峰村两公里的山路两旁，九峰村的十几家农家乐也渐渐开始“乐”了起来。

从 2010 年起，张红的老公还出本钱召集了十二户农户，专门给红房子养猪、养鸡，然后按市价收购，专供红房子客人消费；而张红则请来附近的村民，在门前的空地上种下一大片杜鹃花，又在山上栽了一排排的竹子，还特地在老厨房的地下埋了十几坛她自己酿制的野树莓酒。张红告诉我说，等明年杜鹃花开了，酒可以喝了，山上的竹笋、野菜可以吃了，我们红房子的生意肯定还会更好！

张红不仅是个出色的老板娘，还是一个能干的农家人。她不光请村民帮她家种树、种花，还自己开地、种菜、做香肠、熏腊肉，非常善于经营自己的小日子。

地震后不久，为了节省成本，张红开始在山上开垦荒地，并很快在红房子的四周种了一亩多的蔬菜，其中有芹菜、蒜薹、无筋豆等。张红告诉我说，山里先天条件特别好，种菜根本不需要技术，也不需要肥料，只要挖个坑，放入种子，很快就会长出鲜嫩可口的蔬菜来。

除了种菜，张红还会养猪，即便在地震期间，她也养着十三头小猪和七头大肥猪。更有意思的是，张红还会养野生小动物。野生小动物不能随便养，必须经有关部门审核批准，所以张红专门办了一个野生动物养殖证。她在红房子背后的溪水沟里，养了十多只灰雁和十多只小香猪、野鸭、跑山鸡。这些野生小动物，她用青饲料和粮食喂养。灰雁下的蛋，客人叫天鹅蛋。张红还在院里的池子里养了不少鱼，她从沙金河里网了一些小鱼回来，养在池子里，再放上一些小石头。这些鱼儿在石头缝里产卵后，孵化成小鱼，然后再慢慢长大。张红说，这山里的水质特别好，养这些鱼儿，毫不费事，轻松得很。

此外，张红从小就喜欢小姑娘背着背篓上山采蘑菇的感觉。每年一到春暖花开的四五月，她就会像小姑娘一样，背着背篓爬到山上，采摘各种野菜，比如胡豆菜、丝瓜菜、折耳根什么的；及至夏末秋初，她则背着背篓爬到山上采摘蘑菇。由于这些野菜和蘑菇都属于原生态无污染的天然植物，所以每当她将这些野菜加工后送到餐桌上时，游客们总是吃得津津有味。

采访中，张红还把我领到红房子的背后，指着一棵珙桐树对我说，我听彭州市林业局谭局长讲过，一般有珙桐树的地方，就说明空气中负氧离子含量高，还可能会有大熊猫出没。大熊猫我没见过，但我见过黑熊，每年的八九月玉米成熟的时候，黑熊就一群群地跑下山来吃玉米，边吃边蹦跶，把玉米秆都踩倒了，游客们看见后都说是黑熊在蹦迪。这里的野猴子也特别多，2009 年七八月的时候，有一百多只野猴子都跑到我的院子里来了，游客们就和这些猴子玩耍，还喂它们玉米和馒头，有时还把自己的零食、水果专门留给猴子吃。结果，这些猴子渐渐被惯坏了，后来尽吃好吃的，连粗粮都不吃了。这些猴子特别调皮，经常跑到厨房的库房里翻找东西。有时它们看到厨师从桶里打清油，等厨师一走，就学着厨师的样子，把清油从桶里弄出来，弄得满地都是。这些猴子特别聪明，它们看见鸡、狗、猪在院子里到处跑，也跑下来和它们一起玩。猴子组织纪律性非常强，开始，它们先来两只在房顶上侦察，如果看见没人，就吼一声，一大群猴子马上就跟着下山了。由于猴子长期骚扰我的库房，有时候我就放鞭炮吓它们。

后来我就以后山的一条溪水沟为界，只要它们一过溪水沟，我就撵它们走，渐渐地，它们也就不敢过来了。猴子还特别搞笑，有一次看见工人吃饭，三只猴子就蹲在栏杆上不走，我就敲盆子，想吓跑它们。结果那些猴子蹲在那儿，一个不走，好像都在笑话我似的。还有一次，木器厂的一个工人买了几个西瓜，挂在树上，准备休息的时候吃，结果被猴子顺手牵羊，全给抱走了。但猴子抱着西瓜却不知道怎么吃，就把西瓜往地上摔，摔碎后再吃。工人们下班回来，看见猴子们把瓜皮抓在手上，还冲着他们直摇晃，意思好像在说：我都吃完了，你们吃个铲铲！把我肚子都笑痛了。猴子属父系社会，母猴只能抱着小猴，等公猴吃饱了才能吃，不然就会挨耳光。公猴也只能等猴王吃了，自己才敢吃。猴子还喜欢模仿人的动作，比如猴王把小猴子从母猴怀里抱过来，亲一下，然后再还给母猴。这些猴子彼此还会勾肩搭背，讲悄悄话，与我在动物园里看到的猴子完全不同。我们这里的人都非常爱护猴子，也特别爱护其他小动物，即使在冬天，这里也有各种小鸟，比如红腹锦鸡、山喳子等，漫山遍野，一群群的。它们常常围着我挂在房檐下的腊肉飞来转去，一天就可以啄掉我四五斤腊肉。为了防止它们偷食，我就用黑色的丝网将腊肉罩住。但我从来不打它们。

当然，张红觉得最有意义的事，还是发动和组织九峰村的小伙子们参加护林防火队。起因是 2007 年发生了一起火灾，当时有个居士婆婆，没关电炉子就去大殿上早课，结果电炉下面的木板被烤燃了，熊熊大火吞噬了好大一片森林。这事对张红刺激很大，因为她所在的九峰山，周围种的全是云南柏（柳杉），含油量极重，见火就着，所以她觉得必须要有一支护林防火队来保护森林。于是她就发动九峰村的小伙儿，专门成立了一支十三人组成的护林防火队。这支队伍完全是义务的，不计任何报酬，是彭州市第一支由村民自发组织起来的护林防火队，还代表龙门山镇林业站，参加过彭州市林业局组织的防火演练。

但是，这位震不倒、压不垮的老板娘，有一次当她作为灾后重建的先进典型代表站在台上讲话时，面对从四面八方拥来的记者和上千个村民，却很不好意思地低着脑袋，怎么也说不出话来。最后憋得满脸通红的她，只结结巴巴地说了一句话：“我们家的红房子其实也没什么可……可说的，就是为……为了生存，为了吃饭。”

是的，为了生存，为了吃饭。从当年四万元建起一栋红房子，到今天固定资产约一千六百万元的二十栋“红房子”，张红一家硬是靠着一股“老子就是要活下去”的勇气，从废墟中爬起来，从昨天一步步走到今天。

离开红房子那天，张红对我说，现在，我觉得我已经离不开这里了，只有每年农历腊月二十九这天，我才回一趟老家广汉，因为这天是我爸的生日。但我每次回去，吃了中午饭就回来了，总有一种恋家的感觉，好像我的家在龙门山而不在广汉。这么多年来，空闲的时候我也去过不少地方，有的地方山好水不好，有的地方水好山又不好，而只有我们这里，我觉得山好、水好、空气好，人也好，总之啥子都好。我们四川人说：“金窝银窝，比不上自己的狗窝。”所以我总喜欢把我自己的“狗窝”收拾得巴适一点。当然我也晓得，如果光是我们红房子一家农家乐，很难形成旅游气候，只有大家的都“乐”起来了，我才有真正的快乐！

握着张红的手，我很想再说点什么，又觉得有点多余。不过就在我转身下山的时候，还是留恋地回望了一眼掩映在大山中那二十栋红房子；而就在我回望的这一瞬间，我忽然意识到，红房子其实就是一座山，它之所以能在风雨中巍然屹立，在地震中始终不垮，靠的就是一种非常顽强的生命力！有了这样的生命力，人就有希望，就有盼头，就有继续活下去的理由。而张红家的红房子，我相信也会继续红下去，而且会一村一村、一代一代地红下去。

第二十七章
“我是灾民我怕谁”

事实上，一场大地震之后，什么样的灾民都有，什么样的心态都有。

在一次走访中，我从一个灾民嘴里偶然听到这样一句话：“我是灾民我怕谁!”

说这句话的灾民，并非深思熟虑，而是脱口而出，随便一说而已。但是，我还是被这句脱口而出、随便一说的话击中了。

在灾区的走访中，我发现不少灾民，在地震后相当长的一段日子里，特别是最初的一段日子里，心态相当复杂、微妙。一场突兀而至的大地震，让他们失去房屋，失去至亲，失去曾经拥有的一切。面对出乎意料的残酷现实，他们惊恐过、悲痛过、焦虑过、混乱过、困惑过、迷茫过、失望过，甚至绝望过。他们渴望外人拯救，又觉无济于事；他们盼望重建家园，又觉遥遥无期；他们希望重获新生，又觉前途茫茫。他们很想忘掉过去，又觉愧对良心。总之他们深感个人的脆弱，人生的无常，甚至怨恨老天太不公平！在那些痛不欲生的日子里，他们常常彻夜不眠，问天问地问自己：为什么祖祖辈辈流血流汗，到头来还是穷光蛋？为什么辛辛苦苦干了几十年，刚刚过上几天好日子，一夜间“又回到了解放前”？

尤其还有一部分灾民，情况更是特殊，他们不仅失去了家园，失去了亲人，地震后又遭到地震次生灾害的伤害！所谓地震次生灾害，就是强烈的地震过后，山体崩塌，形成泥石流；水坝河堤决口，造成水灾；易燃易爆物被引燃，发生火灾以及瘟疫流行、毒气泄漏、细菌传染、放射性物质扩散等。从城市来看，由于各种生命线工程高度集中，地上、地下管网密布，所以地震次生灾害尤为突出。例如：

——1976 年 7 月 28 日，唐山七点八级地震，开滦矿供电中断，涌水量猛增，矿井被淹；天津碱厂白灰埝滑坡，致三十多人丧生；化工厂阀门破坏，溢氯毒死五人。

——1975 年 2 月 4 日，海城七点三级地震，鞍钢部分管线因停电停水而冻结，迫使高炉停产；营口水电设施破坏，全市停水停电，导致城市瘫痪。

——1964 年 6 月 19 日，日本新潟七点五级地震，油库受震起火，大火烧了整整三百六十个小时，直至原油烧尽，三百多所民房、工厂无一幸免。

——1906 年 4 月 18 日，美国旧金山八点三级地震，火炉翻倒引起大火，供水系统破坏，大火持续三天三夜，十平方公里市区最后统统化为灰烬。

…………

而从四川灾区来看，主要是山体崩塌、岩石滑坡、泥石流喷泻等。这些地震次生灾害对灾民造成的伤害，不光是物质的，更是心理的和精神的。

因此，这部分灾民在接二连三的重创之下，心灰意冷，生不如死，在他们的眼里，好像什么都无所谓了，自然而然便滋生了一种很微妙的心态：反正房子没有了，家没有了，亲人也没有了，什么都没有了，甚至连想法都没有了，活着还有什么意思呢？干脆破罐子破摔，反正老子是灾民，我是灾民我怕谁！

比如，地震后，龙门山镇不少村民都从山里逃出来了，或者有组织地被转移出来了，然后再由政府部门安顿在彭州城里的某个地方。但后来当地方政府的领导来请这些村民回去时，有些人就不愿回去了。他们说，我们好不容易逃出来，现在又让回去，万一再来一次八级、九级甚至十级地震咋个办？不是自找死路吗？再说了，现在住在彭州市里，有住、有吃还有喝，饭来张口，衣来伸手，白吃白喝，还不掏一分钱。共产党真好！社会主义真好！不劳动、不流汗、不掏钱，还吃好、住好、耍好！既然都这样了，还回去干啥子呢？傻逼才回去呢！

特别是部分受了伤的灾民，不管轻伤重伤，一切由政府买单。甚至饭来都不用张口——有志愿者帮着喂；衣来也不用伸手，有志愿者帮着穿；每天从早到晚，各级领导关照着，众多志愿者伺候着，舒舒服服，巴巴适适，不想被人照顾都不行。为什么呢？因为他是灾民！灾民是什么？灾民是党中央关心的人，是胡锦涛总书记、温家宝总理亲自看望过的人，是全中国人民乃至全地球人牵挂的人！因此，在某些灾民的心里，不知不觉地便有了这样一个想法：我被地震了，我受灾了，我的家没有了，我的亲人没有了，我遭罪了，我现在从农民变成了灾民！你们照顾我、关心我，资助我、慰问我，是天经地义的，是理所当然的！我现在什么也不管，什么也不顾，什么也不怕！因为我是灾民——我是灾民我怕谁！

因了这样一种心态，所以地震后最初一段时日里，一部分灾民出现某些非正常的举动，甚至有的违法乱纪，也就不足为奇、不难理解了。

比如，对森林乱砍滥伐的问题。

森林问题，是中国的一个大问题。

据有关资料显示，现在全球每年有六百万公顷的土地沦为沙漠，二千万公顷森林在消失，平均一个小时就有一种物种在灭绝。众所周知，历史上的中国，曾是一个多林国。可到了近代，由于战乱频发，疏于管理，早在20世纪40年代，中国便成了一个少林国。尤其是近几十年来，不少地方借着“改革开放”的“春风”，无论公权还是私人，都对森林乱砍滥伐，结果导致森林资源锐减，草场快速退化，荒漠化日益严重，沙尘暴愈加频发！

当然，中国在 1998 年曾出台了天然林保护工程规划，严格限制对中国森林的采伐；但非常遗憾的是，中国目前未受侵扰的森林，除了四川西部大雪山西侧、云南怒江州中缅边境地带、西藏雅鲁藏布江大拐弯处、内蒙古最北端的大兴安岭以及新疆最北端五块很小的面积外，大片的原始森林已经所剩无几；未受侵扰的部分只有五万五千四百四十八公里，仅占中国森林资源总量的百分之二，而受到严格保护的仅占百分之零点一。因此，中国的生态条件相当脆弱，直接或间接导致影响了当前中国可持续发展的五大生态危机。

这五大生态危机是：

第一，沙漠化。中国是世界上沙漠化危害最严重的国家之一，严重影响着人民群众的生产生活，成为中华民族生存和发展的心腹之患。全国荒漠化土地达二百六十七万四千平方公里，占国土总面积的百分之二十七点九；沙化土地一百七十四万三千平方公里，占国土总面积的百分之十八点二。即是说，全国有四亿人口，日日夜夜都在直接饱受着沙害的痛苦。

第二，水土流失。中国的水土流失面积为三百五十六万平方公里，约占国土陆地总面积的三分之一，每年流失土壤五十亿吨，其养分相当于四千万吨化肥；全国有八万二千座水库总库容的三分之一被泥沙淤积；过去五十年中，因水土流失而损毁的耕地在二百七十万公顷左右，严重影响了经济社会特别是农村的发展。

第三，干旱缺水。中国是世界贫水大国，人均水资源占有量只有世界人均水平的四分之一；全国约有四百个城市供水不足，缺水六十亿吨以上；农村居民有四千三百多万人饮水困难，农作物年均干旱面积高达三亿八千万亩，每年因此而造成的经济损失已超过二千三百亿元！

第四，洪涝灾害。由于森林被大量砍伐，中国长江流域过去五百年共发生五十三次大洪水；而在新中国成立后的五十年里，就发生了近二十次。

第五，物种灭绝。由于森林的大量减少和其他种种因素，现在物种的灭绝速度是自然灭绝速度的一千倍。因此，中国处于濒危状态的动植物物种数量，为总量的百分之二十左右，高于世界平均水平。

而龙门山的森林，也存在着乱砍滥伐的问题。

我对龙门山森林的认识，是从采访龙门山镇林业站站长景逢华开始的。景逢华五十开外，精明能干，一副文静老实的样子。林业站的小曾向我介绍说，景站长在工作上是个一丝不苟的人，有相当丰富的基层工作经验，对待自己、对待下属相当严格，也相当负责。有一次，为了打击偷、拉、盗、运木材的违法分子，保护龙门山镇的森林资源，他带着林业站全体人员硬是在现场守了三个通宵。

对于小曾的夸奖，景逢华不置可否，只淡淡地笑了笑，便切入我们谈话的主题。景逢华向我介绍说，龙门山雨量充足，林木茂密，森林覆盖率达百分之五十六，木材蓄积量二十一万立方米，盛产名贵中药材和山珍植物，还有国宝大熊猫等珍奇动物。所以说，我们龙门山镇是一个名副其实的林业大镇。

我问，这里的老百姓是不是都以林业为生呢？

景逢华说，对，百分之八十以上的老百姓都以林业为生。有林就可蓄水，所以我们这儿的小电站都被带动起来了，龙门山镇一共修了三十多座小电站。中国的老百姓都是靠山吃山，以林养水，有水发电，有电就能影响经济发展。当然，有的人也会弄点自用木材来建房，有的人还会卖点经济林来换点钱。

我问，汶川大地震前，龙门山有乱砍滥伐的现象吗？

景逢华说，有，但很少。因为大家都知道，森林是大家的，保护林业，就是保护旅游资源；保护旅游资源，就是保护饭碗，保护家园。所以，即便有的树林被砍了，接着再栽；但汶川大地震后就不行了。

我问，怎么地震后就不行呢？

景逢华说，地震后，村民的家垮了，农家乐垮了，没有经济来源了，上不了班了，找不到钱了！还有，好多企业也垮了，整个旅游业都垮了，这等于把村民的后路都给断了！但是，有幸活下来的人，还得继续活，日子还得过，怎么办呢？龙门山只有林木值钱。于是在经济利益的驱使下，同时也是为了过日子，为了能继续生存下去，就只有砍伐树林，卖木材，卖一点算一点，卖一点捞一点。这一来，乱砍滥伐的现象就出现了。

我问，很严重吗？

景逢华说，开始并不严重，后来砍伐的人渐渐多了起来，就严重了。特别是有些村民还和山外的人勾结起来，盗砍林木，而且人数不少，甚至把大货车都开进山里来拉木材了！

我问，这些乱砍滥伐的人，难道就不怕吗？

景逢华说，怕啥？地震后，他们啥都没有了！再说了，那么凶的地震，都没把他们震死，大风大浪都见过了，还怕这个？就像有的人说的一样，都死过一回了，大不了再死一回，有啥子可怕的！不过，的确有一部分灾民，灾后重建房子需要钱；可他们没有钱，只有去砍树木卖，这在情理之中，可以理解；而有些人偷盗林木，纯粹是为了捞钱，就说不过去了。

我问，你们是专门负责林业工作的，为什么不管管呢？

景逢华说，我们当然要管，但我们林业工作人员少，管也管不过来。再说了，地震后相当混乱，砍树的人，大多数法制观念都很淡漠，你一旦抓住他，他就说，你处罚吧，要钱没有，要命有一条。另外，地震后，当地对刑事案件的处理都比较人性化，所以对乱砍滥伐这一块，也就没怎么狠抓，这也等于放纵了他们。

我问，你们整个林场，地震后大概损失了多少？

景逢华说，一棵树大致相当于零点三立方米，损失了好几千亩吧，差不多有五万立方米左右，经济价值总计两千多万元的样子。如果算社会效益和经济效益，加起来估计得有一个亿左右！

我问，在具体的执法过程中，你们遇到的困难大吗？

景逢华说，我们执法相当难。那些作案人员都与我们“斗智斗勇”，他们知道我们白天上班，就晚上来偷；我们侦察他们的时候，他们也侦察我们；甚至他们还有专门的眼线组、拦车组，分工很细的。比如，拦车组专门开车别我们的车，故意拦住我们的车，有时干脆把车坏在路中间，让你的车过不去；有时候他们的车走“S”路，让我们无法超车；更严重的是，有的村还形成了团伙组织，从砍伐木头、偷运木头，到接到关口检查站以外去卖，基本上形成了一条龙。

我问，难道检查站也不管吗?

景逢华说，检查站也不好办呀！你想啊，车子那么多，白天夜晚，你来我往，很难检查；再说了，你不能见车就拦，只有发现情况才能拦车。有一次，一辆拉“黑木头”的车被我们拦住了，车主当场跳下来，马上就往车上浇汽油，然后一把火，把整个车都给烧了！因为这些车子都是烂车、报废车和拼装车，无牌、无照、无保险。这给交通也造成严重的安全隐患。而且，这伙人凶得很，报复心很强，他们经常威胁我们，给我们打电话和发短信，我知道你家住在哪里，我要炸你家的房子！甚至还扬言说，我知道你的娃娃叫什么名字，在什么地方上学，我要把你娃娃给杀了！有时还带个大花圈，到我们检查站的门口，威胁执法人员，甚至还殴打我们执法人员。

我问，这伙人这么嚣张，为什么你们就管不了呢?

景逢华说，执法难的原因有很多，主要原因有两点：一是人员少，待遇差，我们执法人员只有四个人，相对于十一万一千八百亩的林地来说，管理人员根本就不够；二是体制问题，机构不健全，这是最关键的一点。按国家相关法规定，十万亩以上的林区就应该成立林区公安分局，我们已经超过了十万亩，应该成立林业公安分局；但彭州市林业局只有一个公安科，共计两个人，还一老一小。所以对方就抓住我们这个薄弱环节下手。这是个老大难问题了。而作为镇这一级的林业部门，由于我们没有成立林区派出所，就没有执法权，所以在具体执法过程中，就显得很不得力。

后来我了解到，景逢华他们这个林业站和全国其他林业站一样，确实没有多少权力，其职责只有三个：

一是宣传、呼吁老百姓保护森林资源。比如，有人要审批修房子的，他们就说服老百姓用钢窗、钢门取代木材。即便这样，像九峰村这样的村，森林面积大，占全镇的百分之四五十，仅这一个村，一年就得批准砍伐几千平方米木材。

二是引导发展林业产业。比如，运用欧洲银行和中国人民银行投资，利用当地的地理优势，实行高产林发展，走产业致富的道路。

三是借力打击。由于他们没有执法权，就只有联合当地派出所和村级护林员，按森林法对乱砍滥伐者进行处理。比如，未经批准即砍伐两立方米木材的，就处以木材价两倍以上五倍以下的罚款，还要补栽砍伐量五到十倍的树木。

不过，一旦真正具体执行起来，还是相当困难，因为地震后暴露出来的问题，实在太特殊，太复杂！

林业站的一位工作人员告诉我说，比如，你罚他两百元，他没钱，罚了也等于没罚。特别是地震后那几个月，你抓住他了，他就说，咋个嘛？地震了，我受灾了，我家房子垮了，啥子都没有了，要罚你就罚，反正要命有一条，要钱没一分。我是灾民，我是灾民我怕谁！

但在这种情况下，走访中我了解到，很多林业人员还是很敬业的，而且非常辛苦。

就拿景逢华站长来说吧。二十多年前，他就从彭州市海拔最低的三邑乡到龙门山镇来上班，路途有七十多公里。由于距家远，交通不便，工作又忙，刚来龙门山镇时，他一两个月才回一次家，根本无暇照顾家里。比如 1993 年，为了打击乱砍滥伐，他和同事们一周没有睡觉，连吃饭都在外面。有天下午，他实在太累了，就回寝室想烧点水烫一下脚。可刚坐下，就睡着了，结果把壶底给烧坏了；他只好去补，补好了回来再烧。谁知刚坐下，又睡着了，壶底又给烧坏了，只好又去补。一个下午，壶底就给烧烂了三次，最后连他自己都不好意思去补了。

可再辛苦，景逢华也没觉得有什么，真正让他无法忍受的，是辛辛苦苦干了工作，认认真真履行了职责，还经常遭到一些乱砍滥伐者的围攻，甚至有时还被殴打！所以他曾经两次赌气，背着铺盖卷就回了老家。后经领导做工作，才重新回到龙门山。

很显然，乱砍滥伐森林，不仅使树木锐减，地表裸露，而且还会加重水土流失，导致江河湖库淤积，加剧洪涝灾害，对防洪安全构成巨大威胁，直接导致灾难的降临！

而龙门山地震后，之所以有人乱砍滥伐，导致林木受到破坏，从心理学的角度来看，主要还是“我是灾民我怕谁”的心理在作祟。

显然，“我是灾民我怕谁”的心理是消极的，不正常的，甚至是有害的；但我们又必须承认，这种心理是在特殊条件、特殊环境下产生的。它是灾民对地震后残酷现实的一种直接反应；是灾民在危境中一种夸大的自我保护意识的本能表现；同时也是灾民自己给自己打气、自己给自己鼓劲的一种心理暗示。

当然，这种夸大的甚至说变态的心理，如果不及时加以调整，“不怕”就有可能变成“可怕”！

尤其对身临其境的受灾者而言，地震时血淋淋的恐怖场面、强烈的惊吓以及地震后失去亲人的悲痛和始料未及的现实，都很容易导致他们一种非正常的心理状态，从而产生灾后综合征，严重影响以后的生活。

据心理专家分析认为，在地震灾害中遭遇亲人死亡等事件的灾民，如果心理压力长时间不能消除，又缺乏家庭、亲人的关怀和支持，很容易引起激素的分泌失调、免疫功能下降等一系列生理反应，继而还会引起多种疾病。比如，心理认知异常，容易产生从众心理，对地震传言、谣言更倾向于相信或半信半疑；一部分灾民会出现离家避险、外出逃难，情绪波动、目空一切等异常反应，甚至有的还会感到孤独、无奈、迷茫、困惑，甚至自杀！

好在灾区各级领导包括龙门山镇的干部，很快意识到了这个问题。因此，他们在组织灾民重建家园的过程中，面对无数心理疾病轻重不同的灾民，总是尽可能地给予更多的关爱，并积极组织医生点对点、面对面地与灾民进行交流，消除他们的心理阴影；同时还积极争取省内外的心理危机干预专家，积极帮助灾区那些留下了地震后遗症的灾民，重建自己的心灵家园。

写到此，我忽然想起灾区不知哪位诗人写的一首诗——《活着就好》。诗中这样写道：

尽管家园已成一堆废墟
只要脚下还踩着一片土地
我们就能让这里铺满绿茵
只要你眸子还燃烧着一丝希冀
我们就能让你的家园更加美丽
活着就好
未来的日子要好好珍惜
活着就好

是的，活着就好。只要活着，就有可能从头再来，还有可能改变一切。

但是，需要改变的，恐怕还有“我是灾民我怕谁”的心态。

第二十八章
宝山父子村

说龙门山，不能不说宝山村。

宝山村不仅在龙门山镇赫赫有名，在全国也是知名山村。这个知名的宝山村就在龙门山镇的边上，地处龙门山大断裂带中段的湔江上游白水河畔，面积五十六平方公里，耕地一千二百亩，村民六百零八户二千零六十人。该村集水电开发、矿山开采、林产品加工、旅游开发等为一体，其集团公司拥有二十六家企业、四十亿元固定资产。2008 年汶川大地震前，在全国名村三百强排行榜中，宝山村综合影响力排名第三十九位，先后多次获得“全国文明村”称号。

宝山村有“西部第一村”之称，这个村和中国绝大多数的村不同，与江苏的“华西村”有些相似，走的是一条共同富裕的道路。即是说，全村实行的是由集体控股、村民个人持股、社队参股的共同所有的混合所有制经济形式。凡在村里的企业务工的村民，人人持有股份，年年享受分红。每个村民均享有退休医疗补助、子女读书免费、老年人每月领退休金的待遇。一般家庭年分红约五万元，近半数村民可住别墅。全村在集体经济发展的同时，还对村民实行了多项福利待遇：每年每亩地补助五十公斤化肥、四十六元薄膜；子女上学从学前班到初中，学费全部报销；老年人每月领取二十五元到六十五元的茶水费；1980 年以前参加宝山村集体事业建设的村民，退休后每月可领取退休费；村民用电，每度补助三角；按月实行医疗补贴，生病住院按比例报销；五保户每月给三十斤大米，六十元至一百五十元钱，吃穿、燃料包干；残疾人每月补助一百元生活费；农业税、各类提留等，村民全免，概由村里代缴；独生子女保险费每月补助十元，截至十四岁等。

我曾先后三次到宝山村走访。第一次是 2008 年汶川大地震刚刚过去几天，第二次是 2009 年的夏季，第三次是 2011 年的冬天。三次走访宝山村，三次都给我留下很深的影响。如果说地震前的宝山村给我的印象是舒适、清新、安宁、幸福，那么地震后的宝山给我的感觉就是平静中有躁动、舒缓中有苍凉、希望中有悲壮。

当然，宝山村给我印象最深刻的还是人，尤其是其中的两个人：一个是宝山村的老书记，另一个是宝山村的新书记；老书记是新书记的老爹，新书记是老书记的儿子。所以，我把宝山村称为“宝山父子村”。

先说老书记。

老书记叫贾正方。

贾正方是个人物，一个了不起的人物，一个罕见的传奇人物！在宝山村，村民们都叫贾正方为“贾书记”。但这个书记和别的村的书记不一样，这个“贾书记”在宝山村村民的心里，可以毫不夸张地说，就像当年中国人心中的“毛主席”！换句话说，在宝山村村民的心里，贾正方就是宝山村的“毛主席”！

贾正方出生于 1936 年 9 月，如今已是一位年近八十高寿的老人了。我曾三次采访过贾正方老人。贾正方与常人最大的不同之处，是双眼几乎失明。而与常人更大的不同之处，是他在双眼几乎失明的情况下，居然把一个穷得叮当响的小山村，变成了一个富得流油的宝山村，从而让宝山村和江苏的华西村、山西的大寨一样，闻名全国。而贾正方本人，也多次受到多位中央领导的接见，还被一位中央领导人称为“中国的保尔·柯察金”！

因此，宝山村能有今天的这一切，绝对离不开他这位老人；尤其是面对汶川大地震的沉重打击，老人不但没有趴下，反而更加雄起，带领着全体村民重建家园，创造了健康人都难以创造的奇迹！在宝山村，可以说上至百岁老人，下到三岁孩童，无人不敬重这位双目失明的老人。

然而，这位“中国的保尔·柯察金”的一生，可谓命运多舛，充满艰辛。

贾正方是土生土长的龙门山本地人，家住龙门山镇的牛圈沟。记得第一次采访贾正方老人，他顺口就给我背了一首当年龙门山的歌谣：

山高路又险，
村穷人心散，
姑娘留不住，
光棍一大片。
吃粮靠返销，
花钱靠贷款。

这首歌谣唱的，其实就一个字：穷！

当年的宝山村确实穷。穷到什么程度？贾正方告诉我说，宝山村当时还不叫村，而是属于大宝山公社的二大队。二大队将近两千人，分属十五个生产队，这十五个生产队劳动一天，最多的只有两角五分钱，最低的只有六分钱，“倒找户”占一半以上。而全大队人均口粮只有七十一斤，每人每天平均下来不到二两粮。所以，每年全大队都要吃国家十八万多斤的返销粮。

也就是说，村民们辛辛苦苦干一年，到年终分配时，不但拿不到一分钱，反而要倒欠生产队的钱；生产粮食的农民，不但不能给国家输送粮食，反而自己饿肚子，还得靠国家的返销粮来养活。因此，饥饿的社员们常常为一分钱半两粮吵得一塌糊涂，甚至有时为一个小小的土豆也会大打出手，打得头破血流，鼻青脸肿。

而贾正方自己家所在的第一生产队情况更惨。贾正方说，当时国家开采铜矿后，冶炼厂排出的废气、废水污染了环境，造成庄稼大量死亡，村民们只有靠国家提供的返销粮勉强维持生计。于是，几乎每家每户都准备了一辆木制的独轮车，每次上山砍柴后，就用独轮车把柴火推到乡场上出卖，卖了钱后再购买返销粮。当时整个生产队都很穷，那个穷啊，穷得连买一根牛鼻绳的钱都没有，家家户户全部住的是茅草、树皮、竹竿甚至玉米秆搭成的窝棚。

由于"大炼钢铁"，对森林过度砍伐；再加上当时龙门山镇在开采不少矿山，这些矿山的废渣、废石随意倾倒在山坡上和沟谷内，所以每当暴雨降临，本来就一贫如洗的村民还会遭到泥石流的袭击。贾正方说，泥石流并不是什么新鲜事，早在 1959 年和 1964 年，他所在的村就发生过泥石流。一旦发生泥石流，随着轰轰隆隆一阵巨响，尘土腾空而起，如同天崩地裂一样，巨大的岩石瞬间坍塌，泥石流顺势而下，只短短的那么一下子，不仅村民的房屋被摧毁，连家里一点点可怜的粮食和衣物也被冲走。甚至有一次几十个山民被泥石砸中，有几个人还被埋在了山底。1964 年那次泥石流，贾正方家就倒了大霉。那天，贾正方正躺在床上休息，等待做眼睛手术，泥石流突袭而来，他和爱人打着赤脚、穿着短衣短裤，抱着两个光屁股的孩子就往外冲。泥石流过后，他本来就穷的家就更穷了。后来穷得实在活不下去了，他和爱人还差一点把小女儿送给别人。

贾正方十六岁就参加了地质队。工作期间，他多次回大宝山探亲，而每一次探亲，乡亲们的贫困都让他非常揪心。他觉得，贫穷就像影子一样紧紧跟着家乡的亲人，甚至就像枷锁一样禁锢着家乡的亲人。他亲眼看见，乡场狭窄的街头上，成天坐着一群群衣衫褴褛的人民公社社员，世世代代的贫困，把一个个村民变得呆头呆脑，麻木不仁。这些人完全丧失了千百年来一个农民对土地那种根深蒂固的热爱，只要有人请他们喝点酒，吃上二两回锅肉，让他们干啥都行，甚至可以出卖自家的土地。

有一次，贾正方刚回村，一位老人就拉着他的手说："这一辈子只要能吃饱一顿玉米楂楂，我就是死了，也闭眼了！”听了这话，贾正方心里难受死了，他担心这漫无止境没有尽头的贫困，会摧毁乡亲们做人的尊严与活着的信心。

1964年的一天，在地质队搞勘探工作的贾正方，在一次处理哑炮的过程中，被突然蹦起来的石头给打晕在地。事后他虽然捡了一条命，眼睛却被炸伤，导致完全失明。后来经过一年多的治疗，他眼睛总算恢复到零点四的视力，工作和生活勉强可以自理。可一年后，眼睛旧伤复发，他被迫又做了三次手术。不料越做越坏，最后视力只剩零点零二了。换句话说，他的双眼几乎失明，虽然可以勉强走路，却看不清眼前的人。

于是，1966年12月，贾正方向所在的地质队提出申请，要求回老家，和贫困的山民们一起建设新农村。他向组织表示说，反正我的眼睛也看不见了，继续留在单位，也是白吃饭。我决定离开单位，返回老家农村去。

贾正方的这个决定让他的亲人和同事都大为吃惊。因为在那个年代，几乎所有人打破脑袋都要往大山外跑，往国营单位钻；一旦有人进了某个国营单位，就可以拿工资，吃“皇粮”，一辈子都无忧无虑了。而贾正方却要放弃好好的工作，回到穷得两个人穿一条裤子的山沟沟里去，实在令人不可理喻。何况，当时的贾正方除了眼睛看不见，还患有肝炎！

所以，地质队的领导对他说，你是因公致残，现在眼睛不行了，又患有肝炎，按规定，你是可以享受终生抚恤的。希望你好好休息，好好治病，病好了再重返工作岗位。

但贾正方说，我已经想清楚了，我留在地质队已经没啥用处了，反而会成为组织和同志们的包袱。我回到农村，可以重新寻找自己的位置和价值。现在城里人普遍看不起农民，而农民自己也看不起自己，不管走到哪里，农民好像都低人一等。为啥子会这样呢？就因为一个字：穷！我的家乡很穷，我已经想好了，要解决穷的问题，只有一个办法：向土地要粮！所以，我想回老家带领乡亲们向土地要粮，走脱贫致富的路！

最后，在贾正方一而再再而三的坚持下，地质队经上报四川省地质局批准后，同意贾正方因伤残提前退休回农村。

这一年，贾正方三十一岁。

回到宝山村的第二天，贾正方一大早就冒着严寒扛着锄头下地了。他选择了宝山村最穷的第一生产队，作为起点。当时，不少老百姓对摆脱贫困早就丧失了信心，对贾正方的到来既感到不可思议，也不抱任何幻想，甚至还有人在贾正方身后吐口水："哼！改变贫穷落后？几十年都没变，你贾正方凭啥子来变？扯靶子，鬼才相信！"

有一天，贾正方利用劳动休息时间，和社员们坐在地头聊天。他说，我想了个主意，保证几年后人均口粮可以达到五百斤！大家你看看我，我看看你，都以为贾正方在开玩笑。贾正方接着说，说老实话，其实我也可以不干，好歹我还是个因公伤残提前退休的职工，一个月国家还要给我二十七块七毛八分钱，供应我二十多斤粮。可你们呢？难道就永远靠吃国家那点返销粮，一辈子这样穷下去？

不久，贾正方组织第一生产队成立了开荒队，并自任队长，而后带着村民挺进牛圈沟，开始拓荒种地。

牛圈沟没有房子住，贾正方就领着村民先建了两间小房；牛圈沟有百多亩可以开垦的土地，但没有肥料，贾正方就利用生产队现有的十二头牛，在牛圈沟建了一个养牛场，再派社员进沟放牛。与此同时，贾正方又派部分社员到附近的国营铜矿和蛇纹石矿去挑人粪，而且规定，每人每天必须要挑八担！人粪挑回来后，再将牛粪和人粪混合一起，储存起来，以备后用。

但就在贾正方领着大伙热火朝天开荒种地的时候，轰轰烈烈的"文化大革命"开始了！

贾正方说，"文化大革命"刚一开始，造反派就把我抓起来了。他们用二十四种刑罚来处罚我，太残忍了！你看我的手，现在都还有伤疤。批斗我的时候，他们十多个人把我抬起来，先朝山坡上跑，跑上一段路之后，十几个人一起喊：一、二、三……一下子就把我抛在了山坡上，这叫坐“土飞机”。还有，就是先把大头针别在我的腰上，然后把我推下去，这种刑罚叫“沉船”。总之，他们用不同的手段打我，用各种刑罚惩罚我。这些打我的人，都不是村民，村民没有打我的，他们都保护我。这些人全是铜矿的工人，所谓的“造反派”。特别是他们用铁丝抽打我的时候，我痛得不得了。每当实在受不了的时候，我就高呼：“毛主席万岁！毛主席万岁！”

我问贾正方，他们打您，是不是因为您脾气倔，不服气，还是说您有什么“罪”？

贾正方说，不是服不服的问题，你服要打，不服更要打，反正怎么都得挨打，实际上就是对我打击报复。但他们不敢打解放军，只有整老百姓，整我们这些所谓的“老保”。至于说我的“罪行”，是因为江青 1967 年 3 月 15 日在重庆有个讲话，她说，造反派是保护毛主席的，保守派是要变天的。我因为天天领着乡亲开荒种地，不去造反，就说我是“保守派”，所以就要批我、斗我、打我。后来我的眼镜也被打坏了，什么也看不见了，走路都不行了，但他们还是不放过我，还要批我、斗我、打我！有一次我实在受不了了，晚上就偷偷躲到家里，用我这双零点零二视力的眼睛，给党中央毛主席写了一封信，一封很长的信，足足有几十页。由于我的眼睛看不清，每个字我都必须写成核桃那么大。但即便这样，有的字还是模模糊糊的，甚至有些还重叠在一起。

1968 年底，中央下发了一个关于解决四川武斗问题的文件，龙门山镇终于结束了近两年的大混乱，白水河街上的“造反派”这才不再抓人、不再打人了。但贾正方说，公社的“革委会”却依然很厉害，尤其是“革委会”的副主任，尽管一字不识，却成天把公社的大公章拴在裤腰带上，每次只要一看见他，就喝令他写检查。尽管他已经写过四十多遍检查了，还是过不了关。其实，这个副主任从来就没看过他的检查，也看不懂他的检查，但每次只要看见他，就指着他的鼻子说，贾正方，你的检查写得不行，认识不够，交代不彻底，马上回去，重写一遍，再给我送到办公室来！

1969年，武斗基本平息，“顽固不化”“贼心不死”的贾正方借了蛇纹石矿两间房和生产队的牛，又组织开荒队第二次开进牛圈沟。他们白天开荒，晚上担粪，很快就开垦出了一百多亩荒地。一年后，第一生产队的粮食总量，就从原来的一万多斤增加到六万多斤；人均口粮，从原来的七十斤提高到四百零五斤；劳动日值，从原来的六分钱提高到八角二分。从而让村民们吃饱了肚子，甩掉了缺粮的帽子。

为此，村里召开庆功会，应邀出席庆功会的，是各个生产队的队长。当听到会计刚一宣布一生产队的劳动日值从六分钱提高到八角二分时，会场顿时响起雷鸣般的掌声；当看到桌子上用红纸扎着的一沓沓十元一张的厚厚的人民币和粮票时，各生产队队长的眼睛都直了！他们怎么也没想到，贾正方这个双眼几乎失明的人，在短短一年时间里，居然让全大队最穷的第一生产队，一跃而变成了全大队最富的生产队！

贾正方没有止步。解决了社员们的温饱之后，他又带领村民修公路、开矿山、建电站。在海拔三千五百米的马松岭开矿，仅修筑山村公路、架空中索道，按预算就得好几万元，而当时村里的家底仅有一千六百元！贾正方带着两百多人的施工队伍开上马松岭，住岩洞，啃冷馍馍，用山上的老藤当保险绳吊在悬崖峭壁上，用钢钎锤子打炮眼；甚至，双眼几乎完全失明的他，还亲自攀登峭壁悬崖，在眼睛看不见的情况下，靠双手去触摸一个个位置，选择一个个要点，连续奋战了四十多个日日夜夜，终于修通了二千五百米长的出山路。没有运输工具，他和群众就用双肩把九吨重的两根钢绳抬上山，最后成功架设了七百米长的索道。铜矿厂建成投产后，全村有了第一个村办企业，从而使村集体第一次有了五万元的纯收入。

1984年4月，乘着改革开放之风，贾正方带领群众开始创建宝山村第二座电站——装机容量为九百六十千瓦的龙槽水电站。刚筹建时，村上请来三家专业施工队，都因施工难度大、安全系数小而不愿承建。别人干不了，就自己干。贾正方背上铺盖卷扎在工地，一边指挥一边同两百多个村民投入战斗。从破土动工到运行发电，仅仅用了十个月时间，节约资金三百五十万元，年产值达三十多万元！

从此，宝山村在贾正方的带领下，终于甩掉了贫穷落后的帽子，走上了共同富裕的道路，村民的日子越来越好。

然而，2008年5月12日，汶川大地震爆发了！

汶川大地震爆发，与震中映秀镇仅一山之隔的宝山村，遭受了极其惨烈的重创！在不到一分钟的时间里，美丽富饶的宝山村就变成了一片废墟：十四座水电站被毁，五座度假宾馆倒塌，五十六位村民死亡、失踪，六百零八户民居倒塌，其经济总损失超过二十七个亿！像滚雪球般一点一点地积累了三十年的财富，不到一分钟便灰飞烟灭！更令人心酸的是，由于有些生产队的大多数青壮男人在地震中不幸遇难，致使这些生产队一夜间就变成了"寡妇队"！

贾正方告诉我说，"5·12"大地震对我本人来说是个严峻的考验，也是我这一生当中遇到的最大困难，同时也是宝山村几十年来遇到的最大困难！我原来也预计到龙门山早晚会有八级以上的地震，因为我们这里原来发生过六级地震，这里是地震带。但没想到这地震来得这么快，来得这么厉害！

大地震发生时，贾正方正在从崇州回彭州的路上。走到小鱼洞桥时，他看见桥塌了车进不去了，就下车，挽起裤腿蹚水过河，拼命往山里跑。小鱼洞认得他的人很多，就问，贾书记，人家都朝外边跑，你怎么朝里边跑呢？里面危险得很啊！大伙都在说，回龙沟和附近的银厂沟要下沉了，白水河和沙金河要山洪暴发了，您老人家赶紧往外跑吧，再不跑就来不及了！但贾正方说，我的家在宝山村，宝山村有那么多企业和村民，我跑了，这些人咋弄呢？

12日下午4点50分，贾正方回到了宝山村。贾正方说，我跑回去一看，天啊！我的天宝温泉、宝山温泉，还有龙槽水电站等，全都垮了，我们的房子也全倒了，满村都是灰尘味，到处有人在哭，一片凄凄惨惨！还有很多社员在那儿呆呆地站着，不知道干什么。我赶忙跑回办公室，办公室没倒，很多人在那里。当时伤员非常多，没人抬，也不知道抬到什么地方去。我问其他人，他们告诉我说，整个回龙沟都垮了，我儿子他们正在里面救人！特别是山洪暴发的传言，当时在村里传得很厉害，很多村的人一听就全都跑了，剩下的人，也正打算逃命。我就对他们说，我们宝山的人不要跑，我都回来了，你们还怕什么！我都七十五岁了，我都不跑，你们还跑？如果你们看到我不在了，你们就可以跑，如果我还在，你们就不要跑！

接着，贾正方用他所了解的地质专业知识告诉村民，宝山村所在的地方属花岗岩地形，不会下沉；白水河、沙金河的堰塞湖不会形成大的洪水，即使有洪水，大家也可以跑到高处。然后，他就天天坐在办公楼的楼梯口。乡亲们见他没跑，天天都在，也就不再跑了。贾正方说，当时我最担心的是，如果人都跑光了，被压在废墟里的人谁来救呀？所以我就天天坐在楼梯口。不过，虽然那个时候我表现得很坚强，但我自己也偷偷流了眼泪。

我问贾正方，当时您为啥流泪？

贾正方说，为啥？几十年拼死拼活、辛辛苦苦创建起来的宝山村，一分多钟就震完了，心痛啊！

很快，贾正方组织成立了抗震指挥部，他自己担任指挥长，并成立了三个突击队：救援突击队、安置突击队、生活突击队。然后分赴各个村寨和村属的企业，展开救助！从12日当晚到13日早上，突击队一共救出了三百零一个重伤员。

但被称为“死亡之谷”的回龙沟，还有不少被困群众。贾正方又当即决定，组织敢死队，马上闯进回龙沟！贾正方说，当时余震不断，敢死队通过回龙沟大峡谷，一定非常危险！所以到底让谁来当这个敢死队的队长，让我非常为难。但最后，我还是决定，由我儿子贾卿来担任敢死队的队长！

我问贾正方，难道您不担心儿子的安全吗？

贾正方说，说实话，我当时也是有过激烈的思想斗争的。因为我只有一个儿子，我也很清楚，回龙沟地形险恶，非常危险，万一出了什么事，我咋个给他妈交代？但儿子是村主任，在最困难最危险的时候，我的娃儿不去，又哪个去呢？所以我还是决定让儿子当队长，组织了二十八个青年，进去救人！

14日上午，贾卿带着敢死队在余震中出发了。临别时，贾正方一再给儿子交代，在余震的时候，山体垮塌的时候，要先看好地形，不能乱跑，一定要注意安全！

果然，敢死队刚走到半路，两个队员就被山上滚下来的石头砸成重伤，队员们只好又把这两个伤员抬回来。看见两个躺在地上痛苦呻吟的重伤员，贾正方对儿子说，我知道里面很危险，但回龙沟里面还有很多人，你们还得回去，必须马上回去！

贾卿带着敢死队，又第二次冲进回龙沟。

下午，敢死队成功地救出了四十八人！

救完活人，接下来的事，就是从废墟中掏死人。宝山村死了五十多个，还有郫县到龙门山来旅游的十八个，一共有七十个左右。几经折腾，七十个左右的遇难者总算全掏出来了。然后，再把这些遇难者全给埋了。

15日晚，贾正方组织召开誓师大会，为啥要开？贾正方告诉我说，当时好多人都在说，地震了，宝山从此没有了！还有人说，宝山要想恢复起来，没有三十年不行！我认为这个时候就需要动员，要让大家树立信心！所以在会上我就说，这是大地震对我们的考验，对每个人的考验。我们一定能用三至五年的时间，重建一个崭新的宝山！

紧接着，贾正方又召开群众大会，组织有关人员对各农户进行财产清理；同时又组织了五支突击队，每队两百人，分别对龙槽水电站、映秀镇水电站、茂县吉鱼水电站、理县回龙桥水电站以及矿泉水厂进行清理修复。

5 月 15 日，即地震过后第三天，宝山村开始通水；18 日，开始通电。通电后，宝山村的广播立即就响了起来。广播一响，村民们就像打了鸡血似的，干劲一下子就跟着鼓起来了！

我问贾正方，汶川大地震让宝山村遭受了二十七亿八千万元的重大损失，这么一个烂摊子，灾后怎么搞重建啊？

贾正方说，当时我们主要考虑的是钱，而要想有钱，就得先恢复能找钱的工业。所以我们首先想到的是恢复电站，因为地震时电站全部被震坏了。但那个时候，余震不断，人心惶惶，都在逃命，请外人是请不到的。我们就组织自己的职工，自己动手，本着先易后难的原则，如难度小的就先恢复，难度大的就后恢复。首先恢复龙槽水电站，修沟和机房，然后就组织茂县等地的各电站的职工恢复电站，还有汶川的电站。恢复龙槽水电站时，每天余震多得很，有一天是五级多，遍地都在滚石头，随时可能砸死人的啊！在这样恶劣环境中恢复电站，对每个人又是一个严峻考验，特别是年轻人。当时年轻人跑了一百六十多个，一是被吓倒了，二是吃不了苦，特别是二十多岁的，是吓跑的。他们说，都地震了，你还要我们恢复电站，你不把我们的命当回事呀！所以，我们一边精神鼓励，一边做好安全防范措施。施工人员一看到地震来了，就往安全地带跑，因为我们在余震到来之前，就把躲的地方找好了。虽然要自己背砂子，自己背水泥，自己背各种各样的材料，但才一个多月，我们就把电站全部修好了。

在家园重建中，贾正方要求宝山村必须符合三个条件：一是规划要适合农民几千年的生活习惯；二是要考虑农业生产，让农民还有土地；三是要考虑农民的经济来源，必须对经济发展有好处。他用这三个条件，以相对集中的办法，规划了十三个点、十五个生产队。

贾正方说，我们在建房当中，一是国家补助了一点，二是自己出了点，然后集体给每个人补助了五千元。钱不够的，就在银行贷点款；

确实没钱的，集体就帮他承建，以后再慢慢还。根据这几套办法，我们灾后重建搞得很快，因地制宜，样式多样化，有木楼，有小别墅，还有大别墅。我的要求是，要重建就要建好，一定要讲究质量，全部要求抗八级地震，起码五十年不被淘汰！

为了让群众尽快搬进新居，贾正方还提出了合理利用宝山村林地资源，建设投资省、见效快的木质结构的农村住居的建议。在他的极力倡导下，宝山村七社率先在龙门山镇开工建设了一批有一定接待能力、具有山区特色的木质结构农家旅店——三府苑。这一特色建筑群的修建，不仅充分利用了现有资源，为灾区群众建房节省了相当大的投资，而且建成后可以立即为村民带来经济收益。2009 年 6 月 18 日，成都市灾后重建样板工程——宝山太阳雨乡村酒店，就正式剪彩开业。

贾正方说，我们宝山的重建手脚之所以比别人快，是因为地震后我们的存折上还有八千多万元的存款，我们从这八千多万元中拿出两千万元，作为社员的修房补助，然后把剩下的六千万元用于恢复工业生产。本来福建是我们的对口援建单位，但我对他们说，你们去援助更需要援助的地方，我们宝山的重建工作，我们自己来干！所以我们的工业恢复，都是组织自己的职工进行的，不请外人，也没依靠外援。

地震后的第二年，宝山村就走出了地震的阴影，甚至收入水平还超过了地震之前。地震前全村人均年收入为一万二千多元，2009 年则达到了两万多元，不仅没减，比地震前还多了八千多元。时至 2011 年，宝山村人均年收入就达到了三万多元，比地震前增加了一万八千多元！

宝山村除了工业生产恢复得很快，家庭村属企业也恢复得很快，比如，光农家乐一项，一年就入账八九千万元！

贾正方说，宝山虽然在汶川大地震中受到了重大损失，但很快，我们工业生产大部分投产了，在越南的矿业也投产了，2010 年我们的工农业总产值就达到了二十个亿。现在家家户户都住上了新房，不光分了红，还涨了两次工资，每次涨两百元。现在看来，汶川大地震是坏事，给宝山村造成重大损失，但也是个机遇，我们抓住了这个机遇。比如，我们正在打造环境，过去我们都是水泥路，现在村上修的全部是六米宽的柏油路。一不做二不休，我们要整，就要把它整好。而且，我还告诉你一个秘密，我们的存折上，现在又有好几个亿了！

是的，地震后的宝山村，几年后又成了富裕村，贾正方又成了有钱的大老板！但我在宝山村的走访中，却听不少人说，贾书记是个有名的“老抠门儿”，从来不乱花一分钱！

于是我问贾正方：贾书记，宝山村家产已经几十个亿了，为什么村里人都说，您特别抠门，这是怎么回事？

贾正方说，我们宝山，一把算盘、一支笔，下面的人只有找钱的权利，没有花钱的权利。钱的问题我管得比较紧，花钱的权利全在我这里，不管是谁，就是用一分钱，也得我亲自批。因为我们挣的每一分钱都很不容易，我们必须勤俭节约，珍惜找来的每一分钱！

我问，您的眼睛看不见，这么多年来，特别是地震之后，跋山涉水，修电站、重建家园，每一件事您都要到现场，组织指挥，亲力亲为，您老人家是怎么做到这一切的？又是一种什么力量让您做到这一切的？

贾正方笑了笑，说，我一是听二是摸，还一个就是靠自己心灵的感受。我眼睛好的时候，工程上的问题我很熟悉，也都懂，所以眼睛失明后，我只要听听他们的汇报，再去摸一摸，凭感觉，就知道了。平常施工中，我喜欢问，问干部，也问职工；我也喜欢听，我在街上一走，老百姓说什么，我都能听到，总是不断收集情况、信息。还有就是我天天学，现在我每天要坚持学习两个小时，什么报纸都“看”。我眼睛本来就不好，要是再不学习，我就真的成个瞎子了。还有，就是我每天早上听《新闻联播》，啥子都听，知识要不断积累，我必须知道，天下每天是个啥子情况，世界是个啥子情况，我们国家是个啥子情况，还有各方面的政策，我也都要了解。我是1966年12月12号回家的，回来前，在一千多人的欢送大会上，他们送我两样东西：一样是一本“毛选”，另一样是一把锄头。当时我就想，我回去后一定要在农村扎下根来，改变千百年来农村贫困落后的面貌，用这把锄头，挖山不止，挖掉穷根，栽上富根！通过三十多年的奋斗，我做到了，所以我很高兴。

我问：我听说您儿子刚刚当选为宝山村的书记，而您现在做副书记。从父子关系来说，您永远领导他；但从组织关系上讲，又是他领导您。您怎么看待这个问题？

贾正方说，我都快八十的人了，毕竟未来是年轻一代的，如果我再不退，他们以后要再遇到大困难，怎么办？我当副书记就是送他们一程，培养好年轻人，好让他们把路走稳，别摔跟头，把共同富裕坚持走下去。我只要带着他们把地震这一关闯过了，就该把宝山交给他们年轻人，让他们放手去锻炼。经过大地震的锻炼，他们现在成熟多了，我相信他们能干好！

我问，您认为您给宝山带来的最大财富是什么？

贾正方说，我的观点是，留知识不留财富。知识是取之不尽用之不竭的东西；留财富，如果不成才，几下子就败完了。宝山村虽然现在有几十个亿，但不是我的，是大家的，也可以说是我带领大家一手创造出来的。但我认为，人来到这个世界，是光着身子来的，走的时候也是光着身子走的，把钱看那么重干啥子呢？大家富了你就富了嘛！你钱再多，无非也就是一日三餐；你房子再大，晚上也就是睡一个角角。所以我的观点是，大家共同找钱，大家共同分钱。我们宝山村人人都有自己的股份，还有第二次分配的问题。我认为分配问题不解决好，两极分化就会严重，跳槽的就多，就会另立山头，就会把钱移到外国去。但我们宝山绝不可能！过去农民总是被人家看不起，看不起主要是自己没有钱。现在我们富裕了，不仅要自己看得起自己，而且还要看得起周围的老百姓。小平同志说，一个人富不算富，要带动多数人富才算富。

最后，贾正方老人还跟我说了他对宝山的三年规划。他说，第一，要搞好经济发展，经济不发展，村民是富不了的；第二，环境要美好，管理要科学，要把宝山建成花园式的新农村；第三，在三年内，要让宝山村的年人均收入，达到五万元！

望着满脸沧桑的贾正方老人，我除了佩服，无话可言。

俗话说，打虎亲兄弟，上阵父子兵。

说了贾正方老人，我们再说贾正方的儿子贾卿。

我第一次见到贾卿，是 2010 年 12 月 15 日下午，地点是贾卿的办公室。

贾卿的办公室很大，看上去得有六七十平方米。我采访过北京不少部长级干部，但部长级的办公室都没贾卿的办公室大。我和贾卿谈话时，窗外正飘着雪花，远处山峦上，隐约可见一片银白。说来很巧，我在宝山村采访贾正方那天，贾卿正好当选宝山村的书记。我当时便想，贾卿能当选书记，当然是受惠于他父亲。但当我见到贾卿后，聊了不到十分钟，便改变了之前的想法，认为贾卿的确是个人才，而在接下来我们长达三个多小时的交谈中，也证实了这一点。

贾卿没有父亲的魁伟，却多了几分干练。父亲简朴、透明，儿子聪明、深沉。父亲一生追求生存、温饱，儿子在追求生存、温饱的同时，还追求精神。

在四川灾区，几乎所有干部和老百姓在地震之后，其思想都发生了很大的变化，甚至可以说在灵魂深处都发生了深刻的变化。但贾卿似乎却很特别，很另类，当我问他地震后的生存观、生活观、生命观都发生了哪些变化时，他的回答却让我感到有些惊讶：没有什么变化。

然而，随着我们交谈的深入，我开始懂得了贾卿。

贾卿在汶川大地震前，就有很强的地震意识。小时候，他听老人说过松潘早年间大地震的故事，唐山大地震他也一点不陌生。贾卿从小在山里长大，亲身经历过数不清的地震。他知道龙门山是地震断裂带，对地震有着强烈的防范意识，所以在修建房子时，凡是他负责的建筑，第一，坚决杜绝豆腐渣工程，必须保证质量；第二，必须科学选址，不能选在断裂带上；第三，必须防震，全部按照防震的高标准进行修建。结果，凡是他组织修建的房子，在汶川大地震中，一间都没垮！

贾卿 1967 年出生，有两个姐姐。老爷子贾正方从小对他要求就很严，由于他小时候比较淘，所以在三姐弟中，挨打最多。贾卿曾在南海舰队当过兵，复员后到西南财经大学读书，毕业后先后当工人、厂长、经理、副董事长、董事长、宝山村村委会副主任、宝山村村委会主任；同时他还是西南交大 MBA 研究生班的研究生。贾卿当选为宝山村党委书记后，才算正式接过了父亲手中的接力棒，同时也正式接过了宝山村的权力棒。

我问贾卿，你为什么选择了跟你父亲一样的道路？这是你自己的选择呢，还是你父亲的一种暗示，或者是其他因素？我很想听听你内心的真实想法。

贾卿说，客观地讲，这是我自愿选择的一条道路，我现在四十多岁，我的家庭，我周围的同事、朋友，包括学校，对我的影响都很大，但更重要的是家庭，是父亲对我的影响，他对我人生观、价值观的影响。我深刻体会到了我父亲的精神追求，快八十岁的他，精神状态非常好，主要是一个精神的支撑。他的精神，我感觉，已经形成了良好的向上的精神境界。从我自身内心来讲，我觉得人必须追求一种精神的东西，必须有理想。我虽然也是一个普通人，但我一直在思考，如何把自己的理想融入社会的发展中，这样的话对自己有利，对社会也有利。自己的劳动得到社会承认以后，生活可以不断得到改善，同时也能得到精神上的东西。我觉得，为老百姓做一些努力，是很快乐的事情。我是理性的又是比较感性的那种人。

是的，贾卿是龙门山的孩子，龙门山的物华天宝曾使幼小的他灵智大开，宝山村民的跪乳之恩又使成年后的他懂得反哺之义。他的职务的上升，有他个人的努力，也有父亲的恩泽，更有宝山人民的信任。他是全国劳动模范、党的十五大代表，他在刚当选为公司董事长、总经理时，就受到温家宝的接见。所以在他身上，寄托了太多人的期望，也肩负着太多人的责任。

贾卿说，是家乡的山山水水养育了他，影响了他，他从小就对家乡有一种特殊的很深的感情。建设美丽的宝山，是他很小的时候就有的一种愿望。他上初中时，也是改革开放的初期，看到了画册画报里一些比较美的欧洲小镇，内心就有一种冲动和渴望，渴望自己的家乡有一天也能像这些小镇一样美。在父亲的影响下，他特别希望自己的一生，能为家乡、为老百姓多做一些有益的事情。

“5·12”汶川特大地震爆发后，如果说贾正方是后方运筹帷幄的将领，那么身为宝山村党委副书记、村主任的贾卿，就是火线指挥官与战斗者。

地震发生时，贾卿正在村办公楼的办公室，他说，当时震了一下，我晓得是地震了，跑出去后，马上组织救援，一个是到农村救援，一个是到企业救援。当时，我冲着混乱的人群大喊：有胆量的给我站出来！党员干部给我站出来！看着我焦急的样子，很多人马上都勇敢地站到了我面前。

13日上午8时，贾卿带领二十八名青壮村民，准备分三批进山，这时刚从回龙沟逃出的村民赶紧劝他说：别去了，去了就是送死！他当时只说了一句：就算是死，我也要去救人！然后，带着一支没有任何救援工具甚至连头盔都没有一顶的救援队伍，就朝回龙沟奔去。途中，他制定了一个救援方案：三批人分别距离一百米，依次前行；后面的人先放哨，等前两批走过去后，前面的人再替后面的人放哨。一旦山体出现细小的石头滚落，立刻呼喊传话，马上躲避，如果周围没有藏身之处，就拼命往前冲！

当贾卿带着突击队冲到沟口时，眼前的一幕令他倒吸了一口凉气：昔日满眼翠绿的回龙沟沟口变得一片荒凉，两侧大山全部崩裂，在沟口对接成一座大坝，清澈的白水河不见了，数十吨重的巨石，不时从两侧飞滚而下。但贾卿知道，回龙沟里还有水电站员工和游客等一百多人，都在等着他们去援救！

从回龙沟救人回来后，贾卿紧接着又带着一支抢修突击队直奔龙槽二级电站。在三天三夜的抢险中，贾卿和突击队员们没有一个人睡过一分钟的觉，结果龙槽二级电站很快成为彭州最早恢复生产的电站，也是全国绝无仅有的帐篷电站，从而让龙门山镇的受灾群众在断电六天后重见光明。

在灾后重建中，贾卿根据震后宝山产业现状，制定了“一稳三强一突破”的产业发展战略，凡事亲力亲为，竭力让永久性住房建设达到父老乡亲们的要求；同时他还提出，借灾后重建之机，大力发展乡村休闲旅游，构建宝山新的产业布局，为宝山村民增加经济收入。于是，宝山很快成为彭州灾后重建的先进典范。

我问贾卿，你的父亲是宝山村的长辈，又是村里的老书记，你怎么看待或者说怎么评价你父亲？

贾卿说，第一，我感觉我父亲是严中有慈。第二，我父亲在人生价值观上是实实在在的。他坚持让大家走共同富裕的道理，其中一个很重要的原因，就是他是无私的，如果他是自私的就做不了这么多事；如果是小农经济、家庭式作坊，也不可能有现在的宝山。第三，从我父亲身上，随时都能看到艰苦卓绝、不怕苦不怕累的作风。他遇到了很多困难，有经济上的困难，也有农村人的困难，思想观念矛盾的困难。但遇到困难后他没有被吓倒，而是持之以恒地坚持下来了。第四，我父亲的学习精神值得学习。他是活到老学到老，从历史、管理、政治、经济等各方面，长期坚持用心地学。所以说我父亲是与时俱进的，他不断充实自己，使自己的思维跟得上形势发展的需要。第五，我父亲有艰苦奋斗、勤俭节约的精神。不管是条件差还是好的时候，我父亲节约的作风一直保持着，而且我家里一直都是很节约的。

我问：你们父子在思想观和价值观方面，肯定有相似的地方，也有不同的地方，你是怎么处理不同的地方的呢？

贾卿说，由于我们生活的年代和环境不同，我与父亲在思想观念和价值观念方面的确有不同的地方。比如，地震前修村办公楼的时候，父亲要坚持勤俭节约，但我就跟父亲说，可以修得好一点，为什么呢？第一，办公楼是企业的品牌形象，要有良好的口碑；第二，可以改变办公条件，让员工更好地工作；第三，要打破过去传统的观念，建立新的市场观念。最后，办公楼是按我的意见修建的，在地震中没有垮掉。其实，我和我父亲生活中没有矛盾，矛盾全是工作中的。我父亲对我影响很大，同时我也在影响父亲，包括观念的影响，管理的影响。以前公司的事情，往往都是我父亲一个人说了算，大家也不怎么提意见，这对科学决策、班子的锻炼和工作能力都是不利的。但是最近几年，我们整个班子在决策方面就比较民主了。人无完人，我也有很多弱点，要互相慢慢影响改变。我总结了一下，我父亲是“有多大的脚，穿多大的鞋”；而我呢，是“有多大的市场，穿多大的鞋”。这其实就是一个观念问题。但我理解我父亲。

我问，你认为你父亲留给你或者说留给宝山村最宝贵的东西，是什么？

贾卿说，我认为我父亲给我们留下了两个财富，一个是较好的经济财富；一个是宝贵的精神财富。尤其是在这次汶川大地震中，当大灾大难降临到我们头上时，我亲眼看到了这个精神财富的巨大作用；而也正是这个财富，让我们在废墟上重新站了起来！

我问，你作为宝山村的“带头羊”，现在有什么困惑吗？

贾卿说，困惑没有，挑战倒是有的。我觉得目前最大的挑战，就是发展的挑战，而要发展，人才是第一因素。宝山村地处山区，要积聚人才难。如果没有人才，企业发展就没有后劲。而要留住人才必须要满足他们的需求，让他们有幸福感，让他们找到自己的价值所在。

有了人才，企业就能发展得更好，企业发展好了，挣钱了，我们的新农村才能建设得更好。

我问，在发展中，采用什么样的体制是不是也很关键?

贾卿说，是的。有人说集体经济就是吃大锅饭，这是我们过去走错的一条路。现在都是现代化企业，现代化企业体制最突出的就是股份制经济。在我读大学时，还不敢说市场经济，后来才提的市场经济。但当时我就认为以后的社会体制，应该是以股份制经济为主体，多种经济并存的体制，这是社会发展的规律所决定的。

我问，那宝山村是什么体制呢?

贾卿说，我们宝山村是涵盖了市场经济的股份经济，同时又涵盖了计划经济的集体经济；但这种集体经济不是吃大锅饭，不是平均主义经济，而是效率经济，这点是必须要明确的。我们走的路子和国家的路子是相匹配的。国家的路子是允许一部分人先富起来，再来带动其他人富起来，最终实现共同富裕。这是点面结合的方法，点上要讲贡献，面上要实现整体的提高，在效率优先的前提下要兼顾公平。宝山村是以集体经济为主体，村民、职工参股的股份制。集体经济不是一成不变的，它是随着经济发展的水平而变化的。

走访中，我还了解到，贾卿不仅有很强的组织能力和责任感，而且还是一位具有现代化思维和现代理念的企业家。这一点，他无疑已超越了他的父亲。比如，为建立科学规范管理的现代化企业管理制度，他大胆决定，聘请专业的管理咨询公司，为在公司实现“ERP”管理流程打下坚实基础。在项目的建设过程中，他严格遵循科学管理的原则，集思广益，既民主，又科学。又比如，他深知人才是企业未来发展的关键，所以他制订了“以现有员工为基础队伍，应届相关专业毕业生招聘一部分，同类生产线的高管及熟练工聘请一部分”的人才储备方案，等等。

经过三十多年的努力，宝山村不仅拥有二十四家村办企业，还有宝山企业集团公司；公司的业务从山里到山外，从国内到国外，已经拥有四十多亿元的固定资产。村里人人可以享有退休医疗补助、子女免费读书的待遇，老年人每月还可领到退休金，全村一般家庭年分红可达五万元，近半数村民都住进了别墅。

尤其是大地震之后，宝山村的变化可谓天翻地覆。比如，宝山村的太阳雨乡村酒店，是宝山村的一个安置点，位于湔江河西岸，彭白公路左侧，不仅交通便利，背靠山林，植被条件也好。这个项目占地十三亩左右，涉及农户七十户二百二十四人，总投资七百一十六万元，是典型的山区民居风格的连体小别墅，分为A区、B区和C区。村民除了自己住一些，还有一些可以腾出来作为旅游接待。2009年6月18日，村民们住进新房后，当年夏天就迎来了第一批游客。而在小别墅的前方不远处，还有舒适高雅的宝山温泉和高尔夫球场。

走访中，面对一片片荒芜狼藉的废墟和一栋栋拔地而起的小别墅，说实话，我的心情是复杂的——有惊奇，有折服，有感动，也有疑惑。我无法确定宝山村的管理体制是否一定正确，也无法预测宝山村的路子到底能走多远。但我可以肯定一点的是，宝山村的奇迹不是挂在嘴上的，而是写在地上的。

尾　声
山高人为峰

告别龙门山那天，我独自站在白水河大桥的桥头静静眺望。

我看见，在一片片曾经满目疮痍的废墟上，一栋栋层层叠叠、错落有致，颇有西南乡村情调的小楼房已经屹立山谷，蔚然成群，一个涅槃重生后的山水生态文明小镇，正在重新崛起！

是的，度尽劫波，春回大地，经历了“5·12”汶川大地震和泥石流重创的龙门山正在改变，且还将继续改变；而这种改变，既有物质的，更有精神的。我为龙门山的老百姓感到宽慰，也为整个四川灾区人民感到宽慰。

望着龙门山的奇峰异石，我脑子里突然蹦出五个字来：山高人为峰。

客观地讲，龙门山镇境内都是山，且平均海拔都在千米以上；而最高峰太子城的海拔，则达到了约四千八百米。即是说，龙门山人基本都生活在高山上。而尤其值得注意的是，龙门山镇地处龙门山断裂带，是地震的多发地段。据历史记载，自 1169 年以来，龙门山共发生过破坏性地震二十五次，其中里氏六级以上地震二十次。1657 年 4 月 21 日发生的地震，达到了六点二级。

然而，即便如此，千百年来，一代又一代的龙门山人，就在这个贫瘠而危险的环境中生存、繁衍下来；每日围绕着龙门山袅袅升腾的炊烟，不仅没有消失，反而越升越高，越升越旺。

因为这里不仅有一座座的山，更有一座座的“峰”。这一座座的

"峰"，便是站立于废墟之上的一个个的人。尽管汶川大地震导致龙门山及整个四川灾区满目疮痍、伤痕累累、道路中断、桥梁受损、植被破坏、通信隔阻、房屋倒塌、山河断裂，但是，龙门山及整个灾区的天空没有变、土地没有变、阳光没有变、空气没有变、山山水水没有变、花花草草没有变，更重要的是，从废墟上重新站立起来的人没有变——人的信心没有变、人的精神没有变、人的梦想没有变、人的追求没有变！

而正因为人没有变，才组成了灾区一座座挺拔不倒的"山峰"；正因为人没有变，才使整个四川灾区人民在遭遇汶川大地震的沉重打击之后，能齐心协力，携手并肩，最终在血泪斑斑的废墟上，用毅力与智力、心血与汗水建起了自己的新家园，从而创造了一部用"人"字大写的旷世传奇！

我想，这也许就是灾区精神，就是四川人的精神。这种精神的内核概括起来，无非就六个字：震不倒、压不垮！而这种震不倒、压不垮的精神，则是四川人天生的豁达幽默、勇敢坚毅、百折不挠、无所畏惧的性格所决定了的，也是被千百年来的艰苦环境和激烈的生存竞争历练出来的，更是被汶川大地震这一大灾大难硬逼出来的！

是的，山高人为峰。人之最高处，不在头顶，而在心中。

2014 年初稿，2015 年改定。

附 录

重构汶川地震的集体记忆

宋玉书

李鸣生因书写航天而成名，他的“航天七部曲”是中国航天文学的扛鼎之作。2008 年的汶川大地震又让他从“天上”回到“人间”，开启了一段新的文学征程。地震发生后，他三次赶赴震区，不顾危险，艰辛采访，拍下近万张照片，用这些真实记录完成了报告文学《震中在人心》。此后又三赴震区，创作了报告文学《后地震时代》。这两部作品都是直抵人心之作，从地震灾难、抗震救援、震后重建一直写进震区民众的心灵深处，从那些或敞开或掩隐的心灵反观灾难，透视灾难中呈现的人性、人情，洞察重大突发事件之后的社会与人生，反映震区的变化和人的精神风貌。因此这两部作品的叙事有别于同类题材的其他作品，具有震撼读者心灵的文学力量。

虽然李鸣生和众多记者、作家一样在震区访谈、拍摄，记录了很多生与死的故事，但他最为关注的还是震区人民的心灵创伤疗愈和心灵家园重建。他从震区人民的痛苦和绝望中看到“创伤最重的，是人的心灵、人的精神、人的情感”，“震中其实不在汶川，而在人心——在灾民的心里，在中国人的心里，在全人类的心里”。因此他的第一部书写汶川地震的作品以“震中在人心”为题，让笔触穿过地面的废墟、伤亡、救援探进受灾群众的内心，直达受灾群众和救援人员的心里，讲述受灾群众内心的痛苦、绝望和挣扎、抗争，揭示“人心”这个不可忽视的“震中”。这部《后地震时代》则着重报告震区重建，特别是

"人心"的重建，叙说震区人民怎样从散发着浓浓死亡气息的废墟上站起来，在撕心裂肺的悲痛中重建人生，带着永难磨灭的灾难记忆面向未来、继续追逐生活梦想。人是震区社会重建的最重要因素，受灾群众的心灵重建是震区社会重建的重要组成部分，无论外国还是中国都把受灾群众心理修复和社会文化重建作为最重要的一项重建工程，努力唤起受灾群众建设新生活的内生力量。但受灾群众的心灵创伤并不会随着震区生活、生产恢复而自然治愈，对于灾难的记忆和恐惧如影随形地冲击着受灾群众继续生活的勇气和重建家园的信心，由此而生发的很多问题无不成为震区重建的障碍，所以震区人民的心理修复、记忆更新、信心重拾、梦想再次起飞就成为实现重建的关键。虽然心灵重建远比住宅、学校、医院的重建更漫长、更复杂、更艰难，但是只有完成心灵重建，才能真正开启震区人民的崭新生活。《后地震时代》不仅让我们看到了震区的新建城镇和村庄、再建家庭和如花绽放的新生命、废墟上重新矗立的农家乐、顽强而乐观的残疾少年，还让我们看到震区人民震不倒、压不垮的坚强意志，永不放弃的幸福梦想和百折不挠的拼搏精神以及知恩于心、感恩于行的高贵品格。作品下部着重书写的龙门山曾是著名风景区，也是地震断裂带上受灾最重的一个乡镇，遭受八级地震重创之后又经历了特大泥石流的冲击，震后艰难重建的农家乐瞬间就被泥石流冲毁，但是龙门山人的幸福梦想、坚强意志没有被接踵而来的厄运击毁，很快，一座座农家乐又顽强地在山间崛起，一个美丽小镇又热情地敞开怀抱迎接各地客人。龙门山以其凤凰一般的涅槃重生，书写了一部震区人民重建家园的旷世传奇。虽然这部作品没有回避问题，敢于揭示矛盾，也写出了灾民内心的痛苦焦虑、悲观绝望、消极颓废、自私自利以及随之而来的诸多问题，但是这些灾难引发的正常反应并不影响震区人民的整体形象，并未遮蔽四川人民达观、坚毅的性格和"沉舟侧畔千帆过，病树前头万木春"的新生活气象。对此感触颇深的作者在书中最后点题写道："山高人为峰。人之最高处，不在头顶，而在心中。"这句话卒章显志，揭示了后地震时代震区重建的精神动力。

如果说《震中在人心》的灾难叙事引领我们穿越废墟和坟墓感受灾民的心灵创伤，那么《后地震时代》让我们看到震区人民怎样从灾难的受害者迅速变为奇迹的创造者，通过震区人民自强不息的精神和刚强坚毅的性格深切理解“人之最高处，不在头顶，而在心中”。震中在人心，震区人民的心灵重建应是震区重建最突出的成就，震区人民自强不息、坚忍不拔的精神气质是中华民族伟大精神的具体体现，正是这种精神使震区人民向死而生，让中国人民有信心战胜灾害，创造家园重建、经济重振、文化重生的奇迹。这种精神是中华民族最宝贵的财富，当这种精神转化为一种强大的力量，就能让中华民族在危机频出的风险社会勇于应对危机、战胜灾难，在国家现代化建设进程中击楫中流、勇往直前。

如果说震区重建带来的变化逐渐修复了震区人民的心理创伤，解构他们的创伤记忆，那么李鸣生的《后地震时代》则帮助读者建立了新的认知，重构了关于汶川地震的集体记忆。八年来，每当“5·12”这一天到来之际，总有关于汶川地震的文字、图像见诸各类媒体，无论是山崩地裂、房塌人亡的痛苦追忆，还是震区旧貌换新颜的变迁故事，都表现了建构集体记忆的文化自觉。李鸣生的作品不仅以非虚构写作的文体精神和独特气质显现其历史文化价值，而且以最新最实的地震叙事成为重构集体记忆的重要文献。因为这部作品在引领读者重返震区的时候，虽然也有灾情回放，但更多的内容是报告震区人民怎样创造新的生活。“正因为人没有变，才组成了灾区一座座挺拔不倒的‘山峰’；正因为人没有变，才使整个四川灾区人民在遭遇汶川大地震的沉重打击之后，能齐心协力，携手并肩，最终在血泪斑斑的废墟上，用毅力与智力、心血与汗水建起了自己的新家园，从而创造了一部用‘人’字大写的旷世传奇！”它将震区的新故事、新面貌植入我们的知识谱系，充实、更新了我们的记忆，所以我们在阅读这部作品时不只有泪珠纷飞，还有欣慰的微笑与深沉的思考；我们的汶川地震记忆中不仅有厄运、苦难，还有幸运、幸福；我们对灾区人民不再只有满怀的悲悯，还有由衷的钦佩和敬仰；我们对国家也不再只是希望、依赖，还有信任和感恩。从这一意义上说，《后地震时代》虽在地震八周年之际出版，不仅仅是具有仪式意义的纪念性文本，更是一部反映震区现实、重构集体记忆的史诗性文本。集体记忆是一个社会建构的概念，是立足于现在而对过去的一种重构。“文学是集体记忆的一个强大媒介——不管是作为个人记忆的媒介框架或是作为集体记忆的存储和传播媒介。”《后地震时代》作为李鸣生地震叙事的新作，和《震中在人心》一样，为汶川地震的集体记忆建构做出了报告文学应有的贡献。难能可贵的是，这两部作品没有概念化写作和说教，作者的六进震区采访，坚持“纪实”“真相”的非虚构写作原则，既源于川籍作家的乡土之情，更是出于作家的责任和文体自觉，所以《后地震时代》应是一部经得起历史检验的作品。

2016 年 5 月 30 日